村上克尚
Murakami Katsunao

動物の声、他者の声

The Voice of the Animal, the Voice of the Other : the Ethics of Postwar Japanese Literature

日本戦後文学の倫理

新曜社

はじめに

日本は、「大東亜戦争」と呼称した侵略戦争の帰結として、東アジアと太平洋地域に、かつてない規模の殺戮と破壊をもたらした。戦後を生きる人びとに、この事実は大きな思想課題となってのしかかった。欧米において、ナチスのホロコーストの衝撃が、学問や芸術に対して過去のままであることを許さなかったのと同様に、この戦争の記憶は、人びとに分有され、それぞれの領域で暴力への根底的な内省を促したのである。

そのなかには、文学の創作を通じて、暴力の本質を問い、かつそれを克服するための倫理を見出そうと努めた者たちもいた。日本の文学史では、彼らの達成を「戦後文学」と呼んでいる。

しかし、私たちは、戦後文学の倫理を正しく受け止められているだろうか。彼らの文学の固有性と正面から向き合う代わりに、なじみやすい倫理を外部から当てはめ、満足してしまっているということはないだろうか。

ここで言う「なじみやすい倫理」とは、本書でしばしば批判的に検討する「人間性・主体性の回復」というスローガンのことである。確かに日本が遂行した戦争は、交戦国のみならず、自国の人びとからも、人間の尊厳や、自由な主体性を剝奪し、残酷な死へと追いやる性格のものだった。それゆえに、人間性や主体性の回復が戦後思想の重要な課題とみなされたことは事実である。しかし、実際に戦後文学を読むとき、それらが人間性や主体性の回復を志向していると断言するのには、ためらいを覚えずにはいられない。

なぜならば、多くの戦後文学で描き出されているのは、人間の尊厳の名のもとに、それを持たないとみなされる存在を排除し、殺害していくような種類の暴力だからである。この排除と殺害の対象には、しばしば動物の表象が与えられる。実際、「あいつらは人間ではない（動物と同じだ）」という物言いが、どれほどの暴力を発揮するのかという例を、私たちは戦後文学のいたるところに発見できる。

ここでは、人間と動物の概念のあいだで転倒が生じている。つまり、「人間」の尊厳を声高に叫ぶ者こそが、正視に耐えないような獣性を発揮し、「動物」として蔑視される弱者たちを容赦なく殺害していくのである。そうだとすれば、私たちにとって、「人間」とは何であり、「動物」とは何であるのか。まずは、この不分明な地帯にあえて立ち止まり、よく考えてみなければならないだろう。少なくとも、その答えが出るまで、人間性や主体性の回復といった出口に安易に飛びつくことはできないはずだ。

この観点から戦後文学を再読すれば、人間性や主体性という理念が何らかの出口を指し示した事例はほとんど存在しないことに気づかされるだろう。逆に、それらの理念が新たな暴力や抑圧の原因となったり、傷ついた当事者の連帯を妨げたりする事例ならば、いくつも発見することができる。また、主人公が人間性や主体性を回復するのではなく、むしろ動物の境位にまで落とされたり、自ら下りて行ったりすることで、暴力を根底から問い直し、克服するための希望が見えてくるというプロットも、多くの戦後文学に共通して指摘できるのである。

本書は、このように戦後文学が追究しつつも、十分に認知されずにいた、人間と動物の境界をめぐる倫理について考察しようとするものである。対象とするのは、武田泰淳《たいじゅん》、大江健三郎、小島信夫の作品である。この三名は、戦後文学史のなかでも、世代や主題に基づいて、別々の集団に区分されてきた。しかし、彼らの作品には、動物の問題への強い関心が共有されている。このことは、さまざまな差異を超えて、戦争という巨大な暴力が、戦後文学者に動物という存在への注目を促したことを示している。

戦後文学には、私たちに呼びかける動物の声が響いている。そして、自分が、あるいは自分の大切な存在が、いつ動物とみなされ、抹殺することさえ望まれるかもしれないという恐怖が現実味を帯びてしまう社会、そのような恐怖を駆動力としつつ、破綻的な未来へと突き進むかのような社会では、戦後文学のなかの動物が呼びかける声は、より強く、切迫して、耳に届いてくるだろう。

人間の人間に対する暴力の乗り越えを希求する者にとって、戦後文学は今もなお汲み尽くせない源泉として存在している。

動物の声、他者の声——日本戦後文学の倫理＊目次

第三部　小島信夫――家庭を攪乱する動物

装幀――難波園子

凡例

・武田泰淳の小説の引用は、『武田泰淳全集』全一六巻（筑摩書房、一九七一―七三年）に拠った。
・大江健三郎の小説の引用は、『大江健三郎全作品』第Ⅰ期・第Ⅱ期、それぞれ全六巻（新潮社、第Ⅰ期：一九六六―六七年、第Ⅱ期：一九七七―七八年）および「政治少年死す――「セヴンティーン」第二部」（『文學界』一九六一年二月）に拠った。
・小島信夫の小説の引用は、『小島信夫全集』全六巻（講談社、一九七一年）および『別れる理由』全三巻（講談社、一九八二年）に拠った。
・本文の引用で、全集からの場合は巻号と頁数を示す（例えば『大江健三郎全作品』第Ⅰ期、第一巻、一〇頁からの引用は、（Ⅰ一：一〇）と表わす）。大江健三郎「政治少年死す」の引用は、雑誌の頁数のみを示す。小島信夫『別れる理由』の引用は、全集の巻号との混同を避けるため、第一巻・第二巻・第三巻の別を、Ⅰ・Ⅱ・Ⅲで示す。
・大江健三郎「政治少年死す」の引用では、旧字は適宜新字に改めた。
・単行本・新聞・雑誌名は『　』で示し、それらに掲載された作品名は「　」で示した。
・引用者の補足は〔　〕で示した。
・引用文の傍点で断わりのないものは、原文に拠るものである。

序章　なぜ動物なのか？

1　本書の目的

本書の目的は、武田泰淳《たいじゅん》、大江健三郎、小島信夫という三名の作家を対象に、日本の戦後文学において、人間と動物の境界がどのように表象されてきたのかを明らかにすることである。

一般に、日本の戦後文学は、日中戦争から太平洋戦争に至る非人間的な戦争の時代への反省から、人間性の再建を目指した文学とみなされることが多い。本多秋五が『物語戦後文学史』の結びで、「戦後文学が追究した窮極のものは、もしそれに名前をあたえるとしたら、人間の「自由」ではなかったかと思う(1)」と述べるように、人間性は、戦時体制の抑圧をはね返すべき自由な主体性と結びつけられ、戦後文学の核心に置かれてきたのである。

しかし、戦後文学のなかには、人間性という理念に対する根底的な疑義を表現した作品も存在する。これらの作品では、自由な人間性の理念から排斥されたり、逸脱してしまったりする存在が描かれる。そして、それらの存在には、多くの場合、動物の表象が付与されるのである。

《人間》という概念は、対立項として《動物》という概念を必要とする。しかし、多くの二項対立がそうであるように、《人間》と《動物》という境界区分も、恣意的であり、かつ暴力的なものである。近代の世界観において、《人間》は《動物》に比べて、自由で理性的であるがゆえに、その生殺与奪の権利を持つとされる。そして、この非対称的な関係は、人間同士の関係にも容易に応用される。すなわち、相手を《動物》同然の存在とみなすことで、搾取や暴力の正当化が行なわれるのである。このように、《人間》という概念が《動物》への暴力を含んで成立していることを考えるとき、人間性の規範に同一化を果たすことで、戦争やジェノサイドのような巨大な暴力を乗り越えるという道は本当に正しいのか、という問いが提起されるだろう。

本多秋五が語るように、日本の戦後文学の核心が、自由な主体としての人間の追求にあったのだとすれば、それは以上のような限界に無自覚な企図だったということになる。しかし、果たしてそのような見方は正しいのだろうか。

このような疑問に立ちつつ、本書は、武田泰淳、大江健三郎、小島信夫の作品における動物の表象に着目し、それを通じて表現された、人間性という戦後的な理念への根底的な疑義について分析を行なう。言い換えれば、それが狭義の動物であれ、あるいは動物同然に扱われる人間であれ、傷つき、苦しみ得る存在に対する暴力を容認せず、それらの存在と倫理的な関係を構築するにはどのようにすれば良いのかという持続的な探究を、戦後文学に読み取っていきたいのである。

なお、以下では、「人間以外の生物」という生物学的な範疇を指す場合には動物と表記し、「人間としての尊厳を認められず、法の保護の外部に遺棄される存在者」という政治学的な範疇を強調する場合には《動物》と表記する。人間／《人間》という使い分けも、これに準じる。ただし実際には、生物学と政治学との範疇が分かちがたく絡み合っていることも、改めて確認しておきたい。

2　近年の動物に関する哲学的考察

本書の視座は、近年の動物をめぐる哲学的議論に影響を受けている。

最も大きな影響を受けたのは、南アフリカ出身の作家Ｊ・Ｍ・クッツェーの『動物のいのち』に収められた、「哲学者と動物」「詩人と動物」と題された講演である。クッツェーはそこで、エリザベス・コステロという名の女性作家を主人公にし、人間の世界のなかで動物が置かれている窮状を訴えるとともに、想像力を通じて、動物の立場に共感する（sympathize）ことの大切さを説いている。

コステロは、フランツ・カフカの「ある学会報告」の猿のペーターと、インド出身の数学者スリニヴァージャ・ラマヌジャンとを重ね合わせ、西洋的な理性を絶対的な基準とし、動物（あるいは、非西洋人）に人間化を強いる植民地主義的な暴力について語る。次いで、哲学者のトマス・ネーゲルが、人間はコウモリの立場になることはできないと主張することに真っ向から反論し、生命には共感の能力が宿っており、相手がたとえ動物であっても、身体に入り込み、その世界の感受の仕方を想像することができると主張する。最後に、コステロは、トレブリンカ強制収容所に運搬されるユダヤ人と、食肉工場に運搬される家畜とを、あえて重ね合わせた上で、次のように語りかける。

恐ろしいのは、殺す側が犠牲者の立場に立って考えることを拒絶したし、他の人もみな同じだったという点なのです。彼らは『がたがたと通りすぎていく家畜車のなかにいるのは、やつらなんだ』と言いました。『その家畜車のなかにいるのが自分だったら、どうだろう?』とは言いませんでした。『あの家畜車のなかにいるのは自分だ』とは言わなかったのです。『きょう焼かれているのは死んだ者たちに違いない。いやな匂いを撒き散らし、灰になって私のキャベツの上に降ってくる』と言いました。『自分が焼かれているのだったら、どうだろう?』とは言いませんでした。『私は焼かれている。私は灰になって降っている』とも言いませんでした。(2)

ここでコステロが強調するのは、「やつら」=《動物》という境界区分のもとに、強制収容所に勤務するドイツ人も、周囲に住むポーランド人も、そこで何が起きているかを知りつつも、殺される《動物》に心を閉ざしたということだ。そして、それは、現在私たちが、郊外の食肉工場や企業の実験室で動物に何が起きているかを知りつつも、無知を装っていることと同じではないか、とコステロは訴えるのである。

このようにクッツェーは、エリザベス・コステロに託しながら、人間の人間に対する暴力の背景には、人間の動物に対する暴力が存在していることを示唆する。言い換えれば、暴力の問題を真剣に検討するならば、《人間》と《動物》という自明に思われる境界区分を根底的に問い直す必要があるのである。

この《人間》と《動物》の分割が、国家の主権の起源に存在すると主張したのが、ジョルジョ・アガンベンの『ホモ・サケル』である。アガンベンは、カール・シュミットの「主権者とは、例外状態にかんして決定をくだす者をいう(3)」という思想に基づき、国家の主権の本質を、法を停止し、その成員をいつでも暴力に供し得る能力に見ようとした。この際に、法の例外状態に落とされるものを、アガンベンは、剝き出しの生、ゾーエー、ホモ・サケルなどと呼ぶ。これらは、人間性を剝奪された《動物》に関わる用語である。その上で、アガンベンは、主権者とホモ・サケルとの関係を次のように説明している。

法的秩序の極にある主権者とは、彼に対してはすべての人間が潜勢的にはホモ・サケルであるような者であり、他方の極にあるホモ・サケルは、彼に対してはすべての人間が主権者として振る舞うような者である。その意味で、主権者とホモ・サケルは、同一の構造をもち互いに相関関係にある正反対の二つの形象を提示するものである(4)。

主権者とホモ・サケルは、政治的な領域において、構造的に対立する二つの極をなす。近代以降、主権の担い手は、具体的な人間ではなく、全国民の統一体たる国家それ自体として捉えられるようになる。この主権国家においては、「排除と包含、外部と内部、ビオスとゾーエー、法権利と事実が、還元不可能な不分明地帯(5)」が広がり、すべての国民が、《動物》として、法の例外状態に落とされ、国家から死を与えられる可能性を孕んでしまう。アガンベンによれば、この可能性が現実化したのが、「生きるに値しない命」を抹殺する強制収容所に他ならない。

　このように、アガンベンが示すのは、主権国家の最大の機能は、《人間》と《動物》の分割にあるということである。つまり、《人間》と《動物》の境界区分は、生物学的なものというよりは、多分に政治的なものなのである。そうだとするならば、《人間》と《動物》の分割を問い直すことで、主権国家に内在する暴力を乗り越える道も開けてくるだろう。

　ジャック・デリダは、晩年の講義録である『獣と主権者』で、彼が言う「動物 - 人間政治学」についての考察を展開している。デリダは、主権者と獣というアガンベンとよく似た構図を使いつつも、両者の相互反転性、決定不可能性を強調する。主権者は、「その至高性からして、統制、従属、支配、服従、殺害の対象である獣に優越して」いるのだが、他方で、主権者や主権国家は、獅子や狼などのイメージを通じて、「獣として形象化[6]」されてきた。これは、デリダによれば、獣と主権者がともに法の例外状態に位置する存在だからである。


　主権者、犯罪者、獣のあいだにはある種の漠然とした魅力的な共犯性があり、さらには、不安な相互的な引力、不気味な親密さ、互いの不気味な憑依がみられます。両者──三者（動物、犯罪者、主権者）──は法の外に存在し、もろもろの法から離れて、あるいはそれらの上位に存在します。犯罪者、獣、主権者は正反対の位置にあるようにみえますが、奇妙にも互いに類似しています。〔中略〕私たちはX線を通したように、主権者の特徴の下に獣の顔を発見し、投射し、知覚してしまうのです。[7]

主権者は、獣や犯罪者に対して、法を停止し、暴力的に管理したり、死刑に処したりしようとするが、その瞬間に、主権者の相貌は凶暴な獣に酷似してしまう。こうして、理性を有する「政治的動物」たる人間の代表として、あらゆる動物の優位に立つはずの主権者は、まさにその政治行為を通じて、《獣》の地位へと転落してしまうのである。

このように、デリダは、《人間》と《動物》の分割の恣意性を強調する。その上で、人間が動物に優越することを証示してきた、西洋哲学史における人間の固有性のリストを、一つ一つ再検討し、人間と動物との新しい関係を構築するように促すのである。

また、デリダは、『動物を追う、ゆえに私は（動物で）ある』で、「動物」という言葉の代わりに《animot》という言葉を使うように提案している。マリ＝ルイーズ・マレが解説するように、「この語は発音されると、単数形のなかに複数性が、《animaux》が聞こえる。そして、単数定冠詞付きの「動物」《l'animal》が抹消してしまう、動物たちの著しい多様性が想起される。《animot》と書かれると、この語、《l'animal》が、ひとつの「語《モ》」《mot》でしかないことが見える」[8]。すなわち、「動物」という単語で、多様な動物たちをまとめ上げ、一つの特性を与え、それと対比するかたちで、人間の優位を――したがって動物に対する生殺与奪の権利を――正当化しようとする試みに対して、デリダは明確な否を突きつけるのである。

以上、クッツェー、アガンベン、デリダの動物に関する議論の簡単な紹介を行なってきた。力点はそれぞれに異なるものの、三者に共通するのは、《人間》と《動物》という境界区分が政治的なものであり、この境界区分が人間の人間に対する暴力を生む原因になってもいるという認識である。その上で、この暴力を乗り越えるためには、動物たちと向き合い、共通の言語を前提としない対話を模索し続けることを通じて、人間性という理念を根底から再検討する作業が不可欠になるのである。

3　動物の表象に関する文学研究

それでは、文学研究は動物の問題とどのように向き合ってきたのだろうか。動物と深く関わる作品を書いた個別の作家については、多くの研究が存在する。日本の近代文学では、宮沢賢治に関して、小森陽一[9]や西成彦[10]らの卓抜した論考がある。また、海外文学では、ハーマン・メルヴィルやフランツ・カフカの研究をする際に、動物の主題に触れずに済ますことはできないだろう。

他方で、特定の作家の作品のみならず、いかなる文学作品でも、人間を描こうとする以上、その周縁には必ず《動物》の問題を招き寄せているという事実は、長く見過ごされてきた。言い換えれば、それぞれの時代の言説の布置を参照しつつ、文学作品に、《人間》と《動物》のあいだに設定された政治的関係を読み取っていくというプロジェクトは、いまだ手つかずのままなのである。

それでも、近年の動物論の活発な展開を受けて、動物の表象に焦点を当てた文学研究の数は年々増加しつつある。特に英米圏の文学研究ではこの傾向が顕著に見られ、日本語でも何冊かの研究書が出版されている[11]。日本文学研究でも、近代以前のいわゆる古典文学の領域では、多様な作品から、日本文化の変遷と動物観の変遷とを重ね、読み取っていこうという試みが登場している。[12] また、教育学の観点から、絵本に登場する動物たちの機能について綿密な考察を繰り広げた研究も出現している。[13]

これらと比較すると、日本近代文学研究の遅れは否めない。日本の近代では、労働搾取、植民地化、戦争、ジェノサイドなど、さまざまな場面で人間の《動物》化が行なわれてきた。日本の近代文学も、この歴史と否定しがたく関係しながら展開してきた。にもかかわらず、《人間》と《動物》の政治的関係という観点から、日本の近代文学史を再検討しようという試みはいまだに現われていない。

4　戦後という時代

本書では、武田泰淳、大江健三郎、小島信夫という、三名の日本の戦後作家の作品に登場する《動物》の表象について考察を進めていく。

なぜ、時期区分として、戦後を選択するのか。それは、日本の戦後が、戦争にまつわる二つの契機によって、《人間》と《動物》の関係の再考を迫られた時期だからである。

第一の契機は、日本の軍隊における、兵士の《動物》化に関わっている。入営した日本兵は、上官の不条理な威圧や暴力によって、人間の尊厳を破壊され、自分たちの命が銃器や軍馬以下の価値しかないことを思い知らされる。[14] そして、大本営の無謀な作戦に翻弄され、異国の地で飢餓に苦しみながら、自分たちの《動物》としての剝き出しの生に直面させられたのである。[15]

第二の契機は、第二次世界大戦が人種主義の全面化でもあったことに関わっている。ナチスによるユダヤ人のジェノサイドは、最大の例証である。また、ジョン・W・ダワーが論じたように、太平洋戦争も人種戦争の側面を持っている。連合国が日本人を「黄色い猿ども」と呼んだのに対し、日本は英米人を「鬼畜米英」と呼びならわし、「米」「英」という漢字に「犭（けものへん）」を付加して表記することを発明した。[16] このような他者の《動物》化は、各国家の植民地主義体制とも密接に結びついている。

日本の戦後は、戦争がもたらしたこの二種類の暴力を前にして、人間性の回復を志向することから始まった。例えば、丸山眞男の「超国家主義の論理と心理」（『世界』一九四六年五月）に代表されるように、日本の軍隊の前近代性、非合理性が告発されるとともに、主体性を備えた近代的な人間への再生こそが、戦争の時代を克服するための唯一の道だという言説が多くの支持を集めた。[17] また、一九四八年に国際連合で、「人種、皮膚の色、性、言語、宗教、政治上その他の意見、国民的若しくは社会的出身、財産、門地その他の地位又はこれに類するいかなる事由による差別」をも禁じた世界人権宣言が採択されたのを受け、《人間》という普遍的な価値はますます大きな信頼を獲得するようになった。

他方、戦争の暴力の記憶に向き合いながら創作を開始した日本の戦後作家には、人間性の理念を安易に受容することを避け、むしろ《動物》の圏域に着目する作家たちが存在した。もちろん、それは単純なアンチヒューマニズムとみなされるべきではない。むしろ、彼らの作品は、次のような認識を共有している。すなわち、戦争の非人間的な暴力を克服するためには、《人間》という理念を無批判に称揚するのではなく、《人間》と《動物》のあいだに設定された政治的な境界線を根底から問い直す必要があるという認識である。その上で、彼らは、戦時中のみならず、戦後日本社会のなかでも、《人間》と《動物》の境界線が変わらずに機能していることを見出し、それぞれの方法で告発を試みていった。

以上をふまえ、本書では、戦争の体験者が社会の圧倒的多数を占め、戦争の記憶が人びとを強く規定していた、敗戦直後から一九七〇年代までを対象とし、戦後文学作品に表われた《人間》と《動物》の政治的な境界線の問題を考察していく。

5 作家の選定

それでは、なぜ、武田泰淳、大江健三郎、小島信夫を対象として選ぶのか。従来の文学史では、彼らは、世代、交友関係、主題などによって、異なるグループに配置されてきた。

武田泰淳（一九一二―七六）は、東京都に生まれた。幼名を大島覚《さとる》といったが、生後すぐに、浄土宗の僧で、大正大学の教授でもあった父親の師僧の家督を相続し、武田姓になる。一九三一年には、僧侶の資格を得て、泰淳に改名するとともに、東京帝国大学文学部支那文学科に入学する。大学では、生涯の友人となる竹内好《よしみ》と出会い、中国文学研究会を結成した。これは、当時一般的だった「支那」ではなく「中国」の語を使っていることからも明らかなように、魯迅をはじめとする同時代の中国文学への連帯の表明という意味を持っていた。しかし、皮肉にも泰淳が初めて中国大陸の土を踏んだのは、三七年に日中戦争が勃発し、中国大陸への侵略を担う一人の日本兵としてだった。この二年間の戦場体験と中国人への罪意識は、その後の泰淳の文学に大きな影を落とすことになる。四三年には、『司馬遷』を発表し、一部の文学者から高い評価を得る。四四年には上海の中日文化協会に就職し、そのまま当地で敗戦を迎えた。帰国後は、「審判」、「蝮のすえ」などを発表し、野間宏、椎名麟三、梅崎春生らと並んで、第一次戦後派の作家と目されるようになる。その後も泰淳は、戦後社会の変化に応じながら、『風媒花』、「ひかりごけ」、『森と湖のまつり』、『富士』などの作品を発表し、それまでの日本文学には存在しなかった独自の世界観を構築していくことになる。

小島信夫（一九一五—二〇〇六）は、岐阜県に生まれた。十代の頃から創作を始め、一高では、福永武彦、中村真一郎、加藤周一らと同じ文芸部に所属した。一九三八年に、東京帝国大学文学部英文学科に入学するとともに、最初の妻と結婚する。四二年に召集され、妻を実家に残したまま、中国大陸に渡る。暗号兵としての訓練を受け、北京に設置された情報部隊に転属になり、現地で敗戦を迎えた。帰国後は、小石川高等学校、明治大学工学部などで英語教員として勤務する傍ら、創作活動を続け、五三年の「小銃」で芥川賞候補になり、五五年の「アメリカン・スクール」で芥川賞を受賞する。生年は第一次戦後派の作家たちとほぼ同じだが、文学上の問題関心の近さから、年少の安岡章太郎、吉行淳之介、庄野潤三らと親しく交友し、「第三の新人」の作家と位置づけられる。五七年には、ロックフェラー財団の招きで、アメリカに渡り、各地を転々とした。六五年には、

『抱擁家族』を発表し、戦後の日本家庭がアメリカとの関係において崩壊していくさまを描いたとして、江藤淳をはじめとする批評家たちから高い評価を獲得する。その後は、一二年以上の長期連載となった『別れる理由』を契機とし、『美濃』、『菅野満子の手紙』、『寓話』など、メタフィクションの手法を取り入れた実験的な作品を次々に発表していくことになる。

大江健三郎（一九三五―）は、愛媛県に生まれた。敗戦時には十歳の小学生であり、「天皇のために死ね」と教えていた軍国主義の教師たちが、敗戦の日を境に、民主主義の伝道者に一変したことに不信感を募らせた。しかし、真新しい教科書を通じて学んだ、新憲法における主権在民と戦争放棄の精神は、中学生になった大江の心を強くとらえて、以後の政治的な姿勢の基礎を形成することになる。一九五四年に東京大学に入学、仏文学科に進み、渡辺一夫に師事する。五七年には、「奇妙な仕事」が、荒正人の選で『東京大学新聞』五月祭賞を受賞。これを、平野謙が『毎日新聞』の文芸時評で高く評価したことで、新進の学生作家として一躍注目を集める。「死者の奢り」、「他人の足」などを発表し、翌年には「飼育」で芥川賞を受賞する。他方、政治的な関心を強め、江藤淳、石原慎太郎、武満徹ら、同世代の芸術家と「若い日本の会」を結成し、安保反対運動に参加する。日本の若者の政治参加の不可能性を主題とした作品を多く書くが、六三年の知的障害を持った長男の誕生を契機に、作風を大きく転換する。六七年の『万延元年のフットボール』は、歴史の語りに孕まれる暴力を主題とした作品であり、大江の最高傑作との呼び声が高い。以後も、現代世界の暴力、障害児との共生という一貫した主題を中心に据えつつ、新たな方法を意欲的に取り入れた創作活動を持続し、九四年にはノーベル文学賞を受賞している。

以上、三名の作家の経歴を簡単に紹介してきた。従来の戦後文学史では、武田泰淳は第一次戦後派、小島信夫は第三の新人、大江健三郎は石原慎太郎と同じ若い世代の作家として、区分されてきた。

第一次戦後派とは、敗戦時に三十代の作家、すなわち一九三〇年代に共産主義の抵抗運動が崩壊していくさまを目の当たりにし、その後戦場へと動員されたり、投獄されたりするなかで、独自の観念的な主題や文体を育て、敗戦後にその表現の場を得た作家たちである。これに対して、第三の新人は、敗戦時に二十代の作家、すなわち共産主義の運動にほとんど接触がないまま戦争に突入したため、戦争における加害者意識が薄く、それよりは軍隊を含むあらゆる集団から脱落してしまう劣等生意識と、それでも戦後社会のなかで家庭を守らねばならないという男性性の意識の葛藤を、日常的なリアリズムの文体で表現しようとした作家たちとして定義される。そして、大江らは、敗戦時に十代の作家、すなわち戦争を直接には体験していないため、戦争をロマン化して捉える傾向があり、戦後社会の閉塞感からの脱出を暴力的な手段に求める若者を、共感的に描いた作家たちとして位置づけられてきた。

この従来の区分は、三名の作家の差異を考える上で確かに重要なものだ。戦後日本の諸問題に関する、彼らの認識のグラデーションは、これに基づいてかなりの部分まで説明できる。しかし、この区分をあえて外し、彼らの文学を読んでみれば、そこには、人間性という規範への不信と、動物への強い関心を確認できる。彼らの文学は、暴力を行使するもの、暴力に虐げられるもの、その双方の意識の深奥に入り込むことを通じて、それぞれの問題関心の領野で、《動物》という主題に行き当たってしまうのである。

この点に着目すれば、従来の世代に基づいた区分に囚われない、戦後文学史の読み直しが可能になる。同時に、一人の作家に焦点化していたのでは見えてこない、《動物》の幅広い問題系を追っていくことも可能になる。これが、本書において、武田泰淳、大江健三郎、小島信夫という、それぞれ異なる世代に分類されてきた三名の戦後作家を対象に選んだ理由である。

6　本書の構成

本書は、第一部「武田泰淳――国家の戦争と動物」、第二部「大江健三郎――動物を殺害する人間」、第三部「小島信夫――家庭を攪乱する動物」、第四部「動物との共生へ」の全四部から構成される。

第一部「武田泰淳――国家の戦争と動物」では、武田泰淳の戦争を背景とした作品を取り上げ、そのなかで《動物》にどのような位置が与えられているのかを考察していく。第一章では「審判」（一九四七年）、第二章では『風媒花』（一九五二年）、第三章では「ひかりごけ」（一九五四年）を取り上げる。

第二部「大江健三郎――動物を殺害する人間」では、なぜ大江健三郎の初期作品に《動物》の表象が頻出するのか、にもかかわらず、なぜその事実はこれまで注目されなかったのかについて考察していく。第四章では「奇妙な仕事」（一九五七年）、第五章では「飼育」（一九五八年）、第六章では、「セヴンティーン」（一九六一年）を取り上げる。

第三部「小島信夫――家庭を攪乱する動物」では、小島信夫の家庭小説と軍隊小説に共通して馬が登場することに注目し、その意味について考察していく。第七章では「馬」（一九五四年）、第八章では『墓碑銘』（一九五九―六〇年）、第九章では『抱擁家族』（一九六五年）を取り上げる。

第四部「動物との共生へ」では、一九六〇年代後半から七〇年代にかけて書かれた、武田泰淳、大江健三郎、小島信夫の長編小説を取り上げ、初期の《動物》の主題が、その後どのような発展を見せたのかを考察していく。第十章では武田泰淳の『富士』（一九六九―七一年）、第十一章では大江健三郎の『万延元年のフットボール』（一九六七年）、第十二章では小島信夫の『別れる理由』（一九六八―八一年）を取り扱う。

終章では、各章での分析を総合することを試みる。戦争の暴力をそれぞれのかたちで受け止めた三名の日本の戦後作家たちが、彼らの文学を通じて、《動物》について何を表現しようとしたのか、また《人間》と《動物》のあり得べき関係をどのように構想したのかについて考察したい。

第一部

武田泰淳——国家の戦争と動物

第一章　「審判」——「自覚」の特権性を問う

武田泰淳の「審判」(『批評』一九四七年四月)は、中国への戦争責任を主題としており、戦後日本の出発点を考察する上で重要な作品の一つとみなされてきた。ただし、従来あまり考察されてこなかったのは、なぜ中国への贖罪意識が小説という形式で表わされねばならなかったのか、という点だ。泰淳にはしばしば、『司馬遷』(日本評論社、一九四三年)を彼の最高傑作とする一方で、戦後の小説群をそれに及ばないものとして批判する声が寄せられていたという(1)。にもかかわらず、戦後の泰淳は、小説という表現形式に一貫してこだわり続けた。泰淳にとって、中国への贖罪意識は、何よりも自分自身が中国に対して発してきた戦前の言説への反省を強いたはずだ。そうであるならば、小説へのこだわりに、泰淳による『司馬遷』の乗り越えの意志を見ることもできるのではないか。

このような観点から、本章では、まず、ほぼ同時期の『司馬遷』と高山岩男の『世界史の哲学』の言説の相似性を指摘し、メタレヴェルな発話の位置から多元論を述べることの限界を示す。その上で、「審判」における多声的な小説の構造が、『司馬遷』の自己批判になっていることを示す。最後に、「審判」の多声的な構造が、「自覚」という人間の固有性の根拠を揺るがすことで、人間に抑圧・殺害される《動物》の主題を導き入れていることを論じたい。

1　『司馬遷』と『世界史の哲学』

一九四二年から四三年にかけて、高山《こうやま》岩男、高坂《こうさか》正顕、西谷啓治、鈴木成高の四人の京都学派の哲学者による「世界史的立場と日本」の座談会が、『中央公論』誌上で発表された。この座談会は、戦後、大東亜共栄圏のイデオロギーとして厳しく批判されてきた。泰淳は『司馬遷』の後記で、「高坂氏、西谷氏、鈴木氏等、京都派世界史的見地の主張者が、今後支那学をどの程度に料理するや、いささか興味ある問題である。鈴木氏等がとりあげたランケの世界史学と、司馬遷の史学と、どちらが世界史的か、この際一考を要するのではないか(2)」と書き、当時すでに京都学派の「世界史の哲学」からの差異化を図っていた。しかし、泰淳が一人だけ名前を漏らした高山岩男の『世界史の哲学』(岩波書店、一九四二年)を読むと、両者の論理がかなり相似的であることに気づく。

高山は、『世界史の哲学』の序文で、「今日の世界大戦は決して近代内部の戦争ではなく、近代世界の次元を超出し、近代とは異なる時期を画そうとする戦争である(3)」と宣言している。それでは、近代とは何か。高山はそれをヨーロッパによる帝国主義的一元論の時期とみなす。すなわち、ヨーロッパが世界を支配していく過程が近代であり、従来はこの過程を中心として世界史が書かれてきた。しかし、そのような時代は終わりを迎えつつある。

新たな世界史学は新たな世界史の理念から出発しなければならぬ。新たな世界史の理念は歴史的世界の多元性から出発することを要する。歴史的世界を一つと考える思想は、自己の特殊的世界をそのまま普遍的世界と同視する無自覚乃至独断に陥るを免れない。ヨーロッパに於ける世界史の観念には、多くこのような主観的見解が流れていた。それは近代世界史のヨーロッパ的性格より由因せる一つの独断的見解であるということができる(4)。

それでは、この多元的な世界史を構想させるに至った契機は何か。高山はそれを、ヨーロッパの膨張に対するアジアの抵抗に求めている。そして、その先頭に立っているのは、日本である。このことは、国際連盟の脱退と、英米に対する宣戦布告によってもはや疑い得ないものになった。

この国際連盟からの脱退は現代世界史にとって極めて重要な意義を有する事件である。それは東亜のヨーロッパ的秩序、否、アングロ・サクソン的秩序に対する否認の宣言であり、更にひいては世界のヨーロッパ的秩序に対する否認の宣言である。換言すれば、東亜並びに世界の近代的旧秩序建設に対する宣戦の意義をもつものであり、裏からいえば、東亜並びに世界の新秩序建設に対する要請の発現に外ならない(5)。

ここで言われる「東亜並びに世界の新秩序」とは、ヨーロッパの帝国主義的一元論ではなく、

「各民族各国家が所を得る」多元的な共栄圏の構想である。ここに至って初めて、「真に「世界」の名に値する世界が出現し、「世界史」の名に値する世界史が開始せられ(6)」ることになるだろう。
さらに高山は、従来の歴史学が時間性の観点しか持たなかったことを批判する。

世界史の理念が確立せられるためには、この歴史性即時間性の観念が批判せられ、歴史性が単なる時間性ではなく、同時に空間性（地域性・地理性）を必須契機とすることが、明らかにせられることが必要である。歴史が成立するためにはすべて地域的空間を必要とするのであって、地域的空間なきところに歴史が成立することはないのである(7)。

時間的に実存する人間が同時に身体という空間性の制約を持つように、歴史も、地域的空間によって制約を受けた複数の国家によって成立する。空間性は有限性を告知し、それゆえに複数の存在者を認めることを促す。したがって、歴史を空間的に考えることは、多元的な世界観の基礎をなすのである。

ここで問題になるのは、『司馬遷』においても、世界、空間性、多元性などが重要な概念として登場するという事実だ。『司馬遷』は、始皇帝の遺体の腐臭の記述などを取り上げ、『史記』の「本紀」の王たちが、実は有限な身体を備えた一人の人間にすぎないことを暴露する。その上で、「世家」「列伝」の構成の空間性を指摘し、世界や歴史の多元性＝多中心性を主張するに至る。『司馬遷』の思想を凝縮した一節を確認しよう。

史記的世界では、持続は空間的に考えられている。全体的に考えられている。史記的世界は、「本紀」だけ、或は「世家」だけで、出来ているのではない。「列伝」「書」「表」、あらゆるものを包含して、持続しているのである。「史記」の問題にしているのは、史記的世界全体の持続である。個別的な非持続は、むしろ全体的持続を支えていると言ってよい。史記的世界は、あくまで空間的に構成された歴史世界であるから、その持続も空間的でなければならぬ。(8)

「本紀」「世家」「列伝」「書」「表」からなる多元的な宇宙としての『史記』。『司馬遷』において、このような世界観が「日本は世界の中心なりと信じている日本人、かつその持続を信じている日本人」(9)を相対化するために提出されていることは確かだ。このために、泰淳と「世界史の哲学」論者のあいだに明確な境界線を引こうという試みが多くなされてきた。例えば米谷匡史は、泰淳が武帝に宮刑に処された司馬遷に自分を重ね合わせていることに注目し、「加害者、制圧者の側の視点」への批判精神が多中心性の概念に強度を与えていると指摘する。(10)また、三宅芳夫は、道義の不在(「天道是か非か」)を説く泰淳の視点が、「世界史の哲学」論者の「道義的エネルギー」による中心と周辺の配列を否定していると指摘する。(11)

もちろん、これらの差異は見逃せない。しかし、高山も日本をヨーロッパの帝国主義という「加害者、制圧者」を批判する側に位置づけていること、そして「道義の不在」はある国家が力によって中心を占めること自体を批判できないことを考えるならば、これらの差異を決定的とまでは断言できないのではないか。一元論から多元論へという『司馬遷』の論理が、『世界史の哲学』において、日本の東アジア侵略のイデオロギーに転化してしまっていることの意味は、さらに慎重に検討されて良いと思われる。

『世界史の哲学』において、多元的世界の肯定と日本の中国侵略という矛盾はどのように解消されているのか。ここで、「自覚」という概念に与えられた特権的な地位に注目したい。高山によれば、ヨーロッパの一元的な支配を打破するために、立ち遅れたアジアの一国としての日本は、まずは列強と競って中国への侵略を行なわ「ざるを得ない」運命にあった。しかし、「日本の世界に対する地位から由来したこの苦衷は支那の理解するところとならなかった。支那はついに現代世界史を貫き来たった根本趨勢に深く自覚するところがなかったのである」（傍点引用者）[12]。つまり、日本は、一元的世界から多元的世界へという世界史の趨勢を「自覚」しているがゆえに、東亜における「指導」的役割があるとされるのである。

このような言説には、高橋哲哉が指摘するように、「単にナショナルなものの防衛を説くのではなく、あらゆるナショナルなものと特殊的世界とに「所を得」させることをもって、メタレヴェルで世界の日本化を図る〈超越論的〉日本中心主義[13]」が表われているだろう。高山は、自己を拘束する特殊的世界への「自覚」を通じて到達するこのメタレヴェルな場所を、「有」を超出した「絶対無」とも呼んでいる[14]。

したがって、問題にすべきなのは、経験世界を超越したメタレヴェルに立ち、世界の普遍的な真理を語れると信じる発話の位置なのである。それでは、『司馬遷』はどうだっただろうか。確かに、

『司馬遷』には「歴史的必然」といった理念は登場しない。しかし、「個別的な非持続は、むしろ全体的持続を支えていると言ってよい」といった言説は、歴史のメタレヴェルに立つことでしか発することができないはずだ。さらに、道家を参照しながら「歴史家は、為さざること無し、でなければならぬ。何故ならば、彼は万物の情を究め、万物の主となるのであるから[15]」とされるとき、それでは、武帝に代わり、『史記』世界の「主」の座に就く歴史家・司馬遷の倫理性はどのように保証されるのか、という問題が浮上してしまう。「無為自然」や「道義の不在」を説くことすら、何らかの政治的立場の表明になるのではないか、と疑うような他者への意識はまだここにはない。この点での不徹底が、泰淳と高山の言説の危うい関係を示唆しているのではないだろうか。

2　複数の声のフォーラム

「審判」は、上海で代書屋を営む杉の語りからなる前半と、戦場での二度の殺人を告白し、中国に留まる決意を述べる杉の年少の友人・二郎の手紙からなる後半に分けられている。発表当時は、二郎の手紙を中心化する読解が支配的だったものの、近年は、この物語形式自体に、二郎の手紙を読む杉、さらにその杉の語りを読む読者という、読み＝審判の重層性を見て取り、二郎単独の贖罪の限界を指摘しようとする試みが主流になっている[16]。

本章もまたこの観点を継承しつつ、この物語形式を、複数の声のフォーラムとしての小説に対する泰淳の関心の表われとみなしたい[17]。つまり、『司馬遷』では未解決だった歴史を書く主体の特権性を問いに付すために、小説という形式が選択された可能性について考察したいと思う。
まず、上海という舞台について考察したい。上海は、アヘン戦争から始まる列強の植民地主義的暴力が作り出した都市であるが、同時に一つの国による一元的な支配が行なわれず、多国籍性を刻印された都市でもあった[18]。そこでは、イギリス人、アメリカ人、フランス人、日本人、祖国を失った白系ロシア人、ユダヤ人、あるいは共産党系、国民党系の中国人が入り混じり、権力闘争を繰り広げていた。一九四一年の日本の占領によって失われたこの多中心性は、日本の敗戦によって一時的に回復されることになる。「審判」はその様子を次のように描写している。

この上海はつまり世界であり、この世界の審判の風に吹きさらされ、敗滅せる東方の一国の人民が、醜い姿を消しやらずジッとしている。〔中略〕歴史とか伝統とかが眼前に崩壊し、世界とか宇宙とかが、突然自分の周囲にたちはだかった驚きを、その言葉でどう始末するわけにもいかなかった。（二：三―四）

ここでの「世界」は、『司馬遷』における「世界」の概念を継承するものと捉えて良いだろう。すなわち、日本というかりそめの中心が失われたことで、それまで抑圧されてきた複数の他者たちの「並立状態」が露わになるのである。この場所では、東アジア諸国に対して「遺憾ノ意ヲ表セサルヲ得ス」とだけ言って済まそうとする「国内感覚」は決して通用しない[19]。上海では、どのような発言も、同質な聴き手たちだけではなく、異質な聴き手たちに届いてしまう可能性を意識しなければならない。酒井直樹が、横光利一の『上海』を分析して言うように、上海では「著者が語る主体位置を隠蔽することができない」。なぜならば、「叙述という語りそれ自体が、そこで刻印された社会的現実と著者の位置との関係、たとえば国籍、社会階級、ジェンダー、人種、政治的帰属《アフィリエーション》といった多くの不均等性によって不可避的に分断された諸関係に特有の数々の特徴を証示してしまう(20)」からだ。つまり、敗戦後の上海において、特に日本人が、メタレヴェルな発話の位置を確保することは絶対に不可能だったのである。

このことを証示するのが、「審判」における「友人」の「エネルギー不滅説」の位置づけである。「友人」は次のように語る。

「一国が亡びることは、それだけのエネルギーの消滅のように見えるが、実は人類全体のエネルギーは不変不滅なのさ。それは物理的に見て、宇宙のエネルギーが不変不滅であるのと、ちょうどおんなじなんだ。だから日本が亡びるということはちっともおどろくにあたらんのさ。日本やドイツが亡びようと、人類全体のエネルギーは微動だにしない、不変なのさ。もちろん、亡びないでいたって何でもないことなんだけどね」（二：八）

粟津則雄も指摘するように、この議論は、『司馬遷』の「個別的な非持続は、むしろ全体的持続を支えていると言ってよい」という議論と響き合う(21)。また、一九四八年の「滅亡について」にも同種の議論は登場しており、このことが泰淳の戦前と戦後の一貫性を論じる傍証とされることもある。

しかし、「審判」で、この議論は、一登場人物の発言として、また在外日本人の「苦しまぎれのなぐさめの種」として相対化されていることに注意したい。さらに、二郎はこれに、根底的な批判を差し向ける。

「その説明ではかたづかないものがあるんじゃないでしょうか。つまり日本が亡びる場合、いや亡びる亡びないにかかわらず、自分だけが持っている特別ななやみのようなもの、それはその説明だけではうまく納得できないと思うんですけど」（二：九）

二郎の批判の背景には、自分の殺人の記憶がある。つまり、「友人」の議論は、形あるものの滅亡を必然とすることで、二郎の殺人に対する慰謝の誘惑として機能してしまうのである。科学や哲学の領域では普遍的な真理として通用するような言説も、諸個人の具体的な関係性のなかに置き直されたとき、とてつもない暴力を持った「応答」として機能してしまう事態があり得る。したがって、ここで行なわれているのは、『司馬遷』において歴史の普遍的な真理として提出された、「個別的な非持続は、むしろ全体的持続を支えていると言ってよい」という発話の問い直しだと言える。もはや「全体的持続」を見通すことのできるメタレヴェルな歴史家の視点は廃棄されざるを得ない。このことは、敗戦後の上海という、国家の「歴史とか伝統」が崩れ去り、「世界の審判の風」が吹きさらす都市、そして、単声だけでは決して成立しない、複数の声からなるフォーラムとしての小説という表現形式の二つが揃うことによって、初めて可能になっているのである。

他方、高山は、戦後も「国内感覚」を貫き通すことができた[22]。高山は、一九五一年に、あえて『世界史の哲学』の巻頭の章と同名の論文を書き、自身の一貫性について次のように述べている。

十年を経過した今日、顧て私が世界史の理念の根本としたものに根源的な誤謬があったであろうか。第二次世界大戦の勃発を見、特に日本の敗戦に終った大戦の事実によって、私が世界史の根本理念としたものに根底から改変を要求されるものが生じたか。日本の敗戦によって日本の戦前の思想の凡てが誤謬であったとするのが、日本の知識人一般の告白であり要求であるようである。併し私は自分が世界史の根本理念としたものに誤謬があったとは思わない。私は戦争の有無や勝敗によって左右されるような理念を考えたのではないからである[23]。

高山によれば、日本が世界史の転換に指導的な役割を果たすという見通しは確かに誤っていた。だが、それは、近代的世界から超近代的世界へという世界史の趨勢自体を否定するものではない。なぜならば、戦後の世界は、アメリカとソ連という二大陣営のもとで、多元的な包括を行なう超国家への転換を現に行ないつつあるからだ。高山は、アメリカをいわば大東亜共栄圏構想を継承する主体とみなし、自身の理論の正しさを誇っている[24]。高山は、太平洋戦争、朝鮮戦争を経てなお、上からの共栄圏構想に暴力的に抑圧、殺害される東アジアの民衆について、あるいは自身の発話行為がその暴力を追認しているという政治性について、決して語ろうとしない。高山のメタレヴェルな発話の位置からは、そのような経験的世界の一切が不可視になってしまうのである。

3　記録者の特権性と動物の主題

『司馬遷』と「審判」のあいだでは、「記録」についての考え方にも変化を指摘できる。『司馬遷』は、「記録というとごく簡単に考える人があるが、私は、記録は実におそろしいと思う。記録が大がかりになれば世界の記録になるし、世界の記録をなすものは自然、世界を見なおし考えなおすことになるからである」(25)と記していた。また、「崔杼《さいちょ》が荘公を殺した」という記述を守り通した、斉の太史の兄弟を例に挙げて、「彼が筆を取らねば、この世の記録は残らない。そのかわり、書けば、万代までも、事実として、残るのである」(26)とも記していた。ここから、『司馬遷』での「記録のおそろしさ」とは、記録者によって、事実が歪められたり、なかったことにされたりしてしまうことの「おそろしさ」だということを確認できる。

この「記録のおそろしさ」の考えは、「審判」の二郎の殺人にも反映されている。というのも、二郎は、中国の民間人の生命を無価値なものとして一方的に意味づけ、射殺し、その事実を一度は歴史の闇に葬ろうとするからだ。まずは、二郎が自分を世界の特権的な位置に押し立てていく過程を確認しよう。

二郎は、戦場での二度の殺人を告白している。一度目は、上官の命令による一斉射撃であり、二度目は個人の判断による老夫の射殺である。このうち、二郎がこだわり続けるのは、二度目の殺人のほうだ。なぜならば、二度目の殺人は「私個人の殺人」、「私そのものが敢えてした殺人」だからだ。この一見誠実な二郎の告白には、あえて立ち止まってみる必要がある。というのも、殺された側からすれば、それが集団的な殺人だったか、個人的な殺人だったかなど、全く意味を持たないからだ。道園達也が指摘するように、二郎は、自分を「高等教育を受けた昔ながらの自分」と規定する一方で、周囲の人間を「比較的知的訓練のない人々」、「自分をみちびいてゆく倫理道徳を全く持っていない人々」と規定している。[27] このインテリとしての傲慢こそが、二度の殺人の峻別を要請しているのではないか。すなわち、一度目は、上官（国家）の命令に従って、他の兵士たちと並んで行なった凡庸な殺人にすぎないが、二度目は、自分の自由意志をもって行なった特別な殺人なのだというように。そうだとすれば、二郎は自分の罪を誠実に告白するように見せて、実は自らを特権化しようとしていることになるだろう。

二郎が固執する教育のある者／教育のない者の二項対立は、教育を受けているがゆえに、自己自身を監視し統制できる主体と、教育を受けていないがゆえに、上官の命令に盲従したり、自己の本能のままに蛮行を行なったりする非主体との二項対立と言い換えられる。そして、この自己自身を監視し、統制する能力こそが、「自覚」の能力であることに注意しよう。そうであるならば、二郎には、「世界史の哲学」論者たちと同じように、「自覚」を誇示することで、経験世界のメタレヴェルに立とうとする傲慢さを指摘できる。

さらに、二郎は銃という武器を手にすることによって、銃を持たないものに対する生殺与奪の能力を獲得し、自己のメタレヴェルな位置を強化していく。重要なのは、このメタレヴェルな位置に立つとき、二郎が動物の表象を呼び込むことになるという事実だ。二郎は、一度目の殺人を行なった後で、少年の頃にガマを殺した記憶について語り始める。

私は自分が十四、五の頃、空気銃でガマを射ったことをおぼえています。私はむしろ子供時代から、猫や犬をいじめたり、生き物を殺すのはきらいでした。臆病なくらいイヤでした。しかしその頃、物理化学をならい、物質はすべて原子でできているという理論が強く私の頭を支配したのです。つまり原子に還してしまえば生物も何もない。神聖なる生も微分子に分解すれば単なる物だという考え、それが私には私流に妙な影響をあたえました。(二：一七)

「原子に還してしまえば生物も何もない」という考えは、前述の「エネルギー不滅説」と深く響き合う。それにしても、なぜ動物が召還されるのか。それは、「自覚」の概念と「人間」の概念が深く結びついているからだ。つまり、動物＝ガマは「原子に還してしまえば生物も何もない」という世界の真理(＝死の可能性)を知らずに、ただ生きているだけだが、人間＝二郎はその真理を「自覚」して生きることができる。それゆえに、人間＝二郎は、動物＝ガマの住む経験的世界のメタレヴェルに立つことになるのだ。このように、「自覚」の有無は、《人間》と《動物》のあいだに設定された境界線に行き着くことになる。そして、この論理を通じて、前者による後者の殺害が正当化されることになるのである。

この図式は、そのまま二度目の殺人にも適用される。二郎は、村に取り残された老夫妻を見ると、「どうせ死んじまうのかな」、「きっとこのままじゃ餓死するだろうな。もうこうなったら、いっそひと思いに死んだほうがましだろうに」と一方的に意味づける。さらに、「老夫は盲目」で「老婦はつんぼだった」という観察が加わることで、健常者としての二郎の優位性はますます確証されることになる。

『司馬遷』で言われるように、書くことが「世界を見なおし考えなおすこと」なのだとすれば、老夫妻は——動物がそうであるように——そのような能力を持たないものとされ、一方的に書かれるだけの存在とみなされる。それゆえに、二郎のなかで、老夫妻は声を持つことがない。この老夫妻の姿に、当時の日本人の中国像を重ね合わせることもできるだろう。つまり、中国は世界史の趨勢に対する「自覚」を持たない、したがって自己と自己の差異から生じる運動性＝発展性を欠いた「停滞」に落ち込んでいる、中国は、ただ生きているだけの存在にすぎない、それゆえに、「自覚」を備えた先進国が正しく「指導」しなければならない、というように。そして、この「指導」は場合によっては、中国の国民の殺害さえ許容するものなのである。

「審判」では、二度目の殺人の唯一の証人である伍長は戦病死し、「地球上で、あの殺人行為を知っているのは私だけ」という状況になる。こうして、「審判」では、記録者によって、事実が歪められたり、なかったことにされたりする「記録のおそろしさ」が完遂されてしまうように思える。しかし、「審判」では、「記録のおそろしさ」の主題は、さらに発展を見せることになる。それが、記録の「再審」の問題である。(28)

二郎の殺人の記憶は、婚約者の鈴子との関係を通じて、二郎の「自覚」の支配を離れ、記憶の主体である二郎を再審する。二郎は、自分たちが年老いたとき、外国人兵士がやって来て、かつての自分と同じことを考え、自分を射殺し、鈴子を一人世界に残すことになるのではと考え、恐れ始める。ここで起こっているのは、鈴子という新たな他者との出会いによって、記憶の中心が、歪み、多重化することで、記憶のなかから主体に抗う声が回復されるという事態である。記憶にせよ、記録にせよ、それらは一度「現在」から離れれば、その主体から自律的に存在し始めるのであり、他者との関わりを経て変化した主体自身や、全く別の読者たちの読みを介することで、当時の主体の位置に抗う多中心的＝多声的な可能性を表わし始める。[29] つまり、記憶や記録は、主体の「自覚」が常に不完全でしかないことを暴露してしまうのである。「審判」では、鈴子という援助者を通じて、一方的に書かれる存在だった老夫妻は、自分たちの声を取り戻すことになる。

しかし、二郎は、自分の殺人を語り直すことで、他者に奪われた記憶の主導権を取り戻そうと試みる。この試みが、鈴子への一方的な告白である。実際、二郎は鈴子への告白を、「ガマを殺す前、老人の頭に向かって引きがねを引く前と同じ」決意で行なったと語っている。このことは、告白が「監獄のように不気味な屠殺場」、「血の流れ込んだクリーク」沿いで行なわれることとも無縁ではないだろう。つまり、自己の支配下にあったはずの記憶が、自律的な力を帯び、自己を脅かしている事態——親しいはずのものが異邦性を獲得してしまう不気味な事態——を抑圧しようとする試みは、「自覚」の特権性のもとに、自らを脅かす他者を《動物》として殺害する《人間》に回帰することと同義なのである。

『司馬遷』においても、世界の中心たる主権者に対置されるかたちで《動物》の主題はすでに登場していた。例えば、武帝が司馬遷に命じた宮刑（生殖能力を奪う古代中国の刑）は、もともと家畜に施されていた技術が、服従者に転用されたものとされる。つまり、司馬遷は、主権者によって女性化および動物化を被った存在であり、《人間》の法の保護の外部にあって、『史記』を書き綴ったのである。さらに、『司馬遷』は、「喪家の狗」と呼ばれる孔子と、「狼」と呼ばれる陳勝の「世家」の並置に注目し、両者が主権者に反逆する《動物》としての性格を共有していることを強調する。[30]それと同時に、世界の中心たる始皇帝も実は、「とがった鼻、切れ長の眼、鷹のようにつきでた胸、豺のような声を持ち、情愛の念にとぼしく、虎狼のような残忍性がある」[31]征服者＝獣であると指摘することで、主権者と《動物》との構造的な類似性を暴露してもいる。

ただし、『司馬遷』では、この主権者と《動物》の相克が、記録するものと記録されるものの差異に重なり合う可能性までは示されていなかった。言い換えれば、記録者が記録された世界の主権者であることへの意識が稀薄で、読者という媒介を通じて、記録されたものが声を回復し、記録者に反逆し始める可能性までは考慮されていなかった。それは、『司馬遷』が評論という単声的な表現形式を採用していたからだと考えられる。反対に、「審判」は、小説という多声的な表現形式を採用することで、記録は読者を通じて記録者＝主権者をその深奥から脅かす潜勢力を持つという、もう一つの「記録のおそろしさ」を明らかにすることに成功したのである。[32]

4 「罪の自覚」というレトリック

ここまで、「審判」を、「自覚」という、人間だけに認められた特権性を問いに付す作品として位置づけてきた。そうであるならば、二郎がこだわり続ける「罪の自覚」にも同様の批判が向けられなければならない。

二郎の手紙は、本来の宛先であるべき婚約者の鈴子ではなく、友人の杉に宛てられている。榊原理智が指摘するように、これは、「手紙における言説体系を共有することを要請するホモ・ソーシャルな結びつきの確認であると同時に、帰属する場所を同じくする「同胞」としての杉の確認」と解釈することができる。(33) ここでは、近代の国家体制と一体化した男性同士の「ホモ・ソーシャルな結びつき」と「自覚」の関係について考察を進めたい。(34)

二郎は、自分の罪を鈴子に告白し、赦しを得るという予定調和を望むが、それは叶わない。二郎は、「惑乱」した鈴子の姿を、「意地悪された少女、ひどい仕打ちをうけた幼女のようにいたましげ」だったと語る。そして、二郎は婚約破棄を決意した理由を次のように語っている。


あの方を嫌ってはいけない。守ってあげなくてはいけない、と彼女は自分を努めはげましているでしょう。そして明日にでも会えば、ことさらいそいそと私をいたわってくれるかもしれない。しかしそれはすでに今までの彼女ではありますまい。〔中略〕真情とともに技巧が、恋のかわりに忍耐が彼女を支えるだけのこと。彼女の眼中には銃口を老人の頭に擬《ぎ》した私の姿が永久に消えないのです。(二：二三)

ここで、真情／技巧、恋／忍耐という二項対立が設定されていることを確認できる。つまり、鈴子は恋に生きる「少女」「幼女」のままでなければならず、内面に屈曲を持つ＝「自覚」を持つや否や、「技巧」的であり、要らぬ「忍耐」を強いられているものとして、否定されてしまうのだ。反対に、二郎は、「罪の自覚」を持つことで、倫理的主体としての地位を独占する。あたかも、女性では「罪の自覚」を負った倫理的主体には永遠になれないかのように。こうして、女性からは、戦争責任について論じ合う公的領域へのアクセスが奪われてしまうのである。

そして、二郎は、「日本へ帰り、また昔ながらの毎日を送りむかえしていれば、再び私は自分の自覚を失ってしまうでしょう」（傍点引用者）と語るが、これも、女性である鈴子を、「昔ながらの毎日」＝「自覚」の欠如した生活＝再生産の領域へと囲い込むパフォーマティヴな言説だろう。多くの指摘があるように、二郎に殺人の記憶の再来を促したのが鈴子の存在である以上、鈴子との生活を「自覚」を失わせる停滞の日々のように想像することには根拠がない。そこには、「私の裁判官であるとともに弁護士でもあるような妻と暮らすのがどんなに堪えがたいか」という二郎の身勝手な判断だけが存在するのである。

それゆえに、「罪の自覚、たえずこびりつく罪の自覚だけが私の救いなのだとさえ思いはじめました。それすら失ってしまったら自分はどうなるか、とその方の不安が強まりました」（傍点引用者）という二郎の言葉は、文字通りに受け取られねばならない。つまり、二郎は、「罪の自覚」を選ばれたものの証として読み替えようとする。その特権にすがることで、「自分はどうなるか」という予見できない裁きの到来の不安から逃れようとする。そして、「君のような告白をした日本人はこれで三人目だ」という鈴子の父親の言葉を介して、二郎は、「罪の自覚」を共有した、日本人エリート男性からなるホモソーシャルな共同体を構想する。この共同体こそが、二郎にとっての最終的な「救い」なのである。

ここからは、「自覚」の能力を持ち、理性に基づく自己の統治が可能な《人間》と、そうではない《動物》という区分が、二郎においては、軍隊内でのエリート／非エリート、戦場での味方／敵のみならず、男性／女性という二項対立にも重なり合っていることを確認できる。つまり、二郎にとって、女性とは、男性に支配され、愛玩されるべき《動物》にすぎないのである。このような二郎の偏見のすべてが、国家という支えを持っていることは言うまでもない。つまり、中国に留まり、日本人共同体の外部で生きることを決意しながらも、最終的に二郎は、国家の拘束から自由になることはできなかったのである。

「自覚」とは、自己の意識下にすべてを統制する理想的人間の状態であり、それゆえに他者からの働きかけという受動的な要素を拒否する。だから、二郎は、自分で自分を裁くという形式にこだわるとともに、鈴子からの拒絶以降は、もう二度と罪の赦しの問題を考慮しようとしない。裁きと同じように、赦しも他者からしか到来しないが、二郎にとって他者に主導権を握られるのは耐えられないことなのだ。二郎の手紙がどこか「遺書」を思わせるのも、まさにこの未来を持たない自己完結性のゆえだろう(35)。

だが、「審判」では、二郎の手紙を、杉が読み、さらにそれを読者たちが読むという、審判の連鎖の構造を設定することで、二郎の自己完結的なモノローグをダイアローグに転換する仕掛けがなされている。読者たちは、杉、鈴子、中国人という複数の視点を掘り起こすことで、二郎の言説を相対化することが可能になる。「自覚」の概念に依拠する人間性＝主体性＝男性性の閉域を破り、決して閉じることのない複数の声のフォーラム、真の意味での多中心的な世界へ向かうこと、それこそが戦後の泰淳が小説に見出した可能性だったのである。

この点に、泰淳が第一次戦後派という範疇にはまりきらなかった理由も求められるのではないか(36)。野間宏の小説にせよ、椎名麟三の小説にせよ、既存の国家の枠組み、既存の言語の体系が崩れ去った場所で動物の表象が登場してきており、この点において泰淳と共通の問題意識を確認できる(37)。しかし、同時に彼らの小説は、そのような動物的な生から人間的な実存への再主体化を図ろうとする傾向を見せているようにも読める。少なくとも、『近代文学』派の批評家たちはそのような方向で彼らの小説を読もうとした。

例えば、『近代文学』派の荒正人は、一九四七年の大塚久雄との座談会で、「日本民族が残虐な侵略戦争をやったという贖罪感」を「オリヂナル・シン」とすることはできないかと語っている(38)。別の場所で、荒はこれを、動物には不可能だが、人間には可能な構想として定義している。

かれは自分の傷痕を確認する。それは人に誇らんがためのものではなく、ひとびとともに医さんがためである。かれはエゴイズムを承認する。それはそこに自分を閉ざさんがためではなく、ヒューマニズムにむかって半歩をすすまんがためである。——動物は動物であることを意識することができないがその故に永遠に動物にとどまっている。だが、人間獣であることを意識できる人間だけが、神にむかってかぎりなく接近できるのである(39)。

荒の発言の善意を疑う余地はない。しかし、原罪を「自覚」することによって、動物から人間へと生まれ変わろうとする者たちの共同体という構想は、従来の国家における《人間》の規範とそこから排斥される《動物》という構造を反復してしまわないだろうか。そこで《動物》という固定化した概念のもとに、見捨てられてしまうものはないだろうか。自分たちは「自覚」を持たない《動物》だったために戦争に反対できなかった、というかたちでの戦争責任論は、人間性＝主体性＝男性性を中心化し、かえって国家への従属を強めてしまう危険があるように思われる。むしろ、この危険を的確に暴き出しているところに、泰淳の文学の可能性が存在するのではないだろうか。

結論

泰淳の戦後は、「世界は多元的でなければならない」や「犯した罪は償わなければならない」という一見倫理的な言説であっても、その価値は、現実世界における複数の他者たちの宛先一つ一つから検討していかねばならないという事実を確認するところから始まった。国家は、民衆を統治し、敵国と争うために、この宛先のいくつかを意図的に不可視にする。普遍性を装う言説のもとに沈黙を強いられるこの宛先は、《動物》と呼ばれることになる。しかし、《動物》は沈黙し続けるのではなく、何らかの契機があれば、普遍的な言説の内部に入り込み、それを転覆させる力を発揮するだろう。

動物は語らない、動物は書かない、動物は歴史を持たない、動物は世界が貧しい、動物は死を知らない、動物は罪の自覚を持たない……。これらの《動物》を意味づける言説が、私たちの生きる世界をどれほど根本から基礎づけているか。逆に、これらの言説の権威を転覆したときに、どのような世界が私たちの前に現われてくるか。戦後文学のなかには、このような思想を追究した系譜が確かに存在する。その全体像を明らかにするという課題は、まだ端緒についたばかりである。

第二章　『風媒花』――抵抗の複数性を求めて

一九五〇年六月の朝鮮戦争の開戦を受け、十月には中国人民義勇軍が北朝鮮の支援のために国境を越えた。占領下の日本は、韓国を支援する米軍のための後衛基地となって機能した。朝鮮戦争における日中の敵対は、中国に対する戦争責任を痛感していた武田泰淳に大きな衝撃を与えた。

日本国内では、朝鮮戦争による「特需」を歓迎する世論が支配的だった。他方で、泰淳の長年の親友だった竹内好の国民文学論に代表されるように、アジアへの連帯意識に基づいた抵抗の思想も確かに存在していた。経済復興の始点における抵抗運動として、国民文学論は今もなお、「日本型、つまり自己喪失を通しての「成功」物語のほかに行くべき道はないのだろうかという問い[1]」を問う者にとって、また「文学の消費物資化への有効な抵抗の視座[2]」を求める者にとって、重要な参照点になっている。

しかし、竹内の国民文学論を考察する際に、同時期に執筆された泰淳の『風媒花』（『群像』一九五二年一―十一月）が視野に収められる機会は乏しい。確かに、評論と小説という形式の差異を、どのように処理して比較を行なうかという問題は存在する。しかし、五二年に福田恆存の竹内批判の行き過ぎをたしなめつつも「国民文学論なるものには興味がない[3]」とし、六六年にも「かれ〔竹内〕の「国民文学論」には、今だに《〔ママ〕》私は承服できない[4]」とする泰淳の持続的な抵抗は、たとえ方法上の困難を押しても、その内実が明らかにされるべきものではないか。

本章では、まず竹内の国民文学論の内実を明らかにする。次いで、泰淳の『風媒花』における橋や混血の表象に注目し、それらが国民の外部の存在――《動物》――への通路を開くものであることを示す。その上で、両者の抵抗の戦略が、求心性と散種性という決定的な差異に帰結することを論じていきたい。

1　竹内好の国民文学論

中野敏男が強調するように、一九五〇年前後の日本では、「民族」という言葉をめぐって大きな変化が起こっている[5]。すなわち、敗戦直後には、「ウルトラ・ナショナリズム」への反省から、「普遍主義的価値」に重きを置いた「世界にもまれなナショナリズム不在現象」（丸山眞男）が席巻していたのだが、五〇年前後には革新勢力を中心に、「民族」という言葉が再び肯定的な意味で語られるようになったのである。

この変化の背景には、四九年の中華人民共和国成立に代表される東アジアの変動がある。この時期、日本の共産主義化を恐れたアメリカは、占領政策を大きく転換した。国内の対応としては、A級戦犯の釈放と公職追放の解除に続き、五〇年にはレッドパージを実施することで足場を固めた。

また、同年には、日本国憲法の戦争放棄条項との矛盾を押し切り、国土防衛と治安維持を目的とする警察予備隊を設置した。国際的には、五一年のサンフランシスコ講和会議で、ソ連や中国といった東側諸国を欠いたまま講和条約の調印を促すとともに、米軍の引き続きの駐留を認めさせる日米安全保障条約を締結することで、日本の西側陣営としての立場を明確にさせた。こうして、日本は、戦争責任を限りなく曖昧にしたまま、朝鮮戦争における米軍の後方基地として、北朝鮮と中国との実質的な戦争状態に突入することになる。

このような時代状況において、「民族」という言葉は、アメリカに従属する日本の現状を批判するとともに、中国や朝鮮といったアジア諸国への連帯意識を表明する概念として復権を果たした。例えば、この時期に国民的歴史学を提唱した石母田正《いしもだしょう》は、『歴史と民族の発見』（東京大学出版会、一九五二年）を、郭沫若《かくまつじゃく》のアピールに応える「危機における歴史学の課題」で始めている。石母田は、講和条約が「日本民族に新しい屈辱の歴史をひらいた」とし、「中国民族およびロシア民族との民主主義的連帯を、その偉大な歴史の達成を大衆に知らせることによって、近隣の民族に対する尊敬と親愛の念を大衆のなかにつちかうことによって確立することは、われわれ歴史学徒に課せられた大きな義務」(6)だと記している。

国民文学論も、同じ文脈から発生している。竹内は、「近代主義と民族の問題」（『文学』一九五一年九月）で、文壇ギルド内でのみ、生産、消費され、民衆との繋がりを欠く日本文学の状況を批判した。その上で、中国の抗日文学を念頭に置きつつ、新たな「国民文学」の創造を提唱したのだった。日本の近代文学は、「民族を思考の通路に含まぬ、あるいは排除する」「近代主義」のなかにあり、ヨーロッパをモデルにするあまり「日本文学の自己主張を捨てて」、「植民地文学」に堕してしまっている。この結果、文学は読者の生きる現実から遊離したものになる。これを克服するものが「国民文学」である。竹内は、「国民文学は、階級とともに民族をふくんだ全人間性の完全な実現なしには達成されない。民族の伝統に根ざさない革命というものはありえない(7)」と主張する。

しかし、竹内も、戦後日本では「民族」という用語が「血ぬられ」ていることを認めていた。では、竹内は自身の主張と戦前の民族主義とのあいだに、どのように境界線を引こうとしたのか。竹内によれば、「日本ファシズム」が「民族意識をねむりから呼びさまし、それをウルトラ・ナショナリズムにまで高めて利用したこと」は批判すべきだが、「素朴なナショナリズムの心情までが抑圧されることは正しくない」。なぜならば、後者は、「近代主義によってゆがめられた人間像を本来の姿に満したいという止みがたい欲求に根ざした叫び(8)」だからだ。

この主張は、「中国の近代と日本の近代」(『東洋文化講座』第三巻、白日書院、一九四八年)を引き継いでいる。そこで竹内は、「東洋の近代は、ヨーロッパの強制の結果である」ことを認めつつ、その受容の仕方において、日本と中国のあいだに大きな差異があったと述べている。日本は、「自分がヨーロッパになること、よりよくヨーロッパになることが〔決定的な劣勢意識からの〕脱却の道であると観念」し、大陸への帝国主義的な侵略に手を染めた。つまり、「自分がドレイの主人になることでドレイから脱却しようとした(9)」。他方、中国は、近代化を果たした諸国の侵略に晒されつつ、持続的な抵抗のなかで、別の近代化の道を模索してきた。魯迅によれば、「ドレイとドレイの主人はおなじものだ」。だから、主人〔近代化の進んだ国家〕とドレイ〔近代化の遅れた国家〕

の支配関係自体の廃棄が目指されなくてはならない。竹内の見るところ、この志向性が、中国人の「東洋」や「アジア」という理念には含まれている。

だが、竹内が「東洋の一般的性質といっても、そんなものが実体的なものとしてあるとは私は思わない[10]」としていることにも、注意を払う必要があるだろう。この背景には、「意識が発生するのは抵抗においてである。Aが存在するということは、Aが非Aを排除するということである[11]」という竹内の思想が存在している。つまり、「東洋」や「アジア」という理念は、ヨーロッパへの抵抗のなかで生まれ、鍛え上げられてきたものであって、この関係を失えば雲散霧消する何ものかなのである。それを、超歴史的な実体＝アイデンティティとして措定することは正しくない。

この観点から、国民文学論における「国民」や「民族」という言葉も捉えられねばならない。つまり、原則として、これらの言葉は実体としてではなく、あくまでも、西欧に発して世界全体を一元化しようとする近代主義＝帝国主義への抵抗の場を指し示す名称として捉えられねばならない。したがって、東アジアの侵略を有効に進めるために「東洋」や「アジア」という言葉を掲げた戦前の日本の「民族主義」は、近代主義＝帝国主義への抵抗を欠いている限りで、「正しい」民族精神の発露ではなかった。国民文学とは、このような日本の近代のあり方を深く反省し、アジア諸国における抵抗の精神を分かち持つことで、文壇ギルドを超えた大きな広がりを獲得するような運動体のことを指す。このような竹内の思想は、四四年の『魯迅』（日本評論社）における「掙扎《そうさつ》＝抵抗」の概念から一貫して持続するものである[12]。

2　外部への架橋

泰淳の『風媒花』もまた、朝鮮戦争を背景に、中国と関係する日本人の群像を描くことで、同時代の批判を目指した小説である。[13] だが、竹内はこの小説に厳しい評価を下した。

竹内の批判は二点ある。一点目は「作者の対象把握の正確さ、深さ」である。竹内は、自身をモデルとして作られた軍地という登場人物を例に挙げ、「私の片言隻句が、十分に消化されて作中人物の会話になっていない」と指摘する。「つまりこれは、風俗小説という部類に入る作品であろう。目に過ぎるものを何でも上つらだけ取り入れてある。意味は問わない。事件は起るが、事件と事件の間に内的関連がなく、したがって発展がない。〔中略〕作者の観察眼は、現象の表面をなでるだけで、事物の核心に至らない。つまり、対象把握がじつに弱々しい」と言うのだ。[14]

だが、この「内的関連」と「発展」の欠如が、作家の技量不足によるものかどうかは慎重に判断せねばならない。というのも、「隣国人の血潮と悲鳴と呪いにどろどろと渦巻く、その巨大な事実が、彼等の出発点であった。走り出した方向は、峯と軍地とで異っている。中井と原とも異っている。西の方向、梅村の方向、その他無数の方向が、そこから岐れている」という箇所に典型的なように、『風媒花』は意識的に拡散性を志向した小説でもあるからだ。むしろ、同時代への共通した危機意識が、竹内と泰淳に対照的な抵抗の戦略をとらせたとするほうが事実に近いと思われる。以下では、実際に作品を検討しつつ、竹内と泰淳の抵抗の戦略が共有する点と、すれ違う点を明らかにしていこう。

まず、両者の共通点は、他者との関係を思考の中心に置いていることである。『風媒花』において、それは橋という形象をとって表われる。戦前の「中国文化研究会」（一九三四年に、竹内や泰淳らが結成した中国文学研究会をモデルとする）の設立についての記述を見よう。

日本と中国との間には断崖がそびえ、深淵が横わっている。その崖と淵は、どんな器用な政治家でも、埋められないし、跳び越せもしない。そこには新しい鉄の橋のための、必死の架設作業が必要だった。〔中略〕その橋が二つの岸をつなぐ日、両国の文化はすっかり変貌しているにちがいなかった。（四：一〇九）

橋が架けられるためには、「深淵」の存在が自覚されなければならない。相互の異質性が自覚されて初めて架橋の試みがなされ、両岸が以前とは異なるものに変貌していく。戦前の日本の知識人が、中国を一方的に善導する（＝同化する）対象として見る限り、そこには真の意味での架橋の試みはなかった。この認識が、竹内や泰淳の思考の出発点に存在する。

さらに、両者は、自己と他者の「あいだ」の空間を重視するという点でも共通する。今度は、『風媒花』冒頭の橋の描写を見よう。

青黒い汚水の上に堅固に延びた、コンクリートの橋を、峯はことさらゆっくりと歩いた。幅の広い灰色の橋は、妙な安定感があった。その束の間の安定感は、彼自身のものだ。電車レールのないその路は、橋のあたりで雑沓から離れる。急ぎ脚で渡り切ることも、のんびり立止ることも、彼の自由だ。（四：一〇二）

ゲオルク・ジンメルは、橋は「二点間を結ぶ線として、無条件の確実性や方向性を保証している」[15]と述べた。しかし、橋は、その上で立ち止まり、両岸を相対化することを可能にする場でもある。実際、ここで峯が橋を歩いているのは、義弟が入院する病院に「「行く」ことを遅れさすため」なのだ。峯は、「必然の段取りに、いくらか逆らってみる。すると自分を囲繞している必然という奴の正体が、ちっとは瞥見できる」と考える。竹内もまた、中国が日本と比べて近代化に「遅れた」からこそ（＝前近代と近代の「あいだ」で立ち止まり、熟考できたからこそ）、それが必然的な道筋ではないことに気づいたと指摘している。[16]つまり、橋とは、必然への運動に対して「遅れ」を生じさせ、「あいだ」の空間に留まり、別の未来の構想を可能にする場なのである。

しかし、両者は次の点ですれ違う。竹内の思想は、対立する二者の弁証法という図式を堅持しており、たとえ「結末のない永遠の革命」（孫歌）ではあっても、やはり何らかの発展＝深まりに向かうことを想定している。他方、『風媒花』は、一つの方向への深まりの兆しが見えるや否や、必ずそれを相対化する別の外部へ向かおうとする。

例えば、次のような箇所を見よう。

情熱をひそめたあこがれの中国文化人に教えを受ける、純真な学生として、峯はテーブルをへだて、和服のQの前にかしこまったのだ。あの正直そうな大きな眼。あの謙遜な、誠実な低い言葉。今はちがう。今峯は、正体不明のジャーナリストが、Qについて語るのを、冷く聴き流す。白い茶碗にトロリと溜ったサントリーは、高価なウィスキーらしくない。甘い、手数のかかった匂い。もう酔いかかっている。酔顔で救急病院に入って行くのは、まずいな。文雄の母が、彼の酒臭い息から、憎らしそうに顔をそむけるだろう。文雄は死ぬだろう。(四:一一二)

峯の視線は、さまざまな対象のあいだをさまよい、一つのものを深めることをしない。あたかも、ある発展＝深まりは、必ず何らかの余剰を排除することで成立するという事実を熟知しているかのように。

この方法は、視点人物の移動にも表われている。例えば、軍地と桂の議論が白熱しかけると、「徳利の酒をこぼさぬように、盆を水平にして運ぶ仕事と、シナとが何の関係があるんだろう」と疑う給仕女に視点人物が突然切り替わる。峯が演説する最中も、商業組合員の相談が目に入り、「自分のおしゃべりの悠長さ、無責任さ」に急に嫌気がさしてしまう。あるいは、峯が危篤の文雄について沈思する直前、義弟の守《まもる》たちから見ればそれは「滑稽な過失事件」にすぎないことが語られる。ある発展＝深まりは、架橋された外部の視点によって必ず相対化されるのだ。

『風媒花』において、他者とは対立的なものではなく、複数的なものとして存在する。『風媒花』では、架橋の試みが、多方向に、終わりなく続けられるのである。図式的にいえば、竹内は、自己を拡張し続ける西洋の一元論に対して、アジアという他者を設定することで二元論的な弁証法を作り上げた。これに対して、泰淳は、文学作品の多声的な構造を利用して、竹内が固執した二元論を、多元論へと拡散させようとする。確かにそれは、すべてを相対化するメタレヴェルの視点に至る危険もあるが、同時に、多様なものの「あいだ」の空間で考えるための重要な契機を与えもするだろう。

3 「混血」としての主体

竹内によれば、「国民」や「民族」は関係論的な構築物にすぎない。しかし、竹内は、それらの内部の領域を一元化して捉えてしまう傾向がある。少なくとも、竹内の目には、民族に内包されたくない者たち、そもそも民族に内包されない者たちの存在が映っていない。(17) これに対して、泰淳の『風媒花』は、むしろ民族の拘束に抗う意志を明らかにしている。

三宅芳夫が指摘するように、泰淳の文学には、上海で獲得した混血や雑種といった概念によって、「人種とか民族とか国家とか、人間を区別する鉄の殻」を打破しようとする関心を読み取ることができる。(18) 『風媒花』では、三田村と蜜枝が、この混血・雑種の主題を生きることになる。(19)

中国人を母に持つ三田村は、軍地の前に登場し、「日本人であり、日本国民である、それだけであなた方は自己を決定できるわけですね。そこにあなたがたの、古風な幸福があるわけですよ」と挑発する。続く台詞で、三田村はやはり「橋」に言及する。

「峯さんは、中国と日本の間に橋を架けようとした。〔中略〕ところで、私の体内、私の血液の流れの中で、橋はとっくの昔に架っちゃってるんですからね。これ以上必要のないほど架っちゃってる。だから困るんですよ」（四：一五七）

「混血」である三田村は、自分がすでに橋となっている。つまり、自分のアイデンティティが、両岸の終わらない対話として存在してしまっている。三田村には、「日本人だから」、「中国人だから」という自分の行為を必然化する根拠がなく、両岸への引き裂かれのなかで、その都度「自己を決定」しなければならない。このような「混血」の存在は、そもそも民族的アイデンティティが自分の行為の決定の基盤になるのはそれほど自明なことなのか、という問いを突きつける。

『風媒花』は、他にも、三田村に連なる登場人物を数多く登場させている。例えばそれは、「祖国と直結していない」ことで「中国」の複数性を暴露してしまう台湾の桂であり、ＰＤ工場に勤務する日系二世の兵士や日本人ガードであり、在日朝鮮人の労働者であり、『祖国のみなさまへ』という冊子に掲載された中国残留邦人である。彼ら／彼女らは、自己と民族のあいだに埋めがたい「深淵」を持つことで、苦悩を抱えている。しかし、複数的になったアイデンティティは、必然を装う民族の同化の力を拒む可能性にも転化するだろう。

ただし、注意すべきなのは、「混血」とは決して「特別な者」ではないということだ。三田村は、「〈混血である〉自分は、日本人に対しても、中国人に対しても加害者になれる」と考え、工員の横河を使って、ＰＤ工場の土瓶に青酸カリを入れさせる。この犯罪をほのめかす三田村に対して、軍地は、「君は淋しいんじゃないかな」、「君はやっぱり少し、自分という者を、特別な者に見立てたがってるんじゃないかな」と語りかける。

軍地が見抜くように、三田村が自分を「特別な者」とみなそうとするのは、「混血」でない者たちが民族的アイデンティティを自明視する社会のなかで、疎外を感じ、劣等感を抱いてきたことの裏返しである。しかし、本来は私たちの誰もが、複合的なアイデンティティを生きる「混血」なのではないか。

この問題を提示するのが、峯の恋人として登場する蜜枝である。三田村は、蜜枝が「小学生からして、あいの子はザラ」という「典型的な横浜っ子」だとして、「混血」の仲間だとみなす。しかし、蜜枝の混血性は、出自のみに還元されるものではない。蜜枝は、「中華だってわたしのこと、好きなんだから。アメリカ人だって、ロシア人だって、みんな姉ちゃんのこと好きなんだから」と語るように、持ち前の行動力から、中華料理店の中国人、進駐軍の白人兵士、ロシア大使館の外交官と親しくなることで、冷戦が作り出す国家の境界線をあっさり越え出ていく。また、万引きをした際の取調べでは、弟の恋人で、峯の浮気相手でもある「細谷桃代」の偽名を名乗り、三田村の住所を記すなど、アイデンティティの規定を絶えず逸脱していくのである。

それればかりではなく、蜜枝は、「私」というものが他者の言葉に浸透されることで成立しているという事実を暴露する。蜜枝が初めて登場するのは、パチンコをしながら、魯迅の詩句を念仏のように唱える場面である。

「ええと、眉を横たえて静かに対す千夫の指か」その魯迅の詩句の意義を、彼女はとっくに忘れている。意義などはどうでもいいのだ。むずかしいと言うことが、彼女には大切なのだ。それを記憶しているとは、我ながらたいしたもんだ。「ええと、センプのユビと。それから、クビをフシてアマンジてなる、シュスの牛か」呪文のように、そう称えると会心の笑みで、彼女の開きかげんの下唇は、垂れ下る。「シュスの牛かな。へんだな。そうだったかしら」首を伏して甘んじて為る孺子《ジュシ》の牛。そんなややこしい漢文は、彼女には無縁なのだ。無縁な事を覚え込んでいるとは、何て良い気持だろう。それにそう称えると、神様が加勢してくれる、予感さえするのだ。（四：一二八―一二九）

この魯迅の「眉を横たえて静かに対す千夫の指、首を伏して甘んじて為る孺子の牛」は、毛沢東が一九四二年の「文芸講話」で引用し、広く知られるようになったものである。毛沢東は、「千夫」を「敵」、「孺子」を「プロレタリア階級および人民大衆」と解釈した上で、「すべての革命的文芸活動家は、みな魯迅を手本として、プロレタリア階級および人民大衆の「牛」となり、粉骨砕身、死ぬまで尽さねばならない」と演説した。[20] そのような文脈を知る読者にすれば、パチンコで自分を勇気づける呪文としてこの詩句を唱える蜜枝の姿は、スキャンダラスに映ったと考えられる。

しかし、この蜜枝の振舞いは同時に、毛沢東の魯迅についての読みの正統性に対する挑戦としても読める。ある言葉の受容には、「誤読」が必ずつきまとう。しかし、「誤読」を排除しようとすぎると、一つの読みを権威化し、複数の読みの可能性を封じることに繋がりかねない。実際、蜜枝はこの後、注目すべき「誤読」を展開することになる。

蜜枝は、中国文化研究会のかつてのメンバーで、現在は右翼に転身した日野原と出会う。峯のためにと、一夜限りの娼婦になった蜜枝は、日野原らを娼家の座敷に迎える。朝鮮半島に向かう国士のために日の丸に漢詩を書けと命じられ、蜜枝は、峯から教わった魯迅の詩句を意味も分からないまま想起し、夢中で書きつける。

耳鳴りと口の乾きをこらえて、彼女は「長夜、春を過すに慣るる時」と書いた。奇蹟の筆はひとりでに走って、彼女自身意義もうろうたる七言詩が、書きはじめられた。

――長夜、春を過ごすに慣るる時
婦《つま》を挈《たずさ》へ雛《こ》を将《と》り鬢《びん》に絲《しろげ》有り
夢裏に依稀《さもに》たり慈母の涙
城頭に変幻す大王の旗」

それが魯迅の句であることも彼女は忘れていた。いま東京の城頭に、大王の旗が変幻しつつあることも彼女は知らなかった。その詩句が妻子の睡しずまったあと、旅館の庭を俳徊する魯迅によって、悲痛の想いでまとめ上げられたことも知らなかった。一九三一年二月七日の夜半から八日の晨《あした》に至る或る時刻に、魯迅を慕っていた青年文学者は処刑された。上海郊外、龍華警備司令部の一隅で、二十四人の若い仲間は銃殺された。魯迅は生き残り、彼らは人知れぬ地下に埋められた。英租界に逃れた老文人は、よき友が一人また一人と、新しき鬼と化して消えて行くのを、手をつかねて見守らねばならなかった。それらのことを、蜜枝は知らなかった。彼女の筆は、次第に大きさを増す墨文字で旗の全面を埋めつくそうとしていた。(四：二一一)

一九三一年二月七日の夜、あるいは八日の朝、魯迅を慕っていた柔石《じゅうせき》が他の文学仲間とともに警察の手で銃殺に処された。魯迅は悲憤に身を焼かれ、柔石を悼むこの詩を作った。詩句中の「大王の旗」とは支配者の旗を指すから、蜜枝の筆は我知らず、朝鮮戦争に加担する日本を痛烈に批判することになっている。実際、日野原は、「忘れていた畏るべき古代の魔人の名」を見たかのように、苦り切ってしまう。この魯迅の詩句と混じり合ってしまった日の丸は、『風媒花』の混血の主題を端的に象徴するだろう。

蜜枝のなかには、柔石や魯迅という異邦人の声が確かに息づいていた。蜜枝自身の「自覚」を超えて(「奇蹟の筆はひとりでに走って」)、蜜枝のアイデンティティは、過去の他者たちの言葉を宿し、未来の他者たちへと開かれている。私たちは、土地や血のみで繋がっているのではなく、言葉によっても繋がっている。たとえ、異なる民族に区分されていても、彼ら／彼女らの言葉は、私に届き、私のアイデンティティを引き裂き、無限の責任を要請し始める。この意味で、私たちは等しく「混血」として、複合的なアイデンティティを生きていると言えるのである。

4　全知の語りへの抵抗

竹内の二点目の批判に移ろう。それは、「主観、あるいは観察点の処理」の問題である。竹内は、峯について、「自分を極小化してこの難関を突破しようとする武田のこれまでの試みが、いつか極小であるべき自己への安住となって、逆に事物へ突き進もうとする観察の方をにぶらしてしまったのではないだろうか[21]」とする。つまり、主人公を「エロ作家」という卑小な存在としたことが、『風媒花』の世界の深まりを妨げているというのだ。

しかし、「主観・観察点」が語り手を指すならば、それは峯ではない。「午後八時二十分すぎ。峯三郎の座談会が終ってから、すでに三十分経過している。やがて峯と細谷桃代は、この新宿に到着するだろう」、「それから二十分後、蜜枝がその服装のまま、路行く客の袖を引いていたとしても、読者ははたして驚くであろうか」といった文章が示すように、この小説は物語外部に位置する全知の語り手を採用している。また、「主観・観察点」が視点人物を指すにしても、峯は語り手が用いる多数の視点人物のうちの一人にすぎない。したがって、峯一人にこだわって、『風媒花』の世界について断定的な議論をするのは正しくないように思える。

だが、全知の語り手の採用が、世界の多元性というこの小説の主題を裏切っているのではないか、と問うことはできる。例えば、「蜜枝はその舌足らずのことばで、暗に細谷桃代のインテリぶりをうまく表現したつもりだった」や、「憎い細谷桃代の名を証文に残してやったことが、うまい計略だったように、彼女は錯覚した」（傍点引用者）のように、語り手は登場人物の内面を見透かし、読者に解説してみせる。泰淳は、『風媒花』がサルトルの『自由への道』に影響を受けたと語っているが、[22]ここではむしろサルトルが批判する「神の視点」の過誤を犯しているようにも見える。[23]だが、『風媒花』には、全知の語り手への抵抗点が存在する。そして、そのいずれもが《動物》的な存在であるのは興味深い事実だ。

まず、『風媒花』の物語全体は、崖から転落して危篤である、峯の義弟・鎌原文雄の最期の数十時間とほぼ重なり合っている。意識を失った文雄は、もはや理性ある《人間》の境位を脱し、動物や植物に近いものとなっている。安田武は、この文雄の存在について、次のように指摘している。

> ある死が在って、仮りにその死の時間に時間を停めて、その仮りの時間のなかに生きている人間と人間関係を、無時間の空間に図式化してみせるという武田の試みは、戦争体験によって打《うち》摧《くだ》かれた彼の内部の「何か」を起死回生するために、試みられなければならぬ一つの試みであったと思う。[24]

死につつある文雄は、『風媒花』の世界にほとんど何の影響も与えない。にもかかわらず、確かにその存在は、登場人物たちと同じ「現在」を分有してしまっている。この主題は、泰淳の「蝮のすえ」（『進路』一九四八年八―十月）ですでに登場していた。[25]『風媒花』の独自性は、この奇妙な残酷さを物語構造として実現したことにある。つまり、『風媒花』の語り手は全知のように見えつつも、沈黙する《動物》という語りの限界を設定されている。『風媒花』の語りの「現在」には、回収されない余剰が常に存在するのである。

また、『風媒花』の最終章では、実際の動物たちが次々に登場してくる。以下は、峯の義弟の守が、峯の家のごみ捨て場に来た痩せ細った親子の猫を見て、衝撃を受ける場面である。

「猫には革命はないのかね」。峯なら、そんな文句でもひねくり出すところだった。だが守は、このぶんでは一ヶ月と生きのびられそうにないみじめな猫の親子、それを眺めている空腹の自分、そして彼等を生かしているこの「現在」という奴が、ゾッとするほどいまいましく思われたのだ。生存競争、社会の不平等、強と弱、そのような理くつは抜きにして、何かしら明確単純すぎる感覚的な嫌悪が、彼の腹に冷くしみわたった。（四：二五六—二五七）

死に瀕した猫の親子と、少なくとも飢えて死ぬことはない自分。守が感じている「嫌悪」とは、共有不可能な死によって分け隔てられた両者が、同じ「現在」に内包されることへの「嫌悪」である。言い換えれば、ここで守は、すべてを呑み込み、消化して、「現在」が持続していくこと自体を残酷なことだと感じている。そして、この情動は、「生存競争、社会の不平等、強と弱」といったメタレヴェルからの視点によって、他者の死から離脱することを決して許さないのである。

この直後、守と峯が罠にかかった鼠を水に沈めて殺す場面でも、同じ主題が繰り返される。

峯は盥《たらい》を斜にして、鼠の鼻さきが水面に出ぬように工夫した。〔中略〕鼠にとっても、二人の男にとっても、水という平凡な液体がそんなに冷静非情な物質に感ぜられたことは、かつて無かった。水は自己の胎内に発生しつつある激痛とは無関係に、盥の木目を、妙に美しく透きとおらせた。鼠の表情に変化はなく、そのあわただしい動作だけが、苦しみを二人に伝えた。やがて鼠の口もとから、音もなく小さな泡が連なりあって昇った。（四：二六八）

ここでの「水」も、死の恐怖に苦しむ鼠を内包しつつ、なおそれとは無関係に持続していく「現在」の残酷さを表わしている。鼠は死に、峯と守はそれと無関係に生き延びる。しかし、それでも水の「冷静非情」を感じ取ってしまった峯と守の「現在」には、鼠の遺した痕跡が消しがたく残っているだろう。決して人間と共通の言葉を話すことはないが、逃れられない死に抵抗する鼠の最期の姿は、峯や守に何かを伝えてしまっている。そこには、絶対に同化に至ることのない、しかしその関係性を否定することもできない、《動物》とのいわば関係なき関係が結ばれてしまっているのである。

同じ民族であること、同じ階級であること、同じ種であること、あるいは同じ生きているものであること、このようなあらゆる境界線を超えて、私たちは、最大限に広い意味での——呼吸音しか立てることのできない人間の肉体、痩せ細った親子の猫の体の震え、鼠の口もとから水中に昇っていく小さな泡のすべてを内包するような——《言葉》を通じて、異質な他者たちと「現在」を分有してしまっている。

川西政明が指摘するように、蜜枝が峯を「チョロちゃん」と呼ぶことは、「鼠＝峯＝泰淳」という等式を示唆する。(26) したがって、峯が鼠を殺し、二通の手紙と一緒に炎の中に投げ入れるのは、《動物》の声に耳を塞ぐとともに、自分の《動物》としての可能性を否認することの象徴として読める。竹内は、峯に関して、「極小であるべき自己への安住」を批判したが、むしろ峯が批判されるべきなのは、自己の極小化を徹底せず、中途半端に《人間》としての境位を保とうとする点にあるのではないか。

さらに、この炎の中で焼かれる鼠の死体は、朝鮮半島で理不尽な死を強いられている無数の人びとの存在を連想させる。日本に住む峯たちは、隣国で《動物》的な死を死んでいくものたちと無関係を装うことができる。しかし、『風媒花』の最後の描写は、そのような否認の不可能性こそを描き出している。

三人の肩さきや頭髪にも、紙片の屍は積もっていた。死して甦《よみがえ》った紙片の花々は、七月の蝿よりもおびただしく、風の勢いと風のたるみに乗って、舞い昇り舞い移った。それは一枚一片では、枯葉よりもなお枯れ果てた、植物のカスであった。だが庭一面に次から次へと飛び立つとき、それは常緑樹の花粉より生き生きと風に運ばれて行った。灰色の造花は、青春の生花の気まぐれや傲《おご》りもなく、そっけなく空中に浮んでは、次に来る仲間に場所を譲りわたした。生き残りの苦渋が、灰の花の、つかのまの生命の根源をなしているのかも知れない。(四：二七〇)

《動物》の呼びかけを否認する峯たちの肩に、「紙片の屍」が降り積もる。手紙と同様に、鼠の死体もまた、一つの《言葉》としてある。それは、この瞬間には、《言葉》とみなされず、炎の中で沈黙を強いられてしまったかもしれない。しかし、それは、風という不確定な要素に身を任せつつも、「生き残り」としての読者たちのもとに届き、幾度も受粉と開花の循環を繰り返して、いつしか《言葉》としての地位を回復するはずだ。それは、作中で魯迅の詩句が蜜枝を通じてすでに証明したことでもある。

泰淳自身は、『風媒花』の主題について、「現在なるものは、たった一つではなく無数であり、明確なように見える一世界は、実は無限の顔面と心とをもって、茫漠と生きている」、「ある一定の場所で、ある一瞬に発生した事件は、本当のところ、あらゆる場所に結びつき、永遠の過去と未来に向って呼びかけている」ということにあると説明している。(27) 民族や階級や種などといった同一の属性に保証されずに、というよりも決して同一性を共有できないからこそなおさらに、自己と他者たちは関係し合い、結びつく。そのような観点で、『風媒花』の多元的な世界は実現されている。それゆえに、泰淳は、竹内の国民文学論の誠実な動機を認めつつも、それに完全には承服できなかったのだと考えられる。

結論

竹内の国民文学論は、朝鮮戦争を糧に戦後復興を果たそうとする日本への抵抗の戦略の一つだった。しかし、その抵抗が「国民」や「民族」の名のもとに行なわれるとき、新たな抑圧に繋がる可能性を残す。これに対して、泰淳の『風媒花』は、橋や混血などの主題を通じて、「国民」や「民族」の外部あるいは内部に、複数の抵抗の点が存在することを開示する。それらの点を、結束性を妨げる弱点と捉えるのではなく、多様な他者たちと多様な仕方で繋がるための条件とみなすこと。このヴィジョンは、言葉は、常に書き手の意図から離れ、読者たちに分有されていく可能性を持つという文学者の認識と、不可分に結びついている。

このような認識に立って展開される『風媒花』の多元的な世界は、語り手の語りには決して現前しない沈黙する《動物》たちを多く登場させている。《動物》は、メタレヴェルからの全知の語りを不可能にし、同じ地平に下り立ち、応答の責任を果たすように呼びかける。死につつある植物状態の人間、餓死が間近な痩せ細った親子の猫、逃れられない水中でもがき、炎の中に投げ入れられる鼠は、この小説で直接は描かれないが、登場人物たちと確かに「現在」を分有している、朝鮮戦争で傷つき、死んでいく人びとの苦しみを喚起する。重要なのは、国民、民族、あるいは西洋／東洋といった何らかの同一性に依拠する以前に、これらの人びとの苦しみを自分の身体において引き受けることではないか。その営為を唯一の共通点としつつ、多様な抵抗の表現を拡散していくこと。『風媒花』が示すのは、このような抵抗のモデルなのである。

第三章　「ひかりごけ」――「限界状況」の仮構性

一九五二年四月二八日、日本は、沖縄、小笠原諸島を切り離し、主権を回復した。この時期を境に、戦後文学に対する否定的な言説が登場してくる。例えば、中村光夫は「占領下の文学」（『文学』一九五二年六月）を書き、戦争は文化の破壊と混乱をもたらすだけであるから「戦争というものに何か文学を変質させる特別な作用がある」と考えるのは「幻想」であること、いわゆる戦後文学とは「戦後の世相を小器用に写し、都市の焼跡を背景に輸入品のニヒリズムを振りまわした」ものだったと酷評した。(1)この中村の主張は、以後何度も繰り返される戦後文学否定論の祖形になっていく。

このような言説の背景には、戦争の記憶を忘却し、日常を回復したいという人びとの心性が隠されているだろう。本多秋五の『物語戦後文学史』も、五二年を画期をなす年と認めた上で、「特異な体験をいだいてあらわれ、特異な状況を描いた」戦後派作家たちが、「戦争の記憶は日に日に遠くなり、経済をはじめとして、社会のあらゆる方面に復興がすすむとともに、日常生活が――より平凡ではあるが、それだけに恒常的で力強い日常生活が還ってきた」この時期に、大きな試練を迎

えたことを記している。(2)

しかし、この前年に大岡昇平は、敗戦直後から構想を練って改稿を加えてきた代表作『野火』(『展望』一九五一年一—八月)を完成させている。戦争末期のフィリピンのレイテ島を舞台にする『野火』は、「三七　狂人日記」で、五一年に精神病院の患者が書いていた手記であることが明らかになる。つまり、『野火』は、戦場での「特異な体験」への没入に留まらず、それを朝鮮戦争下の日本の状況と接続させせようと試みているのである。そして、『野火』の三年後、朝鮮戦争の「特需」によって日本が急速な経済復興を果たした時期に、武田泰淳は、『野火』を意識しつつ、食人を主題とする「ひかりごけ」(『新潮』一九五四年三月)を完成させた。それでは、「ひかりごけ」は、「特異な体験」と「日常生活」のあいだにどのような接続の回路を作り上げようとしたのだろうか。

本章では、まず泰淳の『野火』評を取り上げ、泰淳が『野火』の《人間》への固執を批判的に捉えていることを確認する。その上で、「ひかりごけ」の独創性は、『野火』の人間中心主義を乗り越え、国家の主権の成り立ちを問い直すことで、戦後日本の「日常生活」と戦時中の「特異な体験」とを重ね合わすことに成功している点にあることを論じたい。

1　人間としての倨傲

いわゆる戦後派作家のなかでも、武田泰淳と大岡昇平の親密な関係はよく知られている。すでに戦前、泰淳は『司馬遷』を読んだ山本健吉の誘いで、河上徹太郎、中村光夫、吉田健一らの雑誌

『批評』の同人となっていて、もともと大岡と共通の知人が多かったということもある。しかし、それ以上に互いの文学への関心が大きかったのだと思われる。後に二人は、富士にともに山荘を建てるまでの仲になっている。

泰淳が初めて大岡の作品を詳細に論じたのが、一九五三年に出版された創元文庫版『野火』の「解説」である。そこで泰淳は、『野火』について、「近代ヨーロッパ作家に伍せんとする一日本作家の意欲と、そのような意欲とは無関係に、彼を一日本兵士として死の直前に押しやった、世界的な力との、千載一遇の邂逅」という読解の図式を提示している。ただし泰淳は、作家はこの「千載一遇の邂逅」に「勇みたってさえ」いるだろうが、果たして「世界的な力」を捉え切れたかについて、疑問を提起するのである。

まずは、次のような箇所から検討しよう。

『野火』の主人公が、ただ一人で「出発」すると同時に、彼の前にひろがったのは「道」であった。(この作品の第一節は「出発」、第二節は「道」と名づけられている)。そしてその道の周辺には、「万葉」以来の日本詩人が待ちに待った、「決定的な瞬間に於ける自然」が、異常なあざやかさで、用意されてあった。その風物が、エキゾチックであればあるほど、かつてのわれわれの自然詩人たちの耳にささやきかけた、あの日本風の風速と唸りと、そのしじまを想わせるのである。「彼」の歩みはたしかである。(何故ならば、彼には自己の死をしばし包んでくれる新しい自然を刻み残すに足る、新しい正確な描写の、自信と楽しみがある)。[3]

両義的な書き方ではあるが、例えば「「彼」の歩みはたしかである」という一文には、泰淳による否定的なニュアンスを読まねばならない。実際、この直後には、「彼の歩みの異常な確かさ」（傍点引用者）という表現も登場している。『野火』の「私」の歩みは、フィリピンのレイテ島という異国の自然のなかにありながらも、決して迷ったり、戸惑ったりすることがない。なぜならば、「私」はそこで決して他なるものに出会っていないからだ。「私」の目には、間近に迫った「自己の死」しか映っていない。つまり、「私」は、レイテ島の自然に、自己の死を包んでくれる親和的なイメージを投影し、それにすっかり陶酔しているのである。

「「万葉」以来の日本詩人が待ちに待った、「決定的な瞬間に於ける自然」」や、「かつてのわれわれの自然詩人たちの耳にささやきかけた、あの日本風の風速と唸りと、そのしじま」という箇所は、上代の自然観を理想化し、それに帰一を図ろうとした日本浪曼派を連想させる。これに対して、樋口覚は次のように反論している。

> これ（泰淳の批評）は、『野火』論としてすぐれたものであるが、大岡がここで意図した自然像は決して「万葉」的ではない。作者が意図したのは軽薄な万葉礼賛がはびこった大東亜戦争戦時下の自然像の打破であり、彼は明治以来の詩人達の像に対抗する野心を抱いていた。(4)

樋口は、『武蔵野夫人』（講談社、一九五〇年）における、反・国木田独歩的な自然描写を引合いに出しつつ、この反論を行なっている。しかし、大岡の意図はともかく、『野火』の「私」には泰淳が批判するような性格が確かに備わっている。

「私」は、川の流れを見つめながら、「死ねば私の意識はたしかに無となるに違いないが、肉体はこの宇宙という大物質に溶け込んで、存在するのを止めないであろう。私はいつまでも生きるであろう(5)」と想像する。また、島の山脈に「伏した女の背中のような起伏」、丘に「女陰」、椰子の樹群に「様々に愛した女達」を懐かしく見て取りもする。つまり、「私」には、従来指摘されてきた、兵士として厳密に地形を測定する視線と同時に、フィリピンの自然に、死に瀕した自分を抱きとる「故郷」を読み取るようなロマン主義的な視線も備わっているのだ。後者の視線は、自分が現在島に侵略者としてであることを忘却し、他者たちのものであるはずの自然に自分勝手な「エキゾチズム」を投影することで初めて成立する。それは、主体を自然のなかに没し去るという点で反近代主義に見えるかもしれないが、実は徹底して、近代主義的＝帝国主義的な振舞いなのである。

泰淳は、このような「私」について、「めざましくも執念ぶかい倨傲」を指摘する。なぜならば、「私」にとって、他者は「「私」の特殊に、濃厚な、自意識の装飾品にすぎ」ないからだ。泰淳は次のように論を続ける。

無限に高揚し、飛翔し、陶酔し、あくなき自己分析に突入しながらも、また無限に卑俗化し、へばりつき、逃れるだけ逃れようとする、資本主義勃興期の商業資本家の自我と、やや似かよった物が、ここにある。〔中略〕「彼」には、庶民との会話で自己を低めている暇は、あたえられていない。「彼」はいらだち、歩きつづけ、観察し、綜合し、突き抜けねばならない。しかも「彼」は、そのように必死な自己の努力が、庶民のそれと同様に、無自覚な動物的なものであろうなどとは、一瞬といえども認め許すことはできないのである。(6)(傍点引用者)

ここでは、特に「動物」という語に注目したい。大岡も、五三年の「『野火』の意図」で、「私」にあえて無意識・無反省の部分を組み入れたことを明かした上で、「主人公の『動物』は常に現われていなければならぬ(7)」という当時の覚書きを紹介している。つまり、『野火』の「私」は常に、反省と無反省、意識と無意識、人間と動物の葛藤を生きているのである。その上で、「私」はあくまでも前者に価値を置き、後者を支配しようとしている。しかし、恐らく泰淳の批判は、人間が有限である(=複数の他者たちとともに空間的に生きている)以上、「無自覚な動物的な」振舞いを完全に免れることはできないという点に向かっている。つまり、「私」が自分を、反省的=意識的=人間的な主体だとみなし、そのメタレヴェルな位置を誇るとき、「私」は同じ世界を生きる他者たちへの責任に盲目な主体、すなわち「無自覚な動物的な」主体に転落してしまう。これを、泰淳は他者不在の「倨傲」と呼ぶのである。

このような泰淳の見解には、すぐに反論が起こるだろう。近年の『野火』研究は、この自意識が生む差異化の運動にこそ大岡の倫理を指摘してきたからだ。城殿智行は、『野火』の改稿過程を追い、「狂人日記」と題された初期の構想では、記憶喪失の主人公が戦場の記憶を取り戻すという「回想のメロドラマ」だったのに対して、『野火』では、手記を書く「私」の記憶の問い直しを通じて、「過去にありえたかも知れない倫理の可能性を、書くことの「現在」において問う」、「「書くこと」そのものの持続」に変化していることを論証した。[8] さらに、立尾真士は、『野火』における「反復」の主題の重要性を指摘し、「『野火』の〈反復〉とは、そのつど異なったものを生じさせ、繰り返される事象を複数化／多重化させるものとしてある」ことを明らかにした。[9] つまり、『野火』は、過去に聞き取られなかった他者たちの声を聞き取るためにこそ、自意識という方法を用いているという主張である。

しかし問題は、「私」のなかに、「人間とは自意識を備えた特権的な存在者である」という信念が存在し、この人間の特権性への固執が、動物的なものの声を封じてしまっていないかということだ。亀井秀雄は、「私がすがるべき超越的実在者を呼んだのは、その頃知った性的習慣を、自己の意志によっては、抑制出来なかったからである」という少年期の回想に注目し、自己の身体の内部から突き上げてくる性衝動と、それが不可避に現象させる異性のイメージを統御するために、「私」が神を要請するという構図を指摘している。[10] つまり、「私」には、有限な身体を備えているがゆえに、「無自覚な動物的なもの」を完全には排除できないことを悟ったとき、神というメタレヴェルの虚構物を召喚することで、それを抑圧、排除しようとする性格も確かに備わっているのである。そのことが象徴的に見て取れるのは、フィリピン人の女を射殺する場面だ。

十字架を見つけて山中から村に降りてきた「私」は、まず襲いかかってきた野良犬を軍刀で斬り殺している。「私」は、「敵を殺すために国家から与えられた兇器を、私が最初に使用したのが、獣を殺すためであったのは、何となく皮肉であった」と反省する。しかし、それは本当に「皮肉」なのだろうか。むしろ、国家は、殺害すべき対象を、理性を欠いた《動物》の名で常に名指すのではないのか。その後「私」は、フィリピン人の恋人たちに出くわし、女を銃で殺害することになる。大岡は、「『野火』の意図」で、これを、「十字架に惹かれて降りて来た主人公が、敵に近づくにつれて、不意に戦闘的になるのも計算外のことでした。これは主人公の「動物」という配慮から出て来たのですが、意外に強くなって、自分で抑え切れなくなった」(11)と説明している。しかし、この「私」の行為を、動物的=本能的と定義するだけでは十分ではないだろう。女の殺害の瞬間の描写は次のようである。

女は叫んだ。こういう叫声を日本語は「悲鳴」と概称しているが、あまり正確ではない。それは凡そ「悲」などという人間的感情とは縁のない、獣の声であった。〔中略〕女の顔は歪み、なおもきれぎれに叫びながら、眼は私の顔から離れなかった。私の衝動は怒りであった。(12)

「私」は女の「獣の声」を聞き、怒りに駆られ、女を射殺している。「私」は、人間的感情を期待していた他者から「獣の声」が発せられたことに我慢できず、人間としての同胞にふさわしくない「獣」として女性を射殺したのである。(13) この場面に表われているのは、《動物》の暴力ではなく、むしろ《人間》の《動物》に対する暴力ではないか。そして、女にとっては、銃を持ってうろつく自分こそが《獣》に映ったかもしれないこと、あるいは《人間》として《獣》を殺害する自分こそが、何よりも《獣》的なのではないかということに、「私」の反省は及ばない。なぜならば、そこまで反省を推し進めるならば、「私」の行動を支える《人間》という理念の不可能性が露わになってしまうからである。こうして、女は「獣の声」だけを残し、『野火』の世界から退場することになる。

女を射った後、「私」は呆然とし、自分の銃を見るが、「それは軍事教練のため学校へ払下げたのを回収した三八式銃で、遊底蓋《ゆうていがい》に菊花の紋が、バッテンで消してあ」る。「菊花の紋」を国家、「バッテン」を十字架＝神の象徴として捉えるならば、この箇所は、女＝動物の殺害を促したものが、神であり、国家であることを暗示するものとして読める。つまり、「私」は、神や国家といったメタレヴェルの審級に依拠することで、自分もまた他者たちと関係を結んでいる限り、「無自覚な動物的なもの」から完全には逃れられないという事実を暴力的に抑圧したのである。

このようにして、自己の内部の「無自覚な動物的なもの」を支配する主体であろうとする『野火』の「私」は、帝国主義の尖兵として、フィリピンの島の自然に独善的なイメージを投影しつつ、それを乱す他者を《動物》として射殺する。泰淳の批判が向かうのはこの点である。このような状況のすべてを問い直すことができるとすれば、それは、自意識という「人間に固有の」能力を通じてではなく、むしろ人間の特権性への固執を捨て、自己に呼びかける「獣の声」に開かれることを通じてでしかないのではないか。

2　人肉食をめぐって

『野火』の「私」の人間的な「倨傲」を最も強く揺さぶるのが、飢餓の末の人肉食という試練である。「私」は「猿の肉」だと言われて人肉を口にしてしまう。泰淳の批判の核心には、まさにこの問題がある。

この作品に於て、「人肉試食」は、世の批評が騒ぎ立てるほど重要なものとは、私は考えない。問題は、人肉試食を導き出さずにはいられなかった「私」の純粋な歩き方にある。この種の異常経験があったために、「私」は狂気にまで到達できたのではない。むしろ「彼」は、人肉試食にもかかわらず、そのような結末に達することを欲したのである。(14)

大岡は、七〇年代に、「私は『野火』では、食べない方を選択した主人公を選びました。〔中略〕そして、選択を貫くためには、神のような超越的存在の保障が必要で、さもなければ気違いにならなければならない、としました(15)」と狂気への必然性を語っている。しかし、泰淳の「人肉試食にもかかわらず、そのような結末に達することを欲した」という表現からは、人肉食を犯すことで人が狂気に陥るなどということは、「私」の勝手な思い込みでしかない、という批判が読み取れる。つまり、人肉食は、それを犯した瞬間に人間が人間であることが不可能になる「限界」などではないのだ。

「ひかりごけ」では、この批判がさらに深められ、殺人を犯した人間がなお食人を拒むという『野火』の転倒した「倫理」が問題にされている。

殺人は「文明人」も行い得るが、人肉喰いは「文明人」の体面にかかわる。わが民族、わが人種は殺人こそすれ、人肉喰いはやらないと主張するだけで、神の恵みを享《う》けるに足る優秀民族、先進人種と錯覚してはばかりません。

「野火」の主人公が、「俺は殺したが食べなかった」などと反省して、文明人ぶっているのは、明かにこの種の錯覚のあらわれでありましょう。（五：一八四—一八五）

清原万理が指摘するように、「ひかりごけ」が告発するのは、「人肉食をより劣った罪とするような倫理的判断に支えられた、〈文明人〉対〈未開野蛮〉という対立図式」である。[16] このような「ひかりごけ」の「私」の批判の背景には、アイヌ語学者Mさんの存在がある。[17] ある学会で、アイヌが人肉を食べていたという根拠のない発表がされたことが、Mさんに「猛り狂うほどの怒り」を引き起こした。なぜ、Mさんはそれほどに怒ったのか。

近年のカニバリズム研究の流れの一つは、西洋の植民地主義と人肉食の表象との関係を暴くことを主眼としている。[18] 正木恒夫によれば、そもそも食人種を意味する「カニバル」の語は、コロンブスの航海日誌に登場する一部族の名前に起源を持つ。この部族名が普通名詞となるまでに流通した背景には、「植民地の創設という現実的課題」があった。すなわち、西洋文明国による部族間抗争への介入と原住民の奴隷化を正当化するために、人肉食という「非人道的な習慣」は「事実」とされ、大いに喧伝されねばならなかったのだ。[19] したがって、Mさんの「怒り」は、文明と野蛮の対立に依拠した、日本人学者の帝国主義的な欲望に向けられていたと考えられる。

『野火』の「私」にも同様の批判が当てはまる。「私」が殺人よりも食人を忌避するのは、そこに帝国主義的な思考が根強く機能しているからである。そもそも、近代国家は、法によって国民のあいだの殺人を禁止している。ホッブズによれば、これによって、万人が万人に対して狼のようにふるまう「自然状態」は克服されることになる。しかし、同時に近代国家は主権の維持のために恒常的に殺人を必要としてもいる。つまり、外部の敵を排除するための軍隊と、内部の犯罪者を隔離し、死刑に処するための警察という暴力装置を必要としている。ここには明らかな矛盾がある。このために、国家による殺人は「正当な殺人」なのだという装いを凝らさなくてはならない。ここで、《人間》と《動物》の二項対立が援用されることになる。つまり、外部にある敵は、あるいは法を犯す犯罪者は、《人間》と同じ理性を共有しない野蛮な《動物》なのであるから、殺害もまた許容されるのだという論理が持ち出されるのである[20]。

この場合、殺人はあくまでも「人間的」に行なわれなければならない。そこに、私的な欲望、復讐心、本能などの影がさすことは避けられねばならない。もしそうなれば、《人間》と《動物》の二項対立は反転し、法の名のもとに殺害を行なう国家それ自体が、あたかも法の外部にある《獣》であるかのように見えてきてしまうからだ。「ひかりごけ」は、この点に、殺人と食人とのあいだに境界線が引かれる理由を見て取ろうとしている。

殺人の利器は堂々とその大量生産の実情を、ニュース映画にまで公開して文明の威力を誇ります。人肉料理の道具の方は、デパートの食器部にも、博物館の特別室にももはや見かけられない。二種の犯罪用具の片方だけは、うまうまと大衆化して日進月歩していますが、片方は想い出すさえゾッとする秘器として忘れ去られようとしている。(五:一八五)

殺人のテクノロジーは次第に洗練されていき、銃のように一定の距離を保ち殺害の感触を忘れさせる殺人、そして核兵器のスイッチのようにメタレヴェルな視点からの殺人へと「進歩」していく。他方、食人には、私的な欲望、復讐心、本能といった、他者たちとの水平的なレヴェルからの離脱を許さない表象がまといついている。未知の世界の他者を「人喰い人種」とみなして差別することと、「文明人」たちが国家による殺人の方法をより洗練していき、「正しさ」のイメージを構築していく過程は相互に連関しているのである。

『野火』の「私」は、食人の罪を犯すことは、人間の限界を超え、狂気に辿り着くことでなければならないと思い込んでいる。しかし、そのような《人間》の限界とは、誰が、何のために設定したものなのか。《人間》と《動物》の境界線を引くのは、国家である。そうだとすれば、「私」は、国家によってフィリピンに送致され、無益な戦闘を強いられ、極限の飢えに苦しみつつも、なお《人間》としての矜持にすがることで、国家への従属を表わしていることになる。だからこそ、泰淳は、そのような『野火』の「私」の「倨傲」を批判するとともに、《人間》と《動物》の境界を問い直す「ひかりごけ」を書かねばならなかったのである。

3　「ひかりごけ」の構造

「ひかりごけ」の先行研究では、「飢餓の極限においておこなわれる人肉食事件を媒介にして、人間的と非人間的とを区別する限界がどこにあるかを追及している作品」[21]という評価は共有されているものの、この主題をどの方向に展開していくかということで各々に差がある。第一に、大岡昇平『野火』、野上弥生子『海神丸』、魯迅『狂人日記』など、食人を主題とした他の作品との比較から、泰淳の思想を掘り下げようという方向がある。[22]第二に、泰淳の五三年の北海道取材、およびその際に参照した資料についての実証的な調査をもとに、「ひかりごけ」に込められた泰淳の意図をより鮮明にしようという方向がある。[23]第三に、作品の詳細な分析を通じて、「光の輪」などの謎めいた形象についての解釈を提案しようという方向がある。また、近年では、議論が後半の戯曲部分に集中しすぎたことへの反省から、前半と後半との連関を改めて分析し、そこに「戦後」の異化の意図を読み取ったり、[24]「ひかりごけ」を「境界線」をめぐる物語として読み直したりする論も登場してきている。[25]

本節ではまず、「ひかりごけ」の自然描写を、『野火』のそれと比較することから始めたい。「ひかりごけ」は、次のように始まっている。

私が羅臼を訪れたのは、散り残ったはまなしの紅い花弁と、つやつやと輝く紅いその実の一緒にながめられる、九月半ばのことでした。今まで、はまなし（はまなすと呼ぶのは誤りだそうです）の花も実も見知らなかった私にとり、まことに恵まれた季節でありました。（五：一七一）

「はまなす」は、果実が梨に類似していたことから「はまなし」と呼ばれていたのが、訛って現在の呼び名に変わった。「ひかりごけ」の「私」は、「はまなす」と呼び習わされる花の背後に、「はまなし」という抑圧され、忘却された記憶を見出す。次に、この「シ」と「ス」の差異は、アイヌ語の「ラウシ」と日本語の「羅臼」の差異へと接続する。

羅臼とは、アイヌ語のラウシ。その昔、アイヌ人は鹿や熊を捕ると、かならずここで屠殺して、その臓腑や骨などが散乱していたところから附けた地名。それ故、和人《わじん》が入り込んでくるまでは、このあたりの土着アイヌは魚の肉ばかりでなく、山野の獣の肉も充分にむさぼり食うことができたはずです。（五：一七二）

「羅臼」という地名は、和人によるアイヌ文化の暴力的な征服によって、「ラウシ」という地名を抑圧し、忘却することで成立している。『野火』の「私」が、異国の自然に独善的なロマンティシズムを投影したのに対して、「ひかりごけ」の「私」は平和に見える現在の自然の背後に、自分たちの関わった血なまぐさい暴力の記憶を読み取ろうとする。しかも、「ラウシ」という地名にもすでに、殺害され、喰われた鹿や熊たちの沈黙の声が響いているのであり、ここで見出される暴力の連鎖は決して途切れることがない。

さらに、この「シ」と「ス」の差異は、「マッカウシ」と「マッカウス」の差異に辿り着く。すなわち、前半の紀行文で作家が訪れるのは「マッカウシ」洞窟であり、後半の戯曲で船長たちが惨劇を演じるのは「マッカウス」洞窟なのである。この差異は何を意味するのだろうか。

これは、「ひかりごけ」が実際の事件をモデルにした小説だということと関わるだろう。紀行文で訪れた「マッカウシ」洞窟と、その帰り道に校長から聞いた船長の事件の強い印象から、「私」によって創作されたのが「マッカウス」洞窟を舞台とする戯曲だと捉えるならば、「マッカウス」洞窟は「マッカウシ」洞窟（および船長の事件）を改変し、いわばそれを「喰らう」ことで成立していることになる。実際、紀行文の「私」は、「三十三日間の北海道旅行が完《おわ》ってから、すでに二ヶ月になる私には、この事件をどのような形式の小説の皿に盛り上げたらよいのか、迷うばかりです」とも記している。これは、この「ひかりごけ」を書くという行為自体が、モデルとなった船長に対しては、「喰らわれる」ことに比されるほどの暴力的な行為に他ならないことを暗示している。

このように「ひかりごけ」の世界では、あらゆる存在は、他なるものを「喰らう」ことで自己を成立させていることが強調される。

そして、ひかりごけ（＝光の輪）の形象も、この「喰らう」ことの主題と深い連関を持つ。山城むつみは、植物のヒカリゴケの生態に注目することで、重要な知見を引き出している[26]。ヒカリゴケは、光が射し込むと、原糸体の細胞がレンズのように膨れて光線を屈折させて集める。そこに葉緑体が集まるので、観察者には、奥で反射した光が金緑色に光り輝いて見える。したがって、「ヒカリゴケは蛍のように自身で発光するのではなく外部から受けた光を反射して光る」。言い換えれば、ヒカリゴケの光は、外部（他者）の光を喰らったその余剰に他ならないのである。

ここから、山城は、「光背は実体的な属性ではなく関係的な通路」だと結論する。つまり、ひかりごけ（＝光の輪）は、食人を犯した特殊な人間の罪の証なのではなく、誰もが他者を「喰らう」ことで自己を成立させているという、自己と他者との根源的な関係性の証なのである。そして、山城によれば、「自身も知らない自分の「残りのもの」を「光源」として背負いながら、あわれな他者に向き直ったとき、それも、この他者の「恥ずかしさ」が、隔絶の向こう側でどうしようもなくかなしく愛おしいと感じられたその瞬間にかぎり、我々にも他者の背後に光の輪が見える」。言い換えれば、誰もが「喰らう」という暴力を犯しており、そこには何の差異もないと認められる者だけが、光の輪を見ることができる。だから、自分が食人を犯した西川でもあり得たと感じる八蔵には光の輪が見え、そのような感情を持たない群集は、たとえ食人を犯していなくても、船長の光の輪が見えないのだとされる[27]。

このように「ひかりごけ」は、食人を犯してしまった者を「異常なもの」として排除せず、むしろその者への責任を負おうとする姿勢を鮮明にしている。「ひかりごけ」は、前半の紀行文と、後半の戯曲に分かれた構造を持っている。前半において北海道を訪ねた作家が過去の食人事件のことを聞き、それをもとに創作したのが後半の戯曲だという設定になっている。つまり、前半と後半には、現実／虚構、正常な世界／異常な世界、あるいは戦後／戦前という明確な境界線が引かれているかに見える。しかし、「ひかりごけ」の前半の紀行文には、暴力的なものがすでに混入してしまっている。北海道の穏やかな自然描写のなかには、日本人のアイヌ人への暴力の記憶が紛れ込む。あるいは、中村茜が注目するように、敬体の語りのなかに、常体の語りが不穏に紛れ込む[28]。そして、国境を越えてロシア領まで流された経験を持つ校長に対しては、戯曲第二幕で、「そして何より大切なことは、船長の顔が〔中略〕あの中学校長の顔に酷似していることである」という注意書きがなされる。また、後半が戯曲という形式で語られること自体が、「この上演不可能な「戯曲」の読者が、読者であると同時に、めいめい自己流の演出者のつもりになってくれるといいのですが」と書かれるように、読者が、地の文の語り手に誘導されるのではなく、自己の責任において、「異常なもの」と向き合うことを期待しての工夫だと捉えることもできるだろう[29]。

モデルが生き残っているにもかかわらず、食人事件を小説に仕立てるのは確かに暴力の一種だろう。しかし、その事件を「異常なもの」として、分離・抑圧・忘却することで、自分たちの「正常な世界」を守ろうとすることもまた暴力に他ならないのではないか。ここで、暴力のエコノミーの問題が浮上する。「ひかりごけ」は、モデルへの暴力ということを認識しつつも、「異常なもの」と正面から向き合うことで、私たちの生きる「正常な世界」が実は「異常なもの」であることを暴き出すことのほうに、私たちの世界の暴力を減少させていく道筋を探ろうとしているのである。

4　国家と法－外なもの

大岡は、食人を禁じる超越的な審級としての神について語っていた。しかし、大岡は「『野火』

の意図」で、別の構想があったことも明かしている。

それは食人とミサとを結びつけることで、つまり主人公が遂に「狂兵」の肉を食うことによって、救われるという考えです。狂兵は「自分が死んだら、肉を喰べてもいいよ」とすすめたから、「私」は「彼」をキリストかも知れないと思うのですが、もう一歩進んで、すすめるままに肉を喰わしたらどうかということです。この場合筋は全く別になります(30)。

さらに大岡は、「そこ〔戦場〕で人肉を喰うのは、むしろ解放になるのではないか、その解放の保障者として、キリストを考えられないか」と書いている。この大岡の文章を泰淳が読んでいた確証はない。しかし、食人を犯した船長をキリストと重ね合わせる「ひかりごけ」の戯曲の第二幕は、この『野火』のあり得た可能性を継承するもののように思われる。以下では、船長が法廷で語る言葉を考察することで、「ひかりごけ」における「食人による救い」という思想に迫っていきたい。

検事や傍聴人に責め立てられるなか、船長が口にするのは「私は我慢しています」という言葉である。「我慢」という言葉自体は、第一幕で船長がすでに用いている。最年少の船員である西川は、五助と八蔵を食べた船長を、「そんで、自分がおそろしくねえだか」と問い詰める。これは、西川が、船長を自分の理解の範疇に引き留めようとする努力として捉えられるだろう。これに、船長は「おめえ、俺がおそろしいと言えば気がすむんか」と問い返す。なおも食い下がる西川に、船長は「おれは我慢してるさ」と答える。

何をどのくれえ我慢したらいいか、きまりってもんはねえだからな。何のために我慢しるか、わかんねえでもしるのが、我慢だからな。（五：一九七）

日常世界で、食人を犯すことは人間の「限界」であり、そこへ到達したとき人間は人間でなくなると考えられる。このために、『野火』の「私」は狂気に陥ったのだった。だが、船長は、その「限界」を超えて生き延びる。そして、今までと何ら変わらない自分に驚いている。あたかも、日本が「滅亡」した後も何も変わらずにある自分に驚き、「生きて行くことは案外むずかしくないのかも知れない」と呟く「蝮のすえ」（『進路』一九四八年八―十月）の「私」のように。そこから先には「きまり」は存在しない。「我慢」とは、このように「きまり」が失効した場所で、周囲から「人間ではないもの」とみなされつつ、なお生きていこうとする態度のことを言うのではないか[31]。

第二幕で、検事は何度も「人間」という言葉に言及している。検事によれば、「（五助、八蔵、西川という）この三名の被害者はそれぞれ程度の差こそあれ、人間的反省、人間的苦悩を示して死亡したのに反し、ただ一人被告のみは、最後まで、なんら反省も苦悩もすることなく生き残った」（傍点引用者）。その上で、検事は、「すまなかったとか、悪かったとか、人間らしいことは考えていないのか」（傍点引用者）と問い詰める。しかし、検事はここで、《人間》が一つの「きまり」である可能性を考えようとはしない。たとえ空襲警報のサイレンが法廷に鳴り響いても、食人などよりも、集団的な殺戮行為である戦争こそがよほど「非人間的」なのではないかという反省は遂に生まれることがない。こうして、「人間ではないもの」の声は聞き届けられないまま、葬り去られようとするのである。

このような船長は、唯一の希望として、「私はただ、他人の肉を食べた者か、他人に食べられてしまった者に、裁かれたい」と語る。この発言を法廷の誰一人理解できなかったということが、国家が私たちの想像力をいかに束縛しているかを証明している。国家は、殺人の禁忌を犯した者に対して殺人で応える。そうであるならば、食人の禁忌を犯した者に対して食人で応えることは論理的な妥当性を有する。この妥当性が理解されないのは、国家が遂行する殺人は「正当な殺人」だという思い込みが存在するからだ。小笠原克は、この場面について次のように指摘している。

> もしもこの法廷があくまでも船長を裁くにはどうすればよいか。船長の望むとおり、《国家社会》の代表者たる検事が、船長を喰べればよい。
>
> いうまでもなく、それは〈憎むべき・恐るべき犯行〉となり、〈裁判の権威〉をみずからくつがえすことになり、陋劣無比な食人者に堕すことになるから、現実的にも論理的にも不可能な話である。かつ、喰べた人間は、ただちに裁きを受けねばならず、彼を裁きうるには、またただちに彼を誰かが食べねばならなくなる。《裁き》のために食人は食人を生み、かくて、最後に残るもの＝食人者を、裁きうる人間は、現実的にも論理的にも存在しえないのだ。[32]

小笠原が指摘するパラドクスは、決して食人に限定されるものではない。殺人者を殺人をもって裁くことは、本来であれば裁きの無限後退を生む以上、「現実的にも論理的にも」あり得ないはずである。この無限後退を断ち切るためにこそ、《人間》という超越的な価値が要請される。すなわち、死刑は、理性を共有せず、言葉の通じない《動物》に対してやむを得ず執行される《人間》による裁きだという論理である。この「倨傲」がある限り、国家の暴力の野蛮性は決して可視化されない。これを可視化するための手段として、食人には食人で応えよという要請ほど有効なものはない。これに応じた場合、《人間》と《動物》の位階秩序は崩壊し、《獣》を裁く国家自体の獣性が露わになってしまうからだ。

ここから、船長が、「私には、あの方と私とそう違った人間とは思われないのですが」、「あの方だって、我慢していられるだけじゃないでしょうか」と語る意味も理解することができるだろう。あの方＝天皇は、大日本帝国憲法では国家の唯一の主権者として規定されている。主権者とは、「きまり」を自ら措定し、実行力をもってそれを維持するものであり、この意味で法‐外なものである。一度法が措定されてしまえば、後は法に従った処理も可能だが、その法を措定する瞬間には法‐外な開けが存在する。なぜならば、法の法は存在しないからだ。そうだとすれば、主権者と犯罪者は、「きまり」の外部にある法‐外なものとしての性格を共有することになる。したがって、船長は、法‐外なものとしての自分と重なる存在があるとすれば、それは天皇以外にいないと考えたのではないだろうか。

船長とキリストが重ね合わされるのも興味深い設定だ。第二幕の船長は、「我慢すること」を「理智的に感得している」。もし自分の肉が自分を裁いたものたちによって食べられるのであれば、このとき、船長は新しい「きまり」を作る最初の人間になることができる。《人間》と《動物》の位階秩序に基づき、「正当な殺人」を定める従来の国家の法は、古い「きまり」として破棄されるだろう。大岡の構想していたものと同じであるかは不明だが、「ひかりごけ」が示す「食人による救い」とはこのようなものである。しかし、船長はこのようなことが現実には起こり得ないこと、したがって自分がキリストになれないことを知っている。

船長は、自分が食人を犯した「異常なもの」として排除されることで、今後も「正常な世界」が維持されることを知っている。船長は、主権者＝天皇との共犯関係のなかで、罪を背負う犠牲の獣になり、人間たちによる「正当な殺人」が執行されることを望むのだ。しかし、「正常な人間」には見えるはずの船長の光の輪が群集には見えず、彼らの首筋には次々と光の輪が灯り始める。このことは「正当な殺人」など初めから存在しないことを明らかにする。船長が「みなさん、見て下さい」と叫び続けるのは、新しい「きまり」を作るキリストにもなれず、古い「きまり」を下部から支える犠牲の獣にもなれないまま、無意味に殺されてしまうことへの恐怖からだったのではないだろうか。

この船長の声は、戦後日本を生きる者たちを撃つ力を有している。戦後日本に生きる者たちは、果たして船長の光の輪を見ることができるだろうか。確かに戦後日本は、日本国憲法をもって、天皇主権を廃し、国民主権を宣言した。この国民主権は、五二年の講和条約の発効と占領軍の撤退――名目上のものではあるにしても――を通じて、いよいよ確立されたかに見える。しかし、国民主権という概念のなかにはすでに、国民でないもの、国民にふさわしくないものの排除が含まれている。[33]このような国民主義の危険は、すでに第二章の『風媒花』論で示したとおりである。

問題は、主権という理念そのものにある。何ものにも依拠せず独立して決定を行ない得るという、主権の理念は、泰淳が言う「倨傲」の名にふさわしいものだ。この「倨傲」を崩すためには、自己が他者との関係を根源的に含んで成立していることを示す必要がある。それを指示するものが、「ひかりごけ」の光の輪なのである。もし船長の光の輪を見て取れる共同体が存在するとすれば、それは、超越的な価値に同一化することで連帯を目指すような共同体ではない。そうではなく、「きまり」の外部にある不安のなかで、それでも《全き他者》の声を聞き届けるために、各人が「我慢」を続けるとき、初めて連帯の微光が見えてくる、そのような「ひかりごけ」的な共同体なのではないだろうか。

結論

「ひかりごけ」は、『野火』との対話によって成立した作品である。泰淳が『野火』の主人公から読み取った違和感とは、殺人よりも食人を「人間の限界」を示す犯罪とみなして忌み嫌う奇妙な態度だった。「ひかりごけ」は、この違和感を追究し、最終的に国家の暴力へと辿り着く。すなわち、国家は、他者に食人の表象を押しつけ、「野蛮」とみなした上で、侵略や植民地化を正当化してきた。ここから、『野火』の主人公は、「自分は人間だから、食人だけは犯さない」という考えを通じて、なお国家に繫ぎ止められているのではないかと疑うことが可能になる。

「ひかりごけ」の光の輪の形象が示すのは、人間と動物という恣意的な境界線を越えて、あらゆる生命が根源的に依存と責任の関係を結び合っているという事実である。このヴィジョンは、過去の日本を批判するためだけに提示されたわけではないだろう。それは、アメリカの東アジア戦略のなかに組み込まれつつ、朝鮮戦争の犠牲者たちを、そして沖縄の軍政の犠牲者たちを「喰らう」ことで成立しつつも、その事実を意図的に忘却し、主権国家としての装いを凝らし、「日常」を回復しようとしていた同時代の日本を根底から批判する力を潜在させている。このように他者への通路を開くテクストとして、「ひかりごけ」は読み直されなくてはならない。

第二部

大江健三郎——動物を殺害する人間

第四章　「奇妙な仕事」——動物とファシズム

大江健三郎のデビュー作である「奇妙な仕事」（『東京大学新聞』一九五七年五月）は、荒正人、平野謙という戦後の文壇を主導してきた『近代文学』派の批評家によって、その価値が見出されたという経緯がよく知られている。しかし、彼らの批評のなかでは、殺される動物への視点が欠如してしまっている。このことは、荒や平野が主唱していた、戦後日本の主体性論の陥穽を露わにするものではないか。特に、丸川哲史の、「日本の「独立」（五五年体制）とは、日本が敵対した旧ソ連や中国といった、あの戦争の当事者（あるいは、植民地支配の対象としての朝鮮半島や台湾など）を排除したまま〔アメリカの主導によって〕承認された日本の体制を表現するのだ」[1]とする指摘を考慮するとき、そのように政治的・軍事的に仮構された空間のなかで主体性を称揚することがどのようなパフォーマティヴな意味を持っていたのかを改めて考察する必要がある。このような問題意識からすれば、「奇妙な仕事」の批評における動物の消去は、一つの徴候として私たちの前に立ち現われてくるように思える。

1　先行批評の整理

「奇妙な仕事」を東京大学五月祭賞に選んだのは荒正人である。荒は、主人公の扱いはもっと意識的に行なうべきだとしながらも、「全体としては、現代の最も若い世代の、やや虚無的な心情をつかみだし、それをひとつの事件としてまとめあげた手腕に敬服したい(2)」と評価した。その後、平野謙は、これを『毎日新聞』の時評で取り上げ、「この若い学生の作品を、今月の佳作として、まず第一に推したい(3)」という破格の賛辞を送った。平野はこの作品に対する評価を、後に詳細に展開している。

犬どもはみな「杭につながれて敵意をすっかりなくして」いて、それはそのまま「無気力につながれている、互いに似かよって、個性をなくした、あいまいな僕ら、僕ら日本の学生」のシンボルにほかならない。壁に囲まれ、杭につながれながら、尾をふって与えられる餌をおとなしく食わねばならぬ「日本の学生」は、また、そのまま占領下の日本の全人民のシンボルではないか。こういう「壁のなかの人間」の状況を、執拗に追求するところに、この作者はその文学的出発点を持った(4)。

平野がこの小説にアメリカによる占領の問題を読み取っているのは、極めて重要だ。しかし、荒にせよ、平野にせよ、犬殺しに携わる若者たちの「虚無的な心情」を重視する一方、殺される犬に対しては全く言及しようとしない。彼らにとって、問題は、犬のような「惨め」な生を生きる若者たちであって、殺されゆく犬そのものではないのだ。

だが、大江自身は、「徒弟修業中の作家」(『朝日新聞』一九五八年二月二日)で、さらに踏み込んだ発言をしている。大江は、この短編小説の軸となるイメージと論理について、次のように述べている。

> ぼくら日本の若い人間たちが、あいまいで執拗な壁にとじこめられてしまっているというイメージ、ぼくらのあいだには真に人間的な連帯はなく、ざらざらした毛皮をおしつけあってほえる犬たちのように、ただ体をからませあっているだけだというイメージ。
>
> そして、あいまいに閉ざされているために、次第にリアリスチクな判断力や分析力が衰退したあげく、持続的なエネルギーもうしなって怒りっぽく非論理的になった若い精神の行きつくところは、おおかれ少なかれファシズムにつながるという論理。(5)

前半では、確かに荒、平野の批評を補強するように、若者と犬との重ね合わせが語られている。しかし重要なのは、後半で「ファシズム」という語が登場していることだ。多くの論者が指摘するように、「ファシズム」の本質は「Aであるとともに Aではない」という、曖昧で機会主義的なものである。(6) 大江の「ファシズム」の定義も明示されてはいないが、とりあえずここでは、「戦時中に露呈した、ときに異分子のジェノサイドにまで至る、社会の暴力的な同質化の運動」という程度の意味で理解しておくことにしたい。

それでは、この小説のなかで「ファシズム」の名に値する暴力がどこに見出せるかといえば、それは一五〇匹の犬を殺害するという行為の他にはあり得ない。だが、従来の批評・研究はこの暴力性については沈黙し、もっぱら若者たちの心情に寄り添うことだけを目指してきた。

例えば、松原新一は、大江の初期作品を「人間の不安にみちた実存的側面と時代閉塞の状況的側面とを重ね合わせた統一的な文学的イメイジ[7]」という観点から捉え、「それが徒労の行為である「にもかかわらず」」吠え続ける犬たちの姿に「自覚的なシジフォス[8]」を見て取ろうとした。片岡啓治は、「「愛国少年」であることのプライマリーな挫折[9]」が、無力な犬に象徴される「拒まれた者の疎隔と閉塞の世界[10]」となって具現化していると分析した。柴田勝二は、初期作品に通底する「青年の生命に対する意識[11]」を指摘しつつ、犬たちの吠え声を「語り手の中で噴出の捌け口を得ることなくうごめいている生命のあり方と対応するもの[12]」と解釈した。この系譜では、荒、平野が構築した人間中心的な読解が、多様な論点のなかで無批判のままに反復されている。そこでは、学生たちが一五〇匹の犬を殺害するという出来事の異常な暴力性が無化されてしまうのである。

他方で、この支配的な評価に抵抗する新たな流れもある。一九七〇年代には、犬を他者として捉える読解が登場する。野口武彦は、「大江氏の想像力は、およそ言葉による表現を絶して根本的に伝達不能であるような他者の体験の内部、すなわち他者の沈黙に入り込み、それに能うかぎりの言語化をほどこそうとしている[13]」との立場から、沈黙する犬たちを重視する。篠原茂も、犬たちを

「内面の秩序」を脅かす「他者」[14]として捉える。渡辺広士は、「もの言わぬ被害者である動物たちの、人間の行為の相関者としての存在自体が、人間の持つ人間性についての既成観念をくつがえす」[15]と重要な指摘を行なっている。九〇年代に入ると、一條孝夫が、犬たちと強制収容所のユダヤ人の類似性を指摘し、従来の読解の方向を大きく転換させた[16]。また、村瀬良子[17]や、山崎正純[18]も、詳細な作品分析を展開しながら、犬殺しの暴力性を正面から取り扱っている。

本章では、この後者の流れを継承しながら、「奇妙な仕事」における動物の表象の問題を考察していく。このとき、「奇妙な仕事」は、人間性や主体性の重視を謳うのではなく、むしろそれらの理念の暴力性を露わにする作品としての相貌を帯びるはずである。

2 同時代状況から

「奇妙な仕事」を読む上では、いくつかの同時代の文脈を押さえておかなければならない。まず、学生たちはなぜ犬殺しの仕事を引き受けたのか、という疑問から出発しよう。「奇妙な仕事」という題名自体が、そのような疑問を誘発する。この題名は、odd jobs の直訳と思われるが、それは本来「片手間の仕事」という意味を持つ。つまり、学生たちにとって、犬殺しの仕事は、本来やらなくても済むはずの「片手間の仕事」だったのである。高等教育を受け、生活に逼迫しているわけでもない人間が、それでも犬殺しという虐殺に加担してしまうという事実。ここに、ファシズムを解明するための鍵も隠されているだろう。

荒正人の見方に従えば、学生たちがこの仕事を引き受けたのは、彼らの「虚無的な心情」によるものということになる。学生たちは、自らの主体性を支えるべき倫理観を放棄してしまっているために、「ペイ」の高低次第でどんな仕事にも就く、というわけだ。

実際、「奇妙な仕事」は、何よりも文体の面で、「僕」の「虚無的な心情」を実感させるように書かれている。従来これは、翻訳の文体を連想させる「悪文」とみなされてきたものだが、そこには周到な計算が働いていることが分かる。冒頭の部分を確認しよう。

附属病院の前の広い鋪道を時計台へ向って歩いて行くと急に視界の展ける十字路で、若い街路樹のしなやかな梢の連りの向うに建築中の建物の鉄骨がぎしぎし空に突きたっているあたりから、数知れない犬の吠え声が聞えて来た。風の向きが変るたびに犬の声はひどく激しく盛上り、空へひしめきながらのぼって行くようだったり、遠くで執拗に反響しつづけているようだったりした。

僕は大学への行き帰りにその鋪道を前屈みに歩きながら、十字路へ来るたびに耳を澄した。僕は心の隅で犬の声を期待していたが、まったく聞えない時もあった。どちらにしても僕はそれらの声をあげる犬の群れに深い関心を持っていたわけではなかった。(I一:七)

冒頭の一文は、本来ならば、三つ程度の文に分割すべき内容を未整理なままに繋げている。これは、あえて分かりにくい文の構造にすることで、「僕」の眼に映る世界が、混乱し、秩序を持たないことを演出している。また、第二段落では、「僕」という主語を執拗に連ねることで、「僕」が「僕」という実存の重みを常にひきずっている印象を生んでいる。さらにこれに続く部分では、一切の固有名詞を排したり、会話にカギカッコを使わなかったりするなどの技法を通じて、「僕」が世界や他者から疎外されている感覚を強調している。

「僕」自身も、自分の心情について、次のように語っている。

しかし僕はあまり政治的な興味を持ってはいなかった。僕は政治をふくめてほとんどあらゆることに熱中するには若すぎるか年をとりすぎていた。僕は廿歳だった。僕は奇妙な年齢にいたし疲れすぎてもいた。僕は犬の群れにもすぐ興味をなくした。（I一・八）

このような「僕」の政治への無関心、疲れは何に起因するのだろうか。絓《すが》秀実は、一九五〇年代後半に、学生運動の大きな停滞があったことを指摘している。(19) 五五年七月のいわゆる「六全協」（第六回全国協議会）で日本共産党が武装闘争方針の誤りを認めたことで、山村工作などに従事していた若い学生たちは大きな衝撃を受けた。さらに、五六年二月のフルシチョフの「個人崇拝とその結果について」によるスターリンの粛清の暴露、十月のソ連軍のハンガリー侵攻の報道によって、戦後日本社会の変革の期待を背負っていた共産主義の権威は著しく失墜した。他方、冷戦構造のもとに、アメリカ軍の駐留が継続し、親米保守の自由民主党への国民の支持がそれを支えるという現状もあった。これらを鑑みるとき、政治に関心を失い、疲れを露わにする「奇妙な仕事」の「僕」

は、やや誇張されているとはいえ、決して特殊な若者ではなかったことが分かる。

ただし、問題なのは、「虚無的な心情」が、そのまま犬殺しの仕事に直結するだろうかということだ。三人の若者たちの振舞いを見るとき、読者は暗い熱情とでもいうべきものを感じ取る。つまり、「虚無的な心情」が暗い熱情に変わる論理を見出さねばならないのである。

「僕」は、犬を前にして、「僕らだってそういうことになるかもしれないぞ。すっかり敵意をなくして無気力につながれている、互いに似かよって、個性をなくした、あいまいな僕ら、僕ら日本の学生」と考える。これは、荒、平野の批評とも合致する、若者と犬との重ね合わせである。ならば、なぜ若者たちは、自分たちの似姿である犬に、棒を振り下ろし、殺害せねばならないのだろうか。

ヒントを与えてくれるのは、同じくアルバイトを引き受けた私大生の発言である。私大生は、次のように言う。「僕はあの犬たちが低い壁に囲まれてじっとしていると考えるとやり切れないんだ。僕らは壁の向うを見ることができる。あいつたちには見えない。そしてあいつたちは殺されるのを待っているんだ」。

ここから浮かび上がるのは、「僕」たちは、犬に自分たちの姿を投影しつつも、それを否認するためにこそ棒を振るっているのではないかという推測である。つまり、「あいまいで執拗な壁にとじこめられてしまっている」状況のなかで、それでも自分たちだけは違うということを証明するために、自分たちよりも傷つきやすい存在を狙って、殺す側に回ろうとすること。それこそが、若者たちがこのアルバイトを引き受けた理由ではないだろうか。

実際、私大生に注目すると、「虚無的な心情」が犬殺しの直接的な原因であるという主張は難しくなる。次のような会話を見てみよう。

ペイはずいぶん良いわね、と女子学生がいった。
君は引受けるつもり？　と驚いて私大生が訊ねた。
引受けるわ、私は生物をやっているんだし、動物の死体には慣れてるわ。
僕も引受ける、と私大生がいった。
〔中略〕私大生が僕を詰問するように見つめた。
僕も引受けるよ、と僕はいった。（Ⅰ一：七―八）

私大生は、女子学生がこのような仕事を引き受けることに驚きの声をあげる。それは、私大生にとって、この仕事が男性的な勇気を要求しているように思われるからである。実際、犬を殺すということは、その仕事に関わる者にとって、本能的な怯えを感じさせずにはいない。しかし、逆にいえば、その本能的な怯えを自分の意志で克服することで、自分が男性的な主体であることを証明することができる。私大生が狼狽するのは、この主体性を女子学生に奪われそうになったからに他ならない。それを取り戻してしまうと、私大生は、態度を曖昧にしている「僕」を「詰問するように」にらみつける。当然、この視線の意味は、お前は俺のように勇気を持った主体なのか、ということだろう。

しかし、「僕」や女子学生にとって、私大生のこのような大げさな振舞いは滑稽なものでしかない。この亀裂が決定的になるのは、私大生がこの仕事を引き受けた動機を自ら語る場面である。

僕が引受けなかったとしても僕の代りにこの仕事をやる男の爪にはやはり犬の血がこびりついて離れないし、そいつの躰中は生なましく臭うんだ。僕はそれがやりきれないんだ。（I一：一四）

私大生にとっても、犬を殺すこと自体は好ましいことには思われない。しかし、誰かが犬を殺さねばならない状況になったとき、個人的な感情からその責任を回避するのは「卑劣」なことである。こうして、私大生は、他者からの軽蔑の視線を恐れ、自分の主体性を誇示するために、犬殺しの仕事に従事することになるのである。これに対して、「僕」は私大生をすっかり「もてあまして」しまい、女子学生は「あなたはユマニストね」と「味けない声で」告げる。

以上から明らかになるのは、私大生が、誰かから強圧的に命令されたわけでも、金銭的な利得に目がくらんだわけでもなく、むしろ主体性という理念に固執するあまり、犬殺しという虐殺に加担しているという事実だ。これは、戦後主体性論に対する大きなアンチテーゼだと言える。

他方、「僕」と女子学生の視線からは、私大生が代表する「ユマニスム」への不信を読み取ることができる。大江は、フランス文学研究者の渡辺一夫の弟子であり、「ユマニスム」の一貫した信奉者として知られている。しかし、少なくとも「奇妙な仕事」では、「ユマニスム」に肯定的な意味は与えられていない。むしろ、「ユマニスム」は、《人間》と《動物》のあいだに境界線を引き、殺害の暴力性を隠蔽するイデオロギーとして、否定的に取り扱われている。

だからといって、ニヒリズムに徹してみせる「僕」や女子学生が、犬殺しの暴力と正面から向き合っているわけではない。「僕」は陰惨な状況を悪趣味な笑いに変えることで、また女子学生はペイを使って火山を見に行くという非現実的な未来を想像することで、犬殺しの暴力に加担している事実から目をそらそうとする。積極的に犬殺しに関わる人間と、ニヒリスティックに犬殺しに関わる人間。この両者が組み合わさることで、大江の言う「ファシズム」が現実化するのである。

3　犬殺しの強制収容所

一條孝夫は、犬殺しの場とナチスの強制収容所の相似性を初めて指摘した。一條の指摘どおり、大江もまた、この時期に「強制収容所の記録」(E・A・コーエン『強制収容所における人間行動』)を読んだことを明かしている[20]。

杭につながれている犬は、一匹一匹選別され、犬殺しの待つ囲いに連れられてくる。犬殺しは、棒を背に隠して何気なく犬に近づき、それを振り下ろす。この「息がつまるほど卑劣なやり方」を、ガス室を周到にシャワー室に偽装してみせたSSの卑劣さと比べることもできるだろう。殺されて皮を剝がれる犬の描写は、髪の毛や金歯にいたるまで利用可能なものをすべてむしり取られたユダヤ人犠牲者たちを想起させる。そして、犬の煙を吐き出す死体焼却場の煙突は、フランクルが別の側に行った友人たちの消息を尋ねたとき「そんならそいつはあそこに見えるじゃないか[21]」と言われて見上げた白い煙を吐き出すあの煙突と同じものだ。

このような類似が長いあいだ見過ごされてきたこと自体が、戦後日本の主体性言説の強力さを物語っている。つまり、殺されるのが下等な犬にすぎないということが、批評家の眼を、この出来事の暴力性から隠蔽していたのである。しかし、収容所を機能させるのは、まさにある集団を《人間》と《動物》に区分し、後者に対してはどのような仕打ちをしても構わないとするような考え方なのではないか[22]。

実際、コーエンは、「強制収容所では、人間は、もっとも動物的な段階にまで、逆戻りさせられていた。抑留者の持つ唯一の関心は、何に頼ったならば生き延びることが出来るかということであった[23]」と記す。また、シュタインラウフ元軍曹は、プリーモ・レーヴィに、「ラーゲルとは人間を動物に変える巨大な機械だ[24]」と語っている。収容所の管理者たちは、あらゆる手段を通じて囚人の人間性を喪失させようとする。囚人に焼印を押し、番号で呼び、生活に必要な最低限のものすら与えない。そして、管理者に歯向かったり、よろけた仲間を助けようとしたりする者は、容赦なくガス室へ送りこむ。この結果、囚人たちは、主体性を喪失し、ただ今日を生き延びることだけを考える動物の群れになるのである。

しかし、この事実から、人間性や主体性の尊重こそが、ファシズムを克服する唯一の手段だと結論づけることはできない。というのは、収容所の管理者は、囚人たちを《動物》に貶めることによって、自分たちの人間性や主体性の支配をこそ確立しようとしているからである。《人間》が《動物》を意のままにできるというのは、広く認められた考え方だ。こうして、彼らは、囚人に対して振るう残虐な暴力を正当化できる。したがって、人間性や主体性の重視を謳うだけでは、《動物》への暴力を容認し、収容所の目的に追随することになってしまうだろう。真に問われるべきなのは、《人間》と《動物》という価値区分の暴力性なのである。

殺害者たちも、この価値区分の恣意性に気づいていないわけではない。それゆえに、彼らは、しばしば奇妙な理屈を捏造する。例えば、犬殺しの男は、次のようなこだわりを持っている。

俺に毒を使えとすすめるやつがいるんだ、と犬殺しはいった。〔中略〕俺はしかし毒は使わない。毒で犬を殺す間、日陰でお茶を飲んでいるようなことを俺はしたくない。犬を殺す以上は、犬の前に棒をもって立ちふさがらなくちゃ本当でないだろう。俺は子供の時からこの棒でやって来たんだ。犬を殺すのに毒を使うような汚いまねはできない。(I 一 : 一一)

犬殺しの男は、毒を使って犬を殺すことを「汚いまね」だと語る。これは、犬殺しの男が、ある理想像を持った人物であることを示す。それは、犬を前にしてもたじろがない男性性の理想像である。犬殺しの男は、自分が勇気ある主体だということを、学生たちに誇示しようとする。この男性主義において、《動物》は、男性的な自己像を際立たせるための道具へと還元される。この男性的な自己像への陶酔のなかで、犬殺しの男は、犬を殺害することの正当性を疑わずに済むのである。

犬殺しの男は、何度も犬への愛情を口にする(「俺は毒使いどもとは訳がちがう。俺は犬を好きだからな」、「そうだ、残酷なことを俺はしたくないんだ、俺は犬を可愛がっている」)が、その愛情は犬が自分の男性性を際立たせてくれる限りのものでしかない。

したがって、犬殺しの男が誇示する男性性は、犬を殺すことを正当化するための隠れ蓑に他ならない。「僕」と女子学生は、このような事情を正確に洞察している。「僕」は、犬殺しが「息がつまるほど卑劣なやり方」で犬を殺すのを見て、次のように言う。

なんという卑劣さだろう。しかし今、目の前で犬を処理している男の機能的な卑劣さ、すばやく行動化された卑劣さは、すでに非難されるべきではないと思われた。それは生活意識の根底で極めて場所をえている卑劣さだった。（Ｉ一：九）

また、女子学生は、次のように言う。

あの男にはね、と毛皮をさげて歩きながら女子学生はいった。伝統意識のようなものがあるわ。棒で殺すことに誇りを持っているのね。それが生活の意味なのよ。（Ｉ一：一〇）

さらに、女子学生は、「伝統的な文化」とは、考える以上に「汚らしくて、じめじめして根強」いものであり、「みんな首までとっぷりつかって」いて「簡単に洗うことはできない」と語る。つまり、女子学生にとって、「伝統的な文化」とは、社会が強いる不正を意識から隠蔽するために考え出された欺瞞の総体に他ならないのである。この透徹した視線は、女子学生が強いられている周縁的な場所が、逆説的に可能にしているものだろう。女子学生は、犬を殺すという主体性、男性性が確証される現場から遠ざけられ、皮を洗う仕事を割り当てられているのだが、この地点からは、これらの理念の欺瞞がよく見て取れるのである。

この批判を解さない点において、犬殺しの男と私大生は同じ類型に属する。私大生は、人間性に対する理想を持っているために、しばしば犬殺しの男と衝突を起こす。

残酷なだなんて、あいつはどうかしてるよと私大生はいった。あいつのやり方は卑劣だな。

（I―一：一二）

しかし、「僕」や女子学生からすれば、私大生の「ユマニスム」もまた、犬の殺害を正当化するための「文化意識」にしか映らない。私大生は、「犬だってもっと上品なあつかわれ方をされて良いんだ」と熱弁を振るうが、それが結局「殺す側」の発想にすぎないことは明らかである。「殺される側」からすれば、撲殺が良いか、薬殺が良いかなどという議論にどのような意味もない。真に問われるべきなのは、彼らの「殺される側」への想像力の完全な欠如であるはずだ。実際、私大生は自分の手で、犬殺しとの近さを証明してしまうことになる。

お前さんはそんなことといって仔犬一匹殺せないんだろう、とやはり青ざめた犬殺しが唇の周りに唾液をぶつぶつふきだしていった。

私大生は唇を噛みしめて犬殺しを睨みつけていた。それから急に犬殺し棒をひろいあげると囲いの杭につないだ犬に向かって走って行った。犬は棒を振りかぶった私大生に激しく吠えた。私大生はたじろぎ、しかし進んで行き、跳びかかってくる犬の耳の上に一撃を加えた。（I一：一五）

私大生は、犬殺しの挑発を無視することができない。それは、私大生の人間性の理念が、行動力、勇気、決断などを通じて、犬殺しの男性性の理念と深い繋がりを持っているからだ。こうして、私大生の「ユマニスム」の欺瞞が改めて証明されることになる。

しかし、繰り返していえば、「僕」と女子学生も、決して欺瞞と無関係なのではない。というのは、彼らのニヒリズムもまた、殺される犬たちへの徹底した想像力の欠如の上に成立するものだからだ。例えば、「僕」は、犬殺しの男の「息がつまるほど卑劣なやり方」を見て、一瞬「なんという卑劣さだろう」と怒りを露わにする。しかし、すぐに、「僕の疲れは日常的だったし、犬殺しの卑劣さに対しても怒りはふくれあがらなかった」と、殺される犬たちへの想像力の回路を閉じてしまう。女子学生も「私たちはとても厭らしいわ」と語りながら、仕事に関わることをやめようとはしない。つまり、彼らは、ニヒリスティックな言説を楯に、犬殺しの仕事の暴力性から眼を背けているのである。これも、欺瞞の一つのかたちだろう。

4　アレゴリーから変身へ

荒や平野は、戦後社会の人間性＝主体性の理念に依拠しつつ、「奇妙な仕事」の犬たちを若者の否定的な姿として読もうとした。ここでは、それをアレゴリー的読解と呼ぼう。[25] それでは、この読解が封殺してしまう地平とはどのようなものなのか。

例えば、「僕」が犬たちと初めて出会う場面の描写を見よう。

犬たちは吠えなかったが僕が入って行くと一斉にこちらを見た。一五〇匹の犬に一斉に見つめられるのは奇妙な感じだった。三百の脂色の曇りのある犬の眼に映っている三百の僕の小さいイマージュ、と僕は考えた。それは小さい身震いを僕に感じさせた。（I一：八）

この「小さい身震い」は何を意味するのか。「僕」は、「杭につながれて敵意をすっかりなくしている」犬たちの無気力な瞳に、日本の若者の未来の姿を認めて動揺したということなのか。これが典型的なアレゴリー的読解の例だとすれば、人間性や主体性といった理念がすでに権威を失った一九七〇年代には、全く別の解釈が可能になっていた。

野口武彦は、この場面を次のように解釈する。

この一節を満たしているものは、沈黙した犬たちのいわば無音の吠え声である。主人公を迎える犬たちは、いま吠えはじめる代りに彼を凝視している。主人公の耳はその視線から沈黙の叫びを聴きとる。だからこそ彼は戦慄する。もしも犬たちに言葉があったら表現したであろう何ものか、言語に分節される以前のふつうは恐怖とか絶望とか空腹とかをあらわす吠え声をも抑止して無気力な沈黙のなかに訴求している何ものかについて、主人公は自分の立場から類推をこころみる。(26)

また、篠原茂も、次のように指摘する。

ここには、作者が「他者」といきなり対峙したときに感じる奇妙な不安とおののきとがみごとに描き出されている。突如として対決した「もの」(犬たち)は「僕」の意識とは無関係に、「僕」の内面の秩序を微妙に崩し、「僕」の存在そのものを脅かす。(27)

野口と篠原には、動物を対等な他者として認めることが可能だった。このとき、犬たちの瞳は、「沈黙の叫び」をたたえ、「「僕」の内面の秩序」を脅かすものになる。野口と篠原は、いまだ虐殺自体を主題化するまでには至っていない。それでも、殺害される他者たちの瞳に映る自己の像というように捉えれば、このときの「身震い」に、動物への責任=応答の自覚を見て取ることは十分可能だろう。

アレゴリー的読解は、動物それ自体を批評言説から排除してしまう。この読解のもとでは、犬は、従属や無気力を象徴するものとして扱われ、殺される犬に対する責任＝応答という問題は決して導かれない。そこに出現するのは、人間という意味の中心から測られ、配置された世界である。

だが、このような一元的な世界は、ファシズムと極めて近い場所にある。ファシズムは、集団の同一性を脅かすものを、殺害可能な《動物》として規定する。ファシズムは、この境界線に基づいて、国民の想像力の統括を行なう。ここから、自分が属する集団への熱狂と、他の集団への驚くべき無関心が説明される。動物を人間の意味の世界に回収し、一方的な意味づけを行なうアレゴリー的読解もまた、このような想像力の統括を前提としているだろう。

ジル・ドゥルーズとフェリックス・ガタリが、カフカの動物小説を「マイナー文学」として定義した際に、あらゆるアレゴリーを遠ざけておく必要を説いたのも、この文脈から理解することができる。

> われわれは、たとえば、犬という語が直接にひとつの動物を指示し、隠喩によって（《犬も同然だ》ということができるような）他の物にも適用されるような、通常の豊かな言語の状況のなかにはもはやいない。〔中略〕カフカは、あらゆる指示作用とともに、あらゆる隠喩、あらゆる象徴表現、あらゆる意味作用を故意に抹殺する。変身（métamorphose）は隠喩（métaphor）の反対である。(28)

同様に、三島由紀夫も、大江の動物小説には「アレゴリーの根本条件が欠けている」ことを指摘し、それを「メタモルフォーシスの小説」として読むべきだと指摘している。(29) 両者が使用する「変身《メタモルフォーシス》」の語は、《人間》と《動物》の境界の崩壊を意味する。人間と動物を相互に入れ替えが可能な存在として認識すること。このとき、動物を人間の意味の世界に従属させるアレゴリーは自壊し、人間は、動物であることの意味を内在的に理解する。それは、人間性や主体性という理念の暴力性を暴露し、動物への責任＝応答を浮上させるだろう。渡辺広士の、「もの言わぬ被害者である動物たちの、人間の行為の相関者としての存在自体が、人間の持つ人間性についての既成観念をくつがえす」という指摘は、まさにこの問題に関わっている。「奇妙な仕事」の学生たちは、この「人間の持つ人間性についての既成観念」の転覆に立ち会っている。それは、初めに臭いというかたちをとってやってくる。

陽よけにかざした掌が生ぐさく臭った。僕の躰のすみずみまで犬の臭みがしみこんでいる、と僕は思った。犬を廿匹殺した後の僕の掌は耳をなでるためにしか犬に触れなかった僕の掌とはちがう。(Ｉ一：一一)

「僕」の手に感染した犬の臭いは、犬たちの殺害の責任を喚起し続ける。このことにヒステリックなまでに反応するのが、私大生だ。

ただ、私大生だけが苛々して不機嫌だった。彼はズボンの汚れを気にしていたし、犬の臭いが昨夜風呂に入った後もまだ躰中に残っていた、と不平がましくいっていた。

爪の間に犬の血がこびりついていていてとれないんだ。それに石鹸でどんなにこすっても犬の臭いがとれない。（Ⅰ一：一四）

私大生にとって、人間であるはずの自分の体から、犬の臭いがするなどという事態には耐えることができない。それは、人間と動物のあいだの境界を混乱させ、彼の「ユマニスム」を崩壊させてしまうだろう。私大生のヒステリーは、犬殺しの場で必死に人間性にすがりつこうとする態度の表われなのである。

他にも、私大生は、人間の死体を焼くための焼却炉で犬の死体が焼かれることに我慢ができない。

でもあすこは人間の死体を焼くためでしょう？　と私大生がいった。
犬殺しが振りかえって鋭い眼で私大生を見つめた。
え？　犬の死体と人間の死体と、どうちがうんだ。
私大生はうつむいて黙っていた。僕は彼の肩が小刻みに震えているのを見た。（Ⅰ一：一三）

私大生にとって、犬の死体と人間の死体は絶対に違わなければならない。というのは、もし両者が同じならば、自分は単なる虐殺者になってしまうからだ。私大生の苛立ちが頂点に達するのは、犬殺しが獰猛な犬をおとなしくするための方法を説明するときだ。

そういうのは、とやはり欠伸をかみ殺しながら、うるんだ眼で犬殺しはいった。おとなしくする方法があるんだ。こんなにして。

犬殺しはゆるめた革帯の間から関節に毛の荒々しく生えた掌を押しこもうとした。よしてくれ、と私大生が叫んだ。そういう卑劣で厭らしい話は聞きたくない。〔中略〕私大生は唇を慄わせていた。（Ⅰ一：一四—一五）

後年の大江は、この挿話を「人間の性的なものが、犬の性的なものと続いている」[30]ことを示すものとして振り返っている。だとすれば、私大生が激昂するのは当然と言わなければならない。結局、私大生は最後まで、犬が人間と同じ価値をもった存在だということを否認するのである。

他方、「僕」は、仕事の途中で、老いぼれた赤犬に腿を噛みつかれてしまう。看護婦は、「僕」に注射をする必要があることを告げる。

え、注射だって？
そうよ、恐水病になりたくないでしょ。
僕は長椅子に腕を下し眼を伏せた。爪の周りの皮膚のささくれだった掌が膝の上で慄《ふる》えた。（Ⅰ一：一六）

「僕」が憚えたのは、厄介なことになってしまった、という後悔だけではない。当然、「僕」を噛んだ赤犬は、すぐさま犬殺しによって殺されてしまっただろう。だが、その殺された犬は、噛み傷と、体内に侵入した菌として、「僕」のなかで生き続ける。放っておけば、恐水病を通じて、「僕」は人間性＝主体性を喪失し、犬のごときものに変身してしまう。また、注射で病原菌を抑制することができても、噛み傷は依然として残る。警官の介入で、犬殺しが終わりを告げた後になって、この噛み傷は「執拗に痛みはじめ」、「静かにふくれあが」っていく。それは、「僕」と犬の存在が分かちがたくなり、大量の犬を殺害したという事実を、否認することも、忘却することもできないことを示唆する。

この一連の描写が、当時の批評言説に無視されたのは偶然ではないだろう。《人間》と《動物》の境界が崩壊するとき、それに基づくアレゴリー的認識もまた崩壊する。《人間》と《動物》の変身の可能性は、自分たちが殺される《動物》でもあり得たということの認識である。このとき、堰き止められていた想像力の流れは開放を促される。それは、どのような防御壁もなしに、他者たちへの責任＝応答へとさらされていることの自覚である。この倫理的地平の開示こそ、「奇妙な仕事」の、当時の主体性をめぐる言説編成からの偏差を指し示している。またそれゆえにこそ、この一連の描写は無視されなければならなかったと考えることができる。

この作品の結末で、「僕」は、「僕らは犬を殺すつもりだったろ、ところが殺されるのは僕らの方だ」と語る。そして、次の描写で物語が締めくくられる。

全ての犬が吠えはじめた。犬の声は夕暮れた空へひしめきあいながらのぼって行った。これから二時間のあいだ、犬は吠えつづけるはずだった。（I一：一八）

確かに多義性に彩られた結末である。しかし、これを、「虚無」や「徒労」といった、殺す人間の立場からのみ意味づけてしまう言説の暴力性はすでに明らかだろう。逆に殺される動物の側から読むとき、この結末は、人間性や主体性の暴力的な支配から免れた、犬たちの勝利の遠吠えとして解釈することができるのではないだろうか[31]。

結論

本章は、「奇妙な仕事」を、戦後日本の主体性言説の限界を提示するテクストとして論じてきた。確かにこの作品の出発点に、動物を人間のある属性の比喩として用いるアレゴリー的観点があったことは間違いない。しかし、この作品における犬殺しの過剰なまでの描写は、アレゴリーを自壊の点へと追いやり、《人間》と《動物》のあいだに潜在する暴力的関係を露出させてしまっている。犬のように繋がれた従属的な生を乗り越えるためには、人間性＝主体性の回復を志向するのでは十分ではない。そうではなく、《動物》と同じ地平に下り、応答責任のなかで、《人間》と《動物》の既成の境界線を問い直すような道が志向されねばならないのである。

大江の初期作品は、このような観点から再読される必要があるだろう。例えば、「偽証の時」

（『文學界』一九五七年十月）、「飼育」（『文學界』一九五八年一月）、「人間の羊」（『新潮』一九五八年二月）などでは、人間が暴力的に《動物》化される局面が執拗に描き出される。それらの作品は、人間の動物に対する暴力的な扱いが、人間の人間に対する暴力の根源にあることを描いている。「奇妙な仕事」は、この主題の出発点に位置するものに他ならなかったのである。

第五章　「飼育」——言葉を奪われた動物

大江健三郎の「飼育」（『文學界』一九五八年一月）は、江藤淳をはじめとする『近代文学』派よりも若い批評家たちによって、高く評価されたことが知られている。彼らは、政治と文学を直接に結びつけることを否定し、文学作品に内在した批評を目指した。佐藤泉は、これを「批評の五五年体制」の始まりとみなしている。[1] いわば、「飼育」は、戦後批評の基軸が交替する時期に世に出た作品だと言えるだろう。それでは、この世代の批評家は、大江の初期作品における《動物》の主題をどのように捉えていたのだろうか。

本章では、「飼育」を動物小説として位置づけた後、江藤淳と三島由紀夫の一見対照的な二つの批評の型を取り上げ、両者がともに《動物》の主題を捉え損ねていることを論じる。その上で、文体、内容の側面から分析を行ない、「飼育」が言葉を奪われ、殺害される《動物》としての黒人兵への倫理的応答を促す作品として書かれていることを提示したい。

1　動物小説としての「飼育」

「飼育」に「牧歌」という表現を冠したのは江藤淳の文芸時評が最初であり[2]、この傾向は以後の作品評価においても踏襲され続けた。例えば、一九七一年に紅野敏郎は、「戦争の傷痕が、一地方の一少年の心と眼を通して、しなやかな文体で、立体的に緊密に描かれている」[3]という評価を与えている。九〇年代以降も、「戦争の非人間性を少年の目から鋭くとらえた作品であり、作者の実存主義的人間観は、「死者の奢り」に比べてもずっと後景に退き、作者の戦後民主主義思想に力強く支えられた作品となっている」[4]（中村泰行）や、「戦争下、《村》の子どもたちと黒人兵のあいだにある既存の観念（イデオロギー）のバリア（障害物）が少年たちによって取り除かれ、国家という構造物の枠組みが取り外された状況のもとで、子どもたちと黒人兵との人同士が結びつく関係が成立していく過程がここでは丁寧に捉えられている」[5]（山根献）などの評価が続いている。

しかし、この「牧歌」という評価を維持するためには、子どもたちが黒人兵を――牝山羊と交尾させようとするまでに――「獣」として差別的に扱っているという事実を無視せねばならない。紅野は、「いわばそういう「古代めいた水浴」の「充満と律動」を大江は快活に描いていく。自由闊達な古代の生きものの戯れの図である」[6]と、近代以前のユートピア的世界観に頼ることで、また山根は、「従属的下位地域集団の潜勢力がつくりだす、バフチンのいう民衆的カーニバル的世界」[7]を引照することで、この差別的場面を解消しようと試みている。

しかし、ポストコロニアル批評の登場以降、このような欺瞞は暴かれつつある。マイク・モラスキーは、「狼」、「黒い獣」、「たぐいまれなすばらしい家畜、天才的な動物」、「あいつ、人間みたいに」、「堂どうとして英雄的で壮大な信じられないほど美しいセクス」といった表現を数え上げ、「彼〔黒人兵〕の動物性を構築する語りは、人種的なステロタイプにどっぷりとつかっており、特に、黒人を人間以下とする膨大なイメージの蓄積に依存している」[8]と断言する。その上で、モラスキーは、これらをもってただちに作品を差別的と断罪するのではなく、その構造的役割を「再吟味」する必要性を指摘している。つまり、動物小説としての「飼育」は、今日の批評言説によって初めてその研究の端緒についたと言えるのである。

今日の批評言説は、ポスト構造主義の強い影響のもとに展開している。序章でも紹介したように、ポスト構造主義の重要な担い手の一人であるジャック・デリダは、一九九七年に、西洋の哲学史を動物の観点から再読する試みに着手した。簡潔にいえば、それは、ロゴスを持つことのできない存在として定義された動物が、いかに西洋哲学において排除されつつ必要とされてきたかを明らかにする試みだった。デリダはそこで、animot という造語を作り出している。マリ＝ルイーズ・マレが解説するように、この造語は、「動物（animal）」という単数形の語が消去する動物たちの複数性（animaux）を響かせるとともに、「動物」がまさに言葉（mot）の問題に関わっていることを示す[9]。すなわち、言葉を持つものが、言葉を持たないものとされる存在に対して、その生の多様性を否定し、一方的な意味づけを行なうことで、自らの優位を立証しようとしてきた不均衡な歴史を、この造語は提示しているのである。

このように確認すると、デリダの動物論は、ポストコロニアル批評との強い親近性を持つことが分かる。

エドワード・サイードは、「オリエント」という表象の外在性を指摘した上で、その原因が「「もしオリエントがみずから表象できるものなら実際にそうしていることだろう。オリエントにはそれができないからこそ、表象という仕事が、西洋のために、またやむをえず哀れな東洋（オリエント）のためになされるのだ」という決まり文句」にあることを鋭く批判している[10]。これは、人間が言葉を持たないとされる動物に対して行なってきた行為と同じである。

また、ガヤトリ・スピヴァクは、彼女の読みの基点となる「ネイティヴ・インフォーマント」を、「〈人間〉という名前からの放逐を表示する、そのマークの名前」、「それ自体としては空白でありながら、西洋（あるいは西洋モデルの学問）のみが書き込むことのできる文化的アイデンティティのテクストを生成させる存在[11]」と定義している。西洋近代の《人間》の理念から排除されつつ必要とされる「代補《だいほ》」、決して発話の主体を占めることのできない存在である「ネイティヴ・インフォーマント」が、デリダの語る動物、animot と極めて近い位置にあることは言うまでもない。

さらに、これはクィア批評の領域においてだが、ジュディス・バトラーは、「抑圧的で支配的な法が自己を正当化しようとするとき、法の出現のまえに関する物語——つまりその法が必要不可欠な現在の形態をとって、いかに現われてきたかという物語——に、その土台を置こうとする。こういった起源の捏造は、法のまえにどのような状況があったかを記述しようとしがちだが、そのような状況とは、実は、法の構築によって完結し、それによって法の構築を正当化するような、必然という単線的な物語なのである」[12]と論じている。これを《人間》の法が制定される以前と読み替えるならば、バトラーの議論はそのまま動物論としても応用可能となる。すなわち、《人間》の法以前の世界に生きる動物は、あるときはその法の正当性を確証するために否定的なイメージで捉えられ、あるときはその法に対する抵抗のために過度にユートピア化して捉えられる。二つの動物の捉え方は、ともに「自然」である起源の世界を捏造し、自説を補強するという点で、同じ過ちを犯しているのである。

以上のように、《動物》がある集団の支配のために必要とされ、沈黙を強いられてきた存在だとすれば、動物小説とは、そのような《全き他者》の受け容れの可能性を問う装置に他ならない。一九五〇年代後半、日本は高度経済成長へのとば口にあり、福祉国家の整備とともに、生きさせる権力に基づく政治、すなわち生政治[13]の息苦しさを予感させつつあった。この推移に呼応して、文学領域の再編成が起こり始める。『近代文学』派やマルクス主義の図式では対応できない問題を前に、例えば江藤淳や三島由紀夫の存在の比重は高くなっていく。しかし、彼らは本当に自分たちを取り巻く社会状況に正しく応答できていたのか。以下では、それを図るために、彼らが、動物小説としての「飼育」をどのように論じたかを確認していきたい。

2　江藤淳の近代主義批評

竹内好が「近代主義と民族の問題」(『文学』一九五一年九月)で国民文学論を提起して以降、文学場においてナショナリズムは主要なトピックに昇格した。山本健吉『古典と現代文学』（講談社、一九五五年）、亀井勝一郎による『昭和史』論争、吉本隆明、橋川文三ら戦中派の文壇登場といった流れは、この文脈に位置づけることができる。他方、彼らよりも年少（一九三二年生まれ）だった江藤淳は、あえてラディカルな近代主義者としての立場を選択することで、文学場において独自の位置を獲得した。大江や石原慎太郎が「停滞」や「カルチュラル・ラグ」などの言葉で世代闘争を図ったときも、江藤はそれに同調せず、あくまでも近代主義の徹底を通じてそのような行き詰まりを乗り越える道を模索した[14]。

このような江藤が「飼育」を絶賛したことはよく知られている。江藤は「飼育」を、「空から降りて来た黒人兵を牛のように飼い、彼との間に牧歌的な関係を結んでいた少年が、突然兵士の囚にされ、愛する《牛》を自分の手とともに父の鉈で叩きつぶされる話」と要約する。その上で、「いわばこの作品のなかで「戦争」と主人公の内的な成長がフーガを奏して、それが父の鉈の一閃で合致したということもできるだろう。倫理的にいうなら、黒人兵を屠殺し、「僕」の指を砕いた鉈は、作者のアンファンテリスムからの訣別の意志の象徴をなしている[15]」という評価を下す。

ここで「倫理」という言葉に注意したい。江藤は『夏目漱石』（東京ライフ社、一九五六年）において、「倫理とは本来、もっとも人間的な行為であり、いわば、人間の「自然」に対する精神的な挑戦であったはずである[16]」と宣言していた。江藤にとって、「自然」とは「意志の放棄と本能の肯定」を意味する。このような「自然」に自足したのが自然主義の作家たちであり、これに対して、江藤は他者のあいだで「社会的責任」を果たそうと苦しむ漱石の近代的な態度を賞賛していた。

「飼育」評価は、この自然／人間の二項対立の構図を正確になぞっている。つまり、子どもたちと動物＝黒人兵との共同性はあくまでも「牧歌的」な「自然」にすぎないのであり、いつかは「社会的責任」を負った人間的主体への「成長」によって放棄されなくてはならない。これを促すものこそ、「父の鉈の一閃」に他ならないというわけだ。

この評価軸は、そのまま文体評価にも継承される。江藤は、『作家は行動する』（講談社、一九五九年）において、現実の模倣を目標とするリアリズムの立場を批判する。というのも、「知覚することはすでにことばの構造を通して現実をみること」である以上、「日常生活は一つのフィクションにすぎない」[17]からだ。リアリズムとは、現実の可塑性を忘却し、それに寄りかかった態度に他ならない。作家は、想像力を介して現実を能動的に作り直していかねばならない。この意味で、文体は、「作家たちと、日本の近代の「社会的現実」とのあいだの動的な交渉」[18]、すなわち「行動」の軌跡として読まれねばならないのである。

「飼育」の文体は、そのイメージの豊かさからいって、リアリズムを超え出ている。しかし、江藤はこのことをもって直ちに「行動」的とみなすのには慎重だった。というのも、江藤は、次のような文体に惹かれるのと同時に危険なものを感じてもいたからだ。

僕らには、その光り輝く逞しい筋肉をあらわにした夏、不意に湧き出る油井のように喜びをまきちらし、僕らを黒い重油でまみれさせる夏、それがいつまでも終りなく続き、決して終らないように感じられてくるのだった。（Ｉ一：一二八）

江藤は、これを「有機的に一体化したイメイジ[19]」と呼んだ上で、「父の鉈の一閃」で消え去るべき「自然」の表現とみなしている。つまり、江藤は、夏と子どもたちと黒人兵が相互浸透する文体について、それはやがて自他の適切な距離を弁えた主体によって否定されるべき運命にあるとし、その限りにおいて評価したのである。

以上のように、江藤は、「飼育」を人間的主体の生成の物語として読もうとする。このとき、黒人兵を殺害する「父の鉈の一閃」は「倫理的」だとされてしまう。問題はどこにあるのか。それは、江藤が、現実の構築性を主張しつつも、ついに「自然」の構築性だけは疑わなかったところにある。江藤にとっては、自己と適切な距離を保つ者、共通の言語を話す者だけが「他者」の名に値するのであり、自己の輪郭を侵食しかねない、未知で不気味なものは「自然」や「動物」の範疇に組み入れられ、排除される[20]。江藤が「飼育」の文体評価にあたって、保守的なリアリストに接近して見えるのもそのためだろう。

他方、「有機的に一体化した」自然を断ち切り、秩序を創設する父は、江藤にとって、近代的人間の超越的なモデルとなる。この父を内在化することが、「アンファンテリスム」から脱却するための条件をなすだろう。しかし、父の正当性自体は、やはり問いに付されることがない。果たしてそれは、そのモデルを分有しないものの殺害を容認するまでに正当なものなのだろうか。

かつて江藤は『夏目漱石』において、垂直的倫理と水平的倫理を区別していた。前者は、超越的な次元に措定される一者（神や自然）への、後者は、「自己と同一の平面」において「一挙手一投足を拘束している」「かずかぎりない」他人への倫理のあり方を指す。[21]当時の江藤は、後者の倫理を貫いた漱石をこそ賞賛していたはずだ。しかし、江藤の近代主義は、やがてこの区別を抹消するように変貌し始める。一九六二年からのアメリカ留学において、ケネディ－池田政権期のイコール・パートナーシップ路線に基づいた日本近代化論の洗礼を浴びると、江藤の批評の機軸は、アメリカという近代を代表する「他者」に向き合い、自己のアイデンティティの危機に出会っているかという点に設定されるようになるのである。[22]

六〇年代以降の戦後日本で全面化する生政治の息苦しさが、システムの安定が自己目的化し、撹乱的な要素をあらかじめ排除してしまうという点にあるとすれば、江藤の近代主義がそれを超え出るものにならないことは明らかだ。江藤の構想する近代社会において、ひとたび《動物》の範疇に入れられたものは遺棄＝殺害を容認される。結局、江藤は「飼育」が喚起する《動物》に対する《人間》の暴力という主題を捉え損ねたのである。

3　三島由紀夫の反近代主義批評

作家自身の説明によれば、三島由紀夫は『潮騒』（新潮社、一九五四年）を最後に「古典主義」の時期に幕を引き、「次の時期」に入ったことになる。[23]そして、この「次の時期」がロマン主義的な美学の復活を指し、その背景には戦後日本において「平和と物質的繁栄が堅固な支配を確立」し、「死の形而上学」が明瞭な輪郭を持ち得るようになった、という事情があることも、野口武彦の指摘どおりだと思われる(24)。つまり、生政治の広範化とともに、三島の美学はその共感者を増やしていったのである。

江藤は、三島が日本浪曼派から継承した反近代主義の立場を批判した(25)。だが、この反近代主義ゆえに、三島は、大江の初期小説の主題が動物にあることを指摘できた。三島によれば、大江の「動物文学」は全く新しい性格のものである。

いわゆる動物文学とは、多かれ少なかれ、動物の擬人化にもとづいたものであるが、大江氏のはそれと反対で、人間の擬動物化ともいうべきものであり、われわれのうちにひそんでいる人間の奴隷化や殺戮の欲望が、動物を相手に充たされている。状況がゆるせばもちろん人間そのものの動物的奴隷化が可能になるので、「飼育」や「人間の羊」はその好例である(26)。

三島は、黒人兵に向けられる「人間の奴隷化や殺戮の欲望」を明白に見て取っている。しかし、三島は、エロティシズムの理論を導入することで、これをすぐさま美学的な次元に昇華してしまう。つまり、「飼育」は、「個性を持っていた筈の人間が一般概念に変貌する際の色情的かつ獣的美しさ(27)」を描いた作品として賞賛されるのである。以下では、三島のエロティシズム理論の発展を追いつつ、この短い「飼育」評に込められた意味を把握することを目指したい。

この時点での三島のエロティシズム理解は、サディズムと重なるところが多い。三島は『小説家の休暇』(講談社、一九五五年)で、エロティシズムを「対象の客体化(28)」として定義づけている。例えば、衣服や化粧は「女の自由と主体との表現」であり、それらを引き剝がして現われる裸体とは「潰された自由」に他ならない。相手の抵抗が増せば増すほど、エロティシズムは燃え上がる。これを「対象の動物化」と読み替えて応用したのが「飼育」評だと言える。

しかし、この枠組みは主体の側の権能をいまだ保持しており、「飼育」のエロティシズムを十分に説明することができない。例えば、次のような描写を見よう。

屋根裏で耳を澄ましても地下倉の叫びは決して聞えないであろうが、黒人兵が連れこまれた地下倉の上で寝台に坐っていられるのは豪華で冒険的な、僕らにとって全く信じられないほどの事実だった。僕は感情の昂揚、おびえと喜びに歯が音をたてて噛みあうほどだったし、弟は毛布をかぶって足をちぢめ、悪性の感冒にかかったように震えていた。（Ⅰ一：一〇九）

ここで注意したいのは、「躰いちめんの皮膚が、発情した犬のセクスのようにひくひく動いたり痙攣したりして、僕らをかりたてる」とも表現される「僕」と弟のエロティックな感情の昂揚が、「おびえと喜び」という一見矛盾する感情の混合として描かれていることである。黒人兵に食事を運ぶ「僕」は、「突発的な恐れに内臓が身悶えし嘔気をこらえなければならない」が同時に、「頰をほてらせ、狂気のような感情をきらめかせる」。そもそも、物語冒頭の女の死者の挿話にしてからが、恐怖とない交ぜになった魅力を喚起する対象として描き出されていた。以上のように、「飼育」は、恐怖と魅惑という相反する感情をエロティシズムの描写に与えている。それは、対象を動物化することで主体が満足を得るというサディズムの理論では説明不能なものである。

三島はバタイユに出会うことで、その思想を深化させた。一九六〇年の書評で、三島はエロティシズムの深部に「存在の連続性」の概念を指摘している。すなわち、「生の本質は非連続性にある」のだが、「生殖の瞬間にのみ、非連続の生物に活が入れられ、連続性の幻影が垣間見られる。しかるに存在の連続性とは死である。かくてエロチズムと死とは、深く相結んでいる」[29]。つまり、三島＝バタイユのエロティシズムは、失われた連続性への回帰の欲望を表わしている。ここから、人間を動物化する行為がなぜエロティックなのかを説明することができる。「個性を持っていた筈の人間」が、自我を持たず、それゆえに始原的な連続性に近い《動物》へと転落させられる。さらに、この《動物》は、供儀による死を通じて、完全な連続性の次元にまで昇りつめる。それを見守る人間は、擬似的な脱自＝恍惚《エクスターズ》を得ることになるだろう。死こそがエロスの極点であるが、それと重なり合うとき知覚者も消え去ってしまう以上、この次元を垣間見せる身代わりが必要となる。三島にとって、《動物》とはそのような身代わりだったのである。

三島によれば、戦後日本社会において、存在の連続性は禁忌となっている。つまり、「平和的福祉」国家においては「自己保全」が絶対的な価値とされ、個的な死を超え出る全体的・再帰的・主体的な文化の連続性が抑圧されているというのである[30]。したがって、三島の戦後日本の生政治的への応答は、ナショナルな文化の創造を通じて時間的無窮を回復し、個人が死ぬための理由を保証するというものになるだろう。このとき、均質化され、中性化された生は、光り輝く本来的な価値を取り戻すはずなのである。

ここで、江藤と同じ批判が三島にも当てはまる。三島は、近代社会の根底に伏流するとされる「連続性」の構築性を問わずに済ます。江藤が排除的包含のために必要とした「自然」を、三島は逆に回復すべき「故郷」と読み替えたにすぎない。そして、この「連続性」が飲み込んでいった黒人兵の叫び声に、三島はあくまで無頓着である。

自分たちとは異質な存在を、歴史「以前」の存在、失われた故郷の住人とみなしつつ、それに美学的な態度で接すること。「連続性」の物語は、彼ら／彼女らの単独的な個性も、苦しみも、すべてを消し去ってしまう。このように、三島の反近代主義的ヴィジョンもまた、他者と出会わずに済ますための方便に他ならない。したがって、それは生政治の息苦しさを本質的に解決するものにはなり得ないのである。

4　「飼育」の新たな読みへ

江藤、三島の批評は、ともに黒人兵の死を必然化してしまう。大江自身もときに、黒人に対するステレオタイプを無批判に受け容れることがあった(31)。しかし、少なくとも「飼育」においては、《全き他者》としての黒人兵への応答が真摯に問われている。以下では、これまで見逃されてきた文体と内容の側面に注目しつつ、「飼育」を他者受容のための小説として読む可能性を提示したい。

「飼育」を読む上で留意すべきなのは、語り手が物語の現在から隔たった時点から出来事を回想し、語り直していることだ。例えば、「「こいつの親は狼と交接したんだ」という意味のことを兎口は、卑猥なしかし現実感のみちあふれた方言でいった」（傍点引用者）といった箇所は、土地の方言を標準語に翻訳して語っている語り手の存在を意識させる。「僕らがいかに黒人兵を愛していたか、あの遠く輝かしい夏の午後の水に濡れて重い皮膚の上にきらめく陽、敷石の濃い影、子供たちや黒人兵の臭い、喜びに嗄れた声、それらすべての充満と律動を、僕はどう伝えればいい？」（傍点引用者）という箇所に典型的なように、明らかに「僕」は大人になってから、黒人兵をめぐる出来事を語り直しているのである。

これが重要なのは、子どもの「僕」と大人の「僕」のあいだで、出来事に対する認識の差異が想定されるからだ。例えば、《採集》、《町》、《敵》、《獲物》など、二重山カッコの使用も、大人になった語り手が、子どもが使う一つ一つの言葉に強調や保留を加えて読者に伝えていることを表わすだろう。

また、「飼育」の文体の第一の特徴である、「谷底の仮設火葬場、灌木の茂みを伐り開いて浅く土を掘りおこしただけの簡潔な火葬場」、「夕暮れと霧、林に湧く地下水のように冷たい霧」、「その夏の始まる前の長びいた梅雨、執拗に長い間降りつづけ洪水を日常的にした梅雨」という言葉の反復も、この語り直しという問題と関わる。つまり、読者は、言葉を言い直したり、補足したりする語り手の存在を意識しながら、一つの出来事は重層的であり、複数の視点から眺められることを認識していく。それはやがて、どのような動機に基づいて、語り手はこの出来事をいま語り直しているのか、という問いを導くのである。

このような観点からすると、「飼育」の文体の第二の特徴である、動植物の比喩も重要性を帯びてくる。例えば、「甲虫の一種が僕らの硬くなった指の腹にしめつけられてもらす粘つく分泌液のような、死者の臭い」、「噛み傷が芽のようにふきでている」、「失望が樹液のようにじくじく僕の躰のなかにしみとおって行き、僕の皮膚を殺したばかりの鳥の内臓のように熱くほてらせた」といったように、「飼育」の語り手は動植物の比喩を多用する。これらの比喩は、植物／動物／人間といった境界線を攪乱してしまう。言い換えれば、それらの存在のあいだに設定された位階秩序が無効化され、すべてがひとしなみに眺められるのである。これが語り手の意図によるものだとすれば、《動物》とみなされ、殺害された黒人兵の物語を、このような攪乱的な文体で語ることの意味は何かが問われねばならないだろう。

黒人兵の物語を始める前に、語り手は周到に「僕ら、村の人間たちは《町》で汚ない動物のように嫌がられていた」と語っている。また、その村のなかでも、「僕」たち一家は「村の中央にある共同倉庫の二階の、今は使用されない狭い養蚕部屋」に住んでいることが語られるし、子どもたちのなかで最も権力を持つ少年には「兎口《みつくち》」という呼び名が与えられている。すなわち、「飼育」の世界では、《人間》と《動物》の境界線が多重に設定されているのである。これは、境界線がいつどこにでも引かれるものであることを示すとともに、《動物》として差別されたものは、より劣位の《動物》を作り出し、《人間》としての地位を享受しようとすることを示すための物語の構造として解釈できる。実際、兎口は黒人兵について「黒んぼだぜ、敵なもんか」と語り、同じく差別されるものとしての共感を表わすものの、自分たちより劣位の《動物》としての扱いを最後まで崩すことはない。

「僕」たちをはじめ村人たちは、黒人兵を《動物》として扱い、言語的なコミュニケーションを試みようともしない。「飼育」の語り手は、この言葉をめぐる不均衡に対して意識的である。町へ報告に行った翌日、「僕」は、黒人兵が「打ちのめされ、叩きふせられた家畜のようにぐったりし躰を屈めて床に倒れてい」るのを見る。


「殴ったのか」と怒りにふるえる上体を起して僕は兎口にいった。

〔中略〕「殴るもんか」と兎口は口惜しそうにいった。「大人が入って行って、見ただけだ。見ただけで黒んぼはあの通りなんだ」（Ⅰ―：一一九）

黒人兵は、「激しく殴られ蹴りつけられた後のように、ただ大人たちに見られただけで傷ついてしまったように」倒れている。黒人兵は、一方的にまなざされ、意味づけられるのであり、そこにはすでに暴力が発生している。兎口が「明りとりから黒人兵を覗く権利を自分の勢力にお」き、「棗《なつめ》の実、あんず、無花果《いちじく》の実、柿など、一人一人に代償の予約をしてから明りとりを短い時間、覗かせ」る商売を発明するという挿話に至って、このまなざしの暴力性はいっそう強調されることになる。だが、問題は、子どもの「僕」がこのような暴力性に無自覚であることだ。この点に、語り手の「僕」と子どもの「僕」の懸隔を読み取ることができる。

例えば、黒人兵を猪罠から解放した後、語り手は「そして僕らは黒人兵と急激に深く激しい、殆ど《人間的》なきずなで結びついたことに気づくのだった」と語る。ここで語り手が「人間的」という言葉に二重山カッコを付すのは、それが本来の意味で人間的な関係ではなく、「僕」たちが《動物》としての黒人兵のみを愛していたことを暗示するためだろう。

また、黒人兵はこの小説で最後まで言葉を発することがないが、代わりにしばしば歌を歌っている様子が書きとめられている。

> 黒人兵は地下倉の汗をふきだす床に寝ころび、低く太い声で不思議に生なましく僕らをとらえる歌、嘆きと叫びが底にうずくまって僕らにおそいかかろうとする歌をうたっていた。（I一：一二五　傍点引用者）

この後に続く事件を予告するような描写だが、黒人兵の歌に「嘆きと叫び」を聞き取っていたのは、いつの時点の「僕」なのだろうか。子どもの「僕」が、黒人兵とのあいだに「殆ど《人間的》なきずな」が結ばれ、共通の快楽に身を浸していることを信じていたことを思えば、これは、語り手が語り直しの過程で再発見した事実だったのではないかという推測を行なうことができる。つまり、語り手は、子どもの「僕」に見えていなかった出来事を、目立たないように読者に伝えているのである。

この技法は、「僕」が黒人兵に人質にされる場面でも用いられている。「僕」は、黒人兵とのあいだの「殆ど《人間的》なきずな」が打ち砕かれ、「黒人兵が捕えられて来た時と同じように、理解を拒む黒い野獣、危険な毒性をもつ物質に変化していることに気づ」く。だが、語り手は注意深く次のような描写を挟んでいる。

黒人兵は僕の腕を離すと、その午前まで僕らの間にあふれていた親しい日常の感情に胸をしめつけられるように、僕を見つめた。僕は怒りにふるえて眼をそらし、黒人兵が背をむけて膝の間に頭をかかえこむまで、うつむいたまま頑くなに肩をそびやかしていた。(I一：一三二)

黒人兵のまなざしは、共通の言葉を持たない「僕」に対して、明らかに何かを訴えようとしている。黒人兵は、いわば言葉とは別の仕方で、彼の情動を伝えようとしている。しかし、「僕」は「肩をそびやかす」ことで、それを聞くことを拒否するのだ。こうして、「僕」はあくまでも《人間》と《動物》の境界を維持しようとする。語り手はこれらの事実を読者に分かるように伝えているのである。

さらに、語り手は、地下室で、「僕」がかつての黒人兵を反復する様子を描き出す。「僕」は、明り取りから覗く村人たちの眼の蝟集《いしゅう》に、「舌を噛みきり」たいほどの恥辱を感じる。黒人兵と同じく、一方的にまなざされる存在に転落したことへの苦痛が「僕」を襲う。夜には、「黒人兵がまたがっているのを見て笑いざわめいた樽」で用を足さねばならない。このとき、「僕には剝き出された白い尻が非常に無抵抗で弱く感じられ、屈辱が僕の喉から食道を通じ、胃の内壁まで、すべて真黒にそめてしまうようにさえ感じられる」。さらに、翌日、「僕」は、村人による揚蓋《あげぶた》の破壊を中止させようとした黒人兵によって、喉を締めつけられる。苦しむ「僕」の姿を見たはずの大人は、いっそう破壊に力を入れ始める。その中止を求める「僕」の口からは、「小動物の悲鳴のような、弱よわしい金切声」しか漏れることがない。「鼬《いたち》」になった「僕」の苦しみの声は、もはや人間たちの耳には届かないのだ。

以上のように、語り手は、極めて意識的に、黒人兵と「僕」の軌跡を重ね合わせ、「僕」の《動物》化を描き出す。ここには、前章で見たのと同じ、《人間》の《動物》への変身の主題が表われている。この変身を通じて、「僕」は初めて、一人勝手な共感のなかで作り上げていた物語を、黒人兵の側から読み直す可能性に開かれるのである。

だが、この可能性は、少なくとも子どもの「僕」には明確に自覚されないまま、断ち切られる。揚蓋を壊した大人たちが、地下倉になだれ込んでくる。その先頭には、斧を構えて「戦争の血に躰を酔わせ」た父親がいる。

> 黒人兵は叫びたてながら僕の躰をしっかり抱きしめ、壁の根へにじりさがった。僕は彼の汗ばみ粘つく躰に僕の背と尻が密着し、怒りのように熱い交流が僕らをそこで結びつけるのを感じた。そして僕は交尾の状態をふいに見つけられた猫のように敵意を剝きだしにして恥じていた。
> （I一：一三三）

「僕」は死に恐怖した《動物》にすがりつかれ、身動きする自由すら失う。江藤は、このように主体性を脅かす《動物》的な他者を、断ち切るべき依存としてしか見なかった。また、三島は、美学的な用語を用いて、殺されようとする《動物》への責任を昇華してしまった。ここで問われているのは、《全き他者》の問題である。共通の言語を語れないもの、主体に非対称的な負担を強いるもの、このような存在を、切り捨てるのか、それとも受け容れるべき他者として守り抜き、複数的な共同体を構想するのか。また、すでに指摘があるように、「交尾の状態をふいに見つけられた猫のように」という表現からは、男性同性愛のイメージも喚起される[32]。「僕」と黒人兵の「熱い交流」が、人間／動物、味方／敵、異性愛／同性愛といった、あらゆる境界線の融解の可能性を象徴するのだとすれば、父の「鉈の一閃」は再びそれらのあいだにスラッシュ＝境界線を設定しようとする共同体の暴力を象徴する。黒人兵の恐怖の叫びは、生政治へのとば口にあって、まさに《全き他者》の受容の問題を問いかけるものだったと言える。

　黒人兵の死後も、攪乱された境界が完全に回復されることはない。

> 敷石道の上にも建物にも、それを支える谷にも黒人兵の重い死体の激しく噴きあげる臭い、悪夢の中でのように僕らの躰をめぐり頭上に押しひろがり限りなく膨張する黒人兵の死体の、耳に聞えない叫び、それが充満していた。（Ⅰ一：一三四）

聞こえないはずの声が、それでも聞こえてしまうという事実。共通の地平に姿を現わさないものとの関係、アルフォンソ・リンギスのいう「何も共有していない者たちの共同体」の問題がここに表われている[33]。「お前の手が臭う」とからかわれた「僕」は、「あれは僕の臭いじゃない」、「黒んぼ

「の臭いだ」と否認することで、自他の境界を必死に再設定しようと試みる。そうであっても、「耳に聞えない叫び」を聞き取る「僕」の体内にはすでに他者が深く侵入してしまっているのである。(34)

子どもたちは、「墜落した黒人兵の飛行機の尾翼」を橇《そり》にして草原を滑降して遊ぶ。橇が「黒い岩」にぶつかりそうになると、草原を蹴りつけて方向転換する。子どもたちはあまりにも「軽い」ので、橇を引きずり上げてくる頃には、「押しひしがれた草がゆっくり起きあがって勇敢な少年の航跡をあいまいにしてしまう」。「航跡」とは過去の刻印であり、それは、現在の内部に侵入し、反復を通じた差異を呼び込む可能性を持っている。そして、この反復の地平に屹立しているのが「黒い岩」である。子どもたちは、「航跡」に囚われることなく、「黒い岩」を軽やかに避け、現在のみを享楽できる。しかし、それを大人である書記が真似たとき、「黒い岩」に衝突して死んでしまう。確かに黒人兵殺害の責任を書記一人が負わせられるような結末は不公正の謗りを免れず、それゆえにこの小説の終わり方への不満も多い(35)。そのような欠点はあるにせよ、この結末に、過去という「航跡」を「あいまい」にし、自己の内部に差異を呼び込むのを拒否した大人への処罰を見ることは十分可能だろう。

そして、この書記と対称的な位置に置かれているのが、語り手の「僕」なのではないか。語り手は、過去の出来事を語り直しながら、黒人兵の痕跡の一つ一つを拾い集めていく。そこには、自らへの再審という契機が含まれている。語り手は、遅まきながら、言葉を奪われたものとの倫理的な関係を樹立する作業を始めているのである。

この意味で、この小説の最後が、「僕は昏れのこっている狭く白い空を涙のたまった眼で見あげ弟を捜すために草原をおりて行った」という一文で終わっているのは示唆的だ。つまり、「僕」の終着点は、他者の死に慣れた「大人」になることではない。無邪気さのなかに他者への暴力を秘めた子どもでもなく、共同体の規範を従順に内面化した大人でもなく、それらとは別の主体となる可能性を求めて、「僕」は分身としての弟にもう一度会いに行くのではないだろうか。

結論

本章では、一九五〇年代後半に書かれた「飼育」を、《全き他者》の受容を問いかける物語として読んできた。

「飼育」に関しては、江藤淳、三島由紀夫という、六〇年代の生政治的な状況を背景に思想を発展させた知識人が応答を行なっていた。しかし、江藤は、近代という基準を絶対的なものとすることで《全き他者》を排除し、三島は、存在の連続性を措定することで《全き他者》を美的に昇華してしまった。反対に「飼育」の描写が示すのは、書き込まれた「航跡」から目を逸らさず、「耳に聞えない叫び」を聞き取ろうとすることの重要性である。言い換えれば、言葉を奪われたものへと自らを折り重ね、現在へと差異を呼び込むことの重要性である。

自分たちの瞬間的な享楽を支えているのが「墜落した黒人兵の飛行機の尾翼」でないと誰が言えるだろうか。そこに現前しないもの、声を上げられないものを重視する社会こそが、初めてポスト生政治的な社会への道を開くだろう。動物小説としての「飼育」は、今なおこの課題を読者に突きつけている。

第六章　「セヴンティーン」――ファシズムに抵抗する語り

大江健三郎の初期作品は、次第に現実世界へのコミットメントを強めていく。「見るまえに跳べ」（『文學界』一九五八年三月）や『われらの時代』（中央公論社、一九五九年）では、戦後日本社会の閉塞感から、戦争やテロリズムに憧憬を抱く若者たちが描き出される。この結果、大江の小説は、作家自身の否定にもかかわらず、「ファシズム」を使嗾《しそう》するものとして、多くの批判を集めることになった。

同じ主題を扱った作品のなかでも、「セヴンティーン」二部作（『文學界』一九六一年一―二月）は特別な位置を占める。それは、この作品が、浅沼稲次郎刺殺事件をモデルとしていることに起因する。他の作品の主人公たちが、作家自身と境遇が近い左翼的な大学生であるのに対し、「セヴンティーン」の「おれ」は右翼の少年であり、暴力をロマン的な憧憬で終わらせることなく、刺殺までまっしぐらに突き進むのである。

本章では、「セヴンティーン」を、右翼少年の「おれ」の暴力への衝動を内在的に批判することを目指した作品として位置づける。その上で、この批判が、「おれ」の語りのねじれを通して読者に伝わるというアイロニカルな仕掛けが作られていることを明らかにする。その際に注目すべきは、やはり《動物》や《獣》の概念である。「おれ」の語りのねじれのなかで、《人間》、《動物》、《獣》の規定が次々と反転していくことの意味について考察していきたい。

1 「セヴンティーン」の位置

第四章で確認したように、戦後日本において、極度の同質性を志向し、異質な他者への暴力を是認するような社会が到来するのではないか、というのは、この時期の大江にとって強い危機感とともに予感されていたことだった。大江はこれを「ファシズム」の再来と呼び、注意を喚起していた。例えば、江藤淳、石原慎太郎らを交えた、シンポジウム「発言」のために提出された「現実の停滞と文学」(『三田文学』一九五九年十月)を参照しよう。この報告で、大江は同時代の日本を「停滞」の語で形容している。停滞の第一の徴候は、「あらゆる選挙をつうじて日本の過半数の支持をうけるものが保守政党であり、進歩的な政党のまえに立ちはだかる高く厚い壁は決してゆるごうとはしない」ということであり、第二の徴候は、「日本の外交的な側面のすべてにわたってその主導権を握っているのが日本でなく外国だ」ということである。この結果、日本社会を覆う停滞が、若者たちのフラストレーションを高め、新しく暴力的な「ファシズムの光」へ進ませるのではないかという懸念が提示されるのである。(1)

一九五一年、全面講和論を排して、ソ連や中国の出席を欠いたまま、サンフランシスコ講和条約と日米安全保障条約が締結されたことで、日本の政治がアメリカの冷戦戦略のもとに置かれたことは明らかだった。反共産主義で一致した日米は、戦争責任の追及を曖昧にし、軍備の保有を禁じた憲法すらなし崩しにしていった。そして、五五年に誕生した自由民主党と日本社会党は、五八年の衆議院総選挙で、一対二分の一の比率で議会を分け合う。これによって、憲法改正がない代わりに政権交代もない、いわゆる「五五年体制」の膠着状態が誕生した。

他方、経済は右肩上がりを続け、五六年には国民総生産（GNP）が戦前の最高水準を上回った。経済白書が「もはや戦後ではない」と宣言するなかで、松下圭一の「大衆国家の成立とその問題性」（『思想』一九五六年十一月）が発表される。松下は、I 人口のプロレタリア化、II テクノロジーの発達による大量生産・大量伝達の展開、III 伝統的社会層の平準化による政治的平等化という三つの要因により、日本は大衆社会の段階に入りつつあると論じた(2)。これは階級闘争の消失と個人化の進行を予告し、そのような社会で政治的連帯を組織することの困難を示唆するものだった。

まとめれば、五〇年代後半の日本は、アメリカの冷戦戦略に組み込まれつつ、経済のみが成長を続け、諸個人を分断する大衆社会の条件が整備されつつあった。五五年の六全協における日本共産党の失墜（一一〇頁参照）というのみならず、社会的に見ても、階級闘争のリアリティが失われる時代が近づいていたのである。大江の小説が現実世界へのコミットメントを強めた背景には、このような戦後社会の閉塞感に対する危機意識が強かったものと考えられる。

しかし、大江の小説は、大江自身が望んだようには、同時代の批評家に評価されなかった。例えば日野啓三は、大江の『われらの時代』について、「かってあった年に似合わぬ冷静さ、あらゆるものをつきはなして見る非情さといったものがほとんど影をひそめ、かすれ声の絶叫といった調子が表面に出ている(3)」と指摘した上で、「だがそこには、予言的なもの、未来的なもの、真に新しいものがない。絶望が絶望で自足し、反対物に転化しうる豊かさを秘めていない(4)」と批判した。また、武井昭夫も同作品について、「意図はいかにあれ、この作品は、わたしたちにたいして、わたしたちをとりまく現実への激しい怒りや、今日の青春のあり方への深い内省を、よびおこす力をもちえない。それは逆に、ファシズム待望という危険なムードへの、作者自身の傾斜する姿勢をくっきりと浮びあがらせている(5)」と断じた。

さらに、戦中派としての立場から大江に厳しい視線を向けたのが、橋川文三だった。当初、橋川は「飼育」を称賛し、「大江の文体に生温かく呼吸している「小動物」のような繊細なリズム」が「反ファシズムの形象化を準備し、そのための展開を用意しつつある(6)」と評価していた。しかし、大江の小説の変化、さらに座談会「怒れる若者たち」(『文學界』一九五九年十月)での大江、石原、江藤らとの対立を受けて、その評価は逆転する(7)。橋川によれば、大江や石原は、歴史的な相対化の視線を持たないまま、「「時代閉塞」の状況の実体化——物神化(8)」に耽溺し、小説の主人公に男性的な行動を夢見させている。その点で、彼らは、リアリスティックな政治的感覚よりもファナティックな美的感覚を重視する、かつての戦争イデオローグの再来だとみなされるのである。

当然ながら、大江はこのような評価に不満を漏らしていた。大江によれば、「ファシズム」への傾倒を表わしているのは、小説の主人公であって、作者の自分ではなかった。大江の意図は、そのような若者を描き出すことで、読者に「ファシズム」の危険を広く喚起することにあった。実際、大江は、主人公たちを戯画化して描き、結末では彼らの試みを必ず挫折に追いやっている。これを、大江は「tragi-comedy」の方法と呼ぶ。[9] しかし、日野や武井が指摘するように、同時代の読者が必要としていたのは、単なる戯画化や相対化ではなく、反「ファシズム」の「明確なヴィジョン」であり、それが示せない限り、「「時代閉塞」の状況の実体化――物神化」に耽溺している、現状をただ絶望的になぞるだけの作家という批判を完全に逃れることはできなかった。この点に、当時の大江の苦悩があった。

周知のように、「セヴンティーン」は、一九六〇年十月十二日、十七歳の少年山口二矢《おとや》が、浅沼稲次郎社会党委員長を刺殺した事件をモデルにしている。この小説もまた、寺田透が「新聞ダネ小説」と酷評し、江藤淳が「作者のジャーナリスティックな野心」を指摘するなど、同時代の評価は決して高いものではなかった。[10] しかし、この小説のモデルは、挫折することなく、暴力への衝動を究極まで推し進めた少年である。つまり、これまでの自分の小説の設定を凌駕する現実に出会ったとき、作家がどのような応答を行なったのかは改めて問われなくてはならないだろう。[11]

この小説の語りは、この時期の大江の小説群のなかでも特異なものである。この小説がモデル小説である以上、語りの内容は、一人の少年が「ファシズム」に惹かれ、政治家の暗殺を犯し、監獄で自殺するまでの定められた道筋を描き出す。だが、語りの形式は、少年の矛盾に満ちた心情を反映し、既定の物語の進行を歪ませ、揺らがせるものになっている。以下では、少年の語りにこのような歪みや揺らぎを与えたことにこそ、「セヴンティーン」の「ファシズム」の乗り越えの戦略が表われていると考え、このことの意味を分析していきたい。

2　自意識の語りとねじれ

まずは、先行研究を確認しよう。川口隆行は、「セヴンティーン」の「おれ」の「幾層にもねじれをはらむエロ・グロ・ナンセンスとも呼べる語り」に注目し、その本質を「反動としての確固とした根源的結びつきをめざしつつも、そうした「純粋」さとはかけ離れたグロテスクなものを現前化させ」てしまうことにあると指摘していた(12)。「おれ」は右翼少年として「純粋天皇」の幻影を追う。しかし、「おれ」の語りは、「ああ、おれの眼が黄金と薔薇色と古代紫の光でみたされる、千万ルクスの光だ、天皇よ、天皇よ!」、「暗黒の空に浮かぶ黄金の国連ビルのように巨大な天皇陛下の轟然たるジェット推進飛行」といった、「「純粋」という名称とは裏腹な、キッチュそのものの天皇像」を出現させてしまうのである。

川口はこの語りのねじれを、アメリカニズムに深く浸透された戦後日本のねじれの反映とみなす。ただし、「おれ」という語り手の性格に着目すれば、別の解釈もできるだろう。「セヴンティーン」の冒頭の語りを確認しよう。

今日はおれの誕生日だった、おれは十七歳になった、セヴンティーンだ。家族のものは父も母も兄も皆な、おれの誕生日に気がつかないか、気がつかないふりをしていた。それで、おれも黙っていた。(I三：二六三)

書き出しは、「今日はおれの十七歳の誕生日だった」でも、「今日はおれの誕生日だった。おれは十七歳になった。セヴンティーンだ」でもなく、三つの短文を読点で繋ぎ合わせている。これによって、「おれ」の語りに息せき切ったリズムが生まれる。次の文も、「家族のものは」だけで済むところを、「父も母も兄も皆な」と強調することで、語りはさらに過剰さを孕んでしまう。この「おれ」の特異な語りの原因は、「おれ」が誕生日を誰にも気づかれず、自分の成長を実感できていないことにある。つまり、「おれ」は、他者に自分の存在を認めてもらうために言葉を発するが、その言葉もまた他者に無視されたり、誤解されたりするかもしれないという疑惑を拭えず、言葉を過剰に重ねていくことになるのである。

安藤宏は、太宰治を論じつつ、このような自意識の語りを、「共有し得る言葉を持ちえず、従ってまた相手の理解のレヴェルを想定しえずに、本来対話に向うべき内容がかぎりなくモノローグに閉じてゆくという状況。おそらくこうした事態ほど、話者を不安や孤独に陥れるものはほかにない」と表現していた。[13] これを応用するならば、「おれ」の言葉が過剰に空転していくのは、逆説的ながら、「おれ」が自分には包摂することのできない（＝「相手の理解のレヴェルを想定しえ」ない）他者を意識してしまっているからだ、ということになるだろう。

次のような箇所は、このことの傍証となるはずだ。

おれは暫く茫然として新しいゴム膜のような自分の筋肉を見つめていた。おれの筋肉、ほんとうに自分の筋肉をつかんでみる、喜びが湧いてくる、おれは微笑した、セヴンティーン、他愛ないものだ。（I三：二六四　傍点引用者）

「おれ」は自分に男らしく筋肉がついてきたことに喜びを感じているが、次の瞬間、他者の視線を素早く察知して、「セヴンティーン、他愛ないものだ」と自嘲してしまう。「おれ」の言葉は、発せられるその端から、包摂し得ない他者の視線に貫かれてしまい、絶え間ない言い訳と取り消しを迫られるのである。

「おれ」自身は、「おれの頭のなかに豚の白子のような弱い脳があり、自意識がある」ことを呪っている。なぜならば、他者の視線を意識するとき、「体の動きがぎこちなくなり、体のあらゆる部分が蜂起して勝手なことをやりはじめ」てしまうからだ。川口のいう「ねじれ」とは、このような「ぎこちな」さと「蜂起」が、言葉の次元にまで及んだ事態を指すのではないか。あの天皇に対するねじれた形容についていえば、天皇に抱懐された自己の死を美化する瞬間にも、それへの懐疑的な視線を感じずにいられない「おれ」は、矢継ぎ早にきらびやかなイメージを繰り出すことでそのような懐疑を封じようとするが、それがかえって「純粋天皇」のいかがわしさを際立たせてしまった、というのが真相ではないだろうか。

その上で重要なのは、「おれ」を脅かす他者は常に多方面に存在するということだ。例えば、学校では、「おい、男らしくがんばれ、内股でちょこちょこやるな！」、「青い顔して病気みたい」と「おれ」を嘲る他者たちがいる。「おれ」は、彼らの声を封殺するために右翼団体に入団するものの、今度はそれを「反動」、「暴力団」、「愚連隊」と批判する他者たちが出現する。さらに後述するように、「おれ」から暴力的な抑圧を受けながらも、沈黙の声を差し向ける《動物》的な他者たちも存在する。これらの他者たちの声に翻弄されながら、「おれ」の語りは多重的なねじれを孕んでしまう。「おれ」とは、複数の他者たちの声に浸透されてしまっている、誰よりも傷つきやすい主体なのである。

物語中盤で、「おれ」は右翼少年になり、「《右》の制服の遮蔽幕のかげに、傷つきやすい少年の魂を永遠に隠匿してしまった」（傍点引用者）と誇らしげに語る。しかし、第二部「政治少年死す」に入っても、「おれ」の語りは他者への傷つきやすさを失ってはいない。

例えば「おれ」は、広島での左翼学生との激突を「映画」のような形式で語る。

> おれの現実は後退しおれの**映画**が始まる、暴れ者の主役おれは恐怖におびえた学生の眼の大写しのスクリーンに体当りする、女子学生の髪をつかんで駈けるおれの手に髪一束、背後に悲鳴、ぎゃあああ、ああ、カメラでおれを狙うやつを見つけ会場の隅に追いつめ、棍棒をカメラにうちおろす〔中略〕スクリーンの外でおれ自身の声のナラタージュ《天皇よ、あなたはぼくを見棄てませんでした、ああ天皇よ！》（一一六）

高橋由貴は、これを、映像メディアと主体形成との関連が強く意識され始めた六〇年代の社会状況との関連で論じている。[14] 卓見ではあるものの、「おれ」という語り手の傷つきやすさに注目すれば、別様の解釈が可能になるだろう。つまり、「おれ」は「英雄的」な行動に身を投じている瞬間にさえ、それを自己陶酔にすぎないと冷笑する他者の視線を敏感に感じ取っている。この傷つきやすさこそが、「おれ」の語りを、「映画」仕立てのねじれた語りに変形させてしまったとも考えられるのである。

「セヴンティーン」の「おれ」の語りは、それに異議を唱える他者の視線や声を絶えず意識している。「おれ」の語りは、それらを、あるときはかわそうとし、あるときはねじ伏せようとして、過剰に揺らぐ。このことが、「おれ」の語りに、語られる内容とのねじれを生じさせる。つまり、「セヴンティーン」は、「ファシズム」のイデオロギーを、それを担い切れない傷つきやすい少年に代弁させることによって、その齟齬の部分から、「ファシズム」を乗り越える可能性を逆説的に閃かせる作品として読むことができるのである。

3　人間・動物・獣

右翼に入団する前の「おれ」は、鏡を見ては、「白くて厚い、豚の顔みたいだ」、「おれは自分の顔が女みたいでぐにゃぐにゃで恥ずかしがってキイキイ啼いているみたいで、写真をとるたびにまったくうちのめされてしまう」(傍点引用者)と嘆く。ここで、動物(「豚」)と女性の比喩が揃って登場していることは重要だ。「おれ」は、他者の視線で自分の顔を眺める。その際に、非統合的な(「ぐにゃぐにゃ」な)客体としての自分を、「おれ」は、動物的で女性的だとみなすのである。(15)

その上で、「おれ」は、「機関銃でどいつもこいつも、みな殺しにしてやりたい」と呟き、その際に得られるはずの「自由」の感覚を夢想する（「おれを見て嘲笑う他人どもの眼から、俺の顔がこんな具合に隠れてしまうことができたらどんなに解放された自由な気持になれるだろうにとおれは怨めしい思いで考えた」〔傍点引用者〕）。ここからは、他者からの影響を排除し、「自由」な主体性を備えた存在こそが、男性的であり、人間的であるという理念を読み取ることができる。「おれ」は学校で醜態をさらす自分が、「唖のチンパンジー」、「孤独なゴリラ」とみなされていることを察し、その反動として、人間性＝主体性＝男性性を渇望する。その結果、「おれ」が出会うのが「《右》の鎧」なのである。

「おれ」は、右翼としての目覚めを獲得した後、次のように誇らしげに語る。

かれらすべてがおれを見つめていた、おれは《右》だ！　おれは他人どもに見つめられながらどぎまぎもせず赤面もしない新しい自分を感じた。（I三：二九四）

「おれ」は、ファシスト的主体になることで、他者の視線を克服し、自意識のもたらす揺らぎを克服したと語る。それならば、「おれ」は、人間的で男性的な主体になったということなのだろうか。しかし、「おれ」のねじれた語りは、このような単純な図式化を許さない。すでに「おれ」は牡猫のギャングを羨望しつつ、次のように考えていたのだった。

ギャングは自分を意識しはしないだろう、自分の体なんか汚ない毛皮と肉と骨と糞だとしか感じていないないだろう、だから他人の眼に見つめられておどおど赤面したりすることはない。(I三:二七五)

「おれ」がギャングに見出している、自意識の欠落・他者の視線の拒絶という特徴が、先述のファシストとなった「おれ」のそれでもあるのは明らかだ。この類似性は、ファシスト的主体が、男性的ではあっても、決して人間的ではないことを示唆する。そうだとすれば、ファシスト的主体をどのような範疇で名指せば良いのだろうか。

ここで、動物に二種類の区別を設定することが必要になる。以下では、豚や類人猿に象徴される「人間以下」として蔑視される存在を《動物》と呼び、牡猫のギャングに象徴される自律的かつ暴力的な存在を《獣》と呼び分けることにしよう(ただし、これらがあくまでも人間の側による意味づけにすぎないことは言うまでもない)。この区別に従えば、「おれ」は、《動物》から人間を素通りして、《獣》に変身してしまったのだと言える。

もう一つ、他者の視線とは別に、右翼入団前の「おれ」を脅かしていたものがある。それが死の恐怖である。「おれ」は、「この短い生のあと、何億年も、おれがずっと無意識でゼロで耐えねばならない」ことに押しひしがれる。他方、ファシスト的主体になった「おれ」は、この死の恐怖も克服したと語る。

おれはあれほど絶望的に恐れおののいた死をいまやまったく無意味に感じ、恐怖をよびさまされなかった。おれが死んでもおれは滅びることがないのだ。おれは天皇陛下という永遠の大樹木の一枚の若い葉にすぎないからだ。（I三：三〇三）

「おれ」は、死の恐怖の克服を、樹木の比喩を用いて語っている。というのは、いくら他者の視線を無視できる《獣》であっても、死の可能性を完全に意識から消し去ることは難しいからだ。動物は、人間に比べれば貧しくとも、世界への開けを持ち、したがって死への開けを持っている。[16] ところが、植物は鉱物により近く、死への開けをほぼ持たない。一枚の葉に「個」の意識はなく、葉は樹木という全体の一部分にすぎない。このような論理で、「おれ」は死を克服し、完全な人間性＝主体性を確立しようとする。しかし、「おれ」はその瞬間に、《獣》よりもさらに《人間》から遠い、植物としての存在に変身してしまう。言い換えれば、「おれ」の語りは自らの人間性＝主体性を過剰に際立たせようとすればするほど、それとは似ても似つかない自分を証言してしまうことになるのである。

こうして、他者に対しては《獣》のごとく暴力的で、自己の死に対しては植物のごとく無頓着な、地上のいかなる存在とも似つかない、キメラ的主体が誕生する。このキメラ性は、「ファシズム」のイデオロギーがいかに全体の整合性に無関心に、諸存在から都合の良いイメージを継ぎはぎして成立するかを証明している。

そして、「おれ」がこのキメラ的＝ファシスト的主体に生成するためには、「天皇の幻想」にまみえることが必要だった。「おれ」の語る「天皇の幻想」も、「おれ」の主体のありように対応して奇妙なねじれを示している。

まずは、次の引用を見よう。

> 真実、天皇を見たと信じた、黄金の眩ゆい縁かざりのついた真紅の十八世紀の王侯がヨーロッパでつけた大きいカラーをまき、燦然たる紫の輝きが頬から耳、髪へとつらなる純白の天皇の顔を見たと信じた（二一六）

直前で、「おれ」は、打倒すべき「敵」を標定する「啓示」を待ち望んでいた。この「おれ」の欲望が、天皇をヨーロッパの主権者のごときものに変形させる[17]。ここで天皇は、統帥権を発揮し、「敵」と闘って死ぬことを命じる《父》の表象をまとって出現するのである。このとき、天皇が与える友／敵の境界線は、「おれ」にとって、《獣》の本能のごときプログラムとして機能するだろう。実際、「忠とは私心があってはならない」という言葉に感動した「おれ」は、「おれにはもう、どちらかを選ばねばならぬ者の不安はない。天皇陛下が選ぶからだ」と考えるのである。

続けて、結末部に目を移そう。

> おれの右翼の城、おれの右翼の社、それは永遠に崩れることがない、おれは純粋天皇の、天皇陛下の胎内の広大な宇宙のような暗黒の海を、胎水の海を無意識でゼロで、いまだ生れざる者

として漂っているのだから（四七）

この場面で「おれ」は自死を選び取ろうとしている。このとき、天皇は、「胎内」、「胎水」という語から明らかなように、死者を抱擁する《母》の表象で登場するのである。これは、天皇が、太古から続く祭祀者として、過去から未来を貫く連続性＝「歴史」を想像させる存在であることから理解できる。若桑みどりは、「近代化される軍事国家は男性天皇によって象徴されるが、原初の始原である「母なる国土」は女性〔皇后〕によって表象されなければならない[18]」と、近代日本のナショナリズムの原理について指摘した。しかし、「他の附属物や障壁なしに」天皇に繋がりたいという「おれ」のファシスト的欲望は、皇后という「附属物」を必要とせず、天皇を両性具有的なものに変形させてしまう。こうして、一枚の葉としての「おれ」は、母なる樹幹としての国家の歴史への一体化の幻想を通じて、死の恐怖を克服するのである。

以上のように、「おれ」は、「天皇の幻想」を通じ、友／敵を分割する本能のごときプログラムを身に宿し、自己の死を包摂して伸びゆく樹幹としての国家の歴史との一体化を果たす。これによって、「おれ」は、《獣》と植物から合成されたキメラ的＝ファシスト的主体に生成するのである。このような主体は、より傷つきやすい他者を《動物》とみなし、暴力の対象に措定する限りで、かろうじて自らの非人間性を見ないで済ますことができる。

例えば、右翼の首領である逆木原国彦に金を渡され、「トルコ風呂」に赴くとき、「おれ」は自分を「王侯」として表象するとともに、相手の娘を「奴隷の娘」とみなし、一言も話しかけない。絶頂に達した「おれ」は、「娘の頬に涙のようにおれの精液がとび散って光っているのを見」て「昂然とした喜び」に浸る。ここからは、「おれ」が娘を《人間》の埒外にある《動物》として扱っていることと、自らの《獣》としての暴力性に無自覚なまま、自分を高位の人間＝主体＝男性とみなしていることが読み取れる。ただし、「おれ」の語りはここでも、自らの男根の超人さを表現するために、「犬の性器のように腹に密着」しているという過剰な比喩を用いることで、《人間》と《獣》の反転可能性を示唆してしまっているのである。

4　《人間》の問い直しへ

「おれ」は、ファシスト的主体を志向しながらも、それが他者や死という他なるものに向き合うことからの逃避ではないか、という不安から完全には解放されることがない。このことが、第二部以降も「おれ」の語りを引き裂き、ねじれを作り出すことになる。

まずは、「おれ」が「委員長」を暗殺しようと思いつつも、どうしても決断が下せずに、一人懊悩する語りを確認しよう。

おれは秋めいた夜気のうすら寒さのなかで一瞬、汗みずくになり震えはじめた、しかしまだなにも定めたわけではない、しかしまだなにも定めたわけではない、そしていまになって考えれば、啓示が定めてくれるのではなく、**おれ**が定めるのだ、まだなにも定めたわけではない

……（三三—三四）

「おれ」によれば、「委員長」は「天皇のために恥辱を用意する売国奴」である。右翼の首領である逆木原国彦は演説で、このような人間を「ソ連・中共のけだもの」、「アカの豚野郎」（傍点引用者）と侮蔑し、「おれたちは弱いのだ、あいつらをみな殺しにして生きるほかないのだ」と語っていた。つまり、「敵」とは、自分たちの法に従わない《獣》、あるいは頽落的な生を享受する《動物》なのであり、これらの者たちに関しては殺害すら許容されるのである。

しかし、「委員長」の暗殺に踏み出そうとしつつも、「おれ」の語りは、「まだなにも定めたわけではない」という言葉を繰り返し、空転してしまう。これは、「おれ」に、殺害を正当化される「けだもの」、「豚」という範疇の背後から、「汝殺すなかれ」という声が確かに届いていることを証明している。このとき、友／敵という本能のごときプログラムは揺らぎだし、「おれ」は有責な主体としての自分を見出す。「**おれ**」がゴシック体で強調されているのはそのためだと考えられる。

「おれ」は迷いを振り切ろうとして、逆木原の講話を想起する。それは、自分と同じ十七歳の少年を含む一四人が、敗戦直後に自刃したというものである。逆木原は、この自刃には一人の脱走者がいたとし、「その野郎はどぶ鼠のようになあ、いまも日本の隅っこで恥辱に震えながらこそこそ逃げかくれているだろうよ」と吐き捨てる。つまり、我が身かわいさに大事から逃げ出す者には「どぶ鼠」という《動物》の表象が与えられるのであり、このことは彼が直ちに「けだもの」や「豚」と同じように、《人間》の法の例外状態——殺害可能な地位——に落とされるという脅しとなって機能する。

このように、「ファシズム」のイデオロギーは、友／敵の境界線が揺らぐとき、《人間》／《動物》の対比を援用することで、それを再強化しようとするのである。

次に、「おれ」が広島の平和大会を妨害しに行き、原爆資料館に立ち寄った際の語りを見よう。そこで「おれ」は「原爆にやられたぼろぼろ人間の写真」を見て、「不潔な便所で廿分間も吐いて」しまう。その後、「裸で死んでいる若い兵隊の写真」の絵葉書を買い求め、友人の安西繁に送る。以下は、その文面の一部である。


原爆資料館の日本民族の恥をさらす醜怪な写真その他を見るにつけても、天皇陛下にこのようなケガラワシイものをお見せしてはならぬ、広島行幸を一身をカケてもおとめしなければならぬ。決心固くいたしました。（二〇）

想起したいのは、「おれ」にとって、死とは、「天皇陛下の胎内の広大な宇宙のような暗黒の海」への回帰を約束されたものだったということだ。にもかかわらず、ここでの「おれ」は、「恥」、「醜怪」、「ケガラワシイ」という言葉を用いて、「原爆にやられたぼろぼろ人間」の存在を隠蔽しようとする。このことは、「おれ」に、天皇の抱懐の能力の限界にある死者たちの声が届いてしまっていることを証明しているだろう。

「ファシズム」のイデオロギーは、国家が主導する戦争での死を、過去から未来へと流れる連続性に所属する有意味な死として、そうでない死を連続性に所属しない、孤独で惨めで無意味な死、すなわち「犬死に」として意味づける。日本の靖国神社はその最たる例だろう。[19] つまり、「ファシズム」は、誰にも記念されず、継承されない《動物》的な死への恐怖を原動力に、その成員を《人間》的な死へと駆り立てるのである。

だが、「おれ」を「廿分間も吐」き続けさせる、原爆の死者たちの死体の惨たらしさ、過剰さは、《人間》的な死と《動物》的な死の境界を疑わせるに十分なものだ。あらゆる言葉を拒絶しつつ投げ出された無言の死体たちは、「どのような未来の平和や繁栄も、これらの死者たちの惨たらしさを贖うことなどできないのではないか?」という問いを突きつける。この問いは、「あらゆる死が「犬死に」としての惨たらしさを持つのではないか?」という問いを呼ぶことで、《人間》的な死のイデオロギーを揺るがすのである。

「おれ」が「裸で死んでいる若い兵隊の写真」の絵葉書を選ぶのは、自分の内面に生じた動揺を鎮めるためだと考えられる。つまり、広島における受動的で、無意味な大量の死を、あたかも勇敢な戦死、《人間》的な死だったかのように偽装することで、「おれ」は、自分の死への恐怖が回帰してくるのを抑えようとしたのである。

最後に、「おれ」が、反右翼的な発言をした作家南原征四郎を脅迫しに行き、逆に自分の生き方に疑問を持つようになる場面を取り上げよう。南原は、ナイフを持った「おれ」に脅され、穴に追い込まれた「兎」のように身を縮め、冷や汗を流し続けるが、結局自らの発言を撤回せず、「ぼくは黙って刺されるつもりはない。きみがそうするなら、ぼくは抵抗するぞ」と答える。気圧された

「おれ」は、「あいつは臆病者だが三十分間も汗を流し涙をにじませて恐怖のトンネルの暗闇を匍匐前進しつづけ、すこしずつ忍耐のあげくの立ちなおりをかちえた。ああいうやりかたで生きている青年もいるのだ」と考え、自分とは別の生き方に心を動かし始める。

しかし、その夜、キャバレーの女給から南原が「同性愛の変態」であることを聞き、また南原が泥酔して床にうずくまっている姿を見て、「おれ」は勝ち誇り、自分に確かに届いていたはずの南原の声を遮断してしまう。以後、「おれ」は南原を名前で呼ばず、「豚」と呼び続けるのである。「おれ」が同性愛者を「豚」と呼ぶのは、「ウィスキーや麻薬、同性愛に変ちくりんなピアノ、そんな泥温泉にうずまって傷を癒す」というイメージに拠っている。つまり、同性愛者は、国家の規範的な生に抗い、私的な快楽に浸っているだけの存在だと決めつけられる。その上で、そのような《動物》的な存在は、生の価値が劣るもの、そして殺害可能なものとして蔑視されることになるのである。

反対に、「おれ」が好ましいものとして語るのは、芦屋丘農場で出会った長男の嫁である。彼女は、赤んぼうを身ごもっており、「自然」な母性を象徴するとともに、「拈華微笑」の意味を教えるなど、「おれ」に対しても無条件に優しい。「おれ」は、「この仏教徒の妊婦から、皇道党入党以来はじめて、サディクに踏みつけるべき女性でなく、敬愛と淡くエロティクな親しみとを感じる、真実の女性のイメージをいだくことを許されたように思う」と語る。

こうして、「おれ」は異性愛主義的な規範を再確認し、自らの男性性の発露としての「大勃起、大オルガスム」としての暗殺に向かう。このとき、「おれ」が射精するときに必ず天皇のイメージを思い浮かべているといった事実、あるいは暗殺計画を胸に秘めた「おれ」が自分のことを「妊娠した獣」に喩えているといった事実はなかったものにされる。つまり、「おれ」は、自分のなかにある同性への性指向、あるいは性自認の揺らぎを否認し、ひたすらに男性的な行動に突き進もうとするのである。

これらの事実を確認するとき、ジェームス・キース・ヴィンセントが、三島の作品と比較しながら、「セヴンティーン」をはじめとする大江の作品を、「同性愛をファシズムの基礎としてはたらく主体性の病として病理化するモデルを固定する」[20]ものだと批判していることには疑問が生じる。確かに、この時期の大江の作品には、ホモフォビアやミソジニーの言説が溢れ返っている。しかし、作品の論理としては、それらの偏見を内面化した若者が男性性を追求した挙句、そのために自滅していくという構図になっている。また、作品の細部まで読めば、そのような境界線を侵食する契機はいたるところに見出すことができる。[21]

とはいえ、ヴィンセントが指摘するように、反「ファシズム」の立場から、「ファシズム」と男性同性愛の表象を結びつけて批判するような伝統は確かに存在してきた。この種の問題には十分に注意せねばならない。つまり、反「ファシズム」の立場が、「ファシズム」の側と同じように、人間／動物（獣）にまつわる二項対立を無批判に転用することで、「おれ」と同じような偏見を再強化しないかという点を警戒しなければならないのである。

「おれ」の「委員長」刺殺の瞬間、語り手は「おれ」から、「きみ」と呼びかける語り手に交替する。この語り手は、ヴィデオテープ、写真、新聞報道などを引用しつつ、「おれ」の刺殺事件が広げた波紋について語っていく。

写真一は、少年が最初の一撃を加える瞬間である、委員長はかれにむかって不審げな表情をうかべている、判断中止の印象だ、そして頭がすこしブレている。少年がここでは凶暴な獣のようだ背をまるく弓のように撓《たわ》め髪を逆立て短刀をしっかり胸のまえにかまえて跳びかかっている。（三七　傍点引用者）

ここで語り手は、「おれ」のことを「凶暴な獣」だと形容する。しかし、「セヴンティーン」が焦点を合わせているのは、このような外部からの観察と、少年の矛盾した内面とのズレなのではないか。「おれ」は、人間性＝主体性＝男性性を渇望した末に、一匹の《獣》に変身してしまう。しかし、「おれ」は本当に傷つきやすい自分を完全に克服してしまったのだろうか。

「おれ」は、暗殺の前夜に再び猫のギャングと邂逅している。「おれ」はギャングを鼻血が出るほど殴りつけて、自分がギャング以上の《獣》になったことを証明する。しかし、「おれ」は暗殺のことを考えるとどうしても恐ろしくなり、発作的に泣き出してしまう。その一瞬の隙を突いて、ギャングは抵抗の末、「おれ」の腕から逃れ、夜の深みへと跳躍する。これは、現実の動物としてのギャングが、自律的かつ暴力的な《獣》という、人間の側の意味づけに根本的に抗う他なるものであることを示唆しているだろう。

同様に、自分が「天皇も王も、あるいは祖国もない遊牧民であったら」と想像し、むせび泣く

「おれ」も、依然として内部に傷つきやすさを抱えた存在なのであり、《獣》の表象を与えるのみで片づけるわけにはいかない。「おれ」をそこまで追い込んでいったものの正体を探ると同時に、「おれ」に深く浸透しつつも抑圧されている他者たちの声を一つ一つ取り出してみなければならない。「セヴンティーン」とは、まさにそのような作業だったのである。

結論

大江の初期作品は、戦後日本社会の閉塞感と「ファシズム」の危機を強調するあまり、反対に「ファシズム」を使嗾すると読まれてしまうという皮肉な状況に陥っていた。「セヴンティーン」は、一人称の語りを最大限に活用し、「ファシズム」に惹かれる少年の心理の内在的な分析を行なうとともに、語りの揺らぎのうちに、そのような引力からの離脱の可能性を模索した小説だと言える。

ある主体は他者たちとの関係性のなかで成立する。したがって、たとえそれがファシスト的な志向に支配されていても、その語りには、複数の他者たちの抵抗の声が潜在的に含まれ、揺らぎやねじれを生むはずだ。「セヴンティーン」は、この点から、反「ファシズム」の戦略を導き出そうとする。

「おれ」のねじれた語りは、《動物》的な生を嫌悪するファシスト的主体が、《獣》に似てきてしまうという皮肉な事態を証言する。しかし、だからといって、「おれ」を《獣》だと断じ、自分たちを《人間》の側に置こうとするのでは、「おれ」と同じ隘路にはまり込むことになるだろう。問題は、他者を《動物》や《獣》と名指し、侮蔑と憎悪のなかで、対話の可能性を閉ざしてしまうことにこそ存在するのである。

大江の初期作品は、現実へのコミットメントを強めるなかで、一見すると、《動物》の主題が後景に退いたかのように見える。しかし、本章の分析からすれば、《動物》の主題はやはり一貫して、大江の初期作品の中心にあり続けていたとみなすことができる。

第三部

小島信夫——家庭を攪乱する動物

第七章 「馬」——戦後家庭の失調

北京で敗戦を迎えた小島信夫は、一九四六年に復員した。その後、旧制一校時代の友人たちと同人誌『同時代』を創刊し、創作活動を開始した。小島の名が一般に知られるのは、「小銃」(『新潮』一九五二年十二月)が芥川賞候補になってからである。さらにこの時期、安岡章太郎、吉行淳之介、庄野潤三らと個人的な親交を深めていくなかで、「第三の新人」という範疇に組み入れられることにもなった。後述するように、小島は、この時期に自分の小説の転機があり、家庭という領域に関心を持ち始めたと語っている。そうであるならば、芥川賞を受賞した「アメリカン・スクール」(『文學界』一九五四年九月)の重要性は疑えないにしても、家の新築を主題とし、『抱擁家族』(『群像』一九六五年七月)の時子の原型とも言えるトキ子が登場する「馬」(当初は「家」と「馬」として発表、『近代文学』『文藝』ともに一九五四年八月)にも、同様の関心が払われねばならないはずだ。しかし実際には、「アメリカン・スクール」と比較して、「馬」に関する論文は少ない。理由としては、前者が、日本とアメリカという主題で、『抱擁家族』とのあいだに容易に連続性を措定できるのに対し、後者が、妻が夫の代わりに家を新築し、その一階を馬小屋にしてしまうという、読者を当惑させる物語内容を持つからではないかと考えられる。

本章では、小島の初期作品の方法を概観した上で、「馬」がそれをどのように活かし、戦後社会における家庭のメカニズムを描き出しているかを分析する。そして、「馬」が、家庭の「主人」の地位を問い直すことを通じて、同時代の「独立」や「主権」をめぐる言説と切り結ぶ、極めて政治的な小説であることを論じていきたい。

1　初期小島作品の方法

「第三の新人」という言葉は、山本健吉が、一九五三年一月の『文學界』で初めて用いたものである。しかし、この時点では、第一次・第二次戦後派に続く新人作家という、もっぱら時期区分に基づく分類にすぎなかった。その後に発表された服部達《たつ》の「新世代の作家達」(『近代文学』一九五四年一月)が、「第三の新人」を内容面から定義した。服部は、彼らの背景として、一、精神形成が戦争中になされたこと、二、先行する戦後文学の観念性への反発、三、朝鮮戦争の特需による社会的安定を挙げている。(1) この結果、彼らの作品は、文学に政治性を持ち込むことへの反発を表わし、小市民的な日常を重視するようになる。服部はそれを「私小説的伝統への接近」(2) という側面からも論じている。

それでは、小島をこのような「第三の新人」の定義に当てはめるのは妥当だろうか。服部自身は、「新世代の作家達」の時点で、小島の名前に触れつつも、この範疇に含めなかった。(3) その理由としては、一九一五年生まれの小島が、むしろ第一次戦後派の年齢に近いことや、作品にも服部の定義に馴染まない要素があったからではないかと考えられる。確かに小島は、五四年三月の座談会「近代文学の功罪――戦後文学と第三の新人」に出席し、「私は年令的に言ってもむしろ「近代文学」の人達と並行している年令ですが、それでなにか慊《あきた》らないという関係が入っている」と発言している。小島はそれを「日常性というものがもっと欲しかった」(4)と言い換える。また、自らを「マルクス主義の華やかであった、その次の時代」と位置づけた上で、「何もない形で兵隊に行ったから、ゼロから出発して、一応兵隊のなかでふり廻された」(5)と軍隊での精神形成を語ってもいる。

この点で、小島は服部の「第三の新人」の定義に接近する。だが、次の発言はどうだろうか。

　例えば野間氏の「真空地帯」なんか、自分で軍隊に行っていたが、ああいう一つのメカニズムに動かされている中の人間というものは、そのメカニズムに専ら酔っているわけですね。酔っているし、又、みみっちい抵抗をする、そういうところは日常的です。日常的なところが全く無視されている。(6)

ここで、小島にとって、「日常」と「メカニズム」という語が矛盾していない点に注意したい。小島は、「日常」の背後に「メカニズム」の存在を指摘しつつ、人は「メカニズム」から完全に自由ではないが、完全に同化しているわけでもなく、それに「酔ってい」たり、「みみっちい抵抗をする」ものだと主張する。つまり、小島にとっての「日常」とは、政治的・社会的なメカニズムによって構築されながらも、そこからの偏差が絶え間なく生み出されつつある地平なのである。したがって、小島が「日常」の重要性を言うとき、それは必ずしも政治性を否定するのではなく、むしろ政治をより広範な視点から捉え直すことの重要性を言っていると理解すべきだろう。

この意識は、小島の内部でどのように形成されてきたのだろうか。メカニズムという語で想起されるのは、伊藤整の「組織と人間」（『改造』一九五三年十二月）である。伊藤はそこで、「我々が自由だと自ら思い、自分は自由だなどと叫んだのは、それまでの組織が崩壊して、次の組織が出来上るまでの短い仮りの時間においてのみであって、自由だなどというのは、一つの幻想でしかなかった[7]」と、戦後文学批判とも受け取れる発言をしたが、小島にも同種の記述が存在する。六七年の文章で、小島は、「諷刺小説」として出発した自分の戦後小説が、五〇年代に入ってメカニズムの問題にぶつかったことを回顧している。

たとえ人間が権力をもっており、不正であったとしても、それは結局メカニズムの餌食であると知ってしまったとすれば、メカニズムこそ諷刺の対象であるはずであるが、如何せん、これは人間ではない。ここから多くの作家たちは諷刺から記録にうつろうとしたのではないか。そして別の作家は、メカニズムが直接には手をのばしてはいないようである男と女の世界、つまり家庭の中へさぐりを入れはじめようとしはじめたのではないか[8]。

時期的に見て、服部の指摘する、朝鮮戦争の特需を通じた社会的安定と、メカニズムへの意識の高まりは重なると考えられる。つまり、敗戦直後の社会において、人間の生の本能のようなものが問題にされたとすれば、朝鮮戦争後の相対的に安定した社会においては、この本能と見えるものの背後で人間を組織化するメカニズムが問題にされるようになったのである。

その上で、小島は、メカニズムとの対峙によって生まれた文学を、記録の文学と家庭の文学とに分類している。前者は杉浦明平らをはじめとするルポルタージュ文学の試み[9]を指し、後者は「第三の新人」を指すものと考えられる。両者はともに、他者たちとの動かしがたい関係に埋め込まれた主体を描く点において、戦後派文学の観念性からの差異をなす。しかし、ここで問題になるのは、小島が自らをどの場所に位置づけているのかという点だ。小島は、「昭和三十年をすぎてから、私は女というものの中に、私が見ていたものと大分別のものを見つけだし、それにいくぶん拘りだした[10]」と書いているから、一見すると自らを「第三の新人」に位置づけていたように思える。だが、家庭に関する、「メカニズムが直接には手をのばしてはいないようである」（傍点引用者）という微妙な言い回しには、注意せねばならないだろう。

この時期の小島は、自らの関心を、「全体の中から、各人物の関係の中から、おのずから定まってくる、任意の中心点[11]」としての「私」を描くこと、と定義している。また、「吃音学院」（『文學界』一九五三年八月）や「微笑」（『世潮』一九五四年七月）では、肉体と心とのずれた関係に焦点を当てていたが、「アメリカン・スクール」や「馬」では、「「肉体」の意味は「機構」とか「関係」として扱われ始めている[12]」と自作解説をしてもいる。つまり、主人公は、自身の肉体のみではなく、周囲の環境にも規定されつつ、ある種のきしみを表現するというのである。これらは、小島が、家庭について、「私」を規定するメカニズムの一つとみなしていた可能性を示唆するだろう。

小島にとって、家庭は、個人と社会あるいは国家を連結するメカニズムとして、興味を喚起する対象だったのではないか。以下では、「馬」の読解を進め、この疑問を検証していきたい。

2　戦後の家庭機械

「馬」に関しては、旧友の岡本謙次郎が、「抽象的な教訓を切断してしまうところにアレゴリーの最高の形式がある」という立場から、「多分、小島のいままでの作品中、もっともいい作品の一つ」[13]と評価した。後藤明生も後年、「日本にもこういう小説が出て来た」と「ショック」[14]を受けたことを告白している。しかし、阿部知二のように、「読んでいる間は面白く巧みにひきずられて行ったのは事実です。しかしさて何がそこにあったかといわれると、ぼくにはよくわかりません」[15]といった当惑を表わす評価も少なくなかった。

近年になって、「馬」を再評価する研究が相次いで登場している。谷川充美は、戦後社会の価値転換のなかで、仕事を通じて金を稼ぐことで、社会の一員としてのアイデンティティを獲得し、妻への愛情を「もの」に実体化して「安心」を得る「僕」の「倫理」と、トキ子と親密な関係を結ぶことで、それを根底から揺るがしてしまう異物としての馬、という対立構図を読み取っている。[16]日高昭二は、馬の機能に着目し、「小島の馬は、一見すると「他者」としての妻をめぐる、いわゆる「じゃじゃ馬馴らし」のレトリックの応用にみえて、じつはまるで馬車馬のごとく、みずからを鞭打ちつつ、「家」を建てることに拘る「にんげん」自体に向けられたレトリックなのである[17]」と指摘している。疋田雅昭は、テクストの細部まで分析を及ぼし、「家を建て増築してゆこうとする行為に象徴される、戦後の豊かさを追求する家族たちは、その行為の裏に様々なレベルの欲望を内包していた[18]」ことを明かす小説として、高い評価を与えている。

これらの近年の研究は、戦後日本における家庭という歴史的文脈を押さえつつ、「馬」にそれを逸脱していく力を見ようとする点で共通している。本章でも、この方向を踏襲しつつ、戦後日本における家庭の位置と、なぜ馬の存在がこの戦後家庭を脅かし得るのかについて考察を進めていきたい。

「馬」はもともと「家」と「馬」（以後、旧「馬」と表記）として、五四年八月に、それぞれ『近代文学』と『文藝』に発表されたものである。これらが、単行本『アメリカン・スクール』（みすず書房、一九五四年）に収録される際に、「馬又は政治」という題で一作にまとめられ、後に『新日本文学全集』第九巻（集英社、一九六四年）で「馬」と改題された。「家」は、トキ子による家の新築を描き、現行の「馬」の「三」の半ば、「してみると僕とは何であり、この次第にひろがるこの家とは何であろう」までを含む。他方、旧「馬」はそれ以降に相当し、トキ子が新築の家の一階に馬を迎え入れる顚末が描かれる。両作の執筆過程は必ずしも明らかでないが、「家」の作品としてのまとまりから考えて、まず「家」を完成させた後に、この家を馬小屋にしたらどうかという新たな思いつきを得て、続編の旧「馬」を書いたのではないかと推察される。まとめるにあたっては、内容の重複のために旧「馬」の冒頭を削除し、新たに節の番号を振り直したほかは、目立った改稿は行なわれていない。以下では、現行の「馬」を典拠としつつも、もとは二作であった事実を考慮し、「家」に相当する部分を前半、旧「馬」に相当する部分を後半として区分し、家庭の主題と動物の主題とが連結される意味を考察していくことにする。

まずは、「馬」の前半の分析から始めよう。書き出しは次のようである。

> 僕はくらがりの石段をのぼってきて何か堅いかたまりに躓き向脛を打ってよろけた。僕の家にこんな躓くはずのものは今朝出がけにはなかった。今朝出がけではなく、今まで三年何ヵ月のあいだにこんな障害物はなかった。これはいったい何であろうと思ってさわって見ると、材木がうず高くつんであるのだ。それに手ざわりによるともうその材木には切りこみさえしてある。僕の家の敷地に主人である僕に断りもなしにいったい誰がこんな大きな荷物を置いて行ったのか。（四：一八九　傍点引用者）

「僕」は自分の家の敷地で、「何か堅いかたまり」につまずく。このとき、「僕」は「主人」という言葉を用いて、戸惑いを表わす。「主人」とは、第一に、家や敷地の所有者であり、第二に、他者を従属させ、使役する者であり、そこから派生して、第三に、妻に対する夫を意味する。したがって、語の定義上、「主人」は自らの敷地において障害物に出会うことなどないはずなのだ。このように、この小説は「主人」の論理が脅かされるところから始まっていることを確認しておこう。

しかし、「今まで三年何ヵ月のあいだにこんな障害物はなかった」という言葉にもかかわらず、

「僕」は、以前から「主人」の座を脅かされていた。今やそれが顕在化したと言ったほうが正確だろう。最初のつまずきは「愛の告白」だった。トキ子との結婚は、見合いのように家が主導する形式ではなく、「僕」からの「愛情の告白」によって始まっている。「僕」は、「もう十数年のあいだ、この貴重にして悲しむべき言質を一旦とられてしまった」ことを後悔している。というのも、自分から「愛情の告白」をした以上、「僕」はトキ子に対して主導権を握ること、言い換えれば「主人」であることができないからだ。

こうして、読者の前には一つの二項対立が出現する。すなわち、家の敷地において、自分を脅かす他者に出会うはずがないと男性に信じさせる「主人」＝家の論理と、夫と妻は対等かつ親密に結ばれねばならないとする「愛情」＝家庭の論理である。さらに、この「主人」対「愛情」、「家」対「家庭」は、「前近代」対「近代」、「戦前」対「戦後」といった二項対立も喚起する。つまり、「馬」の冒頭は、近代的な「愛情」の論理に馴染めず、前近代的な「主人」の論理に固執する男性の姿を描き出すように見えるのである。

しかし、「馬」は、このような安易な二項対立を混乱させてしまう。誰に材木を置かせたのかと問い質す「僕」に、トキ子は次のように答えるのだ。

「私が置かせたのよ」
「そう、誰が建てるの」
「そりゃ、あなたよ」（四：一八九―一九〇）

ここで建築の主体が「あなた」でなく「私」であれば、「馬」は、戦後の新民法下の強い女性の登場を通じて、「主人」の論理の破綻を象徴する物語として読めるかもしれない。しかし、トキ子は「僕」を主体の位置に就けた上で、家を建てさせようとするのである。この奇妙なねじれは何を物語るのだろうか。

戦後日本では、ファシズムへの反省から天皇制と父権的な家制度との繋がりが批判される一方で、家族の近代化が称揚される傾向があった(19)。しかし、フィリップ・アリエスの社会史的研究を継承しつつ、牟田和恵が指摘するように、親密な家庭を理想とする近代家族もまた、国民国家形成と産業化という二つの要請に応えるために発明された家族形態に他ならなかった。つまり、諸個人を、共同体や親族のネットワークから切り離して国家による管理を容易にするために、そして生活の場と生産の場を切り離し、労働力を容易に動員するために、前近代的な家制度は近代的な家庭への転換を促されたのである(20)。ただし、そこに良質な兵士と良質な労働者の再生産という要請が加わるために、家庭では平等な情愛が建前にもかかわらず、実際には「良妻賢母」思想のもとに、女性の家政への囲い込みが強制された(21)。ここに、妻を扶養する夫というかたちで、「主人」の概念に象徴される家制度の論理が保存される要因があった。

そして、落合恵美子が指摘するように、このような近代家族の企てが完遂されるのは、実は戦後の高度成長期においてである。五〇年代以降、朝鮮戦争の特需を経て、産業構造の転換が急速に進むなかで、農家や自営業の仕事から切り離され、女性たちは「主婦化」し、完全に家庭に囲い込まれていくことになったのである。[22] 実際、内田隆三も指摘するように、五五年には、日本住宅公団が設立され、農村から流入する人口を家庭という鋳型に嵌めて管理するための団地が次々と供給されていく。こうして、「直接には貨幣に媒介されず、性愛の次元の親密性を保持すべきものとしての「家庭」の内部には、小さな「家郷《ホーム》」（共同体）の幻想が投射される」[23] のであり、それがある種の強迫観念となって家庭の成員を束縛することにもなるだろう。

「馬」に戻ろう。トキ子は、「僕」の「愛情の告白」によって、家のメカニズムから自由になったように見えるが、今度は近代家族という別のメカニズムに捕捉されてしまう。主婦として家庭の閉域に囲われたトキ子にとって、「僕」を親密な情愛で支え、成功させることこそが、唯一許された社会との関わり方なのである。この社会的成功の証こそが（ひいては、互いを支え合う親密な情愛の証こそが）、他を圧倒する家の大きさに他ならない。それゆえに、トキ子は「あなた、うれしくない。ほんとうはうれしいんでしょう」と確かめる。言い換えれば、トキ子は自らの愛情で「僕」を立派な「主人」（所有者・支配者・扶養者）に仕立てることを欲望するのである。

他方、「僕」はどうか。「トキ子の前へ出ると僕は、トキ子が僕に愛情の奉仕を要求し、僕を馬車馬のように働かせるつもりでいることが分るので、僕はたえず本心は怒っている」とあるように、「僕」は「主人」であることの重圧に明らかに苛立っている。しかし、「僕が居直ってしまえば、トキ子は家出をするかも知れないが、家出をしたとて、どこに行くところがあろう」という不安から、トキ子の「愛情」を突き放すこともできない。このように、二人の家庭は、トキ子が妻という受動的かつ依存的な非主体を割り当てられることを通じて、「僕」に夫という能動的かつ自律した主体であるように強制するという、閉じたメカニズムを形成している。「僕」はこのメカニズムの存在を、「どこにいても僕はトキ子の亭主で、この頃では正当な僕でさえも、いや正当な僕と思う時こそ、すみずみまでトキ子になっている」と表現する。このため、「僕」は、「今までトキ子が少しでも僕から離れて、僕自身に対してではなくとも愛の告白をしてくれることを願ってきたくらいだ」と語るほどなのである。

「僕」はこのようなメカニズムに「抵抗」を試みる。例えば、今の家が建つとき、「僕」は、「もうどの位出来あがったかということではなくて、今日も立っているか、まだ立っているか」という思いで、電車の窓に鼻を押しつけていた。また、家が完成して一週間経つにもかかわらず、「僕」はそれをトキ子に告げずに、黙っていたりもした。そこには、家の完成の先延ばしや、破壊さえも願う「僕」の鬱屈が表われているだろう。しかし、そのような「抵抗」は何ものも結果せず、家はひたすらに増築されていく。それでは、戦前から戦後への変容のなかで、なお変わらずに保存され続けるこの「主人」生産のメカニズムから、脱出することは不可能なのだろうか。

3　馬と家庭の失調

「馬」の前半が、家庭という閉鎖的なメカニズムを描き出したとすれば、後半は、馬が同居することで、このメカニズムが失調する様子を描き出している。では、なぜ馬は家庭を失調させるのだろうか。この点に関して、先行研究では、必ずしも十分な答えが与えられていないように思える。

そもそも、なぜ家の一階に馬が招かれねばならないのか。トキ子はそれを、「あの二階の部屋の分は下の馬の部屋代で出るのよ」と説明する。つまり、二階建ての立派な家は「僕」の器量に余る建築物なのであり、それを「主人」として維持していくためには、別の他者からの搾取が不可欠になる。馬とは、さしあたり、このように「主人」の威容を支えるために必要とされた、家庭の外部にある《動物》に他ならない。

しかし、この馬は、前出の岡崎謙次郎の言葉を借りれば「抽象的な教訓を切断してしまう」「アレゴリー」としての、つまりは《全き他者》としての相貌を表わし始める。馬の名前を尋ねる「僕」に、トキ子は「五郎」だと答える。

「五郎？　まるでにんげんの名のようだな」
「そうよ」
「すると、少なくとも男だな、その馬は」（四：二〇一―二〇二）

この会話で、《人間》と《動物》を区別する言語上の境界線が動揺を始める。まず、境界線は、人間の名前と動物の名前（あるいは無名）とのあいだに存在する。これは、動物に対する過度の思い入れを避け、使役・実験・屠殺などを容易にする文化的慣習だとみなせる。だが、人間の名を与えられた五郎は、この境界線を壊乱してしまう。このことが、次の混乱を誘発する。一般に、人間の性別の際には男／女と呼び、動物の際にはオス／メスと呼ぶ。しかし、人間の名を持つ五郎は、オスという語の使用を躊躇させることで、人間と動物のあいだにも情愛が成立する可能性を示唆し、「僕」に嫉妬を呼び起こす。こうして、五郎は、被搾取者を隔離しておくための言語的慣習を次々と揺るがし、《全き他者》として「僕」とトキ子の応答を要求し始めるのである。

「僕」は、五郎を初めて見たとき、「走るために鍛えられ育てられたこの逞しくハンサムな上背のある姿」に圧倒され、「自分の家に、自分より遙かに男らしく逞しい動物が――それがにんげんでなくとも僕の家に常住いるようになるということで、心に平衡を失わぬ男がいるだろうか」と考える。ここから、五郎をトキ子によって要請された「性的外部装置」とみなした上で、それとの闘争を通じて「僕」はトキ子の真の愛を勝ち取るのだ、という読解も登場する。[24] その場合、重要なのは男性になること、主体になることであり、女性の愛情はその点にのみ向けられるのだということになるだろう。

しかし、「僕」が男性性や主体性のアレゴリーを投影しているのは事実でも、五郎自身は決してそのような作用には還元されない。なぜならば、五郎は野生の馬ではなく、飼い馬、すなわち人間社会に生きることを強いられた異邦の存在でもあるからだ。「僕」も認めるように、「〔飼い馬としての〕馬は一人で寝たり起きたり、出かけたり飯を食ったり、つまりにんげんとおなじわけではない」のであり、人の手で「世話」されねば生きることもできない。そして、人間の役に立たなくなれば、殺処分さえ合法的に認められるのである。したがって、五郎の魅力については、「僕」の無意識の層にまで考察を及ぼさねばならない。五郎の魅力とは、人間以上の男性性や主体性などではなく、むしろ人間の法の外部にある依存的な非主体であるにもかかわらず、それを恥じず、堂々と単独的な生を生きていることから発していると捉えるべきではないだろうか。

実際、トキ子は、五郎とのあいだに新たな共生の関係を結びつつあるように思える。乗馬服を着込んで五郎に乗り、早朝の道を駆けていくトキ子の姿は、「僕の見る目でも十歳も若がえったようで心がときめく」。「僕」の及ばない馬力でトキ子を運んでいくからといって五郎が「主人」だとも言えず、また五郎を馬上で御しているからといってトキ子が「主人」だとも言えないだろう。ここでは、二人の異質な存在が、ただ生の喜びのために協働して走っている。「僕」は、次のように考え込む。

五郎はああして走っているのが、果して彼の仕事なのだろうか。それとも遊びなのだろうか。トキ子にせよ、あれは彼女の仕事なのかそれとも遊びなのか、僕は何か割り切れない腹立たしい気持だが、僕にもそれはさだかではないのだ。(四:二〇九)

「僕」が抱く「何か割り切れない腹立たしい気持」とは、人間社会にとって有益だと認められ、制度化された活動が「仕事」と呼ばれ、そこから逸脱する多様な活動が「遊び」と呼ばれる、そのような区分自体が、トキ子と五郎によって動揺させられつつあることに起因する。「僕」はただ一人、「仕事」のために組織化された家庭というメカニズムに取り残されてしまったように感じるのである。

このような二者の関係に嫉妬した「僕」は、トキ子を再所有しようと試みるが、それにも失敗してしまう。

二階に上るときふと僕はやるせなくなって、五郎の匂いのするトキ子のからだにふれて、唇をトキ子の唇によせると、五郎にはあんなに感慨こめてその首すじに接吻したくせに、何の反応もなく眠っているし、その唇には毛がついていて、それが僕の唇にくっつき、まるで五郎に接吻したようでもある。（四：二一〇）

この場面では、トキ子を介した「僕」と五郎の接吻が示唆されることによって、家庭の基盤をなす異性愛主義が攪乱されている。近代社会において、労働力の再生産をもたらさない同性愛は、「遊び」や「不逞」とみなされて、家庭の外部へと棄却されてきた。しかし、ここでは、父・母・子を規範とする近代家族とは別の共同性が、三者のあいだに確かに形成されつつあるように思える。

4　「馬」の政治性

ここまで、家の無限の増築を欲望する家庭の論理と、それを失調させる馬の存在について確認してきた。これは、同時代的にはどのような政治的意味を含むのだろうか。

「家」と旧「馬」を一作にした最初の題名は、「馬又は政治」だった。また、五郎の部屋には、馬に関する図書の他に『その時代の政治の象徴としての男女の関係』と題された本が並んでいた。ここには、小島信夫＝「第三の新人」＝非政治的という定式への反論を読み取れるだろう。すでに見たように、「馬」における家庭は、政治の影響から免れた避難所ではない。それは、国家や社会に貢献すべく、「主人」の理念のもとに各人が組織化されるメカニズムなのだった。

戦後日本において、高度経済成長を支えたのが、この家庭というメカニズムであったことは間違いない。それは、生産性の向上と引き換えに、男性、女性双方に、あるいはそこから排除される諸存在にさまざまな抑圧を課してきた。このような社会の全体的傾向への「抵抗」の跡を留めている点に、まずは「馬」の政治性を指摘できる。

それと同時に、この家庭のメカニズムが、軍事的なメカニズムと協働していることも指摘しておかねばならない。「馬」はこの問題にも正確に触れている。例えば「僕」が住む敷地は、「城壁のような気持をおこさせる迷惑な敷地」で、「ちょっと城郭の感がある」。そこには、「戦前に朝鮮軍司令官の住宅がところ狭く建っていた」過去がある。さらに、家の増築にあたり、「逞しい背中や首すじを見せながら、トキ子をとりまいて職人たちが指示を受けているさまは、戦争中を思わせる」とも形容される。つまり、ここで家の増築と国家の軍事化とのあいだには、明らかな連関が設定されているのである。

「家」と旧「馬」が発表された一九五四年前後は、自主憲法と再軍備の問題が大きな議論を巻き起こしていた。五〇年の朝鮮戦争を機に誕生した警察予備隊（後に保安隊に改組）は、憲法の軍備放棄との矛盾を抱えていた。このため、主権回復後に行なわれた五二年、五三年の総選挙では、改進党や日本自由党（鳩山自由党）といった保守野党から、自主憲法の制定と自衛軍の創設を求める声が高まっていた。第五次吉田茂内閣は、支持基盤の弱体化から、二党の要求を呑むかたちで、五四年に防衛庁設置法と自衛隊法を成立させ、陸上・海上・航空からなる自衛隊を創設するに至ったのである。(25)

このような時代状況を確認するとき、家の増築を繰り返し、「主人」の威容を高めていく「僕」の家と、「独立」や「主権」の名のもとに再軍備を果たしていく日本とのあいだには、類同性を見て取れる。「僕」が、家の増築を断わりなく決めたトキ子に、「それでは、万事秘密主義で、まるで自由党の吉田みたいではないか」と詰め寄る場面なども、単なるユーモラスな会話という以上のものを含んでいるように思える。そして、「主人」と同様に、「独立」や「主権」という理念もまた、それを支える他者を不可視にすることで初めて可能になるものに他ならない。戦後日本の場合でいえば、「独立」や「主権」の回復なるものは、少なくとも朝鮮戦争における特需と、軍事基地化された沖縄の切り捨てによって、そしてそれらの事実を不可視化することによって、可能になっている。「馬」では、このような不可視な他者が家の内部に迎え入れられることで、可視的となり、家庭を失調させていく様子が描き出される。しかし、戦後日本は、これらの他者を見ずに済まし、自らの閉域を拡張していくことを「独立」と呼称してきた。このような「独立」は、近代的な家庭が、旧来の血縁や地縁のネットワークから孤立させられ、国家の直接の管理化に置かれることを含意していたのと同様に、アメリカの東アジアにおける、各国を分割して統治する戦略の一環だったとさえ言えるかもしれない。(26)

「馬」に戻れば、「僕」は「主人」であることを重圧に感じ、そこから逃れようと「抵抗」を試みていた。しかし、それは、法の外部にさらされた《動物》になることと同義である。例えば、「僕」が夜中に家の工事現場を覗き見ていると、トキ子は雨戸を開けて、「また犬がきたのね、シッシッ」と追い払おうとする。さらに、建築中の家が平屋ではなく二階建てだと知ると、「僕」は「あれ狂う犬のように叫びながら」トキ子に詰め寄り、「ぼ、ぼくはいやだよ」と半泣きになるのである。つまり、「主人」になることに抵抗するとき、「僕」はもはや「理性」ある《人間》とはみなされずに、その閾外にあって法の保護すら受けられない《動物》に変身してしまう。この延長線上に、「僕」の狂人化、脳病院への収容を位置づけることができる。

それでは、《動物》は再び《人間》になることを目指すべきなのだろうか。「僕」が選ぶのはそのような道だ。トキ子をめぐる嫉妬に駆られた「僕」は、五郎を懸命に支配しようとする。「僕」は、「今からでもこの五郎のやつをひきずりまわして、馬か、にんげんかのけじめをつけてやろう」と考え、五郎の背にまたがる。

「コラ五郎、今夜はうんと走らせてやるからな。馬ならそうさせられぬわけには行くまい。コラ返事をせんか」
五郎には返事をする模様も見えずただひたすらに走るので、
「どうだこれから毎夜走らせてやる。トキ子の主人はオレなのだ。返事をせんか、しゃべらぬか」（四：二一五　傍点引用者）

夫は妻の「主人」であり、人間は動物の「主人」であり、そして自分は自分の「主人」である。男性性＝人間性＝主体性という三つの理念は緊密に結びついている。これらのイデオロギーのもとで、「主人」の「主権」を脅かす異質な他者（女性・動物・狂気）は抑圧され、管理されていく。「主人」であることへの欲望は、これらの差別や抑圧を再生産することにしか繋がらない。実際、「僕」は、五郎を御《ぎょ》そうとするとき、「僕は馬に乗ったことも軍隊にいた時以来ないが、要するに手綱と脚のしめ方が問題なのだから、それさえ心得ておれば心配したことはなかろう」（傍点引用者）と、軍隊の教育を想起するのである。

しかし、馬を走らせているうちに、「五郎の速さはいよいよまして、僕はだんだん僕が馬になり、五郎をのせて走っているような奇妙な感じにとらわれだ」す。「僕」は、「馬に乗ったのは支配するためなのだから僕はがんばるのだが、R病院のあたりにくると、もういかんともしがたくて、落ちる方がはるかに楽になってきた」と告白する。ここには《人間》と《動物》の逆転が素描されている。しかし、逆転では十分でないのだ。「僕」の妄想と判別不可能な世界で、「僕」に勝利した五郎は、家庭への新たな侵入者である棟梁を見つけると、「この野郎！」と人間の言葉で叫び、追いかけていく。つまり、《動物》が《人間》の立場に入れ替わるだけならば、別の他者への抑圧を再生産する結果にしかならないことが暗示されるのである。

重要なのは、支配する主体から、異質な他者を迎え入れる主体に変化することだ。このことは、トキ子が最終的に初めての「愛情の告白」の相手に選ぶのが、棟梁でも、五郎でもなく、「主人」になることに失敗し、自らR病院へ向かおうとする「僕」であることに示唆されている。

「あなたは私を愛しているんでしょ。私のいう通りにしていればいいの、あなたはだんだんよくなるの。このあたりで、あんな二階のある家がどこにあって？　あなたがいやなら私が出て行くわ……私はホントはあなたを愛しているのよ。私のような女がいなければ、あなたはまともになれないの、ねえ分って？」（四：二二七）

素直に読めば、「あんな二階のある家がどこにあって？」という言葉は、「あんな〔立派な〕二階のある家がどこにあって？」という意味であり、トキ子の語る「愛情」は、ここに至っても「僕」を「主人」の論理に従属させようとする性格を免れていないように思える。しかし、振り返れば、トキ子の一連の奇妙な行動は、「主人」から下りたいと願い、「トキ子が少しでも僕から離れて、僕自身に対してではなくとも愛の告白をしてくれることを願ってきたくらいだ」と語っていた「僕」の欲望に忠実に呼応するものだったとも言える。実際、「僕が他人の影だと思ったのが、僕の姿だということがあった以上、馬のあの話声は、僕に外ならないかも知れない」とあるように、トキ子との姦通を示唆する棟梁や馬が、実は自分の影ではないかという疑念を、「僕」は持っていた。このことを考えるとき、「あんな二階のある家がどこにあって？」という言葉は、「あんな〔階下に馬小屋のあるような〕二階のある家がどこにあって？」という意味のようにも捉えられる。つまり、「私のような女」だけが、「僕」の心に秘められた「主人」から下りたいという欲望を感じ取り、《動物》を招き入れた家を建築することで、「主人」か《動物》かという不毛な弁証法を無効にする、新たな共生の場所を準備することができるというわけだ。

夫婦が共同で立派な二階建ての家を建てるということは、国家的・社会的なメカニズムの要請に適う計画でもあった。しかし、トキ子は、家を維持するという名目で、馬という異質な他者を迎え入れてしまう。これによって、「僕」は「主人」の座から下ろされ、自分の家庭のなかでいわば客＝異邦人の立場になる。(27) 家庭は「僕」の所有から離れ、異質な他者たちへと開放された場になる。このとき、国家や社会と接続された家庭というメカニズムは失調をきたす。この未知の地平で、「僕」とトキ子は再び出会い直そうとする。それは、いずれかが「主人」とならねばならない拘束から免れた、新しい関係であるだろう。過去の「僕」には決して与えられなかったトキ子からの「愛情の告白」が、ここで初めて可能になったことの意味はこのような観点から捉え直されなくてはならない。

結論

小島信夫は、一九五〇年代半ばに家庭の問題への関心を表明し、「第三の新人」という範疇に分類されてきた。しかし、小島の家庭への関心は、政治の領域からの撤退を示すのではなく、むしろ政治の領域と家庭の領域との不可分性の意識に支えられたものだった。

「馬」という奇妙な家庭小説は、戦後に民主化を果たしたとされる家庭が、実際には男性を社会に奉仕させる一方、女性を家に囲い込むという仕方で、なお「主人」の論理を保存していることを提示する。この「主人」の論理は、国家の「主権」をめぐる軍事的なメカニズムの一部をなしてもいる。登場人物の「僕」もトキ子も、このような主人＝主権の論理に違和感を持ちつつも、家庭は親密な愛情の場でなければならないという思い込みから、この論理に従属している。しかし、愛情の証として始められた家の増築は、まるで二人の潜在的な欲望を反映するかのように、馬という異質な他者を呼び込んでしまう。この馬は、「主人」の威容を支えるための《動物》であったにもかかわらず、そのような機能に還元されない単独的な生を生きることで、「僕」とトキ子の家庭を次第に失調させていく。「馬」は最後に、この失調の場においてこそ、「僕」とトキ子とのあいだに新しい関係が結ばれ得ることを示唆して終わる。

このように、「馬」は、あるメカニズムが排除してきた他者を積極的に迎え入れることで、このメカニズム自体を書き換える可能性を描き出している。そこには、「主人」や「主権」という理念に象徴される支配する主体から、異質な他者を迎え入れる歓待の主体への移行という主題を読み取ることができる。

第八章　『墓碑銘』——軍事化の道程

小島信夫は、東京帝国大学を卒業した翌年の一九四二年に徴兵され、中国に渡った。暗号兵としての訓練を受け、四四年には北京に設置された情報部隊に転属になる。このことが幸いし、原隊はレイテ島で壊滅したものの、小島は北京で敗戦を迎えた。小島の主要な軍隊小説には、「燕京大学部隊」(『同時代』一九五二年四月・十一月)、「小銃」(『新潮』一九五二年十二月)、「星」(『文學界』一九五四年四月)、「城壁」(『美術手帖』一九五八年九月)などがある。リアリズムから抽象的な手法までを用いて、戦争を多面的に捉えようとしている点が特徴と言えるだろう。

『墓碑銘』は、これらの軍隊小説の締めくくりとも言える作品であり、五九年五月から六〇年二月まで『世界』に連載された。アメリカ人の父と日本人の母を持つ「混血」の主人公が、軍隊のなかで「真正な日本人」になろうと努力していくという設定は、「星」のそれを踏襲している(1)。ただし、長編小説である『墓碑銘』では、「星」よりも遙かに多くの人物たちが登場することで、多様な位置に生きる個人を多様なかたちで動員していく軍事化(2)のメカニズムがより詳細に描出されることになる。

本章では、トーマス・アンダーソン＝浜仲富夫という主人公が日本軍兵士になっていく過程に焦点を当てつつ、『墓碑銘』における軍事化のメカニズムの全体像を描き出していきたい。この際には、特に軍隊における動物と女性の利用の仕方と、それらの存在と浜仲の関わりについて考察する。最後に、『墓碑銘』が、六〇年の日米安全保障条約改定をめぐる渦中で書かれたことに注目し、単なる過去の回想に留まらない小説の力についても言及したい。

1　日本人になること

『墓碑銘』はこれまで論じられる機会の少なかった作品である。江藤淳は連載途中で、「野心作という点では〔安岡章太郎の〕『海辺の光景』に劣らない」としながらも、「〔主人公が日本人とアメリカ人の中間的存在であるといった〕寓話的設定そのものにふくまれている観念性と、この作家独特の感覚的なもののとらえかたとの背馳を、今後どのように解決するのであろうか(3)」と疑問を投げかけた。この観念と感覚の「背馳」は、批評家の評価のポイントを二分した。例えば、濱本武雄は、『墓碑銘』の新しさを、「「私小説的」なリアリティにひとまず頼らなければ、読者の反応を誘い出せない」日本文学の慣習を超え、「仮構性のバネを備えた作品(4)」である点に見ようとした。反対に、千石英世は、『墓碑銘』を「日本の戦後戦争小説一般とは明確に一線を画する小説」とした上で、「戦争を極私の次元で、あるいは極私の日常性の次元で捉えようとする(5)」点に独創性を認める。柿谷浩一も、「青い眼を持つ日本兵・富夫の苦悩や悲劇を描きながら、戦争と軍隊のかもしだす「おかしさ」や、兵士たちの「人間的な部分」も描き出して(6)」いる点を特徴として挙げている。

ただし、観念と感覚のいずれかを切り捨ててしまえば、この小説の魅力は失われてしまうだろう。前章で参照したように、小島は、この時期の自らの関心を、「〔軍隊のような〕一つのメカニズムに動かされている中の人間」が、それに「酔ってい」たり、「みみっちい抵抗(7)」をしたりすることに定めていた。つまり、小島の関心は、国家や社会が敷設した非人称的なメカニズムと、それに過剰に同一化しようとしたり、あるいはそれが適わずに軋み音を立てたりする諸個人との接点にこそあった。このような事実に鑑み、本章では、『墓碑銘』が描く軍事化の観念的なメカニズムと、それに多様なかたちで応答する諸個人の感覚的な生とを、切り離すことなく論じていきたい。

まず、浜仲という主人公について考察しよう。浜仲富夫は、天津の租界で、アメリカ水兵である父と日本人の母とのあいだに生まれた。父は早くに二人を捨て、天津を去ったらしい。母は日本人の床屋と再婚し、良子という年の近い妹を産んだ。浜仲は、アンダーソンという両親の知人を保護者とし、トーマス・アンダーソンと名乗り、日本人であることを隠して、アメリカ人のミッションスクールに通っていた。

小島が所属していた北京の情報部隊には二世の兵士が複数在籍しており、浜仲の設定をただちに「寓話的」とは言えない(8)。しかし、その出自から、日本という共同体からのズレを抱える浜仲は、国家の軍事的メカニズムがどのような手段で諸個人を自発的に従属させていくかを描く上で、極めて有効な主人公であることも確かである。

冒頭に近い、以下の場面を見よう。寮から帰った浜仲は、母親に命じられて、床屋の義父が日本人客と談笑している店内に入っていくことを強いられる。

私は身体をおこして、つかつかと店へ入っていった。そしてこう叫んだ。
「みなさん、いらっしゃい。僕は、寮から帰ってきました。今日はいい天気ですね」
客はいっせいにこちらを見た。沈黙が流れた。父のカミソリの下にいる日本人が、鏡の中に私の顔を見ることができるのに、カミソリを顔でおしのけるようにして、ふりむいた。（四・一〇六　傍点引用者）

日本語の教科書を読み上げるような浜仲の挨拶は、かえって異様な印象を与える。日本人客は一斉に振り向き、青い目の青年が日本語で喋っていることを確認する。そして、浜仲を拒むような沈黙が流れる。このように、浜仲は、日本人らしく振舞おうとしても、「日本人であること」と一致できない。それでも、母親や妹は、家族である以上、浜仲も同じ日本人でなければならないという態度で接する。それに応えねばという気持ちが、浜仲に「日本人になること」の努力を強いるのである。客の一人は、「精神修養」のために撃剣を習うことを勧める。これは、「日本人になること」の最終地点が、日本という国家のために命を捧げるという軍事化の完遂と同義であることを示している。(9)

しかし、浜仲には、アンダーソンや友人のディックとともにアメリカ人として生きていく道も、あるいは友人の楊とともに中国人のあいだで生きていく道も開けていた。浜仲は、なぜそれらの道を選択しなかったのだろうか。『墓碑銘』は、家族による同調圧力以外に、別の要因を用意している。

真珠湾攻撃の翌日、浜仲は、天津に進軍してきた日本兵に、「おい、ここは毛唐のくるところじゃないよ。今に追っ払ってやる」という言葉を投げつけられる。浜仲は、この言葉に「この世の中に生まれてくるな」という最大級の暴力を聞き取る。しかし、同室のディックから驚くべきことを聞かされる。浜仲は、夜中に寝言で、「日本軍の兵隊にいわれたこととそっくりの調子でしゃべっていた」というのだ。

ここには、被抑圧者の浜仲が、抑圧者の価値観を退けるのではなく、むしろ内面化してしまうという問題が描かれている。つまり、「毛唐」として、追い払われ、殺害されても仕方ないとされた浜仲は、そのような自分への差別を不当と感じるだけでなく、差別を受けるべき人間は自分のほかに存在するという方向に考えを進めてしまうのだ。実際、浜仲は、「この民族〔日本人〕の中には、普通の人種と、もう一つ卑俗な人種がまじりあい、私に呼びかけてきた男はその卑俗な傾向の強いものにあたるのではあるまいか」と考え、図書館で人類学の本を調べ、あの男は「朝鮮人やアイヌ人」だったのではないかと想像する。つまり、アメリカ人との「混血」である自分のほうが、「朝鮮人やアイヌ人」の疑いがある野蛮な兵士よりも、日本人に近い優秀な人間だと考えるのである。

ここから、浜仲を「日本人になること」へと駆り立てるのは、家族からの同調圧力とともに、他者への暴力的な差別を正当化された、特権的な主体への同一化の欲望であることが分かる。このとき、日本軍によって租界へと追いやられるアンダーソンやディック、あるいは暢のような人物は相対的に魅力を失うのである。

浜仲が自宅に掲げられた「日本の人種の代表であるばかりか、神様である、天皇と皇后の写真」を見上げ、「その写真の顔を自分の顔であると、思いこもうと、はげしくもが」くのは、象徴的である。なぜならば、天皇と皇后の「御真影」は、家族のあるべき規範を国民に示すと同時に、男性、女性の「国民化」を促すものでもあるからだ。[10]

第一に、御真影は、国民が遵守すべき近代家族の規範を示す。天皇と皇后が左右に並んだ構図は、一夫一妻、異性愛カップル、「純血」の日本人同士、同等の身分・階級同士の結婚こそが、近代国家にふさわしい家族形態だということを知らしめる役割を持つ。第二に、天皇と皇后の御真影はそれぞれ、男性、女性が国民として遵守すべきジェンダー規範を示す。このうち、天皇が軍服姿で写っていることは、すべての男性国民は軍人として国家に貢献すべきだということ、言い換えれば国家の「敵」に対しては排除や殺害も正当化されるのだということを教えている。このように、浜仲が、「純血」でないことで、父、母、妹に疎外感を持つことと、自分が受けた暴力を別の他者に転嫁してしまうことの背景には[11]、御真影を利用した、家庭の規範ならびに同胞／敵という暴力的な区分の刷り込みが存在するのである。

浜仲は、日本人になるために剣道を習い始める。さらに、御真影を自分の顔と思い込もうとする努力に加えて、「神田の生れよ」、「スシを食いねえ、さあ食いねえ」、「東海の小島の磯の白砂に我泣きぬれて蟹とたわむる」といった、「耳から入っていつしか私の口から自然にほとばしりでる日本語」を呟いてみたりすることで、必死に「日本人」に同一化しようと試みる。

このような浜仲の努力は、言うまでもなく滑稽なものだ。しかし、この滑稽さは、浜仲一人のものではなく、日本という国家に所属する成員すべてに当てはまるものだということを忘れてはならない。日本人であっても、「非国民」とみなされる危険は常に存在している。それを避けるために、市井の言葉や、ラジオや新聞の言葉を、自分の言葉として取り込み、周囲との同一化を図ることは決して特殊な行為ではない。日本人は初めから「日本人である」のではなく、さまざまな努力を重ねて、日々「日本人になる」のである。

浜仲は、国策映画の撮影のために、租界のディックと再会する。その際、浜仲は、「僕は最初から道化役だからね。僕と君はよく学校でいっしょに芝居をしたがね」と自嘲気味に語る。つまり浜仲は、「混血」の自分がどのようなアイデンティティを選び取っても、「芝居」の性格を免れ得ず、傍からは「道化役」のように見えてしまうことを知っているのだ。しかし、繰り返せば、何らかのアイデンティティを演じる「道化」であるのは、浜仲一人ではない。国家に属する成員はみな、多かれ少なかれそのような演技に与っているのである。

2　軍隊と動物

浜仲は、自分を日本人だと考えることで、自分への差別を否認しようとする。しかし、決定的な局面になると、「太郎」という名の軍用犬を連れた軍曹が現われて、浜仲の立場を思い知らせる。浜仲を見てけたたましく吠える軍用犬について、軍曹は「例の租界の中を警戒するのでね。あの中の連中の臭いには敏感なんでね」と得意げに語る。浜仲が中国人の友人楊から共に暮らすことを提案された直後、そして、軍に入隊した浜仲が脱走を試みた際にも、この軍用犬が浜仲に襲いかかる。この設定は、国家の管理の外部にはみ出したものは、もはや《人間》ではなく、犬に吠えられ、狩りたてられるのが当然の《動物》とみなされることを示唆する。このような《動物》に擬せられることへの屈辱と恐怖が、浜仲にますます軍隊との同一化を欲望させることになる。

しかし、このような《人間》と《動物》の分割は、「混血」である浜仲一人の問題ではなく、軍隊という組織そのものを成立させる根本原理に他ならない[12]。例えば、天津に進軍してきた日本兵を目撃して、浜仲は次のような印象を漏らしている。

> そうして舗道の上には、汗がいくつも小さなしみを作っており、何か屠殺のあとのような息苦しい気分をただよわせていた。それが私とつながる人間の身体の中からあふれ出し、かたい衣服をとおして、しかもしたたりおちた、ということが、私を動揺させた。（四：一〇八　傍点引用者）

ここで浜仲が「屠殺」を連想することには、二つの方向から解釈が可能だ。一つは、兵士たちが、戦闘に携わることに起因する。すなわち、彼らは、同じ国家に所属しない者を、法の保護の外部にあって、殺害すら正当化される《動物》とみなし、殺人に手を染めているのである。そして、もう一つは、兵士たち自身の境遇に起因する。兵士たちもまた、兵営の内部では、人間としての尊厳を奪われ、《動物》のように扱われている。そして、もし軍紀違反を犯せば、いつでも刑場に引き出され、殺害されるという恐怖にさらされているのである。

さらに、浜仲が軍に入隊した後、伊藤上等兵は、「朝丸」と名づけられた軍馬を脇に、浜仲たちに向かって次のように訓示する。

「いいか、馬がお前たちより利口なことは昨日いった通りだ。馬に見習うようにせい。馬は五十貫の器材をかついで歩けるが、お前たちにそれができるか。馬より早く走れるものは手をあげてみい。馬よりよけいに飯を食えるものは手をあげてみい。誰もいないだろう。馬よりすぐれたものは、お前たちの中にはいない」(四：一六四)

この訓示は、浜仲たちを、《動物》というよりも、《動物》以下の存在として位置づけるものだ。浜仲はこれに、「日本人というものは何というふしぎな顚倒をおこない、それでいてはっきり信じているものか」と衝撃を受ける。しかし、馬の来歴を詳しく知れば、これが「ふしぎな顚倒」などではないことがはっきりする。一般に知られるように、もともと日本の馬は体が小さく、諸外国と比較してみたとき、軍馬としては決定的に不適格だった。日露戦争が開戦すると、一九〇四年四月七日の明治天皇の勅命によって、臨時馬制調査委員会が立ち上げられ、三〇年間に及ぶ馬政第一次計画が定められた。こうして軍事目的の人工的な淘汰が繰り返された結果、「往年の矮小劣格な在来馬はほとんど姿を消し、わが国の馬匹は薄い皮膚の気品に富む軽快な乗馬や頑健で強力な輓馬や雄大な重輓馬にさえ変化した」[13]のである。つまり、浜仲の目の前に存在するのは、国家事業によって根底的に軍事化された生命であり、ある意味で兵士の模範ともいうべき存在なのである。

軍隊という組織の価値基準に従えば、このような馬に比べ、浜仲たち初年兵が《動物》以下であるのは当然のことと言える。要領が悪く、殴られてばかりいる沢村が思わず「ああ、死にたい、死にたい」と泣き出すと、上等兵は、「いいか、まだなかなか死なせてもらえない。死ぬまでにはウンと苦労するのだ」と言い放つ。兵営内には理不尽な暴力が充満し、初年兵は《動物》以下としての身分を強制的に自覚させられる。それは、「地方」(兵営外の一般社会)で他者たちとのあいだに結び合った人間的な関係から、新兵を根こぎにし、法 - 外の恐怖にさらされた孤独な《動物》に変える行為なのである。

このような暴力的な抑圧は、《動物》以下とされた初年兵のあいだでも、さらに下位のカテゴリーを作り出すように促す。沢村は、上等兵から「いいか、お前は浜仲を目標にするんだ。浜仲に負けんようにするんだ。浜仲に負けるようなら死ね」と言われ、「分っております」と答える。皆から馬鹿にされている沢村でさえこのような物言いをすることが、浜仲に軍隊での自らの劣位を改めて思い知らせる。浜仲は、自分を侮辱した沢村を、朝丸の目の前でリンチする計画を立てる。浜仲は、「こいつ(沢村)のハートはどのくらいふみにじってもいいのだ。いってみれば、虫けらみたいなものだ。虫けらの心のことなぞ誰が考えてやるものか」(傍点引用者)と考え、馬の水桶に何度も沢村の顔を押し込む。つまり、浜仲は、沢村を「虫けら」として馬のずっと下位に位置づけることで、自分を相対的に《人間》の地位に引き上げようとするのである。[14]

しかし、浜仲は、自分の上官もまた《動物》でしかないことに気づいている。浜仲は、自分たちに訓示した伊藤上等兵の痩せた脚を見て、それを「鶏の脚」だと悪態をつく。つまり、ひとたび軍服を取り去ったとき、そこには等しく法‐外の恐怖にさらされた、傷つきやすい身体が覗くのである。そうだとすれば、浜仲がすべきだったのは、馬や沢村を競争相手としつつ、中心への同一化を欲望することだったのだろうか。むしろ、彼らの存在様態と正面から向き合うことこそが重要だったのではないか。浜仲は、朝丸について次のように語っていた。

私は馬はやはり自分たちより下のもので、そして私より下のものであって、馬だけには仲間になれるとひそかに期待していたのだ。私は馬の善良さを信じていたから。「馬に生まれかわってこい」という言葉は特に私の心をさした。そのとき私は馬になりたいという気持があったからだ。(四：一六四)

ここでは、馬と自分のどちらが上かという優劣を気にしながらも、「馬だけには仲間になれる」、「馬の善良さ」、「馬になりたい」という言葉に明らかなように、浜仲の馬への連帯意識を確かに読み取ることができる。これはどういうことだろうか。

浜仲たちは朝丸に翻弄される。というのも、両者のあいだには共通の言語が存在しないからだ。浜仲たちは、「馬が襟の星を人間のようによく知っていて、初年兵の一つ星のものに対しては、軽蔑の態度を見せる」という噂を信じて、朝丸に襟の星を隠したり、「何が星の数を知ってるものか。

馬だって食い気だけだわい」と思い直して、人参を使って朝丸を従わせようとしたりする。また、馬を愛する神岡上等兵は、「朝丸はそのときのこと〔以前の作戦で功績をあげたこと〕を口でこそいわないがよくおぼえているよ」と訳知り顔で語る。しかし、これらの推測が正当である保証はどこにもない。朝丸の本当の内面は浜仲たちにとって不可知のままである。言い換えれば、馬は人間たちに対して異邦性を保持する。このため、従軍させられる馬は、独特の痛ましさを喚起する。つまり、馬にはもっとふさわしい生の場所があるのではないかという思い、このように馬が人間の戦争に従軍させられているのは不自然なのではないかという思いを喚起してしまうのである。

このような性質は、実は浜仲も共有するものである。隊長は全員の前で、「たとえば、ここに城壁がなく、きびしい掟がないとしたら、浜仲、お前は引き上げていくのではないか」という不安を口にする。また、ある上等兵は、「ええか。みんなお前のせいなんだ。お前がここにいるから、調子が狂ってくるんだ」と浜仲にからむ。つまり、浜仲もまた異邦性を身に帯びているがゆえに、周囲のものはその内面まで見通すことができずに不安を覚える。そして、日本の軍隊に浜仲が従順に従っていることの不自然さ、痛ましさは、周囲のものたちにも反照する。いわば浜仲は、日本兵一人一人が感じている、日本人化＝軍事化の重圧を可視化してしまうのだ。したがって、浜仲は、「浜仲に負けるような死ね」と引合いに出される軍事化の材料であると同時に、軍隊にとっての一つの攪乱要素にもなり得るのである。

もし、浜仲が、軍馬の歪められた生命のあり方に向き合えていたら、そしてそこに自分自身の姿を重ね見ることができていたら、果たして日本人への、《人間》への、同一化の欲望を持ち続けただろうか。そのとき、「馬だけには仲間になれる」、「馬の善良さ」、「馬になりたい」という思いはどのような方向に育っていっただろうか。『墓碑銘』はこのような問いを開いたままにしている。

3　軍隊と家庭

軍隊は、新兵を「地方」の人間的関係から根こぎにし、法‐外の恐怖にさらされた孤独な《動物》にする。しかし同時に、軍隊は、これら根こぎにされたものたちを、擬似的な家庭として内包する性格を持ってもいる。

隊長は訓話で、「部隊は一つの家族だ」とした上で、「親はいつでも子供のことを心配している。隊長は二十三歳で子供をもったことはないが、隊長は部隊の父だ。父は子供のことが気がかりだ」と語りかける。そして、「浜仲がこの部隊の中でりっぱな一人前の兵隊になれたときには、ほかの者はいうまでもなく、陛下の〔中略〕赤子になれるはずだ」とも付け加える。ここには、明治民法に根拠を持ち、一九三七年の『国体の本義』、四一年の『臣民の道』（ともに文部省刊行）で強化された、いわゆる家族国家イデオロギーの一例を見て取ることができる(15)。

しかし、そもそも年齢も学歴も職業も異なる兵士たちは、どのようにして、軍隊に「家庭」のような親密さを感じるように促されるのか。ここではそれを、女性たちに注目して考察してみたい。

軍隊は女性を構造的に必要としている。総力戦を戦うにあたって、女性の動員は不可欠だった。シンシア・エンローが指摘するように、「軍隊の政策決定者は、女性たちが多くの軍事化された役割――士気の向上、戦中戦後の癒しの提供、次世代の兵士の出産、生命を賭すに値する母国のシンボル、適切な男性新兵不足の補塡――を果たすことを必要としてきた」[16]。『墓碑銘』では、看護婦を志願した浜仲の妹の良子、従軍慰安婦として登場するアキ子とトミ子を通じて、女性の軍事化が描き出されている。

まずは、アキ子とトミ子について見てみよう。彼女たちは、「父」である隊長の承認のもと、経理伍長の監督下に入り、危険な奥地に向かう部隊に従軍させられる。

軍隊による慰安所設置について、吉見義明は、強姦防止、性病予防、「慰安」の提供、スパイ防止の四つの理由を挙げている[17]。このうち、強姦防止の目的については、「慰安婦制度とは、特定の女性を犠牲にするという性暴力公認のシステム」である以上、「一方では性暴力を公認しておきながら、他方で強姦を防止するということは不可能であり、当然ながら、強姦事件を防止する本質的解決に結びつくはずもなかった[18]」と結論している。別の見方をすれば、慰安婦制度の公認こそが、戦場の強姦事件を使嗾する機能を果たしたとも言える。

これを重視すれば、慰安所には、男性たちが女性を共有して絆を強めるという機能、卑俗にいえば「兄弟」になるという機能もあったと推測できる。浜仲は、アキ子の部屋から出て行く際に、「お先に失礼しました」という挨拶を忘れ、上等兵から叱りつけられる。慰安所から出る男性同士の間に交わされる挨拶の習慣は、女性への欲望というよりも、女性を従属させ、支配する力を男性同士で確認するという、ホモソーシャルな欲望を表わしているのではないか。イヴ・K・セジウィックは、女性を共有することで、「男たちが全体としてもっている女性に対する支配権に自分も与ることができ、自分よりも権力のある男たちに近づくことができる」[19]ことを指摘している。

ここでの構図は、父＝隊長、ひいては天皇が、管理する女性を息子たちに供給し、そうすることで兄弟間の結束を強めるというものだ。そして、このホモソーシャリティは、男性が、敵に、あるいは敵の大地に、女性の表象を投影することで、侵略を正当化するイデオロギーとなって機能するのである。

『墓碑銘』には、慰安婦たちの生なましい声が書き込まれている。朝鮮人慰安婦のアキ子は、「それともあんた私が朝鮮人だからイヤというの」、「さあ恥をかかせないで」、「そら、ここにさわって。日本人とおんなじよ」と浜仲を説得する。他方、日本人慰安婦のトミ子は、普段はアキ子に対する優越感を持っているが、「あいのこ」の浜仲に日本人と朝鮮人の区別は無意味かもしれないと気づくと、「じゃ、日本人とはイヤなのね」、「人間にかわりないわ」、「あたしたちはね、ここまで落ちてくるんだから、誰もこわくないんだよ」と途端に声を荒げる。彼女たちの言葉は、日ごろ兵士たちに「朝鮮人」として、あるいは「売春婦」として内心で嘲られ、同じ《人間》とさえみなされないまま、性的に搾取されている事実を証言している。浜仲からの拒絶を彼女たちが「恥」とみなすのは、彼女たちがそのような環境のなかで、せめて「必要とされている」、「欲望されている」という幻想を支えに生きていたからではないだろうか。

だが、浜仲の拒絶は、彼女たちへの軽蔑というよりは、「日本人の女がおそろしかった」、「母親以外の女におこられるのがたまらなかった」という理由からである。つまり、浜仲は、日本人女性から何らかのきっかけで拒絶され、日本人男性としてのアイデンティティを否定されることを恐れているのである。それに加えて、浜仲は、軍隊への入隊以前から、妹の良子に憧憬を抱いてもいた。物語の冒頭で、「私はこの妹が、自分の妹のように思えるばかりではない。こんなことをいっても、誰も信じてくれないが、私はあこがれている。それはなぜか。この感情は、私には、ほかの女にも、いわんや母親に対してもない」と語っていたように、浜仲にとって良子は、「純血」の日本人であるという点で、このように産まれるべきだったもう一人の自分でもあった。浜仲は、脱走を試みた際にも、「僕はここを出る。どこへ行くか分からない。僕はお前がただの妹には思え得《ママ》ない。お前を自分のものにすれば、僕には自信がつくが、それができない」と書き送っている。

良子もこの事情を正確に理解しており、看護婦として戦地の兄を追う。そして、「兄さんは私が好きなのです。それは、誰にも分らないことだけど、兄さんが私を好きなのは、ただ私を好きなのではないのです。私には分っています。私が日本人であり、私が血をわけた妹だからです」（傍点引用者）と書き送る。その上で、良子は、「私たちが戦争をしているのは世界を一つにするためですもの。それが大東亜戦争の意味ですもの」と告げ、浜仲と「一つに」なることを自ら提案する。これは、浜仲を戦場に立たせるための、看護婦としての最適な治療でもあっただろう。

浜仲は、良子と関係を持った後、「自分が混血であるひけめを少しも感じなくなった」と語る。つまり、浜仲にとって、良子との性交は、自分の「純血」の日本人像と同一化したこととともに、一人の日本人女性を所有したことで、日本人男性たちとのホモソーシャルな環に加われたことを意味するのである。

このように、『墓碑銘』は、看護婦の良子と、慰安婦のアキ子・トミ子が、それぞれ別の場所から、軍隊に貢献しているさまを描いている。重要なのは、両者の領域が没交渉的にもかかわらず、果たしているのは、男性に、癒し、自信、男性同士の連帯感を与えるという同一の役割だということだ。もちろん、男性が慰安婦に向ける態度と看護婦に向ける態度は大きく異なる。前者が差別的・暴力的であるのに対し、後者は憧憬を含んだものであり得る。しかし、両者の扱いの差異は、結局のところ、産む女性＝母になる道が開けているかどうかという点にしかない。つまり、看護婦には、将来産む女性＝母としての役割が期待されるがゆえに、男性たちからは手厚く扱われ、他方慰安婦には、その役割が期待されず、生殖から切り離された性を強要される。逆にいえば、軍事化された社会では、次世代の優良な兵士を再生産するという役割を失ったとき、いかなる女性も、国家のために戦う男性に、癒し、自信、男性同士の連帯感を与えるための人的資源として扱われ得るのである。

この点に軍隊と家庭との通路が存在する。軍隊は家庭を僭称するが、もちろん両者の組成は異なっている。最大の差異は、軍隊はその内部では、次世代再生産を行なう必要がないということだ。このため、軍隊における女性の扱いは、一般社会で、あるいは一般家庭で、子どもを産む役割を抜きにしたとき、女性がどのように扱われ得るかの、グロテスクなシミュレーションになり得る。すなわち、女性は、公的領域に奉仕する男性に対して、自己の身体を犠牲として余すことなく捧げることを期待されるのである。このように、軍隊と家庭とのあいだには、相似的ではないが、連続的な関係が存在する。家庭における男女の配置は、軍隊を事前に準備し、支えるものでもあるのだ。

一度は脱走まで試みた浜仲は、妹の良子の身体を媒介として、日本軍隊との同一化を果たす。軍隊の家庭のような親密さは、このように女性に一方的な犠牲を強いるホモソーシャリティによって保証されている。しかし、同時に浜仲は、金髪を珍しがられ、上官や同年兵に引き抜かれたり、あるいは隊長や中村兵長という一部の者たちから特別扱いをされ、可愛がられたりするなど、男性性の枠からはみ出し、周囲を常に攪乱する存在でもある。浜仲のこのような性格は、ミッションスクールにおけるディックや楊とのセクシュアルな空気を通じて、初めから強調されてもいた。もし浜仲が、このような自らの立場を捉え直し、アキ子、トミ子、良子を、ホモソーシャルな環に加わるための道具とみなさず、その境遇への理解を深めていたら、どうなっていただろうか。しかし、実際に浜仲がしたのは、男性たちに欲望される身体であることを否定し、女性を欲望する主体として自らを完成させていくことで、軍事化のメカニズムに適応するという道に他ならなかった。

4　軍事化を攪乱する

ここまで、『墓碑銘』の内容面に注目しながら、国民を軍隊へと動員し、兵士として教育していく軍事化のメカニズムについて考察を進めてきた。しかし、『墓碑銘』には、語りの面にも、注目すべき特徴がある。それは、この物語が、後から語られているのを幾度も強調しているということだ。任意に拾うだけでも、「そのあとのことは、もう私にはどういっていいのか分からない」、「私のしていることが、どんなに恥ずべきことか〔中略〕ということを知ったのは、もっとあとになってからのことである」、「先き《〔ママ〕》を急いではならない。私には語るべき多くのことがある。その語り方の難しさに、筆がしぶるのだ」というような挿入がある。そのたびに、読者は語りと語りの内容とのあいだの距離を意識させられるのである。

浜仲の部隊は、中国大陸からフィリピンのレイテ島に派遣され、そこで壊滅することになる。興味深いことに、この経緯に従って、浜仲の語りもまた動揺を始め、それが事後的に編纂されたものであることをより明確にし始める。例えば、「ひそかに良子にあてた、私の手記の一部。（原文カナ書き）」という断り書きの後、「僕」から「お前」に宛てた文章が挿入されたり、軍隊手帖からの引用で、原文は英文であることが明記された上で、「十二月十二日　森いう。お前と同じ顔を見た、お前に会ったような気がした、と」といった断片的な日記が挿入されたりする。これはレイテ島の過酷な惨状を前に、語り手が、継ぎ目のない一貫した語りを行なうことができず、当時の資料を生のまま持ち出さざるを得なかったという事態を表現していると考えられる。

この間の内容を簡単に追っておこう。まず、中国大陸で夜襲を受けた際に、朝鮮人慰安婦のアキ子が死ぬ。遺されたトミ子は、「もうかくごしたわ。あなたなんか、かくごできる?」と浜仲に尋ね、大同の病院へと消えていく。レイテ島に到着すると、軍馬をすべて殺すように命令が下る。浜仲は、「なぜ、マニラにつれて帰らないのか、なぜマニラでもし乗馬にしないとしても、肉にして食べないのか」と考え、「瞬間実に不快にな」る。この「不快」の理由は、都合良く軍馬を「人間以上」と持ち上げておいて、一旦不要になれば食肉にしてでも最大限に活用し、戦闘の継続を図ろうとする軍隊の論理に自らが深く染まってしまったことを悟ったからだろう。そして、この論理は、浜仲に対しても、例外なく適用される。

フィリピンに向かう船は、敵軍の絶え間ない攻撃を受け、兵士たちは憔悴する。そのなかで、上等兵たちは、「あの人はやられません。あの人は海にうかんでいると助けにきてもらえますわ。トミイさんといってね」、「おいトミイ、潜水艦がいるかどうかよくしらべてこい。窓からのぞいてみい。お前の青い目には見えるだろうが」とからむ。そして、船倉に戻った浜仲に、一人の伍長が暴力を予感させながら近づいて来る。班長は慌てて「そこの伍長、お前がするなら、おれがする。おれの兵隊のことは、おれがする！」と怒鳴る。これらの出来事は、浜仲がどれほど日本人に接近しようとしても、異質なものとしての差別は消えることがなく、非常事態になれば、真っ先に内通の嫌疑をかけられたり、殺害が容認されたりするという事実を明らかにしている。

このように、軍隊は、決して浜仲が期待するようなものではなく、弱いもの、異質なものを真っ先に切り捨てることで延命を図るという事実が明らかになっていく。当然、浜仲のアイデンティティも再び揺らがざるを得ない。戦闘の合間に、浜仲は一人になって、手帳に「ヨシコ」と妹の名前を書きつけてみる。

そうすると、私は文字というものが、こんなに強い力をもっていることに今さらのようにおどろいた。ルソン島にいる時にも、そんなかんじはあまりなかった。ところが今はそれが力強く、私がジャングルの中にいく日もいたとは思えぬような気持になるのであった。次に私は女、人間、と書いた。それから私、浜仲富夫、と書いた。新鮮でみずみずしく、書いている自分がただの棒切れに見えてきた。いよいよ、と書いた。チュークン、アイコクと書いた。すると棒切れが強くかたくなった。まだ書いている、と書いた。それから誰かに責任があれば、それは神ですよ、と書いた。私はそれらを英語またはローマ字で書いた。(四：二八三)

兵士にとって、書くことと読むことが大きな魅力を持っていたことはよく知られている[20]。それらの行為は、いま自分がいる戦場を仮想的に離れ、ここではないどこか、いまではないいつか、未知の他者たちと繋がることを意味した。地獄のような戦場から脱出することは叶わないかもしれない。しかし、その地獄を書きとめることで、書かれたものは未来へと繋がる。浜仲が文字に「強い力」を感じるのは、かつてないほど死に接近することで、文字のそのような機能に目を開かれたからではないだろうか。

浜仲は、「女」、「人間」、「私」、「浜仲富夫」という文字を書きつける。それらは単なる記号ではない。ここまで確認してきたように、「浜仲富夫」／「トーマス・アンダーソン」の対立が「日本人になること」の欲望を掻き立て、人間／動物の対立が軍隊への強迫的な同一化を促し、男／女の対立が軍隊内の男性同士の結束を強化する。つまり、それらの文字の対立こそが、浜仲の軍事化された「私」を形成し、レイテ島の戦場へと導いたのである。文字のほうが「新鮮でみずみずしく、書いている自分がただの棒切れに見えてきた」というのは、まずはこのような、言葉が主体を操るものだという事情を意味している。実際、「チュークン、アイコク」という文字は、このような状況でもなお、棒きれのような浜仲を再び「強くかたく」するのである。

しかし、文字は、浜仲を束縛すると同時に、解放へ導くものでもある。すなわち、「〈文字のほうが」新鮮でみずみずしく、書いている自分がただの棒切れに見えてきた」という感覚は、たとえ自分が死んでも、言葉は必ず生き延び、誰かのもとに届くはずだという思いを代弁してもいる。だからこそ、浜仲は「チュークン、アイコク」に続けて、「まだ書」く。「誰かに責任があれば、それは神ですよ」という一見無責任な言葉も、書かれてしまえば批判の対象になり得る。あるいは、読者が神＝天皇という連想を作ってしまえば、たちまち政治的な告発にさえ変わる。何より、これらの言葉が「英語またはローマ字で」書かれているのは示唆的だ。というのは、現在は敵と味方に分かれて殺し合っている者たちのあいだを越境して、書かれた文字は向こう側に届く可能性があるからだ。ここで浜仲が書くという行為に魅惑されるのは、このような未来の可能性をひそかに感じ取っているからだろう。

この挿話は同時に、浜仲という語り手がなぜ『墓碑銘』を書いているのか、という大きな問題とも接続する。前述のような終盤の語りの混乱を見れば、浜仲にとって、レイテ島での戦闘について想起し、文字に記すのは困難を極める行為だったことが分かる。にもかかわらず、なぜ浜仲はこの時期に、過去の戦争について書き、読者に差し出さねばならなかったのだろうか。

その答えは、恐らく次のような挿話から読み取れるだろう。レイテ島の戦局は悪化の一途を辿る。沢村は遺棄され、中村兵長は脱走を試み、神岡は死に、戦友の森、隊長までもが行方不明になる。浜仲は、米兵の死体から奪った軍服を重ね着して変装し、斬り込み部隊に加わっていたが、ついに副官から「カイサン」を言い渡される。

島の奥へと向かった浜仲は、「服をぬいでしまいたいという衝動」に駆られる。国民服や軍服に始まり、さまざまな仮装を通じて「道化役」を演じてきた浜仲は、ここで新しい局面に入る。最初にアメリカの軍服を、次いで日本の軍服を脱ぎ、裸のまま野原に横たわる。これは、軍事力を手放し、あらゆる国籍から離れ、自ら進んで、国家の法の保護の外部に出たことを意味する。次の瞬間、浜仲は、自分を狙っている小銃の気配に気づき、「おれは日本人ではない、おれはアメリカ人でもない」と叫ぶ。

前述のように、『墓碑銘』は、一九五九年五月から六〇年二月まで『世界』に連載された。この間の主要な政治問題は、日米安全保障条約の改定だった。『世界』誌上でも、『墓碑銘』連載開始直前の五九年四月号で「特集・日米安保条約改定問題」を組んだ後、十月号「共同討議・政府の安保改定構想を批判する」から、六一年十一月号の「特集・総選挙——安保闘争の後に」まで途切れることなく、この問題を取り上げている。

安保問題の根底には、五一年のサンフランシスコ講和会議の際に日本国内を二分した、単独講和論と全面講和論の対立が存在する。そこで争われていたのは、アメリカと軍事同盟を結んで、沖縄をはじめとする各地へのアメリカ軍の駐留を認め、冷戦構造の一方に加担するか、それとも新憲法の精神に基づき、非武装中立を貫いた上で、すべての国との平和的共存を模索するかという選択肢だった。日本政府が選択したのは前者の軍事同盟路線であり、この選択をさらに強化しようとしたのが、六〇年の安保改定だった。つまり、『墓碑銘』連載時の日本は、日米の軍事同盟を支えにした幻想的な家庭＝家郷を作り出すとともに、戦争責任ごとアジア諸国から、そして軍事化されて苦しむ沖縄から、意識を閉ざそうとしていたのである。

もし浜仲の語りの現在を『墓碑銘』発表と近接した時期と捉えるならば、浜仲の叫びは、日本にせよ、アメリカにせよ、敵の脅威をあおり、諸個人を恐怖にさらされた孤独な《動物》にした上で、何らかの家庭＝家郷への同一化の欲望を掻きたて、軍事化していく、国家のメカニズムへの告発として解釈できる。そして、それは、自ら進んで、裸であること、難民＝異邦人であること、《動物》であることを選び取り、国民や《人間》という概念の持つ暴力性を相対化しようとする困難な道程の最初の一歩でもあるだろう。浜仲の叫びは、浜仲の属する戦場のみならず、日米安保という軍事的な同盟を背景に、責任を負うべき他者たちの声に耳をふさぎ、自国の経済繁栄のみを志向していく同時代の日本を根底から撃つ力を持っている。

最後に『墓碑銘』という題名について考察しよう。『墓碑銘』は、「日本人になること」の空しい努力の果てに、レイテ島で生死不明となる浜仲の悲劇の物語として完結する。しかし、事後的に語る語り手の姿が強調されていることから、読者は、浜仲が戦後を生き延び、五〇年代末から六〇年代にかけてのこの時期に、自らの体験を語り直している様子を想像できる。それは、過去の自らの軍事化の道程を、同時代の状況と重ね合わせつつ、その転覆を図ろうとする行為に他ならない。この意味で、この小説は、兵士としての浜仲の「墓碑銘」であるとともに、国家の軍事化を攪乱する新しい主体の再生の物語でもあるのだ。

結論

『墓碑銘』は、トーマス・アンダーソン＝浜仲富夫という二重のアイデンティティを持つ主人公が、日本という国家によって軍事化されていく過程を詳細に描き出している。

本章では、これを三つの局面において確認してきた。第一に、国家が、国民を軍隊に動員する段階である。これは、国家が、国民の同質化を促す家庭規範を提示するとともに、国家の敵に対する暴力的な差別を容認することでなされる。第二に、軍隊が、その成員に中心への同一化を欲望させる段階である。これは、軍隊が、《人間》と《動物》という分割を作り出し、初年兵を、恐怖に怯える孤独な《動物》へと変えることでなされる。第三に、軍隊が、家庭を僭称しつつ、その成員を取り込む段階である。これは、従来指摘されてきた、上官との擬似的な父子関係とともに、女性を性的搾取の対象として動員し、男性同士の絆を強化することでなされる。

このような軍事化を乗り越えていくためには、国民／非国民、《人間》／《動物》、男性／女性、といった人工的な境界線を攪乱し、異質な他者を排除するのではなく、歓待するための論理が不可欠となる。この点に、小島の軍隊小説と家庭小説とを繋ぐ結節点が存在すると考えられる。

第九章　『抱擁家族』——クィア・ファミリーの誘惑

小島信夫の『抱擁家族』（『群像』一九六五年七月）は戦後日本を考察する上で、繰り返し参照されてきた作品である。この作品の読解に強い影響力を持ったのは、江藤淳の『成熟と喪失』（河出書房新社、一九六七年）だった。この著作は、「第三の新人」の作品における《父》と《母》の問題を論じており、なかでも『抱擁家族』には大きな分量が割かれている。江藤は、米軍兵士のジョージと姦通する妻の時子と、それにうろたえる主人公・三輪俊介という構図から、アメリカ＝近代を積極的に受容する妻と、それを拒む夫という対立を読み取る。時子にとって、アメリカ＝近代の受容は、封建的な妻＝母役割からの脱出の希望に繋がっている。他方、俊介にとって、それは、「個人」の契約に基づくのではない「自然」な結びつき、いわば「母子」に似た夫婦関係を破壊されることを意味する。その上で、大人＝主体への「成熟」を忌避する、俊介の「『父』としての統治能力の欠如」[1]こそが、三輪家崩壊の原因であり、また同時代の日本の象徴にもなっている、と江藤は主張した。これに対して、上野千鶴子は、「『治者』の不幸を引き受けようとする男の悲愴な覚悟」は「ひとりよがりの喜劇」[2]にすぎないと釘を刺しつつも、近代産業社会において女性に強いられる構造的な自己嫌悪にいち早く注目した点で、『成熟と喪失』のフェミニズム的意義を認める立場をとった。以後、『抱擁家族』論は、アメリカが日本の戦後家庭にもたらした影響を、特に妻＝母に着目して測定していくことになったのである。

後述するように、二〇〇〇年以降は、アメリカ／日本という二項対立でこの小説を読むことの限界を指摘する研究も登場してきている。ただし、アメリカの問題を消去してしまえば、『抱擁家族』の持つ同時代的な射程が見えなくなることも確かである。発表年の一九六五年はアメリカの北ベトナムに対する北爆が開始された年でもあり、このような歴史的文脈と併せ読むとき、『抱擁家族』は、狭義の家庭小説を超えて、政治的な意味を帯びるだろう。

以上のことから、本章では、まず『抱擁家族』や『成熟と喪失』が書かれた当時の日米の政治的・軍事的力学を確認する。次いで、時子が求めていたのはジョージ＝アメリカではなく、規範的家族を超え出るクィア・ファミリーだったのではないかという仮説を検討する。[3] その上で、このクィア・ファミリーが内包する歓待の倫理が、ベトナム戦争のような帝国主義的な戦争が発揮する主権の論理を根底から撃つものであることを論じていきたい。

1　『成熟と喪失』の背景

一九六二年にロックフェラー財団研究員として渡米した江藤淳は、さらにプリンストン大学東洋学科の教員を一年間勤め、六四年に帰国した。渡米前後で、江藤の言説に変化があったことはよく知られている。渡米前の江藤の言説は、「個人」を軸にして、西洋と並ぶ真の近代化を志向する、丸山眞男を思わせる近代主義的なものだった。(4) これに対して、渡米後は、朱子学における「天」の概念を評価し、日本の伝統の内部に、明治以降の近代化を準備した要素を指摘する保守的なものに変化したのである。そこでは、戦後日本の「「平和」と「民主主義」」は、「自己完結的無秩序」にすぎず、「「公」の価値はない」(5) と切り捨てられた。そのような虚妄を排し、アメリカという「他者」と現実的に対峙し、「公」＝国家に連なる「私」を立ち上げ、日本＝日本人のアイデンティティを回復すること。渡米後の江藤の言説は、このような主権＝主体の論理を色濃く打ち出したのである。

佐藤泉が指摘するように、この江藤の変化の背景には、プリンストン時代に、マリウス・ジャンセン、ジョン・ホール、ロバート・ベラーといった、いわゆる「日本近代化論」の主要な研究者たちと知り合ったことがある。(6) 彼らは、五八年にミシガン大学で発足した「近代日本研究会議」を母体としつつ、個人の自由や民主主義といった理念をいったん留保し、読み書き能力の普及、都市化の進展、商品化・工業化の実現、マスメディア網の浸透などを近代化の客観的基準と定めた。(7) この基準からすれば、徳川期においてすでに、日本には近代社会の萌芽が存在したことになる。このような主張は、安保闘争直後の六〇年八月、日米の知識人が一堂に会した、いわゆる箱根会議で初めて日本に紹介された。(8) これは、戦前の軍国主義の原因を封建的遺制に求め、戦後日本のさらなる近代化＝民主化を進めようと意気込んでいた当時の日本の知識人を当惑させる主張だった。

日本近代化論の背景には、五七年のスプートニク打上げに見られるような、ソ連型の近代化とアメリカ型の近代化の優劣を競う国際情勢があった。アメリカは、各地域の共産主義化を防ぐために、必ずしも民主的な政権でなくとも積極的に経済援助を行ない、その国の「近代化」を進めさせる方針を採った。東アジアでは、タイのサリット政権や、韓国の朴正熙政権などがこれに当たる(9)。価値中立的で、国家の生産力を近代の客観的基準とする近代化論は、このようなアメリカの政策に対応していた。さらに、日本では、六〇年の安保闘争の激化によって、日米の紐帯が大きく損なわれていたこともあった。日本の共産主義化を警戒したアメリカは、ケネディ政権の誕生後、ハーヴァード大学のエドウィン・ライシャワーを駐日大使とし、日本近代化論を広く喧伝させ、左派知識人に対する対抗言説を構築した。ライシャワーの語る「東アジアで近代化に唯一成功した日本」という言説は、さらなる民主化を志向する戦後日本の言説を封じ込めるとともに、日本人に「自信」を回復させ、日米安全保障条約に基づき、東アジアでの応分の軍事的負担を担わせる「イコール・パートナーシップ」の構築を促したのである(10)。

江藤の『抱擁家族』の読解は、このような日本近代化論の強い影響下にある。江藤は、ジョージの「責任？　誰に責任をかんじるのですか。僕は自分の両親と、国家に対して責任をかんじているだけなんだ」という発言を重視し、「この〔「国家」という〕一語が、この作品の奇妙に「汚れ」た私的世界のひろがりとつりあうほどの重みで、異様な輝きをはなっていることを感じずにはいられない」と書く。そして、「ジョージの背後には「両親」がいるが、その背後にはさらに「国家」がある。「母なし仔牛」をつれたカウボーイは、孤独な「個人」として西のフロンティアに出発するが、その私的な歩みはそのまま合衆国という「国家」の版図拡張という公的目的につながっている」[11]と羨望すら漏らすのである。
六七年の段階で、「合衆国という「国家」の版図拡張」と記しながら、江藤の脳裏に、今まさに東アジアで戦われているベトナム戦争のことがよぎらなかったとは思えない。ジョージという米軍兵士が日本に派遣されている理由について、江藤は正しく理解していたはずだ。にもかかわらず、江藤は、ジョージの意識に国家という「公」が存在することを無条件で評価するとともに、戦後日本の俊介たちの「奇妙に「汚れ」た私的世界」を批判する。あたかも国家のために殺人を犯す人間になるほうが、平和と民主主義の虚妄のなかで生きるよりもましだと言うかのように。
さらに江藤は、妻の不義に悩む知識人という共通点から、夏目漱石『行人』の一郎を参照し、一郎と俊介が生きる世界の違いを次のように論じる。

つまりまだ一郎は「社会」のなかに、崩壊する直前の世界像の頂点に自分の身をおいて、その秩序と安定を支えていたはずの「神」が、あるいは儒教の「天」が、あるいはまた『行人』の作者が『こゝろ』で葬送した明治天皇が、すでにないことの苦痛に耐えている。〔他方、『抱擁家族』の俊介のように〕このような秩序や世界像との対応が失われた世界では、どんな「不安」も、またどんな「恐しさ」も悲劇的な作品に結実することはできない[12]。

江藤は、日本近代化論を思わせる仕方で、「神」、「天」、「天皇」といった超越的価値を持っていた明治を評価するとともに、それを欠く戦後を堕落したものとして批判する。それでは、戦後の堕落をもたらしたものは何か。それは、有り体にいえば、占領軍による「去勢」である。江藤によれば、「占領時代には彼らが「父」であり、彼らが「天」であった。〔中略〕しかし占領が法的に終結したとき、日本人にはもう「父」はどこにもいなかった[13]」。

江藤は、ジョージと時子との姦通を、米軍の日本占領と重ね合わせる。そして、夫婦がジョージを、新築の「アメリカ式のセントラル・ヒーティング」を備えた家に再び招待するという挿話を、「昭和三十年代の終りに東京オリンピックが催されねばならなかったのと同じ心理作用のあらわれ」とみなす。それは、「かつて侵入者、貞操の破壊者としてあらわれたstrangerを、正式に招待した客としてあらためて迎え入れ[14]」ることなのである。これは、日本がアメリカ並みの「近代化」を果たし、主権国家へと「成熟」したことを見せつけ、両国のあいだにイコール・パートナーシップを実現することを含意する。

江藤はこの関係に悲しみを見る。しかし、それはすぐに、私たちはこの悲しみを受忍した上で、「父」としての役割を引き受けねばならない、というレトリックに回収されてしまう。アメリカによる去勢のトラウマを克服し、アメリカと同等の強力な主権＝主体の確立を目指すという江藤の読解の図式のなかで、ベトナムの戦場に渦巻いていたような、主権＝主体によって抑圧される諸存在の声が響くことは決してない。しかし、『抱擁家族』の空間には、そのような諸存在の声は果たして響いていなかっただろうか。

2　クィア・ファミリーの誘惑

江藤は『抱擁家族』から強固な主体＝主権形成という課題を読み取った。他方、これに続く批評や研究は、このような読み方を超え出ようとしてきた。まず、上野千鶴子の指摘を受けて、この小説から妻＝母への抑圧の問題を読み取ろうとする取組みがある。(15) また、二〇〇〇年以降は、この小説をアメリカ／日本という二項対立で読むことへの限界を指摘する論も登場してきた。広瀬正浩は、俊介が通訳として時子とジョージのあいだに介入することで、アメリカ／日本という二項対立を事後的に作り出していることを指摘した。(16) 立尾真士は、ジョージ＝アメリカを特権的な他者とみなすことを批判し、時子、みちよ、山岸など複数の他者が要請する、終わりのない責任の論理をこの小説の最大の特徴とみなした。(17) そして、石川義正は、建築史の文脈を新たに導入し、『抱擁家族』に、原型《オリジナル》とコピーという二項対立を転倒させる、鏡像の増殖＝解体の運動を読み取ろうとした。(18)

本章の議論は、家庭における妻＝母への抑圧の問題、およびアメリカ／日本という二項対立への疑義という、先行研究の成果を十分に踏まえて行なうが、それぞれに修正すべき点もあると考える。まず、妻＝母への抑圧に着目する読み方は、男性／女性の二分法や、異性愛主義を無批判に前提にする傾向がある。加えて、議論が家庭内に終始し、近代の家族モデルが、近代国家と連動しているという視点が抜け落ちてしまう場合がある。次に、アメリカ／日本という二項対立を崩そうとする読み方は、アメリカの存在を無視するところまで進んでしまうと、ベトナム戦争を含む同時代の文脈を見失ってしまう危険がある。以上のことから、本章では、『抱擁家族』の内部にクィアな欲望を読み取り、それが家庭規範を攪乱し、ひいては国家の軍事化の試みを揺るがしていくこと、そして、その先に、近代主権国家を至上のものとする考え方とは別の展望が開示されてくることを論じていきたい。

『抱擁家族』は、次のように始まっている。

三輪俊介はいつものように思った。家政婦のみちよが来るようになってからこの家は汚れている、と。（三：五）

俊介が最初に言及するのが、ジョージでも時子でもなく、みちよだという事実に注目したい。これは、この小説におけるみちよの重要性を物語っている。それでは、みちよがもたらした「汚れ」とは何か。江藤はそれを、夫婦の「自然」な関係が他者の介入で乱されたことと解釈した上で、第一の他人であるみちよは、第二の他人であるジョージを導き入れ、母子のごとき夫婦関係を、アメリカ式の「二人の strangers」の関係に変えるように迫るのだと論じる。この場合、みちよは単に、ジョージ＝アメリカを導き入れるための媒体にすぎなくなってしまう。だが、これに直接続くのは、次のような描写なのである。

「おい、時子、この前の旅行にいく話はどうなんだい。いっしょに行かないか」

時子は、俊介から視線をそらした。そしてみちよに話しかけた。

「みちよさん、この人は私を連れて行くというんですよ。珍しいこと」

それから時子はふりきるようにいった。

「誰が行くもんですか。この人と二人きりになったって、ちっとも面白くないわよ」

「奥さま、行ってらっしゃいませよ。私なんか主人がいないから羨ましいですわ。中年の夫婦の旅行はいいものですわよ」

とみちよが甘えたようにいった。その中年女の声を聞くと、また俊介はこの家が汚れる、と思った。（三：五　傍点引用者）

時子は、俊介に直接応答せず、みちよに話しかける。みちよも、家政婦という身分でありながら、時子に対して「甘えたように」話しかける。俊介は以前から、時子がみちよと台所へこもり、「朝から茶をのみながら、話したり笑ったりばかりしている」のを苦々しく思っていた。この点からすれば、俊介が感じている「汚れ」は、「父」＝家族を庇護する主体になるように迫られる不安というよりは、男性である自分を脱中心化したところで結ばれてしまう、女性同士の親密な絆に対する嫌悪だったのではないかと考えられる。

石原千秋は、この「汚れ」を、ロマンティック・ラヴ・イデオロギーを乗り越える「匿名化された性欲」と解釈し、それを、俊介とみちよ、ジョージと時子のあいだに読み取っている(19)。しかし、そのような欲望は、異性愛規範を超えて、時子とみちよのあいだにも発生するものではないか。

もちろん、時子とみちよのあいだに、雇用に基づく主従関係があることを見逃すことはできない。みちよから「親分肌」と称されるように、時子は常に自分の主導権を保持しようとする傾向がある。にもかかわらず、時子とみちよは、ある瞬間には過剰に接近し、ほとんど家庭内における同性のパートナーのような様相を見せる。確かに時子は、「ねえ、みちよさん、アメリカでは……」といちいちアメリカの家庭を参照してはいるが、実質的にはみちよとの女性同士の連帯こそが、夫への抵抗の契機を生んでいるのである。

時子は、自分で車を運転して「みんな」を旅行に連れて行くと宣言する。調子を合わせた俊介に対し、時子は次のように追い討ちをかける。

「あんたは留守番よ。ジョージとみちよさんと、良一とノリ子とで、車はいっぱいだわよ」(三:六)

ここで初めてジョージが言及される。しかし、この時子の夢想のなかで、ジョージが夫に代わる特権的な位置を占めているようには見えない。ジョージは、みちよ、二人の子どもに並ぶメンバーの一人にすぎないからだ。だらしない男を捨てて有望な男へ、という推論の仕方は、女性を男性なしに生きていけないものとする点で、すでに男性中心主義的な発想だろう。むしろ、ここで時子が夢みているのは、夫＝主人という中心を持たず、外国人、同性のパートナー、子どもとともに作られる新たな「家庭」である。このような時子の夢想を、クィア・ファミリーの誘惑と呼んでおこう。

俊介が「汚れ」とみなすのは、みちよを媒介として時子が夢想し始めた、このクィア・ファミリーの可能性に他ならない。確かに江藤が主張するように、俊介も、「僕はこの家の主人だし、僕は一種の責任者だからな」という言葉を、「てれながら」という仕方でしか発することができない。この点で、俊介もまた、規範的な家族に身の丈を合わせられない人物なのである。しかし、俊介は、時子のようにクィア・ファミリーを夢みたりはしない。俊介は、世間の目を気にしながら、「車は当分買えないよ。免許を取って気の毒だけどな」などと、時子の夢想に介入することで、あくまでも「主人」としての権威を誇示しようと努めるのである。

このように、俊介と時子のあいだには、規範的家族／クィア・ファミリーという対立軸が存在する。この対立軸から見ると、みちよは両義的な位置を占めている。確かにみちよは、時子に「甘えたように」話しかけるなど、クィア・ファミリーの誘惑を活性化させる。しかし、「私なんか主人がいないから羨ましいですわ」とも口にするように、みちよは、「主人」を持つこと、規範的家族の成員になることに固執してもいるのである。みちよが時子からもらった洋服を着続けていたり、時子の死後、再び三輪家に戻ってきたりすることは、この両義性を示唆する。つまり、みちよは、時子自身に惹かれる気持ちと、時子が占めている妻＝母の座を奪取したい気持ちとを、うまく区分できないまま揺れ動くのである。

このみちよの両義的な欲望が、時子にジョージを仕向けさせる。「奥さま、坊やにダンスを教えてもらいなさいよ」と勧めるのも、アジア女性への欲望を掻き立てる「支那の夜」[20]をジョージに歌わせるのも、みちよである。そして、ひとたび時子とジョージのあいだに事件が起きると、「だんなさま、奥さまがジョージと……」と告げ口をするのもみちよである。時子は、「どうして、みちよが……」とみちよの裏切りに当惑するが、それはみちよの妻＝母への欲望を見誤っていたからに他ならない。

みちよにとって、ジョージと時子の姦通は、時子を失墜させるとともに、自分が三輪家の妻＝母に代わる道を開くものだった。このような欲望は、小説の結末部分で、みちよが俊介の寝室に入り込む場面からも明らかだろう。同時に、俊介にとっても、この姦通は好都合なものだった。というのも、俊介は、外国人との姦通という時子の決定的な過失を契機に、「主人」としての主導権を回復することができるからである。俊介は、ジョージの時子を見る視線に「さわぐ心」を覚えていたし、ジョージのネクタイが時子の贈り物だということにも気づいていた。そして何より、みちよの思わせぶりな態度に、「ああ、分った、分った、分ったと三度叫び、分っているから話せ」と促している。これらは、俊介が、時子の姦通を半ば期待し、黙認していたことを暗示するだろう。

しかし、そもそもこの事件を「姦通」と呼んで良いのだろうか。俊介もみちよも、時子がジョージを引き入れたと決めつけ、江藤以下の先行研究もそれを踏襲している。しかし、「みんな話して見ろ」と言われて時子が証言する内容は、ジョージによるあからさまな強姦なのである。ところが、俊介もみちよも、この証言を取り合わず、「アメリカを家に入れるつもりであのチンピラを引きずりこんだのか」、「ねえ、だんなさま、女というものは、あれじゃありません？　好きでもない男とはあんなことはできないと、いうんじゃありませんか」と、自分に都合の良いかたちで、この出来事を解釈しようとする。

「あんた〔俊介〕とみちよの二人がそういえば、わたしがほんとにそうだったということになるじゃないの」、「ああ、あんたといっしょにいるとわたしが思いもしなかったことがそう思えてくるわ。あんたがそうしろ、といったような気がする。あんたが彼を家に入れよ、といったのだわ」という時子の言葉は、支離滅裂な言い訳などではない。これらは、ジョージとの「姦通」が、俊介やみちよの欲望に沿って作られたストーリーであることを告発している。俊介とみちよは、「時子はアメリカ男性を求めていた」という解釈によって、時子の本当の願い——クィア・ファミリーへの希望——をかき消してしまうのである。

3　軍事化とその亀裂

「主人」の座を奪還した俊介は、「これからは一切僕の命令通りにする。きみはおれのいう通りにするのだ」と宣言し、みちよを家から追い出す。これは、みちよには思いもよらない帰結だっただろう。時子も、かつての日々を振り切るように、「あの女〔みちよ〕は私達を笑いものにするわよ」、「ねえ、もうきくのを止して、ねえ、やっぱり日本人同志の方がいいのよ」（傍点引用者）と口にし始める。つまり、みちよやジョージという、かつてのクィア・ファミリーの誘惑者を、外敵とみなすことで、俊介と時子のあいだには、「私達」＝「日本人同志」という運命共同体が回復され始めるのである。

ここには、江藤が、日本のアイデンティティを回復するために、アメリカという「他者」の存在を強調したのと同じ論理が見られる。カール・シュミットが指摘するように、政治的なものの起源には、友と敵の明確な区分が存在する。[21] 逆にいえば、内部の諸矛盾を隠蔽し、結束を維持するためには、外敵の脅威を絶えず強調し続ける必要があるということだ。

例えば、バスで映画に出かける際、乗り遅れそうになった俊介は「あそこにいる二人もいっしょです。そうですよ、いっしょですよ。あれは私の家内と子供ですから」と車掌に叫ぶ。乗客の視線が集まると、俊介は「何が文句があるんだ」と「肩をいからせ」る。この誇張された攻撃的な姿勢は、外敵を作ることで、家族の結束を図ろうとする俊介の目論見を表わしている。さらに、俊介は大がかりな計画を提案する。


「この家にもっと大きな塀がほしい」

「塀?」

「かこってしまうんだ」

「塀?」

と時子はもう一度呟やいた。闇の中から光をさぐりあてるように一歩一歩と彼女が近づいてくる気配がした。(三:五〇)

塀をめぐらすことは、外敵に備えて、家を軍事化することを意味する。これによって、「汚れ」は内部からではなく、外部から到来するものと想像されるのである。この改築を通じて、俊介は、自らを「主人」の位置に押し上げ、家族の規範を立て直し、結束を強めようと計画する。しかし、「おれは三輪俊介ではもうなくて、ただの石ころよりも劣る」と秘かに恥じるように、このような策略は、時子という他者と向き合い、対話を重ねるという過程を省略し、外敵の捏造によって偽りの連帯を作り上げるという卑劣さを隠し持っている。

ここに至って、『抱擁家族』は、家庭の規範と国家の軍事化とのあいだの密接な関係を示唆する。俊介が「主人」として振る舞おうとすればするほど、三輪家は軍事化され、異質な他者を排除する傾向を強めていく。江藤が洞察していたように、家庭の秩序と国家の秩序、「主人」であることと主権的であることは相互に連関しているのである。

竹村和子は、近代社会における家族規範を「正しいセクシュアリティ」と呼んだ上で、それを「社会でヘゲモニーを得ている／得ようとしている階級の次代再生産を目的とするイデオロギー」[22]と定義している。具体的には、「事務所や工場という公的な職場と、居住空間である私的な家庭の分離、および公的な職場で働く男と、家庭にいて男の世話をする女という中産市民階級のジェンダー区分」[23]を堅持することと、さらに「次代再生産」を目標とするがゆえに、異性愛主義、および「男の精子と女の卵子・子宮を必須の条件とする性器中心の生殖セクシュアリティ」[24]を特権化することが、内容として挙げられる。

竹村はこの分析を、近代国家における資本主義の要請という観点から行なっている。それに加えて、近代国家のもう一つの原理である国民の軍事化にも注意を払う必要があるだろう。再びシンシア・エンローを引けば、「軍隊の政策決定者は、女性たちが多くの軍事化された役割——士気の向上、戦中戦後の癒しの提供、次世代の兵士の出産、生命を賭すに値する母国のシンボル、適切な男性新兵不足の補塡――を果たすことを必要としてきた」[25]。竹村が指摘する、性別役割分業、異性愛主義、性器中心のセクシュアリティという規範は、この軍事化という側面からも重要なものだ。すなわち、規範的な家族とは、近代国家の基礎となる資本主義と軍事化の要請に最もよく応じられる形態のことなのである。

しかし、「姦通」事件以後、時子は俊介の眼に、「そこに一人の女がいるということのまぶしさ」を放ち始める。俊介は、「一日も早くノーマルな夫婦生活に入らなくちゃ。こんなにお前が美しく見えてはいけないんだ」とうろたえる。つまり、時子は、俊介という「主人」を支えるための家庭的役割から逸脱したことで、一人の他者としての「まぶしさ」を獲得してしまったのである。俊介は、「おれは時子を閉じ込めたい。閉じ込めておいて、おれや家族のことしか考えないようにさせたい」と考えるが、その欲望は、近代国家の要請そのものに他ならない。

確かに時子も、「ちゃんとした家が出来なければ、どんなことだっておきるわよ」と俊介の立場に同意する。だが、時子は改築よりも、新しい土地に家を新築することを提案することで、俊介の欲望を微妙にずらしてしまう。そして、新しい土地に出来上がったのは、アメリカの住宅様式を模倣したにもかかわらず、雨漏りがし、また互いの声が筒抜けになってしまうような欠陥住宅だった。このような家のあり方と相同的に、時子もガンに冒されてしまい、入院することになる。

松本和也は、この点を捉え、『抱擁家族』を「アメリカと日本の〈翻訳〉に根ざす関係が、〈ガン〉的なものとして、姦通を軸に日本の家庭を舞台として隠喩的に描かれた小説[26]」と解釈する。しかし、外部の異質な他者を迎え入れたために、三輪家は、あるいは時子は、内部を侵食されて死に至るのだという解釈は、友／敵の二元論に基礎を置く近代国家の原理にあまりにも親和的ではないだろうか。むしろ、この新築の家と時子のガンの挿話は、アメリカという軍事大国を模倣し、どれほど外部を「敵」とみなし、内部を統御しようとしても、その内部なるものは常にすでに外部に開放されてしまっているという、存在者の脱構築的な条件を示すものとして読まれるべきだと思われる。

したがって、俊介の「おれは時子を閉じ込めたい」という欲望は敗れ去るほかない。死に近づき、時子の他者性はますます際立っていく。男性ホルモンによる治療のために、髭が生え、男性化する身体。荒い呼吸でぐぎりぐぎりになった発話。「金属製のひびきをまじえるように」なった声は、「声変わりをはじめるときの少年の声」のようでもある。やがて、意識混濁が訪れる。あたかも、時子は、ジェンダーも、年齢も越境し、さらには、人間、動物、植物、鉱物の状態を往還する、究極にクィアな主体に変身を果たすかのようなのである。

『抱擁家族』の主題は、外部の他者による汚染ではない。そうではなく、外部を遮断し、規範的家族を再生産しようとする近代国家のあり方が、その成員、とりわけ女性に多大な抑圧となって機能すること、そしてそこからの脱出の欲望は必然的にクィアな方向を指し示すことこそが、『抱擁家族』の主題なのである。時子は、クィア・ファミリーを夢みて果たせず、主婦の役割に自らを完全に適合させることもできず、最終的には自らの身体をクィア化させることで、規範的家族からの解放を願った。それが死とともにしか成し遂げられなかった点に、私たちは、まだ「クィア」という言葉が存在しなかったこの時代の制約を見なければならない。

4　歓待と動物的他者

『抱擁家族』の第四章は、時子が死んだ後の三輪家を描く。小島は、「この章はもっとも重大である。普通は第三章で小説は終わる。しかしこの小説はどうしても私には第四章が必要」とした上で、「この章の主題は時子は死んだことによってかえって生きるということ(27)」だと明かしている。これはどういうことだろうか。

時子の死後、三輪家には、みちよが家政婦として戻ってくる。「これから娘ざかりになると、一番お母さんが必要なときで、一にもお母さん、二にもお母さんといって相談しかけるのにねえ。そのお母さんがいないんだから、ほんとに可哀想ね。お母さんも、私がお会いしたとき、そのことばかりいってらしたのよ」と娘のノリ子を懐柔するようなみちよの語り口からは、三輪家の妻＝母になることへの欲望が透けて見える。

しかし、このまま、みちよが時子になり代わるわけではない。三輪家には、俊介の若い友人である山岸が下宿するようになる。そして、奇妙なことに俊介は、同性の山岸にも時子の役割を求め始めるのである。

　山岸も山岸だ。おれの代りに家の中をちゃんと統率してくれなくっちゃ。アメリカの主婦のように、家の中を整理したり、みがいたり、机の上のゴミをなくしたり、掃除機やシャワーをつかうばかりじゃなく、ちゃんとやってくれなくっちゃ。朝なんか、ほんとうは、山岸が良一をおこしてくれれば、かどが立たなくてすむし、あいつも、他人にいわれるんだから、起きることができるんだ。（三：一一九）

みちよや山岸ばかりではない。俊介自身もまた、時子に変身していく。

葉をおとしたすっかりすけてしまった雑木林や、うすよごれた枯草の葉っぱや、とりどりの何の変哲もない道や家を眺めて行くうちに、次第に足どりや眼のくばりかたが、妻の時子に似てきた。

「私は妻に死なれた男です」
と歩きながら、すれちがう女たちに呼びかけるように視線を投げかけるうちに、子供を家においてきた母親の時子のような視線にかかわっている。（三：一一五　傍点引用者）

さらに俊介は、息子の良一が「テーブルの上にあるお菜が冷えるじゃないか」と「おふくろみたいな口をきく」ことに驚くが、良一からは「おふくろみたいな口をきいているのは、お父さん、自分じゃないか」、「小さいこと、いちいち僕にいうのは、父親のすることじゃないんだ」と言い返されてしまう。また、娘のノリ子も、俊介の無神経な介入に、「私、お母さんに似てるのよ」と泣き出す。あたかも、三輪家では、全員が死んだ時子を「かえって生」かしているかのようなのだ。ついに良一は、「ノリ子、ノリ子、お母さんがいるんだ」、「部屋の中に立っているんだ。外へ出るとそこにもいるんだ」と、時子の亡霊の遍在を口にし始める。

この事態に、俊介は、「主婦」の必要性を痛感する。俊介は、「お前たちがお父さんから離れなかったり、お父さんがお前たちのことを考えてばかりいるのは、それは、よくないことだからな」と言って、子どもたちに再婚話を切り出す。良一もこれに、「おれは、主婦がいないと、みんなが責任を負わされて迷惑する。だから、どうせするのなら早く結婚してくれた方がいいと思うな」と同調する。

これらの言葉から明らかなように、三輪家で起こっているのは、それまで家庭の責任を一手に引き受けていた時子が死んでしまうことで、すべての成員が時子の役割を分有せざるを得なくなった、という事態である。そして、成員たちは、単に時子の主婦の役割を反復するだけではない。彼らは、時子がしたように、他者を内部に迎え入れることで、事態を変化させようと試み始める。

「誰か他人がいなければ、他人がいなければ」と呟き、みちよや山岸を家に迎え入れるのは、かつて家を塀で囲むことを主張した俊介である。良一も、同じく半年前に母親を亡くした友人の木崎を部屋に住まわせるようになる。「主人」や「主婦」という固定した役割を持たず、また成員になるためにいかなる資格も必要ない「家庭」。ここに出現しているのは、奇しくも、かつて時子を魅惑していたクィア・ファミリーではないだろうか。しかも、ここでは、時子のような「親分肌」の人物を欠くために、かえって全員が責任を分有し、支え／支えられる関係が絶えず反転し合うような家庭モデルが現われ始めている。そして、各成員がそれぞれに他者を招き入れるために、この家庭は、絶えず生成変化を繰り返すものになる。

しかし、俊介はこのクィア・ファミリーの誘惑を払いのけ、再び家の「正常化」を決意する。俊介は、山岸に芳沢という若い女性を再婚相手として紹介してもらう。挿絵画家としての仕事もあり、結婚を渋る芳沢に、俊介は思わず「あなたは、自分が人間になるか、ならぬかの境目ですよ」と口走る。

結婚は女性にとって「人間になるか、ならぬかの境目」である。それならば、結婚しない女性は、非人間＝《動物》だということなのだろうか。振り返れば、『抱擁家族』には動物の表象が何度も登場していた。みちよの代わりに家政婦に来ていた山根正子に対して、時子は、「胸のうすい、へらへらっと笑う、鼠のように走る、そして恐らく、メンスも、ほとんどしみていどしかない女」と見下していた。ここでは、胸のうすさや、メンスの軽さといった「産む女」の規範から逸脱した身体的特徴が、「鼠」という動物の表象と結び合っている。さらに、かつて俊介が関係を持った人妻からは、「あなたは私のことを、あの女は犬のようにつけねらうので迷惑した、といいふらしたでしょう」という手紙が届く。たとえ自分の性的パートナーであっても、家庭の規範を逸脱し、性的欲望の主体となった女性は、「犬」という動物の表象を与えられ、陰で見下されることになるのである。

このように、家庭の規範に従わない女性は、《人間》以下の《動物》の表象を負わされる。もちろん、「古典世界においては、単なる自然的生は本来の意味でのポリスからは排除され、純然たる再生産の生として、家《オイコス》の領域にしっかり閉じ込められている」(28)というアガンベンの指摘は、近代においても当てはまる。つまり、家庭にある女性も、公的領域を独占する男性と比較されれば、「単なる自然的生」を生きる《動物》に近いものとして蔑視の対象になる。しかし、それでも、家庭の女性と家庭外の女性とでは、《動物》視される度合いが明らかに異なるのである。

家庭の規範とは、近代国家における資本主義と軍事化の要請によって構築されたものだった。そうであるならば、近代国家において、近代化の要請に適うものだけが《人間》とみなされ、そうでないものは《動物》とみなされるという見慣れた構図がここでも浮かび上がる。《動物》は、《人間》の法の保護の外部にあり、ときに「殺害可能な命」という規定を与えられる。ナチスの強制収容所が端的に示したように、精神・身体障害者、同性愛者、共産主義者など、近代国家の生産力＝軍事力の向上という目的に適わないものはすべて、《人間》以下の表象を負わされ、殺害可能性を帯びる。アメリカ軍もまた、ベトナム戦争では「ベトコン」を《人間》以下のものとみなすことで虐殺を行なっていた[29]。このように、《動物》という概念を通じて、家庭の規範による暴力的な抑圧と、国家の対外的な暴力は緊密な連携を証言するのである。

俊介の「人間になるか、ならぬかの境目」という脅迫めいた言葉は、《動物》に落とされ、殺害される恐怖を利用しながら、近代国家が国民を近代の規範に適う《人間》に仕立てていることを明らかにしている。近代の内実がそのようなものだとしたら、それは果たして目指されるべき目標たり得るのだろうか。

『抱擁家族』の結末は、それとは別の道筋を示しているように思える。時子の夢にうなされている俊介を、寝巻き姿のみちよが起こし、「坊っちゃまは、家出なさいましたよ」と告げる。二人のあいだに流れるエロティックな空気を断ち切るように、俊介は良一を探しに出かける。

> 階下へおりて行き、靴をはいて外へ出ようとして、大きなガラス戸にぶつかった。客がドアをまちがえたことはあったが、彼がまちがえたのは、はじめてだった。（三：一四七　傍点引用者）

家の「主人」であるはずの俊介が、あたかもこの家に招かれた客であるかのように不慣れにガラス戸にぶつかる。この描写は、"hôte"という単語の成り立ちから、主人と客の二重性について考察したデリダの以下のような文章を想起させる。

> 主人はみずからの提供する歓待を、自分自身の家のなかで受取るのであり、その歓待を受取るのは自分自身の家からなのだ——そしてその家は根底においては主人には帰属しない。〔中略〕それは、「所有者」から〈自己の所有物＝自己の固有性〉そのものを剝奪することによって、そして〈それ自身〉からその自己性を剝奪することによって、我が家を通過《パサージュ》の場ないし借家にしてしまうような請戻しである。[30]

『抱擁家族』でいえば、俊介は、客を歓待する鷹揚な「主人」のように振る舞うが、実はそれに先立って、自分の家の内部で、時子からさまざまなケア＝歓待を受け取っている。この意味で、彼もまた自分の家の客でしかない。しかし、家庭というメカニズムが正常に機能しているとき、夫婦は一体のものと想像され、この主人と客の二重性は不可視になる。このメカニズムを失調させるのが、みちよやジョージをはじめとする、家に迎え入れられる異質な他者たちである。彼ら／彼女らの介入によって、俊介は、自分の家庭を相対的に見るまなざしを獲得し始める。そして、時子の死後、三輪家は、主人と客、歓待するものと歓待されるものが絶えず反転する、非‐所有、非‐固有の場所へと変貌する。良一の家出は、血縁が家族を繋ぎ止めるものではないということを改めて俊介に突きつける。「我が家」の安らぎ――それは家族の他者性をさまざまな幻想で覆うことによって可能になるものでしかない――がもう二度と手に入らないと知ったとき、俊介は、自分の家のガラス戸に頭をぶつける一人の客となったのである。

さらに、文章は次のように続き、終わる。

「こんどはノリ子が……」

ノリ子が出て行くことはあるまいが、その代り……。俊介は外へ出ると、坂を走っておりた。彼の家の犬が吠えだした。山岸を追出すのだ。いや、その前にみちよを……（三：一四七）

「彼の家の犬」が俊介に向かって吠え立てる。ここで、俊介は「彼の家」の外部にある不審者になっている。もっといえば、俊介は、もはや家庭を追われた《動物》なのである。俊介は、山岸やみちよを追い出し、家の秩序を回復しようと考えるが、その試みは今度も失敗に終わることが読者には予感される。

しかし、これは否定的な結末なのだろうか。さまざまな他者たちを迎え入れることで、俊介の家は、近代国家が定める家庭モデルから逸脱し、クィア・ファミリーに変貌する。これは、三輪家の成員が、近代国家の産業的・軍事的な枠組みから逸脱し、《動物》の表象で語られる存在になったことを意味する。だが、このように近代的な《人間》像を越境し、《動物》とされる存在の地平に立つことでしか、《人間》と《動物》の分割を利用して駆動し続ける、近代国家の暴力性を超え出ていく道はないのではないか。

江藤は、他者を、自分および自国のアイデンティティを確立するための対立者（敵）に還元することで、近代的な主体＝主権の論理を主張した。しかし、『抱擁家族』が示すのは、そのような主体＝主権の論理は、内部にも外部にも、暴力的な抑圧を及ぼすということである。日本の家庭で主婦としての抑圧に苦しむ女性と、ベトナムにおける多大な死者たちとは、決して無関係に存在しているのではない。両者の苦しみはともに、近代国家の主権＝主体の論理の帰結なのである。これを乗り越えるためには、他者の到来というチャンスに自分を開いたままにするしかない。もちろん、他者の到来は常に良い結果をもたらすとは限らない。しかし、主体＝主権の論理による自己閉鎖よりは、遙かに魅力的な未来――さまざまな他者たちが自由に出入りできる「通過《パサージュ》の場」としての家庭、あるいは国家――がそこに垣間見えるのも確かである。このような未来を諦めずに、賭け続けること。『抱擁家族』は、このような歓待の法を示す小説として、いま読み直されなくてはならないだろう。

結論

江藤は、『抱擁家族』の読解を通じて、戦後日本のあるべき姿を語ろうとした。しかし、ジョージと時子の姦通(あるいは強姦)を、アメリカによる日本の占領と重ね合わせた上で、それでも日本はアメリカと同等の強い「父」になることを目指さねばならない、という江藤の主張は、『抱擁家族』の物語内で、その破綻を暴露されてしまっている。

俊介は、外敵の侵入を許さない強固な家を新築しようとするが、その行為は、時子がガンで死んでいくことに何の効力も持たなかった。なぜならば、本当に時子を苦しめていたのは、俊介が「父」になれないことではなく、自分に主婦であることを強いる「正しいセクシュアリティ」の規範だったからである。

時子はこの苦しみの解決を、ジョージ＝アメリカに頼ることではなく、クィア・ファミリーを構想することに求めていた。このクィア・ファミリーにおいては、主人や主婦といった固定した役割は脱構築され、いかなる他者でも迎え入れられ、相互に支え／支えられる関係が実現する。他者を迎え入れることとは、自分の家に安息する主体を動揺させ、硬直した人間関係をより倫理的なものへと組み替えるチャンスを与えるのである。

『抱擁家族』が描き出すのは、主体＝主権の論理の破綻と、このような歓待の論理の出現である。それは、ベトナム戦争を戦うアメリカと「イコール・パートナーシップ」を結ぶ近代主権国家に成長するというコースとは別のコースが、戦後日本にあり得たことを今もなお示唆し続けている。

第四部　動物との共生へ

第十章　『富士』――狂気と動物

一九六〇年代末から七〇年代前半にかけて、「狂気」は人びとの関心を喚起するトピックの一つだった。その大きな要因には、大学闘争に象徴される若者たちの反逆の機運が挙げられる。「正常」な社会化のコースが、企業による公害の垂れ流しやベトナム戦争といった不正へと至るものなのではないかという疑問は、国家、社会、大学が支える「正常」の権威を改めて問いに付した。そのなかで、「狂気」として囲い込まれたものに可能性を見ようとする傾向も生まれたのである。

文学の場でも、社会運動とは一線を画しつつも、これらの機運への呼応が見られた。例えば、六九年七月の『文藝』では、秋山駿、大江健三郎、川村二郎、野間宏によって、「文学と「狂気」」の座談会が組まれた。秋山は『内部の人間』（南北社、一九六七年）で、犯罪者の心理への強い関心を示していたし、大江も『われらの狂気を生き延びる道を教えよ』（新潮社、一九六九年）を刊行していた。また、なだいなだ、北杜夫、加賀乙彦などの精神科医出身の作家の活躍も目立っていた。七一年には、精神障害の当事者としての体験を描いた、小林美代子の「髪の花」（『群像』一九七一年六月）が群像新人文学賞を受賞している。

武田泰淳の『富士』（『海』一九六九年十月—七一年六月）もまた、同時期に、戦時中の精神病院を舞台にして書かれている。しかし、このようなコンテクストは、『富士』の宗教的主題の前に、しばしば見過ごされてきた。例えば、田久保英夫は、「武田氏の視線には、ほとんど大乗というより原始仏教的な世界感覚、形而上学的輝きがある」(1)と称賛し、柄谷行人も、「この小説はすでに精神病の問題などから遠くはなれて宗教的な高みに到達しているといってよい」(2)と断言している。

近年では、佐藤泉が、同時代のコンテクストを参照した読解を提示している。佐藤は、『富士』が刊行された直後の七二年に、ローマ・クラブが成長の終わりを宣言し、万人の生を保護する福祉国家体制が崩壊を始めたことが、生の選別というこの作品の主題と響き合っていると指摘する。(3)また、別の論文では、同時期に、日本の精神医学界で、権威主義的な体制に対する異議申し立てが起こっていたことを重視している。(4)この異議申し立てのうち、大学闘争と密接に結びついたものとしては、六九年の日本精神神経学会大会（通称金沢大会）での若き精神科医たちによる内部批判があり、同年の東京大学赤レンガ病棟の自主管理闘争がある。より広範な読者に精神病院の改革を訴えたものとしては、七〇年に『朝日新聞』に連載された、大熊一夫の『ルポ・精神病棟』もあった。(5)『富士』は、これらの精神障害をめぐる運動や言説と響き合いながら成立したテクストだと言える。

本章では、佐藤の問題意識を継承し、同時代の精神障害をめぐるテクストを参照しつつ、『富士』の独自の位置を見定めたい。この際、『富士』が、精神障害者の問題を、動物の問題と重ね合わせて描写している点が、重要な手がかりになるだろう。以下では、まず『富士』の序章に注目し、人間にとっての動物の問題が、精神障害の問題とどのように結びつくのかを考察する。次に、『富士』の主要な登場人物である、甘野院長、一条実見、大島実習生の三人の言動をそれぞれ取り上げながら、治療が持つ権力性、患者のアイデンティティ闘争の陥穽、そしてそれらを越えた先にどのような社会の構想が開けてくるのかについて、考察を進めていきたい。

1 動物と精神障害者

『富士』は、戦時中に富士山麓の精神病院に実習生として勤務していた大島が、友人の精神病院院長に向けて、当時の様子を回顧し、手記を綴るという形式をとっている。現在の大島＝「私」が登場するのは、序章「神の餌」と終章「神の指」であり、そのあいだに全一八章の手記が収録されている。具体的な年代も明記されており、精神病院での事件が起こったのは「昭和十九年」＝一九四四年であり、手記が書かれている現在はその「二十五年」後、すなわち一九六九年である。

現在の大島は結婚し、富士の麓に別荘を構えており、近隣の小動物たちに関する思考をめぐらせている。しかし、これは単なる随想ではなく、大島自身が、「私が医師と患者の関係について、思いなやむときにはきまって、人間と動物の運命的なつながりに話が行きついてしまうのである」と語るように、精神障害者の主題を予告するものなのである。それでは、『富士』における動物と精神障害者のつながりとは、具体的にどのようなものだろうか。

「神の餌」は――つまり『富士』は――次のように始まる。

リスの尾の方がリスの顔つきより、感情をよくあらわしているにちがいなかった。あたまの上まで尾を折りかえして、パンをたべていたリスと、長い尾をそのまま雪の上に敷いて食べるリスとでは、ずいぶん性格もちがうだろう。だが、私はいつも、一匹のリスが気分によって尾っぽのとりあつかいをちがえるのか、それとも、二匹の別のリスが習性として、ちがった尾のとりあつかいをするのかわからなかった。(一〇:三)

冒頭から、「ちがいなかった」、「だろう」という語尾で、語り手にとって、動物の感情が不可知に留まることが強調される。それどころか、語り手は、「リス」という種の同定はできても、個体の識別はできないことを告白している。もちろん、距離を縮め、時間をかけてコミュニケーションを試みれば、個体のそれぞれの性格は浮かび上がってくるに違いない。しかし、その手間を惜しむとき、多様な動物たちは、個性を剝奪され、「動物」という単一のカテゴリーによって暴力的にまとめ上げられるしかないのである。

語り手は、自分の人間中心主義的な視野の背後に、もっと多様な世界が存在することを確信している。それは、次のような何気ない自然描写からも読み取れる。

木の根もとだけ、雪の面がくぼんでいる。あまり背のたかくない雑木の上の方から、陽が射しかけはじめる。すでに芽ぶいているうす緑いろの芽のツブツブが、陽のさしかけた部分だけ、ほんとうの色を示している。ほかの部分は、そんなこまやかな色の本質、変化にかかわりなく、

ただ灰色の線のままである。（一〇：三）

栗津則雄が指摘するように、ここでの語り手は、「見えるものと見えないものとのかかわりに対して、言わば必要以上に眼をこらしているようなところがあ」る。[6]「すでに芽ぶいているうす緑いろの芽のツブツブ」の「こまやかな色の本質、変化」も、陽が射さなければ、「ただ灰色の線のまま」に留まる。つまり、「光」を当てられた領域では、細かな差異が見えるのに対し、影となった領域、周縁に追いやられた領域では、すべての存在が単色であるかのようにみなされるか、そもそも存在しないかのように思いなされてしまうのである。

次に語り手は、これも何気ない体験談に紛らせながら、動物の殺害可能性について言及する。

保護色がいいか警戒色がいいかと言えば、山の路をあるいているとき、私たちは警戒色をハッキリさせた方がいいと思う。それに手袋と帽子も、はめたりかぶったりしていた方がいい。猟師が霰弾を放つところは、ほかの土色や灰色と区別できる、あきらかな色を身にまとっていないと、動物とまちがえられるからあぶない。（一〇：四—五）

動物は、人間の法の保護の外部に置かれ、殺害すら許容されている。したがって、人間は、自分が「動物とまちがえられ」て殺害されないように、「警戒色」をはっきりさせる必要に迫られる。「灰色」の領域に追いやられ、カテゴリー化され、一人一人の顔が見失われたとき、その存在は殺害の危機にさらされる。そうならないために、人は社会のなかで、「自分は人間である」、「生きるに値する生命である」という自己証明を行なわねばならないのである。

さらに、語り手は、「ネズミが可愛くなくて、なぜリスが可愛いかという問題」について考え始める。人間は、ネズミを罠にかけて殺す一方で、リスには餌づけをする。しかし、両者は同族であり、見れば見るほど違いが分からなくなる。語り手は、「要するに餌の問題だ」と考える。つまり、人間の餌を食み、支配関係に従属するものが「可愛い」のであって、その取引に応じないものは害獣なのである。しかし、人間はリスに対しても、決して良き保護者であるばかりではない。

> 私は、餌をあたえる神になどなりたくはなかった。〔中略〕この三匹のリスに関するかぎり、私は他の誰よりも良き保護者になりうると同時に、また、誰よりもたやすく巧みに捕えたり殺したりできる「敵」になり得そうなのである。（二〇：一二）

人間は、自分たちの都合のために、動物を捕獲し、品種改良を行ない、また、必要がなくなれば処分する。「良き保護者」の立場は、すぐに「敵」の立場に転換し得るのである。語り手は、これを、「選ばれたる民」を選別する神の立場に擬《なぞら》える。人間は動物に対し、「神の餌」で生命の選別を行ない、「神の指」でそのあり方を操作する。「餌をあたえる神になどなりたくはなかった」という言葉からは、われ知らず、そのような地位の暴力に与《あずか》ってしまっている者の不安が伝わってくる。

以上のような語り手の動物に対する考えには、かつて彼が実習生として精神障害者に関わっていた過去からの影響が大きい。実際、ここで挙げられた動物の特徴の多くは、精神障害者にも重なり合う。

芹沢一也が指摘するように、「精神病者」とは、「犯罪人、不良少年、浮浪者、乞食者、淫売婦」なども含む、社会の脅威を包括する概念として機能してきたのであり、「多様な社会的存在を単一の階層にまとめ上げる本体のごときもの」[7]に他ならない。ひとたび精神障害者と認定されれば、一人一人の個性は認められなくなる。そして、「治療」の名目において、精神科医によって、その生き方を半ば強制的に作り変えられる。さらには、正常な人間の規範から逸脱するという理由で、虐待、去勢、ジェノサイドなどの対象にもなり得るのである。

ただし、語り手は、精神障害者の苦境を訴えるために、動物を比喩として援用しているわけではない。再度、「私が医師と患者の関係について、思いなやむときにはきまって、人間と動物の運命的なつながりに話が行きついてしまうのである」という言葉を想起しよう。ここで、《人間》と《動物》の関係は、医師と患者の関係を規定する、より根源的な地平とみなされている。つまり、ここで目指されるのは、《人間》と《動物》の対立を前提とした上で、精神障害者を前者の範疇に引き入れることではない。そうではなく、語り手は、精神障害者への待遇を規定している《人間》と《動物》の分割そのものを改めて問い直そうとしているのである。

語り手は、「君は入院の資格のある患者なんだからね」と囁《ささや》く友人の精神病院長に勧められ、本編の手記を書くという設定になっている。しかし、序章の語りは、人間性の回復を希求するというよりは、むしろ人間の世界の周縁に追いやられた動物たちへの深い関心を表わしている。この点からすれば、この手記は、友人を悩ませているらしい「ストライキ」や「喧嘩腰」の「医師仲間の議論」などと連関しつつ、「正常な人間」という理念に基づく「治療」への根本的な疑念を提示しようとするものなのではないかという推測が導かれるのである。(8)

2　「治療」というイデオロギー

『富士』の本編では、さまざまな立場の登場人物たちが入り乱れ、議論を交わす。以下では、そのなかでも、三人の主要な登場人物に焦点を当て、『富士』の主題について検討を進めていきたい。すなわち、語り手の大島、大島の指導医である甘野院長、そして、かつての大島の同僚であり、今では自分を「宮様」だと主張するようになった嘘言症患者の一条実見である。

戦時下の精神病院という舞台設定は、第三章で扱った「ひかりごけ」と同種の問題を提起する。すなわち、私たちが信じる「正常」とは一体何なのか、という問題である。一条は、大島に次のように問いかける。

「君は、狂気で充満しているこの病院の秩序を正常人として守ろうとなさる。狂気でない社会の正常と正義によって、この病院を狂気の混乱から防ぎ守ろうとする。だが、その君の大切にし頼りにする社会、世界が現在あきらかに狂気におち入っていることは、君だってみとめるだろう。人類は平和人から戦争人へと転化した。これこそ、みんなそろって正常人から異常人に

変身してしまったことじゃないのか」(一〇：六三)

第三章で見たように「ひかりごけ」では、戦争という殺人行為を支持している国民が、食人を犯した船長を裁くという矛盾が描かれた。同様に『富士』では、戦争を受け入れ、遂行する「正常人」と、その務めを果たせず、病院での生活を余儀なくされる「異常人」の、はたしてどちらが「異常」なのかという問題が提起される。

例えば、大木戸という元陸軍省勤務の患者は、一の日と八の日、すなわち興亜奉公日と大詔奉戴日になると、決まって発作を起こす。それは、一日も早く「人なみ」に戻って、国家のために尽くしたいという思いが、強い緊張を強いるからなのである。大木戸の発作は、「自分が平常人と共に平凡無事に行動し暮らすことのできぬ、奇怪な動物であること」を周囲に見せつけてしまう。

しかし、一条は、この時代において、「奇怪な動物」から「人なみ」になること、「異常人」から「正常人」になることこそ、実は戦争の狂気に巻き込まれていくことではないかと問う。そして、甘野や大島が携わる「治療」とは、患者を「戦争人」の社会に組み込み、一人残らず戦死に追いやることを目的とした、それ自体狂気じみた行為なのではないか、と告発するのである。

この種の問いは、『富士』の同時代にも、別のかたちで問われていた。当時、社会的な条件を考慮に入れて、「狂気」という概念そのものを問い直す必要を主張し、「反精神医学」派とレッテルを貼られた、若き医師たちの集団があった。その一人である小澤勲は、当時主流だった治療法について、次のように批判した。

彼ら〔＝主流派の医師たち〕の呼びかけは「貧しく、いたいけなキチガイびとよ、われにつき従え。しからば汝が神なる正常びとに近づかん」というヒューマニスティックな御託宣であり、彼らにとっての「期待される障害者像」とは「正常者に従順な、せめて正常者なみになった障害者」ということに帰着するようです。〔中略〕ところで、私は今の世の中における労働はすべて疎外労働であり、本質的には強制労働であると考えており、その問題を抜きに「作業療法」を人間解放の過程とすることはできない。また、今の世の中における生活はすべて管理され、隔離分断された収容生活であって、その問題を抜きに「生活療法」を患者生活奪還の方法論とすることはできないと考えているものです。(9)

「作業療法」とは、患者を何らかの仕事に従事させることで回復を図る方法であり、「生活療法」とは、患者に規則正しい生活を指導することで回復を図る方法である。しかし、この時期、「作業療法」、「生活療法」の名目のもとに、患者たちが病院内で長時間の無給労働を強いられる事件が表面化していた。(10) これを、「作業療法」、「生活療法」の誤用にすぎないとみなす医師に対して、小澤は、療法自体に根本的な見落としがあるのではないかと考えた。というのも、いずれの療法も、「正常者に従順な、せめて正常者なみになった障害者」を作り上げることを目的とし、「正常者」の社会秩序についての徹底的な内省を欠いているからだ。「正常者」の社会における、生産性を至上とする疎外労働、生活の隅々まで浸透する規律的な権力こそが、精神障害の要因とも考えられるのに、その点を問わずに、再度患者を社会に復帰させることだけを目的とする行為は、「治療」とは呼べないのではないかというのが、小澤の主張だった。

『富士』では、一条のみならず、一条に批判される甘野院長もこのような構造に気づいている。しかし、当然ながら、戦時体制の根底的な改革は、一精神科医に可能な事業ではない。キリストを裁くピラトに自分を擬える甘野は、社会と病院の狭間に立たされ、苦悩を抱えることになる。それゆえ、多くの論者が、『富士』で最も重要な人物として、甘野を挙げてきた。例えば、加賀乙彦は、甘野は、「ただただ耐えしのぶことによって神を求め、神の沈黙によってかえって勇気づけられる信仰者」、すなわち「旧約聖書のヨブ」[11]なのだと論じている。また、三浦雅士は、甘野は「神を必要としながらも神を見出すことができない疲労、決定不可能な事項の前でなお決定を強いられ続けることの疲労」を抱えており、「武田泰淳の思想をほとんど直接的に見出すことができる」[12]とみなしている。

しかし、甘野の言説には、どこか危うさがつきまとうのも事実だ。甘野は、精神に問題を抱える子守女に、幼い息子を殺されたり、自宅を放火されたりしても、それを受忍してしまう。大島は、このような甘野の態度と引き比べ、自分は、患者など存在しなければ良いのに、という暴力的な感情を抑えられないことがあると告白する。それに対して、甘野は、すべての人間に優しくすることなどできないと認めつつも、次のように答える。

「神は、思いもかけぬ啓示、暗示、しるしを我々にあたえる。患者たちがいきなり予告もなしに、我々にあたえるものも同じものなのだ。あまりにも動物的すぎる。あまりにも、人間の醜い半面だけを突きつけすぎる。君のさっきの悩みを解釈すれば、原因はそこにあるだろう。〔中略〕〔しかし、〕患者が悪魔でないかぎり、それと密着したぼくたちも悪魔でありはしないのだ。患者がもし『神』にちかづいているのなら、ぼくたちだって同じ『神』にちかづいているのだ」（二〇：一四四　傍点引用者）

これは、一見すると、患者を教育するのではなく、患者から教育されることの重要性を説いた、謙虚な意見のように見える。しかし、大島の悩みの原因を、患者は《動物》だという思い込みにあると指摘した上で、患者を神に近づくための同伴者とみなすように勧める甘野の論理には、大きな瑕疵があるように思える。というのも、彼の視線は、患者たちにではなく、「神」という超越者に向かっているからだ。

これに続けて、甘野は、「精神病患者についての全般的研究なくしては、人類の本質をきわめつくすことはできないよ。だからこそ、君はこの道をえらんだのじゃなかったのかね」とも問いかけている。つまり、甘野の言う「神」への接近とは、神の被造物たる「人類の本質」に関する精神医学的な知の獲得を意味する。このような目的からすれば、甘野にとっては、患者は「異常」であればあるほど望ましい。しかし、そのような態度は、患者一人一人の個性と向き合うことを阻害し、患者の「異常者」としてのカテゴリー化と、医師と患者の絶対的な隔絶をむしろ助長してしまうだろう。

後に甘野夫人は、甘野が「人間はみんな病人である、しかしその病人がまるで神の指になったみたいにして働かなければならなくなることがある」と語っていたことを明かす。今まで見てきたように、甘野にとっての「神」とは精神医学であり、その「指」になって患者を「治療」するというのは、社会の要請というよりも、甘野自身の精神医学者としての熱情に発するものだと言える。この意味で、甘野も確かに「病人」なのである。だが、このような認識を持ちながらも、甘野は決して患者と同じ地平に下り立とうとすることがない。この限りで、「人間はみんな病人である（自分もまた一人の病人である）」という甘野の重要な知見は、ついに絵空事に終わってしまっているように思われる。

3　精神障害者のアイデンティティ闘争

甘野と対比的に、一条は、精神医学の権威を否定し、「異常人」の権利を主張する。一条は大島に、自分たちのことが分からないのは、「この世にはたった一つの秩序しかあり得ないという君の盲信からきている」のではないかと問いかける。それればかりでなく、一条は大島を、別の秩序の世界へ連れ出そうと試みる。

一条は、「接吻してやろうか。君は、されたがっているようだから」と大島を誘う。大島は動揺しつつも、一条がさまざまな女性を誘惑していることを想起し、「もし君がオンナになりたがっている男なら、女たちを魅惑しようなんて考えるはずがないじゃないか」と反論を試みる。一条は、大島の無理解に寂しげな微笑を浮かべながら、「ぼくがねらっているのは、神の壁一つで分けへだてられたオトコでもなければオンナでもない、何かしらもっと全体的な『性』」なのだと応じる。つまり、一条は、男性／女性からなる異性愛セクシュアリティという、大島の「秩序」を揺るがし、もっと自由でクィアな性が存在することを教えようとするのである。

その際、大島は、「私は、男どうし二人きりで肩をならべている私と一条が、動物である、動物でありすぎると感ぜずにはいられなかった」と語る。ここでの「動物」という語は、一条によって性規範に亀裂が走った瞬間に登場している。実際、動物の性は多様であり、雌雄同体のものもあれば、雌雄を交換するものもあり、また同性間の性行為も当たり前のように存在する。逆にいえば、「正常人」の秩序――それ自体「戦争人」の秩序でもあることを一条はすでに暴露していた――は、クィアな魅力に満ちた、多様な性のあり方を抑圧することによって、成立しているのである。

しかし、その後の一条は、患者としてのアイデンティティ闘争を闘うなかで、むしろ動物的な生から離脱していくように思える。一条は、御陵に参詣する皇族を待ち伏せ、同じ「ミヤ様」として話しかけ、「日本精神病院改革案」と題した書類を手渡すというパフォーマンスを行なう。その結果、一条は、官憲に逮捕され、死に至る。

一条の思想は、大島に宛てられた遺書で明らかにされる。

「気ちがいのたわごと。まさに、その通り。だが、ぼくがいちばん痛快、爽快なのは、気ちがいにだって宮様になりうるという、一つの歴史的事実を自分の一生のうちに選びとれたことなんだ。〔中略〕ぼく流に解釈したミヤは、ほめられたり、あがめたてられたりすることを、何よりもけがらわしいと感じねばならないはずだ。地上の権威や支配とは全く無関係に、ミヤでありうる者のみが、真のミヤである、とぼくは思う」（一〇：三二四）

一条によれば、「真のミヤ」とは、「地上の権威や支配」を脱したもの、すなわち一切の法の例外状態にあるもののことを指す。この点に、精神障害者が、「ミヤ」と並び立てる根拠がある。なぜならば、皇族が、刑法や民法の適用を免れるように、心神喪失者も、ある意味では、同等の例外的地位を与えられているからだ。[13]ただし、皇族が、「ほめられたり、あがめたてられたりする」ことで、自らの地位を保つのに対し、精神障害者は、誰からも理解されず、孤高にその位置を占める。この意味で、精神障害者は、現実の皇族よりも、はるかに「真のミヤ」＝超越者に近いのだ、というのが、一条の論理である。

しかし、このような方法で、精神障害者のアイデンティティを主張する一条の戦略にも、重大な瑕疵がある。第一に、一条の戦略は、精神障害者の特権化、種族化に向かう。つまり、正常人／異常人の二項対立をより強固なものにしてしまうのである。それでは、「正常人」の世界を脅かすことはできても、両者が共生する場所を作り出すことはできない。第二に、甘野院長が分析するように、「自分の意志のちからで、はなばなしく死にたがっている」という点で、一条は、彼をつけ狙っていた憲兵の火田軍曹と「同種」に属する。つまり、一条の行動はヒロイズムに彩られているのである。しかし、ヒロイズムほど、精神障害者の生とかけ離れたものはない。

例えば、患者の庭京子は、「私、させられているのよ」という言葉で、自分の生の徹底的な受動性を表現する。「黙狂」の岡村少年は、周囲に頑なに心を閉ざしつつも、なお外部との関係を断ち切れずに懊悩し、誰にも理解不可能な哲学ノートを書き綴る。梅毒患者の間宮は、伝書鳩に強い執着心を持っており、軍によって愛する鳩を奪われると、責任者とみなした甘野邸に押し入り、ついに凶行に及んでしまう。

また、前述の大木戸は、てんかんの発作のたびに、自分の身体の統制を失い、死の恐怖にさらされる。そして、そのような自分に絶望を深め、ついに三度の食事の内容にしか関心を示さない生活に落ち込んでいく。大島は、彼を「単調平凡なくりかえしの中で安定して、少しの変化も発展も示さない患者」と呼び、「生きていてもいなくても、とにかく私の関心を呼びさますことがなかった」と語る。しかし、泰淳自身も大木戸の存在の重要性を示唆しているように、彼が「人間なんて、つまらないものだなあ」とうわごとを言いながら院内で死んでいくさまは、周囲の人間に強い印象を残さずにはいない(14)。

「自分の意志のちから」で「はなばなしく死」ぬ一条は、これらの患者たちが、多様な症状のなかで、共通して抱え込んでいた、受動的で他律的な生と、明確な対比をなしている。言い換えれば、一条に、同じ「異常者」として、彼ら／彼女らを代表することはできないということだ。一条は、精神障害者の、自分では統制不可能な生のあり方を裏切り、そこから一人で脱出していってしまうのである。

七〇年代から八〇年代にかけて、精神障害の当事者としてさまざまな論考を著わしていた吉田おさみは、精神障害者への偏見を批判するとともに、精神障害者を過度に理想化して捉えることに対しても、鋭い批判を差し向けていた。

狂気肯定論は、いうまでもなく狂気―正気、狂人―健常者の二項対立を大前提とし、狂気、狂人を善とし、みずから狂人として自分を分けている向う側の世界、つまり健常者（社会）と対決するというものです。〔中略〕この狂気肯定論は、健常者社会において圧倒的な狂気抹殺論に対するアンチテーゼとして、患者が自己の存在根拠を確認し、その主体形成を助け、患者の自立に資するという点において、その存在意義を否定することはできないでしょう。ただ、この議論は、狂気―正気、特に狂人―健常者の二項対立を固定化し、絶対化しており、〝精神病不治説〟を裏返しにした形で、患者―健常者間の交流―連帯を阻害することになります。[15]

これを踏まえれば、一条は、精神障害者の主体形成を目的としつつも、その存在を超越者にまで高めることで、逆に実像を歪め、国家が設定した正常人／異常人の二項対立をますます強固にしてしまったことになる。既存の権力関係を単に逆転させるだけでは、問題の解決には繋がらない。むしろ、本来はグラデーションだけが存在する場所に、確固とした二項対立を作り上げてしまう権力の作用を摘発することこそが重要なのである。

ただし、一条は、遺書の終わり近くで、次のように書いてもいた。

小猫が、ぼくの膝にじゃれている。とても、可愛い。小猫のいいところは、ぼくを理解しようなんて試みないことだ。理解しようとされるぐらい、バカバカしいことはありゃしない。『宮様』を理解する？　理解しちまったら、それっきりじゃないか。どうして、そう解釈したがるのかな。ニセの宮様どもは、解釈や意味づけなしには、生きていかれないらしいがね。（一〇：三二六）

ヒロイズムを志向する一条の前で、再び動物的な生の魅力が広がる。一条の言うように、「理解」は暴力的なものである。しかし、だからといって、自らを理解不可能な超越者として演出し、殺害されていくというパフォーマンスが、何らかの未来に繋がるわけではない[16]。それよりも、じゃれる小猫が端的に示すように、相互に完全な理解が不可能な存在同士であっても、ときに寄り添い、共生していくことができるというモデルを示すことこそが、重要なのではないだろうか。ミヤ様として計画を決行する直前に、一条の前に現われた小猫は、このようなあり得た可能性を示唆するもののように思われる。

4　治療から分有へ

栗津則雄は、『富士』における大島の固有の性格を、次のように論じている。

この「私」〔大島〕は、身のまわりのすべての人間に対して、おそろしく直接的に反応する。直接的と言うと、対象を、おのれの感覚的好悪で直ちに裁断することと思われるかも知れないが、そういうことではない。この人物には、おのれの感覚的好悪によって対象を遠ざけたり近付けたりする能力が、言わば先天的に欠けている。そして、まさしくそのために、互いに両立しがたいようなさまざまな人物が、遠近法という、「私」とのあいだの突っかい棒を外されて、一挙に、全体的に、「私」の深部になだれこむのである。(17)

つまり、優柔不断で、確たる信念を持たないように見える大島は、まさにその理由によって、多様な立場の人間が、そこで議論し、衝突する場所になっているというのである。実際、逮捕された一条も、軍医として戦地に送られた甘野も、彼らの遺書めいた手紙を、恋人や妻子にではなく、大島に宛てて送っている。そこには、自分たちを深い部分で受け入れながらも、なお別の他者に向けてあいまいに揺れ動く大島を、はっきりと自分の色に染め上げたいという、彼らの欲望が読み取れるだろう。言い換えれば、大島は、この小説のなかでもっぱら、他者たちに欲望される身体として存在しているのである。

このような大島の特異性を、ここでは他者への共振の能力と呼ぼう。(18) 大島のこの能力は、特に夢を通じて発揮される。『富士』に登場する大島の夢は三つある。第一は、海のマリヤの夢だ。彼女は三つ子のイエスを生む。三つ子は一度死に、三人ともが復活する。これは、ミヤの複数化を図る一条を連想させる。第二は、夏の祭の夢だ。そこで、大島は、美しい母親と少女を守るために、ツルハシを手に正体不明の敵と対峙せねばならなくなる。この母親と少女は、大木戸夫人と患者の庭京子の顔を持つのだが、同時に、甘野夫人と娘のマリをも連想させる。そうであるならば、この夢は、患者と自分の家族の両方を守るために、相手の分からないまま、孤独な戦いを続けねばならない甘野を思わせる。つまり、これらの夢は、大島が、一条や甘野の存在に共振し、彼らに成り代わって見てしまった夢だと考えられるのである。

そして、最も重要なのが、第三の、虫に変身する夢だ。夢の中で、大島は、「黙狂」の岡村少年と、同じように言葉を発さない、甘野家の子守女である中里きんの二人に、耳から長虫を射ちこまれる。何匹も続けて射ちこまれる長虫は、大島の身体の奥を這い進み、ついには大島自身を「虫でできた人間」に変えてしまうのである。

それでは、ここでの虫とは、何を意味するのだろうか。一条の死後、宮様からの御下賜品によって、病院内では狂乱の酒宴が開かれる。大島は、意識錯乱のなかで、虫の夢を想起し、その意味を悟ることになる。

私の脳と神経の内部に、この病院内で死んでいった多数の患者の面影(と言うより、なまなましい生きざま死にざま)が充満し、虫と虫が咬みあうようにしてうごめき、私を苦しがらせた。私の目と私の耳は、私の体内にひしめく死せる患者のムシ集団のほかに、私の外界でざわめいている私の生ける同僚の、咬みあい騒動、ムシ闘争を感じとっていた。虫類《ムシ》。私は、想い出す。想い出さずにはいられない。あの不吉な夢を。あの暗い暗い夢の中で、岡村少年と中里きんは

（同志であるにもかかわらず）、私を処刑するため、私の体内に長虫を一匹ずつ射ちこみ、投入した。そして、注射され植えつけられた虫たちは、私の肉の中を爬《は》いすすんだのだ。ゆっくりと、いつまでも停止することなく。私の全身が虫だらけになり、やがて虫そのものに転化するまで……。（二〇：三三八―三三九）

大島は、「この病院内で死んでいった多数の患者」および、今や看護人としての役目も果たせなくなった「生ける同僚」を「ムシ」として理解する。つまり、虫とは、社会的に無用のものとされ、黙殺されつつもなお、もがき、のたうち回っているもののことである。この点で、虫は《動物》とその外延を同じくする。しかし、それに加えて、虫には、他者の肉体に潜り込み、寄生するイメージが付与されている。虫たちは、大島の身体に侵入し、その多様な声を拡散させる。大島は、それらの虫を飼い慣らし、支配することができずに、行動不能に陥る。このとき、大島もまた、社会的に無用な一匹の巨大な虫へと変身してしまうのである。

この変身が、前述の大島の他者への共振の能力に発することに注意せねばならない。つまり、大島は、社会的に無用とされた者たちと同じ地平で向き合い、共振することで、その存在様態へと限りなく接近していくのである。これは、甘野や一条が、それぞれ精神障害者の生から離脱し、超越的な次元を介在させることで、患者の権利を擁護しようとしたのとは対極的である。国家から見捨てられ、歴史にも記録されないような生、「まるで生存しなかったようにして、我々からへだてられている」生を、大島の身体は生き続けさせようとするのである。

そして、大島は、これらの出来事全体を手記として書く決意をする。しかし、それは、これらの虫たちを、書き手の権威のもとに統御するために行なわれるのではない。彼ら／彼女らの声は、何らの統一を持たないまま、過剰に手記のなかに溢れ返る。書く行為を通じて、虫たちは紙魚《しみ》となってますます増殖し、手記の宛て先である友人の精神病院長、ひいてはこの小説の読者たちへと潜り込んでいく。そのようにして、大島は、彼ら／彼女らの自律した人間性の幻想を解体しようとするのである。

これは確かに、グロテスクなイメージである。しかし、大島が体現するのは、このようにあらゆる存在者が、ときに「相手の存在を失わせる」に至るまでに、依存し合いながら生きているという、単純で根源的な世界の姿なのである。他者の依存や寄生を批判できるものは——実際、「寄生虫」という言葉は、ナチスをはじめ、ファシズム的な社会体制において、他者の排除のために繰り返される決まり文句だが[19]——、自分たちを中心に編成された世界のなかで、依存を依存と見せないまま「自律」の幻想に浸っていられる、恵まれた存在者＝「ニンゲン」に他ならない。逆にいえば、「ニンゲン」に、依存と寄生という根源的な事実を想起させるからこそ、動物や虫は、ときにグロテスクな存在として忌み嫌われるのである。

実際、病院での狂乱騒ぎを目にした憲兵の火田軍曹は、次のように吐き捨てる。

「これは病院ではない。これは諸悪の根源だ。これは害虫を育成する温床だ。君らは、日本の国体を内部から腐蝕させる、獅子身中のムシだ。君らは、医師でもない看護人でもない看護婦でもない。君らはそもそも病院職員の名にあたいしない、ムシつくりだ。いや、君たち自身が、ウジャウジャと害虫を繁殖させるムシ屋のかたまり、ムシそのものだ」(一〇：三五八)

火田は、大島らを「日本の国体を内部から腐蝕させる、獅子身中のムシだ」と蔑む。実際、佐藤泉が指摘するように、「生と死に過剰な意味付与を行う非常時は「英雄」や「英霊」の表象を作り出し、同時に役にも立たない生や非国民を作り出す」。その上で、「生のただなかに境界線をひき、生きるに値する生としない生、人間と非人間をその両側に作り出す生政治[20]」を根底から批判すべきだとすれば、それは、国家が最も嫌悪する、《動物》的な、あるいは虫的な生に、徹底的に内在する以外にない。孤独や死を恐れ、そのために他者に依存し、寄生する、そのような存在者の根源的な条件を、否認するのでも、止揚するのでもなく、その事実を前提にした繋がりを構想すること。その先に、「戦争人」の国家秩序を「内部から腐蝕させる」ための可能性も開けてくるのではないか。

『富士』において、結局大島はいかなる「治療」にも携わることがない。これを斎藤茂太のように、「甚だ奇妙な非オーソドックスな精神科医[21]」と批判的に捉えることもできるが、逆にこの点こそが重要だとも捉えられる。つまり、大島は、医師という特権的な立場から「治療」を施すのではなく、患者と同一の地平に立って、悩み、苦しみながら、あらゆる存在者を繋ぎ合わせる依存＝寄生の関係に自分の身体を共振させるのである。

もちろん、大島が、患者たちの抱える問題に都合の良い解決をもたらせるわけではない。だからこそ、大島は、手記を通じて、それらの声をさらに別の他者たちに繋いでいく。治す、すなわち自分たちに同化させるのではなく、異質なものが異質なものとして繋がり合っていること自体が、さまざまな誤解や衝突を孕みつつも、新しい変化を招き寄せることを信じて、その繋がりを維持し続けること。大島が辿ったこのような軌跡を、治療から分有へ、という言葉で呼ぶことも可能だろう。[22]

終章では、現在の大島の妻が甘野の娘のマリだということが明かされる。そして、友人の精神病院長は、大島に、「奥さんが希望なさるのでしたら、いつでも入院はひきうけますよ。作業も娯楽も前よりずっと自由になっていますから」と囁く。マリは、伝書鳩の間宮の凶行や、甘野邸の放火などに遭遇し、記憶にはなくとも、心に深い傷を負っており、院長の言葉はそれを念頭に置いたものだと解釈できる。つまり、大島もマリも、互いに患者としての資格を持ちながら、現在の段階では、何らかの治療に全面的に身を任せるのではなく、傷つきやすい身体を寄り添わせて生きていくことを選んでいるのである。

さらにこの二人には、衝撃を与える事件が起こっている。それは愛犬のポコの死である。二人はポコを車のトランクに入れ、山小屋を目指していたのだが、トランク内の熱気と排気ガスのために、ポコはバスケットから首を出そうとして、蓋に挟まれ、窒息死してしまった。ポコの死体を前に、大島は、犬という動物が人間に奉仕するために作られた種であること、そして、そのために人間に殉じて惨たらしい死を死んでしまったことを思う。大島は、「飼犬の性格と運命を、自分たちにつごうの良い変種として定着させた、犬の専門家たちの努力と智慧は、我ら精神科医師の努力と智慧より、素晴らしくもまた、むごたらしいものと言わねばならぬ」と考える。

このポコの挿話は改めて、《動物》を《人間》化しようとする「治療」の欺瞞を示すものだ。ピンク色の舌を出して動かないポコの姿は、「人間」という理念に振り回され死んでいく、「正常人」、「異常人」、すべてのものの傷つきやすさを暴露しているのである。

このような傷つきやすさを隠蔽するのではなく、出発点とすることで、すべてのものたちが異質なまま、依存し、寄生し合う、多中心的な繋がりを作り出すこと。『富士』が描くのはこのような方向であり、この点に、このテクストの、同時代の「狂気」をめぐる言説のなかでも、特異な位置を認めることができる。

結論

『富士』は、精神障害者と動物とを重ね合わせて描き出す。これは、一歩間違えれば、精神障害者への侮辱となる表現である。「精神障害者を動物扱いするなど、とんでもないことだ」という意見は全く正当であるように見える。

しかし、そのような論理で精神障害者を擁護する場合、《人間》的な生／《動物》的な生という、国家が恣意的に定めた生の価値の二項対立はそのままに温存されてしまう。また、精神障害者を、神のごとき知に至るための不可欠な同伴者とみなしたり、あるいは地上のいかなる権威をも否定する超越者にまで高めたりしようとする試みも、結局は、理想化を通じた、精神障害者の生そのものの否認に行き着き、差別を温存することにしかならない。

『富士』が、大島を通じて最終的に示すのは、《動物》的として蔑まれる生の次元まで下りていくことの重要性である。大島は、医師と患者という位階秩序を前提とした「治療」には関わらず、患者たちの声に自らの身体を開放し、共振する。さらに大島は、手記を通じて、それらの声を多くの他者たちへと繋いでいく。こうして、患者を「治療」するのではなく、患者と何ごとかを分有し、患者もそうでない者も、相互に対話を続け、共生の道を探っていくためのモデルが示されるのである。

近代国家は、依存＝寄生的な生を「動物的」あるいは「ムシ的」とみなし、否定する。しかし、むしろそのような生に徹底的に内在することで、国家による《人間》的な生と《動物》的な生の区分を乗り越えていくこと。泰淳が『富士』で示そうとしたのは、このような道筋に他ならなかった。

第十一章　『万延元年のフットボール』――傍らに寄り添う動物

　一九六三年に初めての子どもが障害を負って生まれてきたことは、大江健三郎の文学にとって決定的な転機になった。「空の怪物アグイー」（『新潮』一九六四年一月）や『個人的な体験』（新潮社、一九六四年）からは、その変化を明確に読み取れる。服部訓和は、これらの作品では、障害児の誕生という暴力的な出来事との遭遇から、「決して現在からは意味づけることが出来ない他者としての記憶」が問題にされるようになったと指摘している。(1)また、團野光晴は、「セヴンティーン」に見られるように、「「共死」の原理」と「その挫折から立ちのぼる抒情を本領としていた」大江の小説が、これらの作品を機に、「「共生」の「愛」の形の追求」を主題にし始めたと指摘している。(2)この記憶の次元の導入（それに伴う語りへの意識）と、異質な他者との共生という主題が、以降の大江文学を決定づけていくことになる。

『万延元年のフットボール』（『群像』一九六七年一―七月）も、障害児を持て余す父親を主人公とし、この文脈の上に書かれた小説であることは明らかだ。しかし、この小説は、大江の代表作ゆえに単独で読まれることが多く、先行・後続の作品との関係から論じられる機会が少なかった。さらに奇妙なことに、この小説には無数の動物の表象が登場するにもかかわらず、「奇妙な仕事」から始まる初期作品と比較しながら読む試みは、ほとんど存在しなかった。だが、障害児の誕生は、《人間》の規範から逸脱する他者との否認しがたい関係をもたらしたという点で、《動物》の問題を改めて提起するものではなかっただろうか。

以上のような観点から、本章では、『万延元年のフットボール』を《動物》の観点から読み直し、この作品を初期作品からの主題の一つの到達点として位置づけてみたい。具体的には、主体の解体、歴史と記憶、赦し、翻訳というこの小説の四つの主題と、《動物》の主題がいかに関係しているかに注目しながら、検討を進めていくことにしたい。

1　主体の解体の先で出会うもの

『万延元年のフットボール』の冒頭は、難解な文体で知られる。

夜明けまえの暗闇に眼ざめながら、熱い「期待」の感覚をもとめて、辛い夢の気分の残っている意識を手さぐりする。内臓を燃えあがらせて嚥下《えんか》されるウイスキーの存在感のように、熱い「期待」の感覚が確実に躰の内奥に回復してきているのを、おちつかぬ気持で望んでいる手さぐりは、いつまでもむなしいままだ。力をうしなった指を閉じる。そして、躰のあらゆる場所で、肉と骨のそれぞれの重みが区別して自覚され、しかもその自覚が鈍い痛みにかわってゆ

くのを、明るみにむかっていやいやながらあとずさりに進んでゆく意識が認める。（Ⅱ―：七）

小森陽一は、最初の文に「僕」という主語を代入すると遙かに「読みやすく」なる（「夜明けまえの暗闇に眼ざめながら、僕は、熱い「期待」の感覚をもとめて、辛い夢の気分の残っている意識を手さぐりする」）ことを例示する。その上で、「「僕は」という主格の代入は、「に」「の」「を」といった辞のレヴェルで発生したゆらぎの運動を潜在化させると同時に抑圧し、「意識」と「躰」の分裂を覆い隠し、すべてを安定した詞のレヴェルの意味作用へと回収してしまう」(3)と指摘している。つまり、この冒頭の文章は、主語（あるいは、主体、主権）によって統合＝支配される以前の、複数の他性の励起を表現しているというのである。

これは、蓮實重彦の『大江健三郎論』以来の読みの系譜に位置するものだと言える。蓮實は、「歴史の発信する記号は単数ではなく複数である」という前提のもと、この小説を、「百」という歴史の連続性を解体する、複数の記号＝シニフィアンの物語として読み直そうと試みた(4)。これに続き、柴田勝二は、この小説を、「自己同一性への懐疑と解体」の主題を追究した作品として評価した(5)。この主体の解体という読解の枠組みを、小森の文体分析も踏襲している。

ただし、彼らの議論は、この主体の解体の先にあるものについて、なぜか遠巻きにして避けてしまう印象がある。

そもそも、なぜ「僕」＝根所蜜三郎は、主体の解体に立ち会ってしまうのだろうか。それは、二つの暴力的な出来事に原因を持っている。一つは、赤んぼうが頭に重大な障害を負って生まれてきたことである。そして、もう一つは、親友が、「朱色の塗料で頭と顔をぬりつぶし、素裸で肛門に胡瓜をさしこ」むという奇怪な形式で自殺を遂げたことである。蜜三郎は、なぜそのような出来事が起こったのかと自問するものの、決して答えが得られない。それゆえに、これらは、決して過去にならない過去、服部の表現に従えば、「決して現在からは意味づけることが出来ない他者としての記憶」として、蜜三郎の無力さを告発し、未来に進む時間をせき止めてしまう。未来を喪失した蜜三郎は、時間の停止点である穴ぼこに落ち込んで、過ぎ去らない過去との関係に自分を引き裂かれるのである。

ここで重要なのは、友人と赤んぼうから、蜜三郎が動植物のイメージを受け取っていることだ。友人については、赤く塗った顔を見た祖母の「サルダヒコのような」という言葉に誘われ、アメノウズメに口を裂かれた海鼠《なまこ》を想起する。「アメノウズメは、新世界の原住民たる魚どもをあつめて支配権を確立しようと試み、沈黙して抵抗した海鼠の口を、此ノ口ヤ答エヌ口とナイフで切りさいた」。精神病の療養所に入りつつも、そこで不正と戦い、言い知れない思いを抱えて自殺してしまった友人は、神々への従属者としてのサルダヒコよりも、最後まで抵抗を続けた「海鼠の同類」だったのではないか、と蜜三郎は考える。また、赤んぼうについては、「絶対に意味を表現しない茶色の眼で穏やかに、もし植物に眼があるなら、植物がそれを覗きこむものを見かえすような穏やかさにおいて、僕を見あげた」、「薄暗がりの水のなかの水栽培植物のように、〔中略〕ただもの静かに存在しているだけだ」と、穏やかな植物のイメージが強調されている。

当然ながら、死者となった精神障害の友人、知的障害の赤んぼう、動植物のあいだには、それぞれ埋めがたい差異が存在する。しかし、沈黙のまなざしを通じて、主体を捕捉し、非対称的な関係を結ばせるという点で、これらの他者たちには共通性が見いだせる。これらの他者たちは、主体と共通の言語、共通の理性を持たない。それゆえに、主体は、これらの他者たちと向き合う際に、共通性を保証された他者に比べて、遙かに深い注意力を必要とされる。これらの他者たちは、ひとたびその主体に見棄てられれば、社会のなかで生存を脅かされたり、不在も同然になってしまったりする。(6) このように非対称的で、依存的な関係を結ばされるという点で、三者のイメージが蜜三郎の意識で重なり合うのである。

さらに、これらの他者たちは、それらと向き合う主体を、同じ動植物的な地位に引きずり込む。冒頭で、蜜三郎は、「胎児のように、なにもわからないで暗闇のうちに横たわって」おり、「痛む躰のなかでは荒廃した苦い毒が増殖して、耳と眼、鼻、口、肛門、尿道から、チューブ入りゼリーのようにゆるゆるはみだそうとしている」。この描写は、蜜三郎の、赤んぼうへの変身、そして「チューブ」という語が喚起するように、「海鼠」としての友人への変身を思わせる。また、蜜三郎には、「あらゆるものに判断停止して、この一瞬にピンでとめられた無力な昆虫同様に」なってしまったという記述も存在する。すなわち、主体に依存する他者は、それへの独占的な注意力を強いつつ、主体を、現実世界では不能扱いされる《動物》に変身させてしまうのである。(7)

このように、主体の解体の末に現われてくるのは、《動物》の発見と、それらとの依存的な関係を通じた、主体自身の《動物》への変身である。それは蜜三郎にとっては、ときに一方的な負担に感じられつつも、なお否認してはならない倫理的な関係として維持されることになる。

この構造は、「空の怪物アグイー」や『個人的な体験』、あるいは『ヒロシマ・ノート』(『世界』一九六四年十月―六五年三月)や、『沖縄ノート』(『世界』一九六九年八月―七〇年六月)のようなルポルタージュにも、共通するものだ。『ヒロシマ・ノート』や『沖縄ノート』でも、人間の法の保護の外部に追いやられた《動物》的な存在(原爆の死者、被曝者、アメリカ軍政下に見棄てられた沖縄の民衆(8))からの告発に向き合うなかで、書き手の「私」は引き裂かれ、現実的な無力さを露呈してしまうのである。

ここには、障害児の誕生を契機とし、過ぎ去らない過去、《動物》的な他者への注意力が喚起され、小説、ルポルタージュへと繋がっていくという、大江個人の道筋を確認できる。ただし、この体験は、同時代と響き合うものを持っていたことも確かである。

安保闘争後の所得倍増計画を端緒とする高度経済成長のなか、六〇年代後半の日本社会では、未来における進歩のヴィジョン(「熱い「期待」の感覚」)に対する違和感が広がりつつあった。例えば、水俣や四日市に代表される公害訴訟や、成田空港建設をめぐる三里塚での反対闘争は、工業化や近代化への根底的な疑義を喚起した。ベトナム戦争は、日米安全保障条約を背景に「西側」に位置することを改めて問い直すように迫った。また、いわゆる大学闘争も、学費や学内民主化などの問題に端を発しつつも、小熊英二が「高度経済成長にたいする集団摩擦反応(9)」と総括するように、本質的には、既定のレールに沿うことに対する自己否定の表現として位置づけられる。大学構内に築かれたバリケードは、これらの多様な運動の背後に存在した、未来へと進む時間をせき止め、考えるための時間を作り出そうとする共通の願いを象徴する。そして、それは、『万延元年のフットボール』で、自宅の庭に掘られ、蜜三郎がそこに入り込んで「観想」を行なう、あの深い穴とも決して無縁のものではないだろう。

これらの点からすれば、主体の解体を言うだけでは、同時代的なコンテクストを切り捨て、そこで賭けられていた他者への倫理的応答の試みを見失わせる危険がある。また、近年、この小説に消費社会批判の先取りを読もうとする試みについても、新たな可能性を開く一方で、これらの社会運動との連関を隠蔽する危険があるのではないかと懸念される(10)。

2　鷹とネズミの構造的対立

子どもを施設に預け、鬱屈する蜜三郎夫妻のもとに、アメリカ帰りの弟・鷹四が現われる。三人は、四国の「根所」家への里帰りに向かうことを決める。すでに鷹四は、故郷のスーパー・マーケット・チェーンの経営者とアメリカで出会い、生家の倉屋敷を売却する話をまとめていた。鷹四は、この帰郷を機に、「uprooted」(根なし)な自分の克服を目指しており、村に伝わる万延元年の一揆についても理解を深めたいと語る。ここからは、危機的な状況からの回復を、共同体の歴史への同一化に求めるというパターンが読み取れる。

それでは、鷹四の危機とは何なのか。この小説で、蜜三郎と鷹四は分身の関係にある。すなわち、蜜三郎が、知的障害のある子どもの放棄と、友人の自殺とに苦しむように、鷹四もまた、後に明かされるように、知的障害のあった妹と近親相姦を犯し、妊娠させ、自殺に追いやったという、取り返しのつかない過去に苦しんでいるのである。

ただし、帰郷後の兄弟は対照的な道を歩む。鷹四は、村の若者たちと積極的に交わり、万延元年の一揆についての歴史を共有し、ついには村の経済を脅かすスーパー・マーケットへの襲撃の指導者になる。他方、蜜三郎は、外傷的な記憶からの立ち直りを得られずに、一人引きこもりを続ける。しかし、蜜三郎は単なる傍観者に留まるのではない。蜜三郎は、鷹四が村の歴史を参照する際の「歪み」について執拗に批判を繰り返す。こうして、この小説には記憶の抗争という主題が出現するのである。

成田龍一は、「記憶は自らのアイデンティティの根拠であるとともに、「再構成された過去」であり、単なる「伝えられた過去」ではない」、「記憶の抗争はアイデンティティの抗争であり、記憶がつくり出される場所は政治的なるもののたちあらわれる場所である。しかも、個々の記憶は認知によって持続し再現しうるのであり、記憶はつねに「社会的次元」において存在するため、抗争が必然化される」[11]と指摘する。その上で、鷹四がアイデンティティの回復を求めて歴史の修正を辞さないのに対して、蜜三郎は、「死者の領有」を自分に戒めつつ、「複合的な多面体としての主体=アイデンティティ」[12]を模索するのだと論じている。

成田の整理は全く妥当なものだと思われる。しかし、成田は、二人の兄弟の対立するアイデンティティに与えられた動物の表象については、関心を示していない。このことが、成田の議論から同時代の文脈を奇妙なまでにそぎ落としているように思える。

まず、二人の名前に注目したい。鷹四には、「鷹」が喚起する、空高く自由に飛行し、獲物に勇敢に挑む、猛禽類のイメージが備わっている。他方、蜜三郎には、「蜜」が喚起する、静的で、受動的な植物のイメージが備わっている。これは、植物のイメージが付与された赤んぼうとの繋がりを連想させる。しかし、蜜三郎には、赤んぼうほどに自足した生は許されていない。我が子を見棄てた卑劣さを際立たせるかのように、蜜三郎には新たに「ネズミ」の表象が与えられ、鷹四との対比が強調される。鷹四の親衛隊である星男は、蜜三郎に対して、「本当に、あんたは鷹と似たところがない。あんたは、ネズミそっくりだ」と侮辱する。蜜三郎自身も、「――おまえは、ネズミそっくりだ！　といわれて動顛することはない。そのように罵られながらわきめもふらず自分の巣に駈けこむちっぽけなイエネズミが僕だ」とそれを肯定するのである。

ここに出現するのは、鷹／ネズミという対立構造である。この両者は、同じ動物の範疇に属しながらも、明らかに表象の性質が異なる。以下では、第六章と同じく、この二種を区分するために、鷹の系列の動物たちを《獣》と呼び、ネズミの系列を《動物》と呼び分けることにしよう。つまり、「人間以上」の力を持つ畏怖の対象としての動物を《獣》と呼び、反対に「人間以下」のものとして蔑まれ、殺害さえ容認される動物を《動物》と呼び分けることにしたいのである。

まずは、鷹の分析から始めよう。先述のように、鷹には、自由で自律した生のイメージと、敵に勇敢に挑む攻撃性のイメージとが内包されている。蜜三郎の妻の菜摘子が「みな鷹が決めることです。自分が何をやるかを鷹自身で決めます」と強調するように、鷹四は、村の若者たちの指導者として、その自由意志を誰からも制限されることがない。他方、鷹四は、「スーパー・マーケットの天皇」と呼ばれる経営者への村人の憎悪を煽るとともに、チームの規律を破った者に対しては、動かなくなっても殴り続けるような過剰な暴力を誇示する。ここからは、鷹が、自由と暴力の必然的な繋がりを体現することが読み取れる。

これは、鷹四が、アメリカで、アイデンティティの回復という目的を獲得してきた事実を想起させる。アメリカの国章はハクトウワシ（American Eagle）であり、鷹と鷲に明確な区別は存在しない。そして、この小説が、一八六〇年（安政七年／万延元年）の日米修好通商条約と、一九六〇年の日米安全保障条約改定とを結びつつ、一九六七年の明治維新（すなわち近代化）百年の祝祭モードを相対化することを志向するものだったという小森陽一の議論に従えば、[13]鷹四を通じて問われているのは、アメリカを模倣しつつ近代日本が獲得してきた主権＝主体の暴力性であることが分かる。実際、鷹四が訪問した同時代のアメリカは、自由と民主主義の名のもとに、ベトナムに大規模な派兵を行ない、ジャングルやトンネルに潜んだ現地の人びとを、あたかもネズミやモグラであるかのように非道な手段で殲滅しようとしていたのである。[14]

ジャック・デリダが論じるように、アメリカのみならず、国家は、獅子や鷹のような《獣》の表象を自らに付与することで、民衆に対して求心力を発揮する。[15]民衆は、この《獣》への同一化を通じて、自分が剝き出しの《動物》ではなく、自律した《人間》であることを保証される。こうして、《人間》と《獣》が、《動物》に対する暴力という点で共犯関係を結び、主権を維持していくという構造が浮かび上がってくる。

実際、鷹四は、スーパー・マーケットの天皇が、かつて村のはずれの集落に住んでいた朝鮮人だということを強調することで、暴動を組織する。鷹四は、「かれらは自分たちよりもなお惨めな朝鮮人という賤民がいたという再発見に酔って、自分たちを強者のように感じはじめたのさ。そういう蠅みたいな彼らの性格を集団的に組織するだけで、おれはスーパー・マーケットの天皇に対抗し続けることができるだろう！」と笑う。鷹四が言うように、共同体の成員の一人一人は、「蠅」のような脆弱な身体を抱えて生きているのであり、だからこそ《獣》の象徴に争って同一化し、《動物》の差別や排除に加担するのである。

他方、ネズミは、人間の生活圏の周縁にあり、伝染病の危険から、その駆除が正当化されている。しかし、蜜三郎はあえてこの危ういネズミの立場を引き受けることで、朝鮮人をはじめ、《人間》の歴史のなかで声を奪われていく《動物》たちへの感受性を発揮する。比喩的にいえば、蜜三郎の振舞いは、穴に落ち込んだ「鼠」が、日の射す地上に復帰することを望まず、「鼴鼠《もぐら》」に変身し、多方向に巣穴を展開していくかのようなのである。

鷹四は、敗戦直後に朝鮮人部落を襲撃して殺された次兄のS次や、万延元年の一揆を指導した曾祖父の弟を英雄視する。それは、万延元年の一揆の記憶、軍隊帰りの若者の朝鮮人部落襲撃の記憶を、現在の村の経済的貧窮に短絡し、スーパー・マーケットへの暴動を組織するためである。これに対して、蜜三郎は、S次が、最年少で、気が弱く、朝鮮部落襲撃の責任を負うスケープゴートにされたと主張し、自分の逃れられない運命を知り、倉屋敷の壁に向かって背を丸くして寝そべっていた姿を証言する。万延元年の一揆に関しては、鷹四のユーモラスな語り口に逆らって、人糞や人尿にまみれて転がっていた庄屋や村役人の死体について、また強姦された城下町の女や、それを救おうとして制裁を受け、放火された番人について言及する。つまり、蜜三郎は、鷹四の歴史の語りが隠蔽する犠牲者の存在に目を向けるのである。これらの存在は、死んだ友人や障害を負った赤んぼうと同様に、目的論的な歴史観では決して贖えない苦しみを象徴する。

先述のように、《動物》的な他者との真摯な対峙は、主権＝主体を解体に追い込む。このとき、主権＝主体は、有責なものとして引き裂かれ、他者に主導権を奪われ、もはや自律的ではいられなくなる。この事態を避けるために、主権国家は、これらの他者の声を抑圧しようとする。一九六四年、ベトナム戦争を戦うアメリカが東アジアの反共同盟の強化を必要とし、この結果、日本と韓国のあいだに日韓基本条約が結ばれた際にも、日本は明治以降の主権国家の体面を優先させ、植民地支配の賠償を曖昧にし、「経済協力」という名目で決着を図るという欺瞞を犯したのだった(16)。

確かに、成田が指摘するように、『万延元年のフットボール』では、九〇年代の歴史のナラティヴをめぐる議論が先取りされているように見える。しかし、この小説の枠組みからすれば、真に問題化されているのは、アメリカに追随し、近代日本が構築してきた主権＝主体の問題である。そして、このような主権＝主体の支配から脱する道が、《人間》の歴史から排除される《動物》への感受性に求められているのである。

3　傷つきやすさと赦し

鷹四と蜜三郎は、鷹／ネズミの機能を担いつつも、同時に揺らぎを内包している。この小説では、鷹四が傷つきやすい側面をさらけ出す瞬間があり、他方、蜜三郎も、勇敢な男性性に対する固執を捨て切れないさまが描き出されている。

例えば、蜜三郎は、鷹四から《獣》としての外観を破砕する《動物》の声を聞き取っている。ある真夜中、蜜三郎は、鷹四が素裸で雪の上を駆け、あっ、あっ、あっ、と声をあげながら横転する姿を目撃する。このとき、蜜三郎が感受するのは、空を自由に飛行する鷹ではなく、むしろ大地を孤独に転げ回る犬のイメージなのである。

> 犬ででもなければ、憐れにもむなしく勃起した自分のペニスをあのように率直にさらしうる者はいない。鷹四は、かれが僕の見知らぬ暗闇の世界において経験したところのことの累積をつうじて、孤独な犬のように切実な率直さを自分の属性としたのだ。犬がかれの憂鬱を言葉で語ることができないように、鷹四もまた、他人と共通な言葉によって語ることのできないあるものを頭の芯に重く結節させているのだ。(Ⅱ一：一四四)

蜜三郎は、鷹四が、「他人と共通な言葉によって語ることのできないあるもの」を抱えているのではないかと洞察する。鷹四はこの「あるもの」を、「本当の事」と呼ぶ。先述のように、その内容は、白痴の妹と近親相姦を犯し、自殺させてしまったという過去である。つまり、蜜三郎と同様に、鷹四もまた、自らが傷つけた《動物》的な他者との非対称的な関係において、傷つきやすい《動物》への変身を体験しているのである。

この共通性にもかかわらず、蜜三郎は鷹四の苦しみを放置してしまう。このことが、最大の破局を招く。暴動のさなか、突然鷹四は、村の娘を強姦しようとし、抵抗されたので、頭蓋骨を叩き潰して殺害したと宣言する（ただし、その真相は最後まで明かされない）。翌朝には村の住民によるリンチさえ予想される緊迫のなか、鷹四は蜜三郎を倉屋敷のなかに誘う。そこで鷹四は、白痴の妹にまつわる過去を、啜り泣きながら告白する。鷹四は、自分を否定し、自己処罰を望む言動を繰り返す。

しかし、蜜三郎は、鷹四を「危機に甘ったれてみせるが、最後のどんづまりにはいつも抜け道を用意しておく人間」と突き放した上で、「たとえ無意識のうちにであっても、きみは僕がそのような過去の体験ぐるみ現在の鷹を許容して、引き裂かれている状態から一挙にきみを解放してくれることを期待して饒舌にしゃべりたてたのではないか？」と厳しく追及する。言葉が言葉として発せられる以上、どれほど自己を否定し、他者を拒絶する内容のものであっても、その言葉はなお他者を志向し、赦しを希求する祈りの力を含んでいる。蜜三郎は、それを受け止めるのではなく、そこに付け込んで、鷹四を責め立てるのである。

なぜ、蜜三郎は、鷹四の告白を受け入れられないのだろうか。それは、蜜三郎も、罪を犯した者は、誰に頼ることなく、自らの命でそれを贖わねばならないという自律性の幻想を共有しており、かつ自分には不可能に見えるその道を、鷹四が「勇敢に」進もうとすることに、焦燥を感じているからではないか。そのために、蜜三郎は鷹四を自分と同じ不徹底な人間とみなしたがるのだと考えられる。

しかし、蜜三郎の言葉は挑発として機能し、鷹四は、「オレハ本当ノ事ヲイッタ」と壁に書きつけて、猟銃で自殺を遂げてしまう。言い換えれば、倫理的峻厳さとも見える蜜三郎の言葉は、鷹四を見棄て、最悪の暴力を振るうことにしかならなかったのである。

鷹四を死なせたことを悔やむ蜜三郎には、追い打ちをかけるような出来事が待っていた。鷹四の死後、スーパー・マーケットの天皇による調査を通じて、倉屋敷の床下に地下倉が発見される。蜜三郎は、そこが一揆の指導者だった曾祖父の弟の住処だったことを確信する。これまで蜜三郎は、曾祖父の弟が、処刑された仲間を見棄て、外の世界に出発したのだと信じてきた。そのこともあり、蜜三郎は、鷹四の悔悛に疑いを突きつけたのでもあった。ところが、いまや曾祖父の弟が、倉屋敷で自己幽閉の生涯を送ったことが動かしがたい事実として現われてくる。

蜜三郎は、自らの誤った思い込みを告発され、死んだ鷹四と遅まきながらの和解を図ろうとする。つまり、鷹四に赦しを与えることと引き換えに、自分も彼から赦しを得ようとするのである。冒頭と同じように、蜜三郎は、地下倉の穴に体を納め、鷹四や曾祖父の弟との対話を開始する。しかし、問題なのは、この和解の過程で、蜜三郎が彼らを「自分の地獄を乗りこえた者たち」と称賛することだ。

かれら自分の地獄を乗りこえた者たちの着実な存在感にくらべて、僕はいかに曖昧で不確実な気の滅入る日々を、いかなる積極的な意志もなく生き延びつづけてゆかねばならないか、それを放棄してもっと気楽な暗闇に逃れさる道はないのか？（Ⅱ一：二六二）

蜜三郎は、鷹四が自分の地獄を「乗りこえた」とみなす。しかし、「乗りこえる」とは、一体どのような事態を指すのだろうか。確かに鷹四は自殺したが、それは、妹の苦しみに対する誠実な償いになっているのか。あるいは、仮にそれが償いになるのだと認めたとしても、それでは、その自己処罰の踏み台にされた、村の娘（あるいはその遺体）に対する暴力はどのように贖われるのか。

蜜三郎の言説の歪みは、鷹四を、自分の罪を自分で裁いた自律的な主体とみなすことに起因している。さらに、そのような自律的な主体こそが男性的であるという価値観が付加されるとき、蜜三郎の目には、被害者の女性たちの存在が映らなくなる。彼女たちは、鷹四の男性性を輝かせるための付帯物になってしまうのである。このような自律性の幻想に囚われたままの蜜三郎の思考は、最終的に次のような地点に行き着く。

弱みだらけのペテン師じみた冒険をつづけた鷹四は、最後にかれの裸の上半身を柘溜のようにする銃孔に向って立った瞬間に、曾祖父の弟にならうべき熱望につらぬかれた自分の identity を確認し、自己統一をとげた。実の所、僕がかれの最後の呼びかけを拒んだことなどなにほどのことでもない。倉屋敷にこもる曾祖父の弟以下のすべての家霊がかれを承認し受けいれる声を、鷹四は聞きとったにちがいないのだ。その声に援助されてかれは自分の地獄を乗りこえるべく、激甚なかれ固有の死への恐怖にたちむかった。（Ⅱ一：二六三）

蜜三郎は、「すべての家霊」――そこには女性は決して含まれない――に承認された鷹四を、英雄的な男性として称賛する。この際、自己処罰をやり遂げた鷹四という表象を通じて、「僕がかれの最後の呼びかけを拒んだことなどなにほどのことでもない」という免責が図られる。しかし、蜜三郎の前で、自分の罪を告白して啜り泣き、突き放されると、「蜜、きみはなぜそのようにもおれを憎んでいるんだ？」と「無力な嘆きで濡れた声」でうめいた鷹四を、再びそのような英雄的かつ自律的な表象の内に閉じ込めることは、本当に正しいのだろうか。蜜三郎は、雪の上を駆け、あっ、あっ、あっ、と声をあげながら横転する、「孤独な犬」のような鷹四の姿を目撃した、ただ一人の人物ではなかっただろうか。

このように、蜜三郎が生前の鷹四を不当に貶め、赦しを与えるのを拒んだり、反対に死後の鷹四を英雄視し、女性たちの声を排除した場所で和解を結ぼうとしたりする背景には、蜜三郎がなお主権＝主体の圏域に囚われていることがある。つまり、蜜三郎は、ネズミとしての自分を肯定しようとしながらも、なお男性であり兄であるという矜持を捨て去ることができていない。この男性としての矜持が、自他の非対称的な依存関係、すなわち《動物》的な他者との関係を否認するように機能する。このために、蜜三郎は、各自の傷つきやすさを媒介に、加害者、被害者、第三者が結びつきながら、罪や苦しみを分有し、困難な赦しへと至るという可能性に開かれることがなかったのである。(17)

このような赦しの共同性は、決して罪や苦しみを安易に軽減するものではない。それどころか、妻の菜摘子が、蜜三郎に対して、「蜜、あなたがこれまでなにを知らずにいて、いまなにを知ったかということが、すでに死んでしまった鷹に意味があるの?」と鋭く問いかけるように、他者たちの介入は、出来上がった和解のコースを、絶えず解体するように働く。しかし、だからこそ、終わりのない対話を通じて、暴力の被害者への真摯な責任の取り方が問われ続けるのであり、その道程の先にしか、赦され得ない出来事の赦しが到来することはないだろう。

それにしても、なぜ『万延元年のフットボール』の赦しの問題はこれまで注目されなかったのだろうか。一つの推測は、蓮實重彦以来、「本当の事」にパラノイア的に固執する鷹四と、それをすり抜け、「本当の事」の分有可能性に向かう蜜三郎という構図のなかで、鷹四の苦悩があまりにも軽く見積もられてきたのではないかということだ。(18) しかし、問題は、蜜三郎と鷹四とのあいだの優劣を測ることではない。現に苦しんでいる他者への想像力を欠くとき、真理への懐疑というそれ自体は正しいはずの態度も、かえって非倫理的なものに堕してしまうのではないだろうか。

4 沈黙の叫びを翻訳する

最後に、蜜三郎が職業としている翻訳についても考察しておきたい。

蜜三郎は、死んだ友人との共訳の途上にあった本を倉屋敷に持ち込み、一人で翻訳作業を続ける。その際、蜜三郎は、「友人の書きこみや傍線の残っているペンギン・ブック版のテキスト」から、「友人の声の響きのする通信」を受け取る。大原祐治は、この点に着目し、蜜三郎は単に書物だけではなく、死者の声の翻訳にも携わる人物であることを指摘する。その上で、酒井直樹の「乗り継ぎする主体（subject in transit）」の概念を援用し、この小説を、「「内面的に分裂しており、複数性を生き、安定した位置を欠いている」〈翻訳者〉を主人公とし、「本当の事」を語ろうとしつつ、むしろその不可能性こそを暴き立て続ける」[19]と定義するのである。

ここからは、この作品の「翻訳」の概念を、単にある言語体系から別の言語体系への置き換えではなく、主体性を危険にさらしながらも、非対称的な他者の声を聴き取り、言語化を試みるという根源的な次元へと拡張しようという意図が読み取れる。しかし、大原の構想する翻訳の共同性の範囲は、かつて人間であった友人に留まり、《動物》たちを含むことがない[20]。それが、大原の議論を作品全体にまで及ぼす可能性を閉じてしまっているように思われる。

酒井直樹が「異言語的な聞き手への語りかけの構え（heterolingual address）」を重視し、「相互的な理解や透明な伝達が全く保証されていない「われわれ[21]」」の共同性を語るとき、その「われわれ」は《動物》を含むほどに異種混淆的なものではないだろうか。酒井が、「語りかける（to address）」と「伝達する（to communicate）」を区別し、「「語りかける」には言遂行表現（performative）としてその行為が達成する事態が除外されている[22]」ことを強調するとき、主体を、同質的な共同体（communion）から離脱させ、不確定な発話へと宙吊りにする契機として、《人間》の理性に保証されない《全き他者》の声の聴取が想定されてはいなかったか。

『万延元年のフットボール』は、蜜三郎という翻訳の主体が、自分の身体を通じて、常にすでに《動物》の声の翻訳を始めてしまっていることを提示する。例えば、蜜三郎は、「赤んぼうが瘤を切除されることは、すなわち僕自身が肉体的な何ものかを切除されていることにひとしいという認識の方程式」によって、赤んぼうの手術中、現実に「躰の奥底が鋭く痛むのを感じ」てしまう。また、死んだヤマドリの首をねじ切って肉にしようとするとき、「そのもう少し余分の力をこめることを内側から阻むもの」が蜜三郎の身体を支配する。そして、ヤマドリの本物の眼の下にある、白い極小の羽毛が密集した「ニセの眼」が見つめていることに気づき、蜜三郎はたじろいでしまう。このような描写から読み取れるのは、蜜三郎と、赤んぼうやヤマドリとのあいだで、苦しみの共振が発生しているということだ。そして、この共振は、新たな表現を求めて、蜜三郎の身体の中を駆けめぐるのである。

翻訳とは、決して言語を持つ《人間》に限られた関係性ではない。あらゆる能動的な、あるいは知的な翻訳に先立って、身体のレヴェルでは、受動的で、感性的な翻訳が開始されている。翻訳とは、生／死、健常者／障害者、人間／動物といった、あらゆる境界線を越えて、相互を結びつける関係性の謂いに他ならない[23]。

このようなレヴェルで捉えられた翻訳は、まさに「乗り継ぎする主体（subject in transit）」を要請する。条件なき他者たちの声は、理解＝包摂を拒み、終わりのない対話へと主体を引きずり込む。主体は、いかなる法則にも訴えることができないまま、すべては自分の思い込みにすぎないのではないかという不安に抗うようにして、そのつど一回的で固有の関係を、それらの声と結ぶ。このような負荷のなかで、主体は引き裂かれ、もはや主体ではないものへと変貌していってしまうのである。

しかし、この非対称的な依存の関係は、単に主体に負担をかけ、振り回すのみではない。同時にそれは、共生することの喜びを教えるものでもある。例えば、作品冒頭で蜜三郎が庭の穴の中に落ち込むとき、その傍らに飼い犬が寄り添っていたことを想起しよう。

いったん犬を降ろし、手探りして梯子《はしご》の位置を確かめ、それから犬を降ろした場所の暗闇をだきかかえると、もとどおりそこにすっぽりと犬がつまっている。微笑せずにはいられないが、持続する微笑ではない。犬はきっと病気なのだ。〔中略〕犬はものをいう犬がしかも黙っているように黙ったまま、僕の膝の上で平衡をとり、震えている熱い躰を僕の胸にわずかによせかけている。犬はその平衡をたもつために、鉤になっている爪を、膝の筋肉につきたててくる。（Ⅱ一：九）

犬はもちろん、蜜三郎がなぜ苦しんでいるのかは分からない。しかし、犬には、蜜三郎が苦しんでいるという事実は伝わる。だからこそ、犬は、水の溜まった穴の中でも、蜜三郎の隣に寄り添い、苦しみに共振し、せめて自分の体温を伝えようとするのである。翻訳は常に不可能でもあり、可能でもある。犬と人間という異種間において、すべてが相手に理解されることはないが、だからと言って、なにも伝わらないということもあり得ないのである。

他方、蜜三郎は、雪の上で、あっ、あっ、あっ、あっ、と声をあげながら横転する「孤独な犬」のような姿を目撃しながらも、鷹四の苦しみに寄り添おうとはしなかった。言い換えれば、蜜三郎は、犬から一方的に慰めを受け取るだけで、それを犬に返すことには思い至らなかったのである。しかし、その蜜三郎も、鷹四の自殺に衝撃を受けて、地下倉の穴の中で、「すっかり虚脱して濡れた犬のように震えながら数時間を過ご」す。そして、夜明けとともに外へ顔を出すと、妻の菜摘子が待っており、施設に預けた赤んぼうと、自分が宿した鷹四の赤んぼうと一緒に、もう一度生活をやり直すことを提案する。またしても、蜜三郎は、自らに寄り添う他者によって、赦しへの契機を与えられるのである。

このように、『万延元年のフットボール』では、主体の自由意志以前に、多方向の他者たちとのあいだで、あらゆる境界線を越えて、非対称的な翻訳の関係が開始されているという事実が強調される。このことからすれば、蜜三郎が動物採集隊の通訳としてアフリカに渡るという物語の結末にも、新たな意味を見出すことができるだろう。

菜摘子は、「鷹に対抗するために、自分の中の鷹的なものを故意に排除して生きてきた」蜜三郎が、「自分の中に、かれらと共有するものを確かめてみる」ために、アフリカへ行ってみるように勧める。菜摘子は、鷹四の隠された内面の「翻訳」のために、あえて鷹四の人生を模倣してみることを蜜三郎に促すのである。

しかし、それは決して強力な主体になることへの勧めではないだろう。確かに、蜜三郎に期待されているのは、採集隊と現地人のあいだで通訳をし、動物採集を円滑にするという仕事だ。そこには、《動物》を捕獲し、支配する、強力な《人間》のエージェントとなるという含意が存在する。しかし、再度繰り返せば、翻訳は、人間同士のあいだのみに限定された関係性ではない。蜜三郎は、動物たちを支配しようとしつつも、弱く、傷つきやすい動物たちのまなざしの前で、アイデンティティを攪乱され、むしろ動物たちの生に憧憬を抱き始めることさえあるかもしれない。そして、その《人間》と《動物》のあいだでの揺らぎこそが、鷹四の生そのものだったのかもしれないのである。そのことを知ったとき、蜜三郎は、自律的な主体の幻想に囚われたまま、過ぎ去らない過去と対峙することの限界を知り、菜摘子や子どもたちや飼い犬の待つ場所に戻り、鷹四を共同で記憶していく可能性を見出していくのかもしれない。そのとき、大江の文学は、周縁に追いやられた他者への応答という一貫した主題を維持しながらも、また新たな段階へと進んでいくことになるだろう。

結論

本章では、『万延元年のフットボール』における《動物》の主題に着目し、これまでの先行研究が取りこぼしてきた部分を補ってきた。まず、この小説に主体の解体を読み取る立場については、その先に出現する《動物》同士の依存関係を取り逃していることを指摘した。次いで、歴史と記憶に着目する読解が、現代歴史学から見た作品の先駆性を強調するあまり、同時代の日米関係を射程に収めつつ展開されている、主権の暴力性への批判を見過ごしているのではないかという疑問を提示した。さらに、蜜三郎と鷹四のあいだに優劣を浮上させてしまうような読解が、鷹四が見せた《獣》ならぬ《動物》的な苦しみを軽く見積もり、赦しという重要な主題を捉え損なっていることを主張した。最後に、翻訳に着目する読解は、最終的に、《人間》／《動物》という境界線を越えて、傷つきやすいもの同士が身体のレヴェルで生じさせる共振への着目に至るべきこと、その次元にまで下りて初めて、主権＝主体の乗り越えと、赦しへの共同的な歩みが可能になることを論じた。

『万延元年のフットボール』の冒頭には、一頭の犬が登場する。大江のデビュー作である「奇妙な仕事」の犬は、《人間》の暴力によって社会的に排除されるものからの告発を行なった。それに対して、この犬は、たとえ共通の言葉を持たず、共通の理解の地平を持たずとも、他者の苦しみは確かに伝播するのであり、そうである以上、それに寄り添う責任があることを、その身体の温かみをもって教えている。大江の中期以降の作品では、この犬が担っていた役割は、ジン、イーヨー、ヒカリと名指される障害を持った登場人物に継承されていくことになるのである。

第十二章　『別れる理由』――馬になる小説

小島信夫の『別れる理由』は、一九六八年十月から八一年三月まで、一二年半にわたって『群像』で連載された。当初は連作小説「町」の第一〇回として発表されたが、一回では完結せず、延々と引き延ばされ、ついに連載一五〇回、原稿用紙四〇〇〇枚に達したものである。その経緯だけで特殊だが、内容も従来の日本文学の枠を大きくはみ出すものだった。『別れる理由』は便宜的に三部に分けることができる。第一部（一―五八回）では、『抱擁家族』の設定を踏襲し、再婚した主人公・前田永造が、後妻との生活のなかで、回想や空想を無秩序に展開していく。第二部（五九―一一五回）では、舞台が夢の世界へと転換し、永造は『真夏の夜の夢』のタイターニアに変身してロバと交わったり、馬に変身して先祖のアキレスの馬が関わったトロヤ戦争について語ったりする。さらに、第三部（一一六―一五〇回）では、「『別れる理由』の作者」の視点に変わり、永造が「作者」の代わりに出版社の忘年会に出席し、実在の作家たちと議論を交わす様子が描かれる。この型破りな性格ゆえに、『別れる理由』は、連載終了後にいくつかの評論が出た以外は、二〇〇五年の坪内祐三の『『別れる理由』が気になって』までほとんど再読されてこなかった。(1)坪内の読解は、『別れる理由』を同時代の文化現象と交錯させ、現代文学として読む可能性を開くものだったと言える。

本章では、『別れる理由』を小島の初期作品からの主題の継承に注目しながら再読していく。以下では、『別れる理由』の第一部で表現された主人公の「主人」からの逃走の欲望が、第二部での夢の中での女性や動物への変身に繋がること、そして第三部に至り、変身を果たした主人公が、作者の「主人」としての支配を攪乱し、外部の多様なテクストを招き入れることで、作品を他者たちに開放された場所に変えてしまうことを論じていきたい。

1　代償行為としての姦通

『別れる理由』の第一部は、主人公の前田永造と妻の京子が、自宅のリビングで、京子の友人の山上絹子と談笑している場面から始まる。しかし、四六回に至っても、絹子は永造の家を辞去していない。つまり、たかだか数時間の場面が、連載で四年近くも引き延ばされるのである。これはどういうことなのだろうか。

『別れる理由』の冒頭部分を取り上げてみよう。

彼は妻の友人である山上絹子と話をしている。
妻はにこにこ笑いながら、きいている。

絹子は妻の誕生日にプレゼントをもってやってきた。香水が入っているらしい。このごろ香水ばかりたまっちゃったわ、とあとで彼の妻は言うだろう。男の香水というものがあるだろう。ああいうものをつけてみるかな、と彼は笑うだろう。何しろ僕らの少年の頃は、（彼は「少年の頃」とこのごろよくいう。ときどき「われわれ老人は」と先取りしていうのとおなじ心境からきているのに違いない）先生というものは、いいニオイがしたな。（Ⅰ：三）

冒頭からすでに物語の脱線が始まっている。永造は、妻への誕生日プレゼントを見て、絹子が帰った後に夫婦が交わす会話の内容を空想する。そして、彼の意識は、自分自身の最近の言葉づかいに向かい、少年時代に教師がつけていた香水の香りや、試験のときの思い出に飛ぶ。さらに、この後に絹子が『アンナ・カレーニナ』の映画を観た話をすると、彼は『アンナ・カレーニナ』のあらすじを想起し始める。このように、『別れる理由』では、物語現在が、収まりが悪いとでもいうように身じろぎを続け、そこに過去や未来の世界、空想の世界、文学作品の世界が侵入してくるのである。

このような『別れる理由』第一部の過剰な脱線について、江藤淳は、「作者は、発語されている現実の声と、決して発語されることのない幻の声とのあいだに存在し得る通時的な遠近法を、徹底して否定しつづけている(2)」と論じている。この指摘自体は妥当だが、江藤はこの特徴を、アメリカとの対決を避け、歴史感覚を喪失した同時代の日本の言語空間の反映だと意味づけてしまう。また、石川義正は、「『別れる理由』の「第一の世界」の企図とは、前田永造の「応接間」での「たかだか、

五、六時間」という限定された場面に、過去から現在にいたる現象と記憶と幻のすべてを相似の相のもとに位置づけることであった」[3]と的確に指摘している。ただし、石川も、この見解を、オリジナルなきコピーの氾濫という同時代の文化状況と性急に結びつけてしまう。

しかし、重要なのは、まずは作品のレベルに留まり、このような語りの構造——通時的な遠近法の消失、応接間での「たかだか、五、六時間」の無際限な増殖——が、どのような物語的な必然性のもとに導入されているのかを確かめることではないだろうか。

通時的な遠近法の消失については、トラウマという側面から接近が可能だろう。永造は、前妻の陽子に幸福な結婚生活を与えられずに死なせてしまったという強い後悔の念を持っている。それは、後妻の京子との生活で薄れるどころか、些細なきっかけで侵食を始め、永造の時間意識を著しく混乱させる。

永造は、京子を前にして、次のように考える。

彼は京子はいやがるかもしれないが、前の妻と今度の妻とは、同じものだ、とひそかに思いはじめていた。夢の中で重なるのが、一番正直なあらわれだ、と思った。〔中略〕

「可愛く見えて?」

とは一度もいわなかったとしても、それとおなじようなことを何度もいいつづけてきたのだろうか。いや、彼女〔陽子〕の全生活はそれをいいつづけていたのに、こっちはうっかりしていたのかもしれない。(I:一二三)

永造の目には、京子との生活が、陽子との生活と二重写しになって映る。京子の「可愛く見えて?」という言葉は、自分が陽子の言葉を取り逃し続けていたのかもしれない、という反省を永造に強いる。こうして、永造の過去は、現在に統合されないまま、現在と同じ重みをもって、永造の意識に絶え間なく流入するのである。

そして、この過去の流入が、現在の生活にも不安を浸透させる。自分は陽子と同じ不幸な結婚を京子にも強いているのではないかという不安が、永造に、妻と交わす「夫婦らしい」会話のシミュレーションを促したり、自分を慰めるための都合の良い空想――京子の息子を引き取ることで、夫婦の関係が良好になるといったような――を促したりするのである。

永造の回想や空想は、一つの強迫観念を指し示している。永造は、陽子との生活では、「頼りない人!」と非難されることを日々恐れていた。永造は、「私がリードすることになっているのかな、この家は」とおどけてみたりするが、「その私というの、よしてよ。いやらしい。誰に向っていっているつもりなのよ」とやり込められてしまう。また、京子との生活では、デパートの買い物に付き合い、「おそらく今日の自分の態度は合格であろう」と見積もったり、自分が前夫の伊丹よりも満足を与えているという言葉を京子から聞きたがったりする。

以上からは、永造の「主人」としての劣等感が読み取れる。「主人」でないから、陽子を不幸にしてしまった。「主人」でないから、京子も不満を溜めている。この意味で、この作品の物語現在が、「「応接間」での「たかだか、五、六時間」」だったことは示唆的だ。つまり、このことは、回想や空想の増殖が、自宅に客を迎えて、理想的な「主人」を演じるという状況に自分を合わせられないという、永造の身じろぎに由来するものだったことを示すのである。

さらに、この「主人」としての地位の不安定さは、物語形式のみならず、物語内容にも大きく関与している。すなわち、この不安定さが、姦通の主題を導入するのである。永造は、京子の前夫の伊丹と百合子、京子の友人の絹子と山上、同じく京子の友人の恵子と会沢、元家政婦さとのの妹の悦子とワシントンなどの家庭に、いちいち尋常ではない関心を示す。これは、上述の身じろぎと同種のものとみなせる。つまり、自分の家庭での居心地の悪さが、他の家庭との比較を促す。そして、他人の妻が夫に不満を抱いていることを知ると、永造の胸には姦通への欲望の炎がともり、際限のない空想が展開されるのである。

永造は実際に、陽子の生前に、恵子——永造の幼なじみで、後に京子の友人でもあることが判明する——と、姦通を犯した経験がある。永造は恵子と性交を終えると、「男としての機能を果した」ことに満足し、「この歓喜を〔中略〕出来れば妻に伝えたい」と考える。そして、「家のタタミのシミも壁のよごれも、石ケンのにおいも自分がつけたことがあるような、彼女〔恵子〕の身体に何年もふれてきて、そこまで導いてきたような気持」になり、「まだ見たこともない夫よりも、その家の主人であるような気がし、多少の気づまりから解放されてうきうき」(傍点引用者)するのである。

「男としての機能を果した」というのは、性的な不能から回復したことの純粋な喜びとして捉えられる。しかし、「まだ見たこともない夫よりも、その家の主人である」という思いからは、他の男性との比較のなかで、自分の「主人」としての卓越性を誇示しようとする欲望を読み取れるだろう。実際、永造は、「女の夫が一番いやがることをしたということ、その女を自分のものにしたということ」に喜びを感じている自分を発見するのである。

千石英世は、この小説に登場する人物たちは、「彼らの存立を庇護するはずの制度、彼らの存在を祝福するはずの神話、つまり一夫一婦制の恩典を、かならずしも十分に享受してはいない(4)」、「このような姦通は、単に生理的性の充足を求める事柄ではあり得ない。それは、もはや夫でなくなった男が夫のふりをして、妻でなくなった女が妻のふりをして行なう儀式であるだろう(5)」と分析している。この作品の女性たちの側にも、この指摘が当てはまるかは留保しておきたい。しかし、少なくとも永造に限れば、千石の指摘は妥当だと言える。つまり、永造の姦通は、生理的性の充足を求めたものではなく、自分の家庭で「主人」になれないこととの代償行為とみなせるのである。

しかし、このような男性性をめぐる争いに終わりはない。恵子との姦通を遂げた永造も、陽子がアメリカ人のボッブと姦通を犯すことで、再度男性としての権威を喪失することになるだろう。もちろん、問題なのは、姦通と呼ばれる行為の当否ではない。そうではなく、近代家族の鋳型に居心地の悪さを感じる男女が寄り添おうとする行為が、男性の意識のなかで、自らの卓越した男性性の証明へと変貌し、結局は自分がそこから逃走しようとした家庭規範に再び足をすくわれてしまうことこそが問題なのである。

2　トロヤ戦争を解体する

五九回から、『別れる理由』は夢の世界に移行する。夢の中で、永造は二度の変身を体験する。一度目は、『真夏の夜の夢』のタイターニアに変身し、ロバとの性交を始める。坪内の指摘に従って、ロバ＝「Robert」の重ね合わせに注目すれば、これは、永造が陽子となって、ボッブ＝ロバートに身を任せる挿話として理解できる。(6)『真夏の夜の夢』のタイターニアとロバとの性交は、夫（妖精王オーベロン）の強権的な支配に抵抗した妻に対する、同時代の社会の処罰の視線を反映している。(7)第九章で見たのと同じく、家庭規範から逸脱する女性は、《動物》（あるいは《動物》のように放埒な性的欲望の持ち主）とみなされ、軽蔑や嘲笑の対象となるのである。しかし、ここで永造は、あえて「動物と交わる女性」と同化することで、陽子の不可知の内面に接近しようとしている。

タイターニアへの変身の後、永造は、「ガリヴァに出てくる、あの馬の国の馬であるところの、フウイヌム」に変身してしまう。さらに、フウイヌムとなった永造は、『イーリアス』に登場する祖先のアキレスの馬についての話を始めるのである。

この荒唐無稽な夢の論理には、どのような意味があるのだろうか。もちろん、ロバからの連想で、同じ種に属する馬に行き着いたとも考えられる。しかし、西洋の文化において、ロバと馬とが対照的な位置を与えられてきたことも忘れてはならない。すなわち、ロバが愚鈍さを象徴するのに対して、馬は優美な体躯や疾駆する力から、自由や理性を象徴するのである。(8)『ガリヴァ旅行記』のフウイヌムもこの伝統に位置している。フウイヌムは、独自の言葉を話し、理性に基づく王国を築き、ヤフーと呼ばれる野蛮人を支配する種族として登場する。また、アキレスの馬（クサントス）は、人語を解すという点で、フウイヌムと重なりつつも、馬のもう一つの側面、すなわち戦争との関係を示唆する。馬は、古来より戦場に引き出され、さまざまな英雄物語を彩ってきた。『別れる理由』のアキレスの馬も語るように、トロヤ戦争を終結に導いたのが巨大な木馬だったことは、馬の軍事的な側面を端的に示しているだろう。

永造の夢は、フウイヌムがアキレスの馬を祖先として語るという構図で、同じ馬のなかに、理性と軍事的暴力との結びつきを示唆する。通常、理性と軍事的暴力は相反するものとして思いなされている。しかし、岡野八代が示すように、軍事力を独占し、領土と国民の排他的支配を宣言する主権国家が成立した後に初めて、理性を有し、自らの身体を自らで統制する自律的な主体の理念が一般化する。(9)言い換えれば、他者にさらされ、傷つきやすさを孕んだ身体を、主権者や主権国家が持つ軍事力に同一化し、否認した後で、他者に依存せず、理性に基づいて、己れを統御する主体の幻想が構築されるのである。この主体は、家族を統治する「主人」のモデルとして捉えられる。

さらに、主権の圏域では、理性を共有するもののあいだでは平和な関係が維持される一方で、理性から逸脱するとみなされるものには暴力的な排斥が加えられる。(10)これは、フウイヌム国のヤフーへの処遇（狩り、家畜＝奴隷化、殲滅論）が明確に示している。(11)このような文脈を追ってくれば、あるときは理性を、あるときは軍事力を象徴する馬が、実は両者の潜在的な繫がりを暴露する動物だという事実が浮かび上がるのである。
しかし、『別れる理由』の馬には、そのような象徴を超え出る可能性も与えられている。馬の永造によれば、アキレスは、決戦の前夜、アキレスの馬の眼つきから、トロヤ戦争への不審を読み取って、戦争の原因についての対話を始めたのだという。

『お前にも度々いわれてきたり、たとえはっきりいわれなくとも、お前の眼つきでわかっていたことだが、この戦争はまことに妙なものである。大の男たちが一人の王の妃が奪われたからといって、とりもどしに戦争をしかけにきたことはともかく、こう長びいて途中のことがどうなっているのか分らなくなっていることぐらいは私も知っている。意地というのか、何か色よい返事を迫ってメンツにかけて女にこちらを向かせようとあせっているようなもので、そういうときには、たとえその女を抱いたとしても、本当に心が開いているか、心と身体といっしょになっているか、どうか分りやしない、といったのと同じようなことだ』(Ⅱ：四三八)

トロヤ戦争は、スパルタ王のメネラオスが、王妃のヘレンをトロヤの王子パリスに奪われたことから始まった。『別れる理由』はこの点に注目し、トロヤ戦争の本質を、コキュ(寝取られ男)としてのメネラオスが、毀損された自分の「メンツ」＝男性性を回復してみせようとしたことに見ようとする。しかし、アキレスは、トロヤを破り、パリスを殺し、ヘレンを奪還したところで、何が解決するのだろうかと自問する。

アキレスはギリシャ軍の英雄であり、本来であれば、戦争への疑問は口にすることも許されない立場のはずだ。しかし、『別れる理由』のアキレスは、愛馬の眼つきに誘われ、疑問を口にしてしまう。それは、馬が戦争のために軍事化されながらも、《動物》としての地位から、《人間》の社会を相対化する力を宿しているからである。こうして、『別れる理由』の馬には、理性、軍事力の象徴に加えて、沈黙のまなざしを向け、《人間》の思い込みをほどいていく、対話の相手としての機能が備わっていることが分かる。アキレスは、このような馬との対話を通じて、トロヤ戦争の意味について考察を展開していくことになる。

ここでもう一度、アキレスと馬の対話を創作しつつ語っているのが、フウイヌムとなった永造であること、そしてこれらがすべて永造の夢であるという多重の入れ子構造に注目しよう。なぜ、永造の夢は、トロヤ戦争に行き着いたのだろうか。それは、永造とメネラオスが、外国人に妻を奪われたという点で重なり合うからである。

アキレスが語るメネラオス王の姿は、パリスの脱ぎ捨てたサンダルを整えるなど、第一部での永造の振舞いと意識的に重ねられている。(12) ここからは、メネラオス＝永造、ヘレン＝陽子、パリス＝ボッブという図式が見えてくる。そして、この三角関係を、外部からアキレスとアキレスの馬が批評し、検討していくのである。この意味で、高橋英夫が指摘するように、「トロヤ戦争の原因の探求は、永造自身がどうしても解き切ることができずにいる男と女の葛藤の原因探究の神話的転換なのである」。(13)

アキレスは、「ひと思いに、妻や男を斬り殺したくなる。それならお安い御用だからだ。何しろ我らは武人だからな。ところが殺したとしたとて、何になるものではない」と語る。例えば、永造が陽子を打ち、ボッブに謝罪させたところで、何ごとも片づいたことにはならない。むしろ、陽子の心は、ますます永造から離れていってしまうに違いない。

国家間の戦争では、暴力で相手を圧倒したほうが勝利する。しかし、家庭は非暴力的な共生を前提にしている。岡野がサラ・ルディックを引用しながら論じるように、家庭では「自分とは別個の独立した、刻々と変化を遂げる他者の身体に積極的に関わるなかで、他者との境界とのかかわり方が学ばれていく」のであり、これは、「はっきりとした境界線の峻別、自他の領域の絶対的な不可侵性の論理によって、自己の内部における、他なるものや理解し得ないものを排除し、領土を固守する」主権の軍事的な論理と明確な対立をなす。(14) それゆえに、アキレスによれば、スパルタの主権者であり、軍事力を一手に担うメネラオスでさえ、愛するヘレンの前では、無様《ぶざま》な夫としての姿をさらしてしまうのである。

この点から、アキレスの話が、連載にして二年に及ぶほどに延々と続く理由についても理解できる。アキレスは、馬が長い話に疲れ果て、自分への不信さえ抱き始めたのを感じ取り、「私だって武将として戦闘や作戦は好むが、文学じみた話は得手ではないのだ。それにどういうものかメネラオスとヘレンのことを語るときには、〈古典文学〉のようにいかぬのはどんなに口惜しいことだろう」と言い訳をする。これは、家庭での問題が超越的な視点から整理して語れるものではなく、「とり違えがあったり、思いの丈がとどかなかったり、せっかくいったことが、虚空の中へとび立ったまま帰ってこなかったり、地の底にもぐり込んでしまったり」するような、他者との対話的な文体を必要とすることを示している。

そして、このアキレスの長い話が、トロヤ戦争の再開を引き延ばしていることも重要だろう。アキレスの話は、一番鶏、二番鶏、三番鶏が鳴いても続く。アキレスの馬は、明日の戦争に差し障るので早くやめてくれればよいがと願うが、不思議と夜明けはいつまで経ってもやってこない。アキレスの馬はひそかに、「武人というものは、もっと言葉すくなに要点だけいえばよいものだ。〔中略〕これでは、まるでアキレス様がメネラオスになりかわったみたいではないか」と嘆く。ここからは、アキレスの馬が、アキレスの「女々しさ」に不信を抱いている様子が窺える。だが、逆に見れば、ここでアキレスの会話の文体に息づく家庭の原理（最終的な解決は存在せず、どこまでも互いにすれ違いつつ、それでも対話を継続していく）が、戦争の原理を遠ざけているともみなせるのである。

そして、アキレスの話は、アキレスとアキレスの馬の関係自体を変質させていく。当初、両者は、「つややかに光り輝く肉体」を共有する、一心同体の戦友として登場した。しかし、アキレスの話に感化され、アキレスの馬からは神話的な威厳が削げ落ちていく。アキレスの馬は、「へっへっ、何でも分かられちゃうんだな、この私は」とくだけた話し方になるが、アキレスはそれを歓迎し、対話を続ける。最終的には、アキレスの馬は、アキレスの誘いに乗り、ヘレンを演じ、「ねえ、あなた」と、女ことばで話し始めてしまうのである。

これを、アキレスによる、馬の旧来の象徴からの解放とみなすことができる。すなわち、アキレスの馬は、理性と軍事力の象徴という軛から解き放たれ、もっと自由でクィアな世界へと駆け出す。

アキレスの馬は、「自分をほかのものに変えて、その気になってみることは、とても大切なことだ」というアキレスの言葉を実践する。そして、「これからお前はヘレンになり私がメネラオスになるばかりでなく、お前はパリスにもなるがよい。その時には、私のほうがヘレンになってやる」とアキレスが応じるように、アキレスの馬は、アキレスを終わりのない変身へと誘うのである。

これを、再度永造のレベルで考えるならば、永造は馬＝《動物》の夢を通じて、男性性を回復するという道程の無効性を悟り、国家の主権と相似的である家庭の「主人」への固執を放棄し、自分の内部に抑圧された異質性とともに生きることを選び直したのだと言える。これによって、永造は、人間でもあり馬でもあるような存在として、『別れる理由』のなかで生きていくことになる。

3 「馬」の再演

一一六回で、アキレスたちの対話は中断され、視点が「『別れる理由』の作者」に移る。「作者」は、連載が一〇年に及んだことに言及し、最近は主人公の前田永造に話し方が似てきてしまったと嘆く。それればかりではなく、「作者」は、永造が毎晩のように電話をかけてきていることを明かす。永造は、『別れる理由』について自分の意見を述べるとともに、あれこれの文章を書き加えるように要求するのだという。

一〇年以上の連載を通じて対話をしていたのは、作中人物のみではない。作者と主人公も同様の対話を続けてきたと言える。永造が、女性や動物への変身を経て、「主人」の地位から下りようとする展開は、作者の側にも共振を生む。この結果、『別れる理由』では、作者が「主人」として作品世界を支配するという通常の物語構造が、もはや維持できなくなってしまう。これが第三部で表現されていることである。

特に、第二部で永造が馬になったことは大きな意味を持つ。なぜならば、「作者」は、小島自身と同じように、過去に「馬」という小説を書いたことがあることが明かされるからだ。永造は、「作者」への電話で、「だいたいあなたは馬好きで、きくところによると、ずっと昔、あなたが小説家として登場してきたころに、もう『馬』というタイトルの短篇小説を書いたときいている。〔中略〕このごろでは、私はもともと馬そのものであって、馬が人間の姿となって前田永造という存在になっているのではないかと、うさんくさい眼で見られる有様である」と非難を浴びせる。

第七章で見たように、「馬」では、「主人」の「僕」が与り知らないうちに、妻のトキ子が家の新築を進め、しかもその家の一階に馬が住むようになる。三浦雅士は、『別れる理由』と「馬」の相似について、次のように論じている。

作者の意図を超えて生成しはじめる作品は、僕の意図にかかわりなく増築されてゆく家である。〔中略〕『別れる理由』においては、馬に変身した前田永造がほとんど作品そのものを占領してしまうわけだが、同じように『馬』においては、トキ子の乗る馬がほとんど家そのものを占領してしまうのである。(15)

つまり、『別れる理由』での物語の増殖は、「馬」での家の増築に対応しており、『別れる理由』で、永造が作品を占拠してしまうのは、「馬」で、五郎という馬が「僕」の家を占拠してしまうのと対応しているというのである。

実際、この直後、永造は、「作者」が出席するはずの出版社の忘年会に先回りし、実在の作家たちと議論を交わし始める。「作者」はといえば、会場の柱の陰から、彼らが談笑する様子を覗き見ている。これは、「馬」で、「僕」が精神病院に隔離され、その窓から、自分の家の様子を覗き見る様子を想起させる。このように、『別れる理由』の第三部は、「馬」の再演と言うべきものなのである。

永造が忘年会で出会うのは、藤枝静男、柄谷行人、大庭みな子、森敦、森の付き添いの森富子ら実在の作家たちである（正確には、「と呼ばれる男」「ということになっている女」など、現実とのずれは折に触れて強調される）。ここで重要なのは、永造が、彼ら／彼女らの文章を作中に引用する機能を果たすという点だ。

例えば、永造と藤枝の対話は、「作者」が作中に藤枝の「悲しいだけ」（『群像』一九七七年十月）の一節を引用する呼び水となる。「——「ああ、アア」と私は思った。それは三ヵ月前の妻の死のときとまったく同じ光景のようだった」、「「妻の死が悲しいだけ」という感覚が塊となって、物質のように実際に存在している」という藤枝の文章の引用によって、読者は、愛妻を亡くした男の物語という点から、『別れる理由』と「悲しいだけ」を併せ読む可能性に気づかされる。「「妻の死が悲しいだけ」という感覚が塊となって、物質のように実際に存在している」とは、『別れる理由』

第一部の、遠近法を失った過去と共振するようにも思える。

このような過程は、他の作家のテクストとの関係においても反復される。例えば、作中の柄谷行人は、『マルクスその可能性の中心』（『群像』一九七四年四―九月）を片手に、「マルクスのいう諸関係の総体」、「重複し、交錯し、多元的に織りあわされた諸関係の網目であって、そこには中心はない」ものについて論じる。このとき、「作者」を追放したこの『別れる理由』の第三部の構造自体こそが、柄谷の言う「中心を持たない諸関係の網目」の実践なのではないかと気づかされる。

また、作中で大庭みな子が登場すると、男性たちは彼女の「淡交」（『文藝』一九七八年一月）を引用し、褒めそやす。引用の前後を確かめると、男性を皮肉に描き出したこの作品で、男根が、「おそろしく無機的な、あらゆる空間を埋ずめてぎっしりと林立したボウリングのピンのような味気ないもの」に喩えられていることに気づく。すると、たちまち『別れる理由』の第一部で、永造がワシントン氏からボウリングを習う場面が、エロティックな含意を持つ場面に変貌してしまうのに驚かされるのである。

三浦雅士の比喩に従い、作品が作者の創り出した家なのだとすれば、永造は、異質な他者たちを、家の内部に次々と招き入れてしまう。この結果、主人公も作者も、ますます作品の「主人」の地位から転落していくことになる。『別れる理由』は、もはやそれ単独では完結せず、他者のテクストに根源的に依存しながら、自らを絶えず生成変化させていくのである。(16)

最後に、『別れる理由』を締めくくるべく登場するのが、「『月山』の作者」と呼ばれる森敦である。これは、作中でも言及される森と小島との親密な関係に基づく。小島は戦後に森と知り合い、以後、創作に行き詰まるたびに、森のもとに通い、文学の教えを乞うていた。(17)この関係は、作中では「『月山』の作者」の口から、「ぼくとあなたとの仲は、何といっても濃いもので、一心同体ともいえばいえるが、ホラ、まったくの反対の人間で、それだから長い間、つきあってきており、どうせ人間というものは同じになれるものではなくて」と語られている。このような二人の親密な言葉のやり取りを読むとき、『別れる理由』自体が、「『別れる理由』の作者」と「『月山』の作者」という別れられない二人の関係を持続させるために、一〇年以上にわたって書き継がれてきたのではないかとさえ疑いたくなるのである。

実際、この二人の関係は、小島の前妻と後妻との関係を貫いて持続している。そして、『小島信夫全集』(講談社、一九七一年)の最終巻に掲載された、作者協力のもとに作成された年譜を確認すれば、一九五七年の項に、「〔アメリカへの〕出発の前夜「神のあやまち」について森敦と徹宵して語り合い、出港前に原稿を編集者に渡すということになり、一事が万事こういう態度が妻の不満を買っていたらしい(18)」との一文があることに気づく。仮に「こういう態度」を、長期の別離になるにもかかわらず、妻を放置し、森と創作について語り合う態度とした場合、前妻の最大の不満は、文学を介して男性同士の絆を構築する一方、それを解さないものとして妻を排除する、そのような夫の振舞いだったのではないか、という疑念さえ浮かんでくるのである。

このように、「森敦」という外部テクストの引用からは、小島文学の生成過程におけるホモソーシャリティが露出してくる。この視点は、「『別れる理由』の作者」と「『月山』の作者」の「恋人どうし」のような電話の合間に、「もうやすんで下さい」、「私、そんなことはないと思うわ」などと、まるでノイズのように「女」（森富子）の声が介在してくることの意味を理解させてくれる。同時にこの視点は、永造の物語のレベルで、「主人」でないことよりも、永造が陽子を対等なパートナーとみなさないことこそが、陽子の姦通の原因だったのではないかという新たな読みを生成するのである。

もちろん、このような読み方が作者の意図に沿っているのかは定かではない。しかし、『別れる理由』の第三部は、もはや作者の意図を忖度すること自体が、作者の意図に反するような構造になっている。「作者」が結末で「別れる理由もこれからですものね」と語るように、『別れる理由』は、引用された外部テクストが、読者を媒介としつつ、さらに別の外部テクストを招き入れていくことで、新たな意味を次々に生産し、終わりを持たない作品へと変貌したのである。

家庭で「主人」としてあることへの落ち着かなさから始まったこの小説が、このような地点に辿り着いたのは興味深い。第二部で馬となった永造が、第三部では、所有や支配の境界線を越えて、外部のテクストを内部に導入する。これによって、作品世界は、「主人」を持たず、「年齢、性別、性的指向性、出身地、宗教、文化、民族、人種、ときには国境を越えて、「偶然」ある一定期間互いのニーズに呼応し合う人々が集う場[19]」となる。この作品＝家の構造は、この作品の内容のレベルで随所に見られる男性中心主義やホモソーシャリティを越え出ていく潜勢力を秘めている。このような地点から、もう一度、「主人」になれない永造、妻の役割に閉じ込められて苦しんだ陽子、また前夫とのあいだに子どもを残して再婚した京子という戦後家庭の物語を読み直すこと。『別れる理由』は最後に、このような要請を読者に提示しているように思える。

結論

『別れる理由』の永造は、これまでの小島の作品がそうだったように、家庭において、「主人」であることに根源的な不安を抱える主人公として設定されている。この結果、第一部の永造は、自宅のリビングで客を応接しつつも、意識の触手を絶えずいま・ここの外部へと伸ばし、物語を増殖させることになる。さらに、この外部への志向は、他人の妻との姦通への欲望を唆《そそのか》しもする。ただし、姦通という行為は、女性の所有をめぐる男性同士の闘争に繋がり、永造を再び男性であることに束縛してしまう。

しかし、第二部の永造は、夢の力を借りつつ、自らの男性性へのこだわりを徐々に捨て去っていく。この際に重要な位置を占めるのが、馬の存在である。『別れる理由』の馬は、理性や軍事力を象徴しつつも、なおそれを越え出ていく可能性を秘めている。馬になった永造は、『ガリヴァ旅行記』や『イーリアス』の世界を渡り歩き、そこに登場する馬との関わりのなかで、自らを変質させていく。

『別れる理由』は第三部で、馬になった永造が、作品の「主人」である「作者」を追放するという、かつての「馬」の再演の様相を呈する。しかし、「作者」は、もはや永造から作品の所有権を奪い返そうとはしない。この結果、「主人」を失った作品は、永造が招き入れる、外部の他者のテクストとの交通を始める。こうして、作品＝家の内部では、成員たちが同一性から解放され、多様な関係を結び合い、生成変化していく空間が実現するのである。

『別れる理由』は、その実験的な作風から、「現代文学」という文脈で論じられることが多い。もちろん、それも誤りではないが、内容を詳細に検討すれば、そこには、主人＝夫＝男性であることへの根源的な違和感、並びにそれを越え出る可能性を、馬という《動物》との関係に求めようとするという点で、小島の初期作品から一貫した主題を読み取れるのである。

終　章　非対称的な倫理

1　戦後文学と動物

本書では、武田泰淳、大江健三郎、小島信夫という三名の戦後作家の文学における《動物》の主題について考察してきた。ただし、《動物》についての関心は、この三名のみではなく、他の戦後作家にも広く共有されているものである。それらを総覧的に論じるのは論者の能力を超えているが、ここではいくつかの作品の例を提示し、その広がりを素描してみたい。

第一次戦後派を代表する作家といえば、野間宏の名前がすぐ挙がるだろう。「暗い絵」(『黄蜂』一九四六年四・八・十月)のブリューゲルの絵の描写には、すでに「爬虫類の尾をつけた人間」や「四つばいになった獣」といった不気味な亜人間たちの表象が溢れていた。これは、戦争の惨禍を経て、人間性を喪失したものたちの比喩として登場している。

だが、ここで注目したいのは、「崩解感覚」(『世界評論』一九四八年一・二・三月)である。「崩解感覚」にもまた、《動物》の排除と抑圧という主題が明確に表われている。

主人公の及川隆一は、恋人の西原志津子に会うためにアパートの部屋を出るが、下宿の主婦に呼び止められる。荒井という大学生が首吊りをしたので、警察を呼んでくるまで死体の見張りをしていて欲しいというのだ。このとき、及川には、かつて自分が軍隊で手榴弾を腹に抱えて自殺を図ったときの記憶が甦ってくる。このとき味わった「ぐにゃりとした、肉のくずれ去る感覚」が「崩解感覚」と呼ばれるものである。

これが「崩壊」でないことが重要だ。つまり、壊れてしまって飛散するのではなく、崩れて解《ほど》けつつも、なおそこに生き延びて、うごめいている生命や肉体のありようこそが「崩解感覚」の正体なのである。この「崩解」は、明らかに人間性や主体性の「崩解」であり、《動物》の生の露出に他ならない。実際、野間は戦中・戦後の自分を、「うに」、「ひとで」、「全身海綿状をした動物」として表象していた[1]。さらに、川崎賢子が指摘するように、「崩解」した肉体に開いた穴のイメージや内臓感覚のうごめきは、男性的な官能を越えて女性的な官能を示し、及川のクィアな身体性を露呈させている[2]。

しかし、及川は、「それ〔自殺未遂〕はたしかに屈辱にみちた思い出であった。彼の意志力の弱さを彼につきつける思い出であった。自殺することによって軍隊生活の醜悪な圧迫と苦痛から自分を救おうとする考えは、哀れな弱者のもつ考えであり、それ故に彼はこのときのことを思い出すということをいつも避けているのだった[3]」〔傍点引用者〕という理由で、この「崩解感覚」の記憶を抑圧する。つまり、主体は「意志力」によって自己を統制しなければならないのであり、それができないのは「哀れな弱者」だという論理だ。

この結果、及川は、荒井を女性化しつつ（「カントやヘーゲルやヤスパースの名前が幾度か動かしたその若い女のような唇」〔傍点引用者〕）、「哀れな弱者」との共感を断ち、また志津子と対等な関係を結ぶこともできない。及川は、どこにも辿り着けない孤独な主体として、街を彷徨する。ここには、「意志力」を備えた主体性（人間性、男性性）の理念が、《動物》的な次元の露出を抑圧し、相互に崩れ、解け、絡み合う共生の地平を不可能にしてしまうという、本書で確認してきた論理を認めることができる。

第三の新人のなかでも、小島と並んで、男性性への懐疑と《動物》への関心を示したのは、安岡章太郎だろう。ここでは、「愛玩」（『文學界』一九五二年十一月）を取り上げたい。

主人公の父親は獣医官として軍隊にあったが、引き揚げてくるとすっかり意気喪失してしまい、家から出ようとしない。家計が逼迫するなか、父親はかつての部下から、ウサギの飼育を勧められ、家じゅうをウサギでいっぱいにしてしまう。

> 家全体はまさに家畜小舎だったが、それよりも僕をおどろかせたのは家族のものがお互いに、へんに家畜じみて見えはじめてきたことだ。〔中略〕鼻の穴に白いウサギの毛をからませて、呼吸のたびにそれがヒクヒクゆれているのも知らぬげに、前歯をうごかしながらものを食っているときなど、だんだん父の顔からは人間風なところが消えてゆくようだ。母はまた、子ウサ

ギをみたとたんから、あらたな母性をよみがえらせた。毛のムクムク生えた小さな動物を二六時中抱いて、胸をひっかかれるのもかまわず、ふところへ入れて寝たりする。そして僕が赤ン坊だったころのことを、ウサギに話しかけでもするように、くりかえしくりかえし子供の言葉でつぶやいている。(4)

父親は夜中には「オキキモモ（おチチのむ）」と幼児のような寝言を言うようになり、脊椎カリエスで伏せる「僕」は、屠殺場の親方になった父親に皮を剝がれる幻想を見るようになる。明らかに、ここでのウサギは、人間性＝主体性＝男性性を剝奪された弱者、すなわち《動物》として描かれている。そして、ウサギの「チュウ、チュウ」という鳴き声が「陛下のお声をはじめてラジオできいたときのような、ある空しさ」に繫がっていると語られるのだから、この《動物》は、「僕」たち一家のみならず、戦後の日本人全体のアレゴリーでもあることになる。(5)

最後には肉の仲買人が訪れ、一匹のウサギを摑み上げ、哄笑する。ウサギは仲買人の腕に噛みつき、「僕」もまた「もっと噛め！」と心の中で叫ぶのだが、あえなくウサギは柱に頭をぶつけられてしまう。これは、同じ安岡の「ガラスの靴」（『三田文学』一九五一年六月）で、主人公の「僕」が、クレイゴー中佐という占領者が留守中のみ可能だった、恋人の悦子との「ゴッコ」のような恋愛（その終盤に、二人は「あウ、あウ、あウ」という「動物の鳴きマネ」で意思疎通していた）を終わらせようとし、挫折する筋立てを想起させる。「僕」は悦子と強引に肉体関係を結ぶことで、主体性を回復しようとするのだが、その瞬間、悦子は「毀れた人形」のようになってしまう。「愛玩」と「ガラスの靴」の結末に共通して見られるのは、主体性を回復しようという試みは必ずしも希望のある未来に繋がらないということ、それとは別の仕方で他者との関係を模索せねばならないのではないかということの示唆である。[6] これは、江藤淳の図式と異なり、第三の新人たちは、主体性の回復という問題をより慎重に考察しようとしていたことを証し立てている。

大江に先駆けて、「太陽の季節」(『文学界』一九五五年七月)でデビューを果たした石原慎太郎もまた、《動物》の主題と無縁な作家ではない。「生れる前から存在していた文明秩序に、未だ我々〔若者〕は飼い慣らされていない。社会の文明があくまで、人間の実在をより完全化するための手段と補助具に過ぎぬかぎり、人間はいかなる文明秩序のうちにおいても、あくまで本来の目的である自己の人間としての実在を求めなくてはならぬ」[7](傍点引用者)と宣言した石原は、文明秩序や知性よりも「行為」を上位に置く姿勢を明らかにした。それは、「狼生きろ豚は死ね」(劇団四季で初演、一九六〇年)という直截な題名が示すように、制度に飼い慣らされた家畜と、それを食い破る《獣》という表象を伴う。石原の『亀裂』(『文學界』一九五六年十一月―五七年九月)に影響を受けたと言われる三島由紀夫の『鏡子の家』(新潮社、一九五九年)で、サロンに集まった四人の青年の「壁」を乗り越える試みが挫折した後、鏡子の良人が犬たちとともに帰還し、「ひろい客間はたちまち犬の匂いにみたされた」とされて終わるのも、同様の飼い慣らされた《動物》への厭悪を表わしているだろう。[8]

だが、石原の小説のすべてが、反知性主義に彩られた《獣》の称揚で終わっているわけではない。

ここでは「鴨」(『中央公論』一九六一年四月)を取り上げる。主人公の少年は、鴨撃ちの案内人をしている。育ての祖父を失って、親方の家に住まわせてもらっているが、周囲からは「ダボハゼ」の「ダボ」と呼ばれ、馬鹿にされている。しかし、偶然、親方の前で、アメリカ人の客の持ち物だった拳銃を手にした少年は、親方の脅えた眼に促されるように、「俺あ、ダボじゃない」と言い放ち、親方とその妻を射殺する。そして、知合いの初江を連れ、逃避行に出る。

ここからは、「ダボハゼ」という愚鈍な《動物》に擬せられ、差別されてきた少年が、拳銃を手に入れることで、他の人間たちを狩る《獣》に変身するという構図を読み取れる。しかし、少年も最後には警官隊に追い詰められてしまう。そこには、再び「ダボ」と呼びかける、親方の息子の武夫も加わっていた。少年はせめて武夫を撃とうとするが、その瞬間、警官の銃弾が少年を撃ち抜く。


真っ赤な拡がりの中で彼は突然、自分を一羽の鴨に夢見た。鴨は鳴いていた。鳴きながら彼は羽ばたこうと努めた。

羽ばたきながら彼は倦かずに射ちかけて来る鉄砲の弾の衝撃を遠く、体中に感じていた。意識が尚薄れ、彼の潜っていく水の暗さが増していった時、その果てに彼は自分に向って輝いて近づくものを見た。

彼を見つめる眼だった。見る間にそれは近づき眼の前一杯に拡がる、千切られて胴を離れた鴨の首だった。

鴨の首は少年に向って鳴こうとして見えた。少年ははっきりその首に見覚えを感じていた。

声の出ぬ首に代って、少年は鳴いた。(9)

ここで少年は、狩られる側の鴨となり、自らの傷つきやすさを露呈している。《動物》を否定し、《獣》になろうとする試みは、どこにも到達することができず、最後にはより強大な暴力によって鎮圧される以外にない。「鴨」は、このような隘路を、危険なほど抒情的に描き出した作品なのである。

2　動物への暴力を乗り越えるために

以上のように、《動物》の主題は、戦後文学に広く共有されたものだった。とはいえ、やはり本書で扱った武田泰淳、大江健三郎、小島信夫という三名の作家が、戦後作家のなかでも、《動物》の問題に最も強く関心を示し、その探究を最も遠くまで推し進めたことは間違いない。

彼らは、戦場に、戦後社会に、あるいは家庭の内部に、《人間》と《動物》の境界線が存在していること、そしてそのような境界線の背後には近代的な主権国家が存在することを明らかにした。ここでの主権国家とは、市民革命を経て、特定の統治者ではなく、国家それ自体が主権の担い手とみなされるような国家形態のことを指す。主権国家の組織にあたっては、「人権」(=人間の権利)の概念が決定的な役割を果たした。しかし、アメリカの独立宣言やフランスの人権宣言において、当初、権利を享受できる《人間》の範囲が「市民権を持つ白人の男性」に限定されていたことはよく知られている。言い換えれば、《人間》とは、身分に基づく支配関係に代わる、新しい支配関係を告知する理念という側面を持っていたのである。理性を持つ《人間》は、理性を持たない《動物》よりも優位に立つ。このような考え方が、社会のさまざまな領域で新たな支配関係を構築するとともに、また他国の侵略や植民地支配を正当化することに繋がった。そして、《人間》と《動物》の境界線の本質的なあいまいさは、主権国家の国民全員に対して、いつ自分が《動物》の地位に落とされるか分からないという恐怖となって、主権国家への同一化を強化するように機能したのである。

もちろん、「人権」という理念は、被抑圧者にとって極めて重要な武器でもあった。「私たちも同じ人間だ」というスローガンのもとに、権利の拡張運動が行なわれ、苦しく長い闘争の果てに、多くの差別や暴力が解消する兆しを見せつつある。しかし、その際に、何が《人間》とみなされ、何が《動物》とみなされるのか、両者の分割は国家のどのような要請によっているのか、という点が問われない限り、暴力の可能性は残存し続けるだろう。(10)

それでは、武田泰淳、大江健三郎、小島信夫の文学は、《人間》と《動物》の境界線について、具体的にどのような乗り越えの方法を提示していただろうか。以下では、この点を中心に、これまでの議論をまとめてみたい。

武田泰淳の作品から読み取れる方法は、有限性の肯定と「混血」による多元化である。

「審判」では、中国の老夫婦を《動物》とみなして射殺した記憶が、二郎の自覚を超え、鈴子の存在を媒介とし、戦後に回帰してきてしまう様子が描かれていた。このとき、二郎は自己を完全に統御する一元的な主体であることをやめ、《動物》の声が身体中を環流する多元的な主体となる。結局、このような自分の変化を恐れ、二郎はすべての人間関係を断ち、中国に留まる決意をするのだが、この作品で示された可能性は、後の作品で「混血」という名で名指されることになる。

『風媒花』では、「混血」の主題が前面に出される。しかし、それは、必ずしも狭い意味での「混血」に限られるものではない。風媒花の形象が示すように、海の対岸に分断されつつも、朝鮮半島で苦しみ、《動物》のように死んでいく人びとの声、あるいは灰は、風に運ばれ、戦争を「特需」と喜ぶ日本に住む人びとにも降り積もる。この灰の花粉がどのような花を咲かせるのかは、それぞれの土壌によって異なるだろう。それでも、《動物》の灰は、歴史のなかでなかったものにはならず、複数のものたちを媒介しながら、生き続け、責任を喚起し続ける。このように、主体の内部で生き続ける他者たちの声こそが、「混血」が示す内容なのである。

「ひかりごけ」では、ひかりごけの形象を通じて、主体とは他者の光を喰らった、その残りのものなのだということが提示される。生きるものはすべて有限であるから、他者を食べ、体内に取り込むことで、その命を長らえている。しかし、人間は、しばしばこの関係性を否認し、自律的な主体であると僭称する。それゆえに、彼ら／彼女らは、この根源的な関係性の形象化である「光の輪」を見ることができない。「光の輪」とは、すべての命が繋がり合い、混じり合い、そして責任を喚起し合っていることの象徴に他ならないのである。

大江健三郎の作品から読み取れる方法は、人間の動物への変身を倫理的なものの始まりとみなすことである。

「奇妙な仕事」では、殺す側にいたはずの「僕」が、老犬に足を噛まれ、狂犬病の感染の危険にさらされる。自分が理性を失った《動物》になってしまう可能性を突きつけられたとき、暴力を振るっていた「僕」の身体は初めて震え始める。ここからは、《人間》と《動物》の境界は、常に反転し得るという事実が浮かび上がる。このような反転の可能性を知ることで、「僕」は殺される犬への想像力を発揮することができたのである。

「飼育」では、黒人兵を「飼育」する側にいた「僕」が、黒人兵の人質になることで、立場の反転を体験する。「僕」は、薄暗い地下倉の中で、自分たちが黒人兵に対して行なってきたことの一つ一つを、自分の身体を通じて感受し直していく。そして、父親が、自分もろとも、黒人兵を殺害しようとしたことに、癒しがたい傷を負ってしまう。ここでもやはり、《人間》の側にいた「僕」が、《動物》に転落することで、《動物》への暴力の本質を知り、物語を語る語り手へと成長していくという構図を確認できる。

「セヴンティーン」では、変身の主題は複雑に表われている。「おれ」は、周囲からの蔑視を受け、《動物》である自分の克服を目指すが、その結果《人間》の閾《いき》を超えて、《獣》のごとき存在に変身してしまう。ここから読み取られるべきは、《動物》への嫌悪は、理想的な《人間》への道程ではなく、むしろ《人間》の《獣》への道程であるということだ。したがって、暴力を乗り越えるためには、《人間》と《動物》の境界線の問い直しこそが重要になる。実際、「おれ」の語りは、《動物》的な他者との出会いによって、常に揺らぎ、《獣》でも《人間》でもない、別様の生への変身の可能性を予示していたのである。

小島信夫の作品から読み取れる方法は、人間が動物という他者を迎え入れ、歓待することである。「馬」では、家に招き入れられた馬が、「僕」の「主人」としての地位を失墜させる。さらに、馬は、「僕」の妻を乗馬へと連れ出し、主婦という家庭の規範からの逸脱を促す。妻を奪われたと感じた「僕」は、馬を御《ぎょ》そうとするが、敗北し、精神病院に自ら赴こうとする。しかし、そのような彼に、妻は初めての愛の告白をする。ここからは、《動物》を外部へと排斥して家を統治する「主人」たることをやめ、むしろ異邦の存在を積極的に迎え入れることで、自分たちを束縛する家庭規範を攪乱していくという戦略を読み取ることができる。

『墓碑銘』では、アメリカ人との「混血」である浜仲が、日本軍に迎え入れられるものの、その存在自体が軍隊に失調をもたらしてしまう様子が描かれる。浜仲は、周囲の蔑視をはねのけるために、必死に軍隊に同一化しようと努力する。その過程で、落ちこぼれの兵士、使い棄てにされる軍馬、搾取される従軍慰安婦たちと連帯を結ぶ可能性は消えていく。しかし、指揮系統が存在しなくなり、解散を命じられた浜仲は、軍服を脱ぎ捨て、裸になって森をさまよう。ここには、遅きに失したとはいえ、主権国家の統制から逃れた《動物》に戻ることで、軍事化から解放されようとする浜仲の意志を読み取れるのである。

『抱擁家族』では、三輪俊介が、自分の家から異質な要素を排斥しようとしつつも、実際には、次々と他者たちを迎え入れてしまう様子が描かれる。この矛盾した振舞いは、俊介が無意識では、死んだ妻と同じく、家庭の規範から逃れ、クィア・ファミリーを求めていることを示唆する。三輪家に招かれた異邦人たち（みちよ、山岸、木崎といった規範的家族を逸脱する単身者たち）は、俊介から家の「主人」としての地位を剝奪し、《動物》の地位に転落させるとともに、三輪家を、中心を持たないまま絶え間なく生成変化する場所に変容させてしまう。こうして、主権国家と家庭との繫がりは断ち切られることになるのである。

三人が見出したこれらの方法は、六〇年代後半以降の彼らの作品において、一つの共通の地平を構成する。それは、自律的な主体の存在を否定し、依存と共生の非主体的な繫がりを肯定するという地平である。

武田泰淳の『富士』では、医学生の大島が、戦時中の社会で《動物》同然とみなされた精神障害者に対し、蔑視することも、学問の実験対象とすることも、また神聖化することもなく、接近を試みる姿勢が描かれる。その過程で、大島は、動物すら越え出て、多数の虫を身体に宿した一匹の虫に変身してしまう。これらの虫は、寄生のイメージを通じて、風媒花やひかりごけの形象と同様に、あらゆる生命が根源的に寄生＝依存の関係を結び合っていることを開示する。このような寄生＝依存自体は決して「異常」なものではなく、「治療」を必要とするものでもない。このような前提に立てば、主権国家が理想とする自律的な主体を基礎としたあらゆる政治構想は、その欺瞞性を告発されることになるだろう。言い換えれば、『富士』は、根源的な依存性から逃れられる特権者がいないことを前提に、そのような非対称的な共生のなかで、暴力を最小にする道を模索し続けることを提案する作品なのである。

大江健三郎の『万延元年のフットボール』では、知的障害を持った息子を持て余し、施設に預けた蜜三郎夫妻と、同じく知的障害を持った妹と近親相姦を犯し、自殺に追いやった弟の鷹四が、故郷の村に帰り、過去の傷からの回復を目指す。蜜三郎は、立ち直りの機会を摑めず、ネズミのような《動物》的な生に落ち込んでいくが、鷹四は共同体の歴史と一体化し、仲間を率い、鷹のような《獣》＝主権者へと変身していく。しかし、鷹四も最後には、自らの《動物》としての傷つきやすさを暴露して、自殺してしまう。ここからは、暴力の加害者と被害者が負った傷は、主権への同一化では癒されず、傷を負ったものたちが寄り添い合い、困難な赦しに向かうことでしか癒されないことが読み取れる。そして、この寄り添い合うことの根源には、主体のあらゆる能動的な意志よりも先行して、他者の苦しみに共振してしまう身体の次元があることを、『万延元年のフットボール』の描写は明かすのである。

小島信夫の『別れる理由』では、「主人」になれない前田永造が、さまざまな方法で、家庭からの脱出を図るさまが描き出される。決定的に重要だったのは、永造が夢の中で、馬に変身することだ。馬は、労働や戦争のために使役されたり、あるいは自由や理性の象徴として美化されたりして、長く人間の国家に取り込まれてきた。しかし、馬は、国家のメカニズムに捕捉されながらも、なおあらゆる領域を横断していく遊牧性のイメージを保持している。この点に、小島が馬にこだわり続けた理由もある。馬への変身を経た永造は、次に「作者」から作品の所有権を奪い、外部から他者たちのテクストを呼び込んでいく。もはや作者の主権や作品の自律性は失効し、作品とは、先行／後続する他者たちに依存しながら、絶えず生成変化していくものだという観点が打ち出されることになるのである。

以上のように、六〇年代後半以降の武田泰淳、大江健三郎、小島信夫の作品は、《動物》への差別や暴力を告発するのみならず、《動物》と名指される生の様態に深く下りていくことで、自己と他者たちが、根源的な次元で、依存と共生の関係を結び合っている事実を明らかにする。この関係は、決して対称的なものではないし、何らかの共通の地平に保証されたものでもない。しかし、自己の身体は、常にすでにこの非対称的な関係に開かれてしまっているのであり、自律的な主体という幻想は、それを否認するために後からやって来るのである。たとえ、それが脅威に思えたとしても、自己の限界を超えて、異質な他者を迎え入れ、共に変化しつつ、共生していく道を探っていくこと。それは、苦しいだけではなく、ときには法－外な喜びを与えてくれるものでもあるはずだ。この非対称的な関係について考え抜くことは、自律的な《人間》を理想とする近代主権国家の基盤を大きく揺るがすことに繋がっていくのである。(11)

3　今後の展望

本書が対象とした時代は、敗戦直後から一九七〇年代までに留まっている。これは、戦後作家の戦争体験を起因として生じた《動物》の主題の発展を追っていくという、本書の枠組みによるもののである。しかし、同時に、一九七〇年前後を境に、《動物》の地位に大きなパラダイム転換が生じているという理由も、付け加えておかねばならない。

六〇年代後半の戦後日本社会では、多様な領域で、新しい社会運動が起こり始めていた。例えば、水俣や四日市の公害訴訟、三里塚での空港建設阻止闘争、大学闘争、ウーマンリブ、ベトナム反戦運動、沖縄の反復帰運動、在日中国・朝鮮人による入管法闘争、障害者運動、精神病院改革などが挙げられる(12)。これらの運動は、国家によって周縁に追いやられる者たちに徹底的に寄り添いながら、それぞれの現場性を手放さず、国家に根底的な疑義の声を上げるものだった。また、このような社会運動を経た戦後日本社会の新たな知の布置において、近代の主権や主体の理念を徹底的に問いに付す、ポスト構造主義と呼ばれる理論が受容されていくことになる。

さらに、このような戦後社会の変化は、人間中心主義を問いに付すエコロジーの思想や、「動物の権利」という概念を受容する土壌を準備するものでもあった(13)。ピーター・シンガーが『動物の解放』を出版したのは、一九七五年であり、邦訳は八八年である。そして、戦後日本の急速な近代化、都市化にともない、動物はもはや労役や駆除の対象ではなく、ペットのように愛護される存在へと変化した。八三年には、動物愛護管理法が議員立法で制定されている。このような時代の文学作品に登場する《動物》の表象、および《動物》が喚起する問題は、本書のそれとはかなり異なってくることが予想される。したがって、八〇年代以降の文学における《動物》の問題について考察するためには、本書とは異なる枠組みが必要になるだろう。

また、戦争体験から導かれた《動物》の表象の発展を追うという枠組みのために、選択した作家がいずれも男性であったことも、本書の限界を示すものだ。女性作家と男性作家を比較した場合、《動物》の表象には、大きな差異が見られることが予想される。

例えば、倉橋由美子の「蛇」（『文學界』一九六〇年六月）では、男性主人公のKが昼寝中に大蛇を呑み込んでしまい、最終的にはその呑み込んだ大蛇に呑み込まれていってしまう。これに関して、鈴木直子は、「同意のない侵入は強姦に等しく、勝手に腹に巣食って動き回る蛇の異物感は、妊娠と悪阻のそれに似ている。つまり、異物の侵入によって男性のKが味わう圧倒的な受動性と不随意性は、女性身体の持ち主が経験しなければならない不条理そのものなのである」[14]と指摘している。このように、《動物》が自己の身体の変容と関わるような事例は、この時期の男性作家の作品にはほとんど見られない特徴である。

他にも、金井美恵子の「兎」（『すばる』一九七二年六月）では、父親が毎月一度兎を殺し、それを料理するのに、娘も喜びをもって従い、最後には自らを一匹の兎として捧げようとする。安岡章太郎の「愛玩」と比べても、ここでの兎には濃厚に少女性が付託されており、またその兎を殺し、食べるという行為には背徳的なエロティシズムが重ね合わされている[15]。このような問題系も、本書では十分に考察することができなかったものだ。

さらに、津島佑子の初期作品から、「黙市」（『海』一九八二年八月）を経て、『笑いオオカミ』（『新潮』二〇〇〇年四―九月）や『黄金の夢の歌』（講談社、二〇一〇年）に至る、知的障害を持った兄や自分の子どもと重ね合わされるような《動物》の表象も大変興味深いものだが、その考察には別の機会を期する他はない。

以上のような限界は確かに存在する。とはいえ、福祉国家体制が崩壊し、格差や排除が是認されるとともに、それを隠蔽するように暴力的なナショナリズムが蔓延する二〇〇〇年代以降の日本において、例えばジョルジョ・アガンベンが言う「剝き出しの生」や「ホモ・サケル」といった概念が、まるで自分たちのことのように感じられるといった事態があるとすれば、本書で明らかにした、武田泰淳、大江健三郎、小島信夫らの戦後文学における《動物》の問題は、決して時代遅れになったわけではなく、むしろ現代においてこそアクチュアルな光を放ち始めているとも言えるだろう。彼らが提起した《人間》の理念の問い直しという課題は、今もなお喫緊のものとして存在し続けている。

最後に改めて強調しておけば、《人間》の理念の問い直しはその廃棄とは全く異なるものだ。樋口陽一は近代立憲主義の「人権」(=人間の権利)を「「国家からの自由」を核心とする」と定義し、国家の主権を制限する普遍的理念として位置づけている[16]。しかし、樋口も後に認めるように、人権は「強い個人が自分の意志で生き自分で責任をひきうけるという、硬質な生き方を要求する」ために、「現実に生きる生身の人びとにとって、そういう理念は、むしろ inhuman な生活態度を要求するものだったことも、少なくなかったはずである[17]」。

《人間》が inhuman な理念に堕してしまわないために、《人間》と主権国家との隠された繋がりを断ち、いかなる共通の地平も前提としない他者――《動物》――との非対称的な依存と共生の関係を絶えず模索し続けること。それこそが、武田泰淳、大江健三郎、小島信夫らの戦後作家が探究し続けた課題に他ならない。

注

序章

（1）本多秋五『物語戦後文学史』下巻、岩波現代文庫、二〇〇五年、二八二頁。
（2）J・M・クッツェー『動物のいのち』森祐希子・尾関周二訳、大月書店、二〇〇三年、五五―五六頁。
（3）カール・シュミット『政治神学』田中浩・原田武雄訳、未來社、一九七一年、一一頁。
（4）ジョルジョ・アガンベン『ホモ・サケル――主権権力と剝き出しの生』高桑和巳訳、以文社、二〇〇三年、一二一―一二二頁。
（5）同上、一八頁。
（6）ジャック・デリダ『獣と主権者』第一巻、西山雄二ほか訳、白水社、二〇一四年、四二頁。
（7）同上、三三二頁。
（8）ジャック・デリダ『動物を追う、ゆえに私は（動物で）ある』鵜飼哲訳、筑摩書房、二〇一四年、五頁。
（9）小森陽一『最新　宮沢賢治講義』朝日選書、一九九六年。
（10）西成彦『新編　森のゲリラ　宮澤賢治』平凡社ライブラリー、二〇〇四年。
（11）例えば、英米文化学会編『英文学にみる動物の象徴』（彩流社、二〇〇九年）、辻本庸子・福岡和子編『あめりか　いきものがたり――動物表象を読み解く』（臨川書店、二〇一三年）、野口ゆり子『文学のなかの人間と動物――ロレンス、マードック、ダンモア、ゲイル』（文化書房博文社、二〇一五年）など。
（12）鈴木健一編『鳥獣虫魚の文学史――日本古典の自然観』全四巻、三弥井書店、二〇一一―二〇一二年。

(13) 矢野智司『動物絵本をめぐる冒険――動物 - 人間学のレッスン』勁草書房、二〇〇二年。
(14) 飯塚浩二『日本の軍隊』第一部「四　人間性の抹殺」「五　人間の濫用」(岩波現代文庫、二〇〇三年)を参照。また、大西巨人の『神聖喜劇』では、軍曹が、新兵たちに対し、「お前たちのような消耗品は、一枚二銭のはがきで、なんぼでも代わりが来るが、兵器は、小銃は、二銭じゃ出来《でけ》んからな」と訓示する印象的な場面がある(『神聖喜劇』第一巻、光文社文庫、二〇〇二年、九七頁)。
(15) 藤原彰『餓死《うえじに》した英霊たち』青木書店、二〇〇一年。
(16) ジョン・W・ダワー『容赦なき戦争――太平洋戦争における人種差別』猿谷要監修、斎藤元一訳、平凡社ライブラリー、二〇〇一年。
(17) 丸山眞男「超国家主義の論理と心理」『増補版　現代政治の思想と行動』未來社、一九六四年。

第一章

(1) 例えば、『司馬遷』第三版序文(『武田泰淳全集』第一六巻、筑摩書房、一九七二年、五五一頁)を参照。
(2) 武田泰淳「司馬遷」『武田泰淳全集』第一一巻、筑摩書房、一九七一年、一一五頁。
(3) 高山岩男「世界史の哲学」『高山岩男著作集』第四巻、玉川大学出版会、二〇〇八年、九頁。
(4) 同上、八〇頁。
(5) 同上、三一一頁。
(6) 同上、二三頁。
(7) 同上、二四頁。
(8) 武田、前掲「司馬遷」七〇頁。
(9) 同上、一一三頁。
(10) 米谷匡史「三木清の「世界史の哲学」――日中戦争と「世界」」『批評空間』一九九八年十月。

(11) 三宅芳夫「留保なき否定性──二つの京都学派批判」『批評空間』一九九八年十月。

(12) 高山、前掲「世界史の哲学」三一三頁。この「自覚」のレトリックは、他の「世界史の哲学」論者にも共有されている。例えば、西谷啓治は、「支那自身というものが、列国の植民地に分割されなくて済んだというのは、結局やはり日本の強国化・日本の努力によってだということを、支那人に自覚させる、つまり世界史の認識を支那人に喚びさます、それが彼等の中華意識を除いて大東亜の建設に日本と協力させる根本の道ではないか」との発言をしている（『世界史的立場と日本』中央公論社、一九四三年、一六〇頁、傍点引用者）。

(13) 高橋哲哉『記憶のエチカ──戦争・哲学・アウシュヴィッツ』岩波書店、一九九五年、二一九頁。

(14) 高山、前掲「世界史の哲学」三六四頁。

(15) 武田、前掲「司馬遷」一八頁。

(16) 代表的なものに、道園達也「武田泰淳「審判」論」（『高知大国文』二〇〇三年十二月）、山崎正純「〈敗戦〉後文学論（一）──武田泰淳と上海」（『百舌鳥国文』二〇〇三年三月）、榊原理智「帰る物語／留まる物語──武田泰淳「審判」における国家への想像力」（『国文学研究』二〇〇七年六月）がある。

(17) 「複数の声のフォーラム」の概念は、ミハイル・バフチンの「言語の社会的多様性とその基盤の上に成長するさまざまな個人たちの声によって、小説は自分のすべてのテーマを、描写され表現される自分の対象的意味の世界のすべてを管弦楽化《オーケストレーション》する」（『小説の言葉』伊東一郎訳、平凡社ライブラリー、一九九六年、一六頁）という小説論を基礎としつつ、よりその政治的含意を強調するためのものである。

(18) 榎本泰子『上海──多国籍都市の百年』中公新書、二〇〇九年。

(19) 武田泰淳・堀田善衛「現代について」『混々沌々──武田泰淳対談集』筑摩書房、一九七〇年、一九六頁。

(20) 酒井直樹「「国際性」によって何を問題化しようとしているのか」葛西弘隆訳（花田達朗、吉見俊哉、コリン・スパークス編『カルチュラル・スタディーズとの対話』新曜社、一九九九年）二九四頁。
(21) 粟津則雄『主題と構造──武田泰淳と戦後文学』集英社、一九七七年、一三一頁。
(22) 戦後の「世界史の哲学」について論じた論稿に、米谷匡史「「世界史の哲学」の帰結──戦中から戦後へ」（『現代思想』一九九五年一月）、酒井哲哉「核・アジア・近代の超克──一九五〇年代日本政治思想の一断面」（『思想』二〇一一年三月）がある。
(23) 高山岩男「世界史の理念」前掲『高山岩男著作集』第四巻、六一〇頁。
(24) 実際、酒井直樹が論じるように、アメリカの戦後の東アジア戦略は日本の植民地体制の遺制に接ぎ木されたものであり、それが「歴史的必然」であるという主張を除けば、この把握は決して誤っていない（『希望と憲法──日本国憲法の発話主体と応答』以文社、二〇〇八年）。
(25) 武田、前掲「司馬遷」六頁。
(26) 同上、一五頁。
(27) 道園、前掲「武田泰淳「審判」論」。
(28) この問題については、清原万理「「再来」する殺人──武田泰淳『審判』を中心に」（『近代文学論集』二〇〇二年十一月）が集中的に論じている。
(29) 他にも、大原祐治が指摘するように、上海に居留していた二郎と鈴子は、「製作側のＯＷＩ〔戦時情報局〕が「日本人」に見せるべきではないとした」「硫黄島」の記録フィルムを「誤配」され、その衝撃を機に告白がなされる設定になっている（『文学的記憶・一九四〇年前後──昭和期文学と戦争の記憶』翰林書房、二〇〇六年）。本章は、「審判」に「誤配」から「分有」へという流れを指摘する大原の議論に多くを負っている。
(30) 武田、前掲「司馬遷」六一頁。
(31) 同上、三六頁。

(32) もちろん、「評論の単声性」と「小説の多声性」という規定は分析上のものであり、実際には両者のあいだには連続的なグラデーションが広がっている。
(33) 榊原、前掲「帰る物語／留まる物語――武田泰淳「審判」における国家への想像力」。
(34) 「ホモソーシャル」の概念については、イヴ・K・セジウィック『男同士の絆――イギリス文学とホモソーシャルな欲望』(上原早苗・亀沢美由紀訳、名古屋大学出版会、二〇〇一年)に依拠する。
(35) 山崎、前掲「〈敗戦〉後文学論(一)――武田泰淳と上海」。
(36) このような問題関心から「審判」を捉えた論文として、高橋啓太「武田泰淳「審判」に見る「文学」の「政治」性――戦後文学再検討の視座」(『昭和文学研究』二〇一一年九月)がある。
(37) 例えば、野間の「暗い絵」のブリューゲルの絵に登場する「爬虫類の尾をつけた人間」、「四つばいになった獣」などの表象、椎名の「深夜の酒宴」での「猿のようにね!」「いいえ、瘠せ犬のようにですわ」といったやり取りは、動物をめぐる同時代的な問題関心を想定させずにはおかない。
(38) 大塚久雄・瓜生忠夫・荒正人・小田切秀雄・佐々木基一・埴谷雄高「近代精神について――大塚久雄を囲んで」『近代文学』一九四七年一月。この発言については、小熊英二『〈民主〉と〈愛国〉――戦後日本のナショナリズムと公共性』(新曜社、二〇〇二年)に示唆を受けた。
(39) 荒正人「オプティミズムの盲点」『戦後』近代文学社、一九四八年、一五八頁。

第二章

(1) 佐藤泉「竹内好と指導者なしの「近代」」『神奈川大学評論』二〇〇八年七月。
(2) 丸川哲史『冷戦文化論――忘れられた曖昧な戦争の現在性』双風舎、二〇〇五年、三〇頁。
(3) 武田泰淳「文芸時評」『東京新聞』一九五二年八月三十一日夕刊。
(4) 武田泰淳「竹内好著『日本とアジア』」『武田泰淳全集』第一六巻、筑摩書房、一九七二年、九五頁。

(5) 中野敏男「「日本の戦後思想」を読み直す(一)」『前夜』二〇〇四年秋。
(6) 石母田正「危機における歴史学の課題――郭沫若氏へのアピールによせて」『歴史と民族の発見――歴史学の課題と方法』東京大学出版会、一九五二年、四九頁。
(7) 竹内好「近代主義と民族の問題」『竹内好全集』第七巻、筑摩書房、一九八一年、三六頁。
(8) 同上、三四頁。
(9) 竹内好「中国の近代と日本の近代」『竹内好全集』第四巻、筑摩書房、一九八〇年、一五八頁。
(10) 同上、一四五頁。
(11) 同上、一四三頁。
(12) 孫歌は、「掙扎」について、「他者という媒介によって自己解体が行われながらも、他者に追随しない形で自己を再建することである。かくしてこのような再建が他者を他者としての自足性から解放し、自己を自己としての排他性から自由にする。このような「再建」は、結末のない永遠の革命でなければならない」と説明している(『竹内好という問い』岩波書店、二〇〇五年、x頁)。
(13) 神子島健「戦場の記憶と戦後文学(一)(二)」(『中帰連』二〇〇七年秋・二〇〇八年冬)は、作中に登場するPD工場の調査などを通じ、同時代の抵抗の文脈を掘り起こしている。
(14) 竹内好「武田泰淳の「風媒花」について」(埴谷雄高編『増補 武田泰淳研究』筑摩書房、一九八〇年)三六九頁。
(15) ゲオルク・ジンメル「橋と扉」『ジンメル・コレクション』北川東子・鈴木直訳、ちくま学芸文庫、一九九九年、九六頁。
(16) 竹内、前掲「中国の近代と日本の近代」一六〇頁。
(17) 内藤由直は、この事態を、「他者を議論に引き入れる共通の広場として設定された国民文学創造の場を、他ならぬ竹内自身が閉ざしている」という表現で批判している(『国民文学のストラテジー――プロレタリア文学運動批判の理路と隘路』双文社出版、二〇一四年、一〇一頁)。

(18) 三宅芳夫「「鉄の殻」への問い――武田泰淳における「民族」への眼差し」『現代思想』一九九八年四月。「鉄の殻」という表現は、泰淳の「女の国籍」(『小説新潮』一九五一年十月)から採られている。

(19) この問題については、王俊文「方法としての「混血」――武田泰淳を中心として」(『文京学院大学外国語学部文京学院短期大学紀要』二〇〇九年二月)が詳細に論じている。また関連する論稿として、郭偉「武田泰淳『女の国籍』論」(『立命館言語文化研究』二〇〇七年二月)、榊原理智「武田泰淳「女の国籍」論――「民族」と「ジェンダー」の結節点」(『論潮』二〇一一年六月)も参照。

(20) 毛沢東『文芸講話』竹内好訳、岩波文庫、一九五六年、六〇頁。

(21) 竹内、前掲「武田泰淳の「風媒花」について」三六九頁。

(22) 武田泰淳「私の創作体験」『武田泰淳全集』第一二巻、筑摩書房、一九七二年、三八六頁。

(23) ジャン＝ポール・サルトル「フランソワ・モーリヤック氏と自由」小林正訳、『サルトル全集』第一〇巻、人文書院、一九五三年。

(24) 安田武『定本　戦争文学論』第三文明社、一九七七年、二六二頁。

(25) 「蝮のすえ」で、自分の妻を託して死んでいく夫は、最後の場面で、「自分が死んで、あなたが平気で生きていることは、何という妙なことだろう」と語り手に語りかける(「蝮のすえ」『武田泰淳全集』第二巻、筑摩書房、一九七一年、一〇〇頁)。

(26) 川西政明『武田泰淳伝』講談社、二〇〇五年、三二五頁。

(27) 武田泰淳「『風媒花』について」前掲『武田泰淳全集』第一二巻、二五二頁。

第三章

(1) 中村光夫「占領下の文学」『中村光夫全集』第八巻、筑摩書房、一九七二年。

（2）本多秋五『物語戦後文学史』下巻、岩波現代文庫、二〇〇五年、四七頁。
（3）武田泰淳「大岡昇平『野火』」『武田泰淳全集』第一二巻、筑摩書房、一九七二年、二七二頁。
（4）樋口覚『一九四六年の大岡昇平』新潮社、一九九三年、一六〇頁。
（5）大岡昇平『野火』『大岡昇平全集』第三巻、筑摩書房、一九九四年、三五頁。
（6）武田、前掲「大岡昇平『野火』」二七三頁。
（7）大岡昇平「『野火』の意図」『大岡昇平全集』第一四巻、筑摩書房、一九九六年、一八〇頁。
（8）城殿智行「吐き怒る天使――大岡昇平と「現在形」の歴史」『早稲田文学』一九九九年十一月。
（9）立尾真士『「死」の文学、「死者」の書法――椎名麟三・大岡昇平の「戦後」』翰林書房、二〇一五年。
（10）亀井秀雄『個我の集合性――大岡昇平論』講談社、一九七七年、一八三頁。
（11）大岡、前掲「『野火』の意図」一八二頁。
（12）大岡、前掲『野火』六三頁。
（13）寺田透は、『俘虜記』の有名な挿話と比較し、「あのアメリカの兵隊の顔はいかめしく、美しかった。だから彼は射たれない。このフィリッピンの女は顔を歪ませ、醜くなった。だからかの女は射たれた」と的確に指摘している（「大岡昇平論」『群像』一九五四年九月）。
（14）武田、前掲「大岡昇平『野火』」二七三頁。
（15）大岡昇平「人肉食について」『大岡昇平全集』第一六巻、筑摩書房、一九九六年、五三〇頁。
（16）清原万理「「ひかりごけ」論」『近代文学試論』一九八五年十二月。
（17）「ひかりごけ」におけるMさん（知里真志保《ちりましほ》）の位置については、鎌田哲哉「知里真志保の闘争」（『群像』一九九九年四月）が詳細に論じている。
（18）ウィリアム・アレンズ『人喰いの神話――人類学とカニバリズム』折島正司訳、岩波書店、一九八二年。

(19) 正木恒夫『植民地幻想――イギリス文学と非ヨーロッパ』みすず書房、一九九五年、第三章。

(20) ここで二つの留保が必要だろう。一つは、敵は必ずしも動物とみなされないのではないかという問題である。カール・シュミットは、「敵」とは、相互に認め合う「公敵」であり、「私仇」ではないとし、自らを人類の代表者のように装い、相手を「非人間的怪物」に仕立て上げることを、主権国家の友／敵関係を逸脱した事例だと説明した(『政治的なものの概念』田中浩・原田武雄訳、未來社、一九七〇年、一九、三二頁)。しかし、第二次世界大戦の人種戦争としての側面を考えるとき、シュミットの議論は机上の空論ではないかという疑念が拭えない。もう一つは、犯罪者の内部にも重要な差異があるのではないかという問題である。すなわち、非人間的な《獣》の表象を負わされて処罰される凶悪犯罪者と、初めから理性を持たないものとして、処罰からさえ排除される心神喪失者との差異は大きい。特に後者に関しては、法の処罰対象から、社会防衛の対象へと移されることで、国家の権力の拡大・浸透に繋がった(芹沢一也『〈法〉から解放される権力――犯罪、狂気、貧困、そして大正デモクラシー』新曜社、二〇〇一年)。とはいえ、処罰か、監視・監禁かといった対応の差異はあれ、両者が《動物》の表象を与えられ、社会から排除されるという構図は変わらない。

(21) 松原新一『武田泰淳論』審美社、一九七〇年。

(22) 吉田凞生「「ひかりごけ」」(『国文学　解釈と鑑賞』一九七〇年八月)、前田貞昭「「野火」と「ひかりごけ」」(『岐阜大学教養部研究報告』一九八四年一月)、中野美代子『カニバリズム(人肉嗜食)論』(潮出版社、一九七五年)。

(23) 川西政明『武田泰淳伝』(講談社、二〇〇五年)、伊藤博子『サイカイ武田泰淳――「ひかりごけ」「異形の者」「審判」「蝮のすえ」〈俳句〉を作品論と資料で読む』(希窓社、二〇〇九年)。

(24) 前田角蔵「『ひかりごけ』論――〈天皇制下の食人劇〉の行方」『近代文学研究』一九九〇年十月。

(25) 松本和也「翻訳・境界・メタフィクション――武田泰淳「ひかりごけ」を読む」『日本文学』一九九六

年十一月。

(26) 山城むつみ「『ひかりごけ』ノート」『群像』二〇一〇年一月。

(27) 榎本重男もまた、泰淳は、「単に人肉を食べた人間と食べなかった人間との事実的な区別だけではなく、「自分も人肉を食べる可能性をもった人間であると自覚しているものと、そうでないものとの、精神的な区別を問題にしている」ことを指摘している(「武田泰淳の『ひかりごけ』を読む」『人文社会科学研究』一九九四年三月)。

(28) 中村茜「『ひかりごけ』論——前半部の語り手「私」について」『国際文化研究紀要』二〇〇五年十二月。

(29) 布村弘も、小説では「読者は、必ず作者の側に身を寄せざるを得ない」のに対し、演劇では「対立する二人の人物が演じる人生のいずれにも加担する事が出来るだけでなく、場合によっては、矛盾し、対立するままに、その両者に、同時に身を寄せることもできる」と指摘している(「「ひかりごけ」に現われた人間観と作品構成の問題(上)」『富山商船高等専門学校研究集録』一九八一年十月)。

(30) 大岡、前掲「『野火』の意図」一九二頁。

(31) 伊藤博子は、「我慢」が仏教用語に由来する否定的な言葉であることを明らかにした上で、ここでその読み替えが行なわれている可能性について言及している(前掲『サイカイ武田泰淳——「ひかりごけ」「異形の者」「審判」「蝮のすえ」〈俳句〉を作品論と資料で読む』)。

(32) 小笠原克「武田泰淳論への試み　その4・5・6・7」『北方文芸』一九七五年二・三・五・九月。

(33) 藤本一勇は、「人民主権とは、少なくとも社会契約論や近代国家理論の枠組みにおいては、国家主権の相補物、あるいは事実上の国家権力を正当化するもの」であるとし、「結局のところ、現実に存在する国家権力を人民たち自身が契約で作り出したものとして考えて、それに服従せよと言っているに等しい」と論じている(「主権の行方」『理想』二〇〇九年三月)。

第四章

（1）丸川哲史『冷戦文化論――忘れられた曖昧な戦争の現在性』双風舎、二〇〇五年、一七頁。
（2）荒正人「『奇妙な仕事』を推す――五月祭賞選後評」『東京大学新聞』一九五七年五月二十二日。
（3）平野謙「文芸時評（一九五七年七月）」『平野謙全集』第一〇巻、新潮社、一九七五年、一七五頁。
（4）平野謙「解説（『大江健三郎全作品』）」『平野謙全集』第九巻、新潮社、一九七五年、四九三頁。
（5）大江健三郎「徒弟修業中の作家」『厳粛な綱渡り』文藝春秋、一九六五年、四〇頁。
（6）ケヴィン・パスモア『ファシズムとは何か』福井憲彦訳、岩波書店、二〇一六年。
（7）松原新一『大江健三郎の世界』講談社、一九六九年、五一頁。
（8）同上、五三頁。
（9）片岡啓治『大江健三郎論――精神の地獄をゆく者』立風書房、一九七三年、八四頁。
（10）同上、八八頁。
（11）柴田勝二『大江健三郎論――地上と彼岸』有精堂、一九九二年、一六頁。
（12）同上、一七頁。
（13）野口武彦『吠え声・叫び声・沈黙――大江健三郎の世界』新潮社、一九七一年、二四六頁。
（14）篠原茂『大江健三郎論』東邦出版社、一九七四年、四四頁。
（15）渡辺広士「解説」（大江健三郎『見るまえに跳べ』新潮文庫、一九七四年）三三〇頁。ただし、大江にとっての動物を、「自己の内的なものの外化を可能にする最初の素材」とするなど、アレゴリー的な読みに囚われている部分もある。
（16）一條孝夫『大江健三郎――その文学世界と背景』和泉書院、一九九七年、一二三頁以下。
（17）村瀬良子「大江健三郎の出発点――『奇妙な仕事』の《監禁》状態」『近代文学試論』一九九五年十二月。

(18) 山崎正純「〈悪意〉が転移する従順な〈僕〉の身体——大江健三郎「奇妙な仕事」論」『言語文化学研究』二〇〇六年三月。
(19) 絓秀実『革命的な、あまりに革命的な——「1968年の革命」史論』作品社、二〇〇三年。
(20) 大江の自筆年譜(『新鋭文学叢書 大江健三郎集』筑摩書房、一九六〇年)や、『壊れものとしての人間』(講談社、一九七〇年)の記述を参照。
(21) V・E・フランクル『夜と霧——ドイツ強制収容所の体験記録』霜山徳爾訳、みすず書房、一九七一年新版、八九頁。
(22) 強制収容所と動物の関係については、ジョルジョ・アガンベン『アウシュヴィッツの残りのもの——アルシーヴと証人』(上村忠男・廣石正和訳、月曜社、二〇〇一年)を参照。
(23) E・A・コーエン『強制収容所における人間行動』清水幾太郎ほか訳、岩波書店、一九五七年、一五〇頁。
(24) プリーモ・レーヴィ『アウシュヴィッツは終わらない——あるイタリア人生存者の考察』竹山博英訳、朝日選書、一九八〇年、四二頁。
(25) ここでの「アレゴリー」とは、獅子が「勇敢さ」を表わし、キツネが「狡猾さ」を表わすような、形式的な比喩表現のことを意味している。
(26) 野口、前掲『吠え声・叫び声・沈黙——大江健三郎の世界』二一一頁。
(27) 篠原、前掲『大江健三郎論』四四頁。
(28) ジル・ドゥルーズ、フェリックス・ガタリ『カフカ——マイナー文学のために』宇波彰・岩田行一訳、法政大学出版局、一九七八年、三九頁。なお、「変形」(métamorphose)という訳語を、「変身」に変更した。
(29) 三島由紀夫「裸体と衣裳——日記」『三島由紀夫評論全集』第二巻、新潮社、一九八九年、六一八頁。

ただし、三島の意図は、人間と動物を等価に扱うことのうちに倒錯的な美を見出すことにあった。このため、次章で扱うように三島は、「飼育」に、「個性を持っていた筈の人間が一般概念に変貌する際の色情的かつ獣的美しさ」を見て取る。

(30) 大江健三郎、すばる編集部編『大江健三郎・再発見』集英社、二〇〇一年、五七頁。

(31) この結語は、ピエール・ガスカールの「馬」の結語に相似している。軍用馬に仕立てられるために、激しい暴力を振るわれてきた馬たちは、敵の接近とともに主人公の手で突然解放される。このとき、馬たちは、ただ一つの「巨大な馬の力」へと生成変化していく。それは、主体化の支配を逃れた、他者たちとの根源的な共存のヴィジョンを示しているだろう(ピエール・ガスカール『けものたち・死者の時』渡辺一夫・佐藤朔・二宮敬訳、岩波書店、一九五五年、三三一頁)。

第五章

(1) 佐藤泉『戦後批評のメタヒストリー——近代を記憶する場』岩波書店、二〇〇五年。佐藤によれば、「批評の五五年体制」とは、戦後社会の変化に呼応し、「「政治と文学」図式から「文学」が分離され、相関的に「政治」の側はどのような「文学的」理想の混入も許されない政治的現実として定義」されるとともに、「人々がそのうちで自らを創出すべき政治文化というカテゴリー」を消滅させたような、文学の自律性に基づく批評の体制を指す(二一〇頁)。

(2) 江藤淳「文芸時評」『海賊の唄』みすず・ぶっくす、一九五八年、一六四頁。

(3) 紅野敏郎「『飼育』」『国文学　解釈と鑑賞』一九七一年七月、八五頁。

(4) 中村泰行『大江健三郎——文学の軌跡』新日本出版社、一九九五年、四三頁。

(5) 山根献「アレゴリーとしての大江健三郎の小説の作り方」『葦牙』二〇〇一年七月、五八頁。

(6) 紅野、前掲「『飼育』」八四頁。

(7) 山根、前掲「アレゴリーとしての大江健三郎の小説の作り方」六二頁(誤字修正)。

(8) マイク・モラスキー『占領の記憶／記憶の占領——戦後沖縄・日本とアメリカ』鈴木直子訳、青土社、二〇〇六年、一五九頁。

(9) ジャック・デリダ『動物を追う、ゆえに私は(動物で)ある』鵜飼哲訳、筑摩書房、二〇一四年、五頁。

(10) エドワード・W・サイード『オリエンタリズム』上巻、板垣雄三・杉田英明監修、今沢紀子訳、平凡社ライブラリー、一九九三年、五九頁。

(11) G・C・スピヴァク『ポストコロニアル理性批判——消え去りゆく現在の歴史のために』上村忠男・本橋哲也訳、月曜社、二〇〇三年、二二頁。

(12) ジュディス・バトラー『ジェンダー・トラブル——フェミニズムとアイデンティティの攪乱』竹村和子訳、青土社、一九九九年、七八頁。

(13) 本章では、「繁殖や誕生、死亡率、健康の水準、寿命、長寿、そしてそれらを変化させるすべての条件」を引き受ける「調整する管理」としての「人口の生‐政治学」というフーコーの用法を踏襲している(ミシェル・フーコー『性の歴史I 知への意志』渡辺守章訳、新潮社、一九八六年、一七六頁)。社会保障の拡充自体は正当なものだが、システム化された圏域が自己保存自体を目的とし始めるとき、不快＝偶発性を暴力的に抑圧することに繋がる。この点については、藤田省三「安楽への全体主義」(『藤田省三著作集』第六巻、みすず書房、一九九七年)も参照。

(14) シンポジウム「発言」で、大江は「現実の停滞と文学」、石原は「刺し殺せ 芸術家の行為について」を発表し、現代社会の閉塞感について苛立ちを示している(『三田文学』一九五九年十月)。これに対して、江藤は「同時代作家への失望——文学・政治を超越した英雄たち」(『新潮』一九五九年十一月)を著わし、彼らの「ことばならざる怒号、意見ならざる感情の奔出」を厳しく批判した。このシンポジウムの位置づけに関しては、佐藤泉「一九六〇年のアクチュアリティ／リアリティ」（『現代思想』二〇〇五年三月）、服部訓和「「若い日本の会」と青年の（不）自由――江藤淳と大江健三郎」（『稿本近代文学』二〇〇七年十二月）も参照。

(15) 江藤淳「解説」（大江健三郎『死者の奢り・飼育』新潮文庫、一九五九年）二六九頁。

(16) 江藤淳「夏目漱石」『江藤淳著作集』第一巻、講談社、一九六七年、七八頁。

(17) 江藤淳「作家は行動する」『江藤淳著作集』第五巻、講談社、一九六七年、一二―一三頁。

(18) 同上、一一頁。

(19) 同上、八四頁。

(20) 例えば、江藤は、ハガティ訪日に反対するデモの集団を、「無定形な、物理的な運動の法則以外に規制するものを持たぬかたまり」、「巨大なアメーバ」と形容して、嫌悪を露わにしている（「ハガティ氏を迎えた羽田デモ」『江藤淳著作集』第六巻、講談社、一九六七年、三二頁）。

(21) 江藤、前掲「夏目漱石」九三頁。

(22) 佐藤、前掲『戦後批評のメタヒストリー――近代を記憶する場』第三章を参照。

(23) 三島由紀夫「私の遍歴時代」『三島由紀夫評論全集』第二巻、新潮社、一九八九年、九六頁。

(24) 野口武彦『三島由紀夫の世界』講談社、一九六八年、一五三頁。

(25) 江藤淳「神話の克服」前掲『江藤淳著作集』第五巻。

(26) 三島由紀夫「裸体と衣裳――日記」前掲『三島由紀夫評論全集』第二巻、六一八頁。

(27) 同上、六一九頁。

(28) 三島由紀夫「小説家の休暇」前掲『三島由紀夫評論全集』第二巻、五七〇頁。

(29) 三島由紀夫「ジョルジュ・バタイユ著室淳介訳「エロチズム」」『三島由紀夫評論全集』第一巻、新潮社、一九八九年、五〇六頁。

(30) 三島由紀夫「文化防衛論」『三島由紀夫評論全集』第三巻、新潮社、一九八九年。
(31) 例えば大江は、現代社会の閉塞を「原始人の技術を維持して快楽とともに生きることをもとめる黒人」になることで乗り越えようとする、ノーマン・メイラーの「白い黒人《ホワイト・ニグロ》」の考え方を共感をもって紹介している（大江健三郎「反逆的なモラリスト＝ノーマン・メイラー」『厳粛な綱渡り』文藝春秋、一九六五年、二一二頁）。
(32) この点については、奥間勝也「告発するテクスト――大江健三郎「飼育」をめぐる視線と欲望の交錯」（『琉球アジア社会文化研究』二〇〇九年十月）を参照。
(33) アルフォンソ・リンギス『何も共有していない者たちの共同体』野谷啓二訳、洛北出版、二〇〇六年。
(34) 川口隆行は、「僕」に、未分化な世界に生きる子どもゆえの、身体を通じた他者への感応の能力を指摘している。その上で川口は、この感応が同化の暴力と繋がる危険を指摘するのだが、この結末に近い、黒人兵の死体の臭いを通じて共振する「僕」の身体に注目するならば、身体が開示する倫理的な側面にもう少し肯定的であっても良かったのではないかと思われる（「大江健三郎「飼育」論――〈身体〉を軸として」『広島大学日本語教育学科紀要』一九九五年三月）。
(35) 早い例では、福永武彦（「創作合評」『群像』一九五八年二月）や、井上靖（「芥川賞選評」『文藝春秋』一九五八年九月）らの批判がある。なお、高橋由貴は、義肢の書記と片腕を損傷した「僕」に相似性を指摘し、書記の死を「「黒人兵」との接触で掌を潰す「僕」のアレゴリカルな反復」として読む可能性を提示しており、示唆に富む（「火葬される「書記」の死――大江健三郎「飼育」における戦争」『国文学解釈と鑑賞』二〇一〇年九月）。

第六章

(1) 大江健三郎「現実の停滞と文学」『シンポジウム　発言』河出書房新社、一九六〇年、三八―三九頁。

（2）松下圭一「大衆国家の成立とその問題性」『戦後政治の歴史と思想』ちくま学芸文庫、一九九四年、一六頁。
（3）日野啓三「不吉なリズム――一九五九年における大江健三郎および石原慎太郎の仕事と現代のヴィジョン」『近代文学』一九六〇年一月、二頁。
（4）同上、七頁。
（5）武井昭夫「戦後革命運動の盲点――大江健三郎『われらの時代』について」『アカハタ』一九五九年八月十日。
（6）橋川文三「実感・抵抗・リアリティ」『日本浪曼派批判序説』講談社文芸文庫、一九九八年、二一一頁。
（7）この座談会では、橋川や村上兵衛ら戦中派が戦争体験へのこだわりを見せたのに対して、戦後派からは「一種の懐古趣味のようなもの」（大江）、「世代の持つ一種のエリート意識」（石原）という批判が向けられた。
（8）橋川文三「若い世代と戦後精神」前掲『日本浪曼派批判序説』二五七頁。
（9）大江、前掲「現実の停滞と文学」四三頁。
（10）花田清輝・寺田透・江藤淳「創作合評」『群像』一九六一年三月。
（11）この点に、北山敏秀が指摘する、大江の山口二矢への共感とも称賛とも取れる両義的な発言の意味が見出されるべきだろう（「大江健三郎の「自殺」する肉体――「セヴンティーン」「政治少年死す」という投企」『日本文学』二〇一四年九月）。
（12）川口隆行「「セヴンティーン」・「政治少年死す」論――「純粋天皇」の考古学」『国文学攷』一九九七年三月、四二頁。
（13）安藤宏『自意識の昭和文学――現象としての「私」』至文堂、一九九四年、一五八頁。
（14）高橋由貴「テレビの前の「政治少年」――大江健三郎「セヴンティーン」「政治少年死す」論」『昭和

文学研究』二〇一〇年三月。この他に本作における メディアの問題に着目したものとして、兪承昌「「セヴンティーン」「政治少年死す」と浅沼事件――戦後日本の社会・文化的な変容とナショナル・アイデンティティー」(『名古屋大学国語国文学』二〇〇五年七月)がある。

(15) 山下若菜は、身体のレヴェルに着目しつつ、非統合性の克服という(不可能な)シナリオを「セヴンティーン」に読み取っている(「「セヴンティーン」「政治少年死す」小考」『日本文学研究』一九九六年二月)。

(16) 例えば、マルティン・ハイデッガー『形而上学の根本諸概念――世界-有限性-孤独』(川原栄峰、セヴェリン・ミュラー訳、創文社、一九九八年)を参照。

(17) このような歪曲が、明治天皇の「御真影」の創作でも行なわれていたことについては、多木浩二『天皇の肖像』(岩波現代文庫、二〇〇二年)を参照。

(18) 若桑みどり『皇后の肖像――昭憲皇太后の表象と女性の国民化』筑摩書房、二〇〇一年、四二九頁。

(19) 高橋哲哉は、戦時中の言説を分析し、靖国神社が「当時の日本人の生と死そのものの意味を吸収しつくす機能を持っていた」こと、「戦争のおぞましいもの、悲惨なもの、腐ったものすべてが一切拭い去られ、土着的な「懐かしさ」をともなった独特の「崇高」(サブライム)のイメージが作り出され」たことを指摘している(『靖国問題』ちくま新書、二〇〇五年、二九、三三頁)。

(20) ジェームス・キース・ヴィンセント「大江健三郎と三島由紀夫の作品におけるホモファシズムとその不満」竹内孝宏訳(『批評空間』一九九八年一月)一三五頁。

(21) 例えば、黒岩裕市「大江健三郎『喝采』の男性同性愛表象」(『フェリス女学院大学文学部紀要』二〇一二年三月)を参照。

第七章

(1) 服部達「新世代の作家達」『われらにとって美は存在するか』審美社、一九六八年、三一〇―三一五頁。
(2) 同上、三〇三頁。
(3) 服部が小島を「第三の新人」に含めるのは、一九五五年の「劣等生・小不具者・そして市民――第三の新人から第四の新人へ」(前掲『われらにとって美は存在するか』)においてである。
(4) 奥野健男・村松剛・服部達・安岡章太郎・小島信夫・島尾敏雄・桂芳久・遠藤周作「近代文学の功罪――戦後文学と第三の新人」『三田文学』一九五四年三月、一一頁。
(5) 同上、一八頁。
(6) 同上、一一頁。
(7) 伊藤整「組織と人間」『小説の認識』岩波文庫、二〇〇六年、二七七頁。
(8) 小島信夫「現代と諷刺文学」『小島信夫全集』第六巻、講談社、一九七一年、五九頁。
(9) 五〇年代における「記録」という概念の拡がりについては、鳥羽耕史『1950年代――「記録」の時代』(河出ブックス、二〇一〇年)を参照。
(10) 小島、前掲「現代と諷刺文学」五七頁。
(11) 小島信夫「あとがき(『アメリカン・スクール』)」前掲『小島信夫全集』第六巻、三三一頁。
(12) 小島信夫「あとがき」『微笑』河出新書、一九五五年、二〇八頁。
(13) 岡本謙次郎「アレゴリーについて」(小島信夫『残酷日記』筑摩書房、一九五五年)二五二頁。
(14) 小島信夫・後藤明生「文学は「隠し味」ですか?」『すばる』一九八四年四月。
(15) 阿部知二・臼井吉見・佐々木基一「創作合評」『群像』一九五四年九月。
(16) 谷川充美「なぜ「家」を建てるのか――小島信夫『馬』における「家作り」」『安田女子大学大学院文学研究科紀要』二〇一〇年三月。

(17) 日高昭二「背負う馬の文学史――軍馬、異類譚、アンドロイド」『文学』二〇一四年一月、八頁。
(18) 疋田雅昭「欲望する家族という悲喜劇――小島信夫「馬」論」『長野県短期大学紀要』二〇一四年二月、一〇一頁。
(19) 例えば、川島武宣『日本社会の家族的構成』(岩波現代文庫、二〇〇〇年)所収の論文を参照。
(20) 牟田和恵『戦略としての家族――近代日本の国民国家形成と女性』新曜社、一九九六年、四二頁。
(21) 同上、四三頁。
(22) 落合恵美子『21世紀家族へ――家族の戦後体制の見かた・超えかた 第三版』有斐閣選書、二〇〇四年、二二頁。
(23) 内田隆三『国土論』筑摩書房、二〇〇二年、一七六頁。
(24) 村上春樹『若い読者のための短編小説案内』文春文庫、二〇〇四年、八八―九〇頁。
(25) 植村秀樹『再軍備と五五年体制』木鐸社、一九九五年。
(26) 酒井直樹は、アメリカの植民地主義と日本の国民主義が共犯関係にあることを説得的に論じている(『希望と憲法――日本国憲法の発話主体と応答』以文社、二〇〇八年)。
(27) このような主人と客の反転可能性については、ジャック・デリダ『歓待について――パリのゼミナールの記録』(廣瀬浩司訳、産業図書、一九九九年)、『アデュー――エマニュエル・レヴィナスへ』(藤本一勇訳、岩波書店、二〇〇四年)を参照。

第八章

(1) 「星」に関しては、五十嵐惠邦『敗戦の記憶――身体・文化・物語 1945〜1970』(中央公論新社、二〇〇七年)に詳細な分析がある。
(2) 本章では、「軍事化」の概念を、シンシア・エンローに従い、「何かが徐々に、制度としての軍隊や軍事主義的基準に統制されたり、依拠したり、そこからの価値をひきだしたりするようになっていくプロセス」として捉える（『策略――女性を軍事化する国際政治』上野千鶴子監訳、佐藤文香訳、岩波書店、二〇〇六年、二一八頁）。
（3）江藤淳「文芸時評（昭和三十四年十二月）」『全文芸時評』上巻、新潮社、一九八九年、六〇頁。
（4）濱本武雄「解説――仮構性への志向」（小島信夫『墓碑銘』潮文庫、一九七二年）二九〇頁。
（5）千石英世「私であることのはじまり――『墓碑銘』」（中村邦生・千石英世『未完の小島信夫』水声文庫、二〇〇九年）五八頁。
（6）柿谷浩一「墓碑銘　小島信夫」『コレクション戦争と文学』別巻、集英社、二〇一三年、二三六頁。
（7）奥野健男・村松剛・服部達・安岡章太郎・小島信夫・島尾敏雄・桂芳久・遠藤周作「近代文学の功罪――戦後文学と第三の新人」『三田文学』一九五四年三月、一一頁。
（8）小島信夫「混血児のレイテ戦記」『小説家の日々』冬樹社、一九七一年。
（9）酒井直樹は、田辺元の「種の論理」を再考しつつ、国民は即自的に国民であることはできず、死を賭けた自覚的な決断を通じて、国民へと生成することを説得的に論じている（「「日本人であること」――多民族国家における国民的主体の構築の問題と田辺元の「種の論理」」『思想』一九九七年十二月）。
（10）若桑みどり『皇后の肖像――昭憲皇太后の表象と女性の国民化』筑摩書房、二〇〇一年。
（11）丸山眞男は、日本軍の現地住民への暴力の本質を、「国内では「卑しい」人民であり、営内では二等兵でも一たび外地に赴けば、皇軍として究極的価値（＝天皇）と連なる事によって限りなき優越的地位に立つ」という「抑圧の移譲」に見て取っている（「超国家主義の論理と心理」『増補版　現代政治の思想と行動』未來社、一九六四年、二三頁）。
（12）金杭は、これを軍隊のみならず、主権国家そのものの原理とみなしている。「国家の民となってはじめて人間になりうる、というルソーの言葉は、それゆえ、動物である個人が国家によって人間となる、というより、国家によって動物と人間が分割されると、と解釈されるべきだろう。というのも、国家が生成するためには、まず何よりも、個人がただ生きる動物にならねばならないからだ。この無力な動物なしに、国家の民へと跳躍する人間は生まれ得ない」(『帝国日本の閾——生と死のはざまに見る』岩波書店、二〇一〇年、二七二頁)。

(13) 武市銀治郎『富国強馬——ウマから見た近代日本』講談社選書メチエ、一九九九年、一二七頁。

(14) 小島の「星」では、沢村にあたる人物が「匹田」、上官が「猪間大尉」と名づけられており、軍隊が、動物化された人間たちがさらなる下位区分の動物を作り出そうとするメカニズムによって駆動することを示唆している。

(15) 川島武宣は、家族国家イデオロギーについて、「一方では親を超絶的な尊貴の「身分」にひきあげつつ、他方では、天皇を父もしくは本家として「類推」もしくは「擬制」することによって、忠と孝との同一性ないし類似性を正当化し、家族関係による情緒的反応を天皇についても条件づける」「新たな権力支配の道具」と定義している(「イデオロギーとしての「家族制度」」『日本社会の家族的構成』岩波現代文庫、二〇〇〇年)。

(16) エンロー、前掲『策略——女性を軍事化する国際政治』五三頁。

(17) 吉見義明『従軍慰安婦』岩波新書、一九九五年、五二頁。

(18) 同上、四四頁。

(19) イヴ・K・セジウィック『男同士の絆——イギリス文学とホモソーシャルな欲望』上原早苗・亀沢美由紀訳、名古屋大学出版会、二〇〇一年、五五頁。

(20) 野上元は、軍事郵便や陣中日記に着目しつつ、戦場において「書くこと」の重要性について論じている(『戦争体験の社会学——「兵士」という文体』弘文堂、二〇〇六年、第一章第三節)。

第九章

（1）江藤淳「成熟と喪失――〝母〟の崩壊」『江藤淳著作集』続一巻、講談社、一九七三年、九一頁。

（2）上野千鶴子「『成熟と喪失』から三十年」（江藤淳『成熟と喪失――〝母〟の崩壊』講談社文芸文庫、一九九三年）二七九頁。

（3）本章では、父、母、子からなる規範的家族を超える新たな家族形態のことを、「クィア・ファミリー」と呼称する。先例として、谷本千雅子「ファミリー・ロマンスの解体とクィア・ファミリーの可能性」（松本伊瑳子・金井篤子編『ジェンダーを科学する――男女共同参画社会を実現するために』ナカニシヤ出版、二〇〇四年）を参照されたい。「クィア・ファミリー」は、従来「ポスト・ファミリー」と名指されてきたものと外延を同じくするが、異性愛規範からの逸脱をより強調するために、この呼称を採った。

（4）江藤淳「生きている廃墟の影」「奴隷の思想を排す」「神話の克服」（『江藤淳著作集』第五巻、講談社、一九六七年）を参照。

（5）江藤淳「日本文学と「私」」前掲『江藤淳著作集』続一巻、一七八頁。

（6）佐藤泉『戦後批評のメタヒストリー――近代を記憶する場』岩波書店、二〇〇五年、一三六頁。

（7）金原左門『「日本近代化」論の歴史像――その批判的検討への視点』中央大学出版部、一九七四年。

（8）詳細については、マリウス・ジャンセン編『日本における近代化の問題』（細谷千博編訳、岩波書店、一九六八年）を参照。

（9）末廣昭「開発体制論」『岩波講座東アジア近代通史』第八巻、岩波書店、二〇一一年、七三頁。

（10）吉次公介『日米同盟はいかに作られたか――「安保体制」の転換点1951-1964』講談社選書メチエ、二〇一一年、八〇頁。

（11）江藤、前掲「成熟と喪失――〝母〟の崩壊」四四頁。

（12）同上、六一頁。

(13) 同上、八九頁。
(14) 同上、七二頁。
(15) 大貫徹「表象としてのアメリカ――『抱擁家族』（小島信夫）論」（『Litteratura』二〇〇二年六月）、近藤実千代「小島信夫『抱擁家族』論」（『日本文学誌要』二〇〇三年七月）、松下成矢「『抱擁家族』にみる復讐劇について」（『藝文攷』二〇〇三年一月）など。
(16) 広瀬正浩「通訳者がいることの意味――言語関係をめぐる『抱擁家族』の問題性」『名古屋大学国語国文学』二〇〇〇年十二月。
(17) 立尾真士「「悲劇」・「喜劇」・「責任」――小島信夫『抱擁家族』論」『昭和文学研究』二〇〇八年九月。
(18) 石川義正『錯乱の日本文学――建築／小説をめざして』航思社、二〇一六年。
(19) 石原千秋『教養として読む現代文学』朝日選書、二〇一三年、一八二頁。
(20) 「支那の夜」（作詞：西條八十、作曲：竹岡信幸、編曲：奥山貞吉）は一九三八年に発売され、四〇年には李香蘭の主演で映画化もされた（東宝映画）。戦後はアメリカでも人気を博した。
(21) カール・シュミット『政治的なものの概念』田中浩・原田武雄訳、未來社、一九七〇年。
(22) 竹村和子『愛について――アイデンティティと欲望の政治学』岩波書店、二〇〇二年、五一頁。
(23) 同上、四五頁。
(24) 同上、三八頁。
(25) シンシア・エンロー『策略――女性を軍事化する国際政治』上野千鶴子監訳、佐藤文香訳、岩波書店、二〇〇六年、五三頁。
(26) 松本和也「〈ガン〉・〈翻訳〉・『抱擁家族』――小島信夫をめぐる試論」『立教大学日本文学』一九九九年七月、九六頁。
(27) 小島信夫「「抱擁家族」ノート」『小島信夫全集』第六巻、講談社、一九七一年、一〇八頁。

(28) ジョルジョ・アガンベン『ホモ・サケル――主権権力と剥き出しの生』高桑和巳訳、以文社、二〇〇三年、八頁。
(29) ニック・タース『動くものはすべて殺せ――アメリカ兵はベトナムで何をしたか』布施由紀子訳、みすず書房、二〇一五年。
(30) ジャック・デリダ『アデュー――エマニュエル・レヴィナスへ』藤本一勇訳、岩波書店、二〇〇四年、六三頁。

第十章

(1) 田久保英夫「壮大な表現空間――武田泰淳『富士』」『群像』一九七二年二月、二四九頁。
(2) 柄谷行人「富士」(埴谷雄高編『増補 武田泰淳研究』筑摩書房、一九八〇年)四六六頁。
(3) 佐藤泉「生・政治と文学――武田泰淳『富士』」『敍説Ⅲ』二〇一一年九月、一〇七頁。
(4) 佐藤泉「曖昧な肉――武田泰淳『富士』」『現代思想』二〇一三年十月、一六六頁。
(5) これらの詳細な歴史については、芹沢一也編『時代がつくる「狂気」――精神医療と社会』(朝日選書、二〇〇七年)の「総論」や、立岩真也『造反有理――精神医療現代史へ』(青土社、二〇一三年)を参照。
(6) 粟津則雄『主題と構造――武田泰淳と戦後文学』集英社、一九七七年、一九六頁。
(7) 芹沢一也『〈法〉から解放される権力――犯罪、狂気、貧困、そして大正デモクラシー』新曜社、二〇〇一年、一三一頁。
(8) 藤原崇雅は、泰淳の「僕はこの小説でも院長の矛盾をつねに守る立場で書いている」(「「富士」を書き終えて」『読売新聞』朝刊、一九七一年八月七日)という発言をもとに、「作中における精神科医への批判は、医療を改革していく可能性として提示されているというより、批判を受けた医師の立場の困難さを描くために設けられた設定」だと論じている(「武田泰淳『富士』論――精神医療に対する作家の発言を手がかりに」『フェンスレス』二〇一六年九月、七六頁）。しかし、『富士』の特徴をなす多声的な議論のなかで、医師たちは、誠実さを際立たせられるのと同時に、その欺瞞を暴露されもする。たとえ作家の発言があったとしても、前者のみを強調し、後者を無視することはやはりできないのではないか。

（9）小澤勲「生活療法を越えるもの（一）」『反精神医学への道標』めるくまーる社、一九七四年、九九、一〇一頁。

（10）当時、小澤が念頭に置いていたのは、十全会系列の精神病院であり、そこでは、「『看護学級』なる名のもとにオムツ交換、洗濯洗面介助、与薬介助、食事介助、病室清掃、ベッド清掃、患者の身のまわりの整理等、朝九時—夕五時まで追いまくられる」ことが常態化していた（同上、九三頁）。

（11）加賀乙彦「根源へ向かう強靭な思惟・『富士』」（埴谷編、前掲『増補　武田泰淳研究』）四八〇頁。

（12）三浦雅士『メランコリーの水脈』福武書店、一九八四年、七四頁。

（13）この点については、ジョルジョ・アガンベン『ホモ・サケル——主権権力と剝き出しの生』（高桑和巳訳、以文社、二〇〇三年）、ジャック・デリダ『獣と主権者』（西山雄二ほか訳、白水社、二〇一四年）の議論を参照。

（14）武田泰淳・古屋健三「『富士』を語る」『三田文学』一九七二年三月、一九頁。

（15）吉田おさみ「私にとって「精神病」とは何か」『〝狂気〟からの反撃——精神医療解体運動への視点』新泉社、一九八〇年、二一二頁。

（16）泰淳が一条の死を書きあぐねているときに、三島由紀夫が自殺し、急に筆が進むようになったという挿話は有名である。泰淳は、三島を悼む文章で、「民衆、つまり隣近所があなたを理解できなかった。それ以上に、あなたはニンゲンを理解できなかったのです」と記した（「三島由紀夫氏の死ののちに」『武田泰淳全集』第一六巻、筑摩書房、一九七二年、四四九頁）。

（17）粟津、前掲『主題と構造——武田泰淳と戦後文学』一八五頁。

(18)「共振」という言葉については、頭や心による「共感」ではなく、身体を通じた「出来事の生き直し」としての「共振」を重視する村上陽子の議論から教示を受けた(『出来事の残響――原爆文学と沖縄文学』インパクト出版会、二〇一五年、八頁)。

(19) 例えば、ヒトラーは、「アーリア人種だけがそもそもより高度の人間性の創始者であり、それゆえ、われわれが「人間」という言葉で理解しているものの原型をつくり出した」とした上で、ユダヤ人を「つねに他民族の体内に住む寄生虫」、「悪性なバチルスと同じように、好ましい母体が引き寄せられさえすればますます広がってゆく寄生動物」だと侮蔑している(『我が闘争』上巻、平野一郎・将積茂訳、角川文庫、二〇〇一年、三七七、三九六頁)。

(20) 佐藤、前掲「生・政治と文学――武田泰淳『富士』」一〇七頁。

(21) 斎藤茂太「解説」(武田泰淳『富士』中公文庫、一九七三年)六三七頁。

(22)「分有」の概念は、ジャン＝リュック・ナンシーに拠っている。それは、何らかの「合一」に帰着せず、「絶対的内在の自己充足をその原理において解体する」ような、有限者同士の関係性である。ナンシーはさらに、この分有の関係は、「人間だけを想定した社会的存在というモチーフを、その原理において大きくはみ出す原初的なあるいは存在論的な「社会性《ソシアリテ》」」だとも強調している(『無為の共同体――哲学を問い直す分有の思考』西谷修・安原伸一朗訳、以文社、二〇〇一年、一一、五一頁)。

第十一章

(1) 服部訓和「幽霊たちの記憶――大江健三郎「空の怪物アグイー」とテクノロジー」『語文』二〇一四年三月、三九頁。

(2) 團野光晴「「空の怪物アグイー」論――「共死」から「共生」へ」『金沢大学国語国文』一九九八年二月、三一七頁。

（3）小森陽一「「乗越え点」の修辞学――『万延元年のフットボール』の冒頭分析」『小説と批評』世織書房、一九九九年、一七〇頁。

（4）蓮實重彥『大江健三郎論』青土社、一九八〇年、一四八頁。

（5）柴田勝二『大江健三郎論――地上と彼岸』有精堂、一九九二年、一四五頁。

（6）ジャック・デリダは、この体験を「動物の／による情熱／受苦（la passion de l'animal）」と呼ぶ。動物の「まったく他なるまなざし」は、「その耐え難い近さにあって、私がまだ、それを私の近きものと、ましてさらには兄弟と呼ぶ、どんな権利も、どんな資格も感じられない場所」で、裸の私を捕えてしまうのである（『動物を追う、ゆえに私は（動物で）ある』鵜飼哲訳、筑摩書房、二〇一四年、三二頁）。

（7）これは、子どもや老人など、依存的な他者へのケアをジェンダー配置によって割り当てられた女性も、本質的に依存的な存在とみなされ、公的領域から排除されてきた構図と相似的である（岡野八代『フェミニズムの政治学――ケアの倫理をグローバル社会へ』みすず書房、二〇一二年、四二頁）。

（8）峠三吉の「にんげんをかえせ」という詩句に表われているように、広島・長崎の原爆投下は住民の人間性の剝奪に他ならなかった（『原爆詩集』岩波文庫、二〇一六年）。また、戦後の沖縄の住民も、日本の「主権」回復のために米軍に捧げられた犠牲に他ならず、川満信一の言葉によれば、「生きながらにして死亡台帳に登録されてい」た（「沖縄における天皇制思想」『沖縄・根からの問い――共生への渇望』泰流社、一九七八年、一六五―一六六頁）。

（9）小熊英二『１９６８』下巻、新曜社、二〇〇九年、七七七頁。ただし、小熊は、同時にこの運動は、大衆消費社会に参入するための「通過儀礼」でもあったという観点をとっている。

（10）これらの論考は、過食症のジンに消費社会の負の側面を読み取った上で、議論を展開する。例えば、柴田勝二「希求される秩序――『万延元年のフットボール』の想像界と象徴界」（『総合文化研究』二〇〇三年三月）、服部訓和「〈本当の事〉再考――大江健三郎『万延元年のフットボール』」（『日本近代文学』二〇〇八年五月)、團野光晴「消費社会と人間——大江健三郎『万延元年のフットボール』論」(『日本近代文学』二〇一四年五月)。

(11) 成田龍一「方法としての「記憶」——一九六五年前後の大江健三郎」『歴史学のスタイル——史学史とその周辺』校倉書房、二〇〇一年、一四九—一五〇頁。

(12) 同上、一七六頁。

(13) 小森陽一『歴史認識と小説——大江健三郎論』講談社、二〇〇二年。

(14) ニック・タースは、ベトナム戦争で使用された「グーク」という動物的蔑称に注意を促す。「ベトナムに暮らす人々が人間以下の存在だという認識は、軍内ではしばしば〝たかがグーク《ミア・グーク・ルール》〟のならわし、あるいは頭文字をとってMGRと呼ばれていた。これは、ベトナム人はすべて——北も南も、おとなも子供も、武装した敵も罪のない民間人も——動物となんら変わらない、好きなときに殺したり虐待したりしても許されるという考え方だ」(『動くものはすべて殺せ——アメリカ兵はベトナムで何をしたか』布施由紀子訳、みすず書房、二〇一五年、六二頁)。

(15) ジャック・デリダ『獣と主権者』第一巻、西山雄二ほか訳、白水社、二〇一四年。

(16) 高崎宗司『検証　日韓会談』岩波新書、一九九六年。

(17) ジャック・デリダもまた、赦しは主権から解放された場所でのみ可能になることを強調している(「世紀と赦し」鵜飼哲訳〈『現代思想』二〇〇〇年十一月〉一〇八頁)。

(18) 特にこの傾向が目立つものとして、絓秀実『革命的な、あまりに革命的な——「1968年の革命」史論』(作品社、二〇〇三年)、渡部直己『かくも繊細なる横暴——日本「六八年」小説論』(講談社、二〇〇三年)。

(19) 大原祐治『文学的記憶・一九四〇年前後——昭和期文学と戦争の記憶』翰林書房、二〇〇六年、三一〇頁。

(20) 大原は、知的障害のあった妹が、音楽を記譜法に従って楽譜に翻訳せず、音の一つ一つを一対一対応で写像することについて、「音楽との親密な合一化」、「〈翻訳〉を必要としない妹」と論じている（同上、三〇八―三〇九頁）。しかし、この音の写像はなぜ「翻訳」とみなされないのだろうか。大原は、翻訳を、理性を共有する人間に特権的な能力と考えてしまっているのではないか。

(21) 酒井直樹『日本思想という問題――翻訳と主体』岩波書店、一九九七年、八頁。

(22) 同上、九頁。

(23) ヴァルター・ベンヤミンは、「言語の存在は、なんらかの意味でつねに言語を内在させている人間の精神表出の、そのすべての領域に及ぶのみならず、文字どおり一切のものに及んでいる。生ある自然のうちにも生なき自然のなかにも、ある一定の仕方で言語に関与していない出来事や事物は存在しない」と強調している（「言語一般及び人間の言語について」『ベンヤミン・コレクション』第一巻、浅井健二郎編訳、久保哲司訳、ちくま学芸文庫、一九九五年、九頁）。

第十二章

(1) 坪内祐三『『別れる理由』が気になって』講談社、二〇〇五年。

(2) 江藤淳『自由と禁忌』河出書房新社、一九八四年、六五頁。

(3) 石川義正『錯乱の日本文学――建築／小説をめざして』航思社、二〇一六年、八〇頁。

(4) 千石英世「姦通という再生――『別れる理由』1」『小島信夫――暗示の文学、鼓舞する寓話』彩流社、二〇〇六年、八二―八三頁。

(5) 同上、八八頁。

(6) 坪内、前掲『『別れる理由』が気になって』一八四頁。

(7) 妖精の女王タイターニアは、妖精の王オーベロンから、死んだ友人から預かった子どもを小姓にするために差し出せと命じられるが、決然と断わる。すると、オーベロンは腹いせに、妖精パックに三色スミレの惚れ薬を使わせ、タイターニアが下賤な動物たちと交わるのを見て、楽しもうとする。

(8) ジャン＝ポール・クレベール『動物シンボル事典』竹内信夫ほか訳、大修館書店、一九八九年。

(9) 岡野八代『フェミニズムの政治学――ケアの倫理をグローバル社会へ』みすず書房、二〇一二年、二七〇―二七一頁。

(10) 「理性的な主体は、みずからの計算 ratio の下に、自らが原因となって引き起こす結果を把握し、全てを自らの意思の統制下に置こうとする」がゆえに、「計算 ratio」を乱すものたちを嫌悪し、排除する（同上、二六頁）。

(11) フウイヌムの伝説は、ヤフーが「邪悪」であるために、「成体はすべて殺し、子どもはそれぞれのフウイヌムが二匹ずつ小屋で飼う」ようにし、ようやく「飼い馴らすことができた」と証言する（ジョナサン・スウィフト『ガリバー旅行記』山田蘭訳、角川文庫、二〇一一年、四一一頁）。

(12) 第一部で、永造は、玄関に脱ぎ捨てられたボッブの靴に苛立ち、息子に直させようとするが、陽子の叱責により阻まれてしまう。永造は、「前田家の主人であり、夫であり父である」「その自分がこういうことを敢えて行っているのだから、その事実は皆が心得ておくべきことなのだ」と考えながら、自分でボッブの靴を磨き、靴箱にしまい込む。

(13) 高橋英夫「長さの反美学――『別れる理由』への同時進行批評」『すばる』一九八一年九月、二三〇頁。

(14) 岡野、前掲『フェミニズムの政治学――ケアの倫理をグローバル社会へ』二六七頁。

(15) 三浦雅士「事件の経緯――小島信夫の世界」『メランコリーの水脈』福武書店、一九八四年、一七五頁。

(16) 野島秀勝は、このような『別れる理由』の特性と、ロラン・バルトの「テクスト」の概念を結びつけて論じている（「意味からの遁走と呪縛――『別れる理由』をめぐって」『群像』一九八四年三月）。

(17) 詳細については、小島信夫・森敦『対談・文学と人生』（講談社文芸文庫、二〇〇六年）を参照。

(18)『小島信夫全集』第六巻、講談社、一九七一年、三六二頁。

(19) 岡野、前掲『フェミニズムの政治学――ケアの倫理をグローバル社会へ』二六六頁。

終章

(1) 野間宏「青春喪失――はらばう生物のように」『心と肉体のすべてをかけて――文学自伝』創樹社、一九七四年、四六頁。

(2) 川崎賢子「野間宏における官能性――「崩解感覚」を中心に」(富岡幸一郎・紅野謙介編『文学の再生へ――野間宏から現代を読む』藤原書店、二〇一五年)五七八頁。

(3) 野間宏「崩解感覚」『野間宏作品集』第一巻、岩波書店、一九八七年、二七三頁。

(4) 安岡章太郎「愛玩」『安岡章太郎集』第一巻、岩波書店、一九八六年、九〇頁。

(5) アハマド・M・F・モスタファは、白い毛に赤い眼をしたウサギを日の丸に重ね、敗戦後の日本人の象徴とする見方を提示している(「『愛玩』生活能力を欠いた一家と回復への期待――安岡章太郎の「戦後」の始まり」『日本研究』一九九九年六月、一二〇頁)。

(6) 馬場美佳は、仲買人を占領軍と重ねた上で、「無自覚で本能的なウサギ、仲買い人にたたきつけられても気にする風もなく〈何も見えていないような赤い眼〉を見せるだけのウサギ――ここに象徴されているのは〈われ〉のない者」であり、そのようなウサギに自主独立のための闘争を幻視してしまう当時の知識人を揶揄していると読む(「安岡章太郎「愛玩」論――〈われ〉なき〈反抗〉の陥穽」『稿本近代文学』二〇〇六年十二月、五一頁)。しかし、死にかけたウサギが「僕」に向ける赤い眼には、主体性の欠如という以上の倫理的な意味を読み取るべきではないだろうか。

(7) 石原慎太郎「価値紊乱者の光栄」『孤独なる戴冠』河出書房新社、一九六六年、一九頁。

(8) 佐藤秀明は、この最後の場面を「良人の帰宅による新しい権力の導入を、グレートデンとシェパードの居間への乱入という暴力によって意味づけたのである」と論じている（『三島由紀夫の文学』試論社、二〇〇九年、二六六頁）。そのような意味ももちろん考えられるが、ここでは、梶尾文武が「かつての祝祭的なアナルヒーは、こうしてついにドメスティックな日常性に駆逐され、『鏡子の家』は幕を下ろすのである」（『否定の文体――三島由紀夫と昭和批評』鼎書房、二〇一五年、一三七頁）とし、山田夏樹が「「安定」を求める良人に連れられた犬は、「家長」に従属する「飼犬」としての鏡子の側面も示している」（「三島由紀夫「鏡子の家」における現在性――「時代の壁」の解体」『文学・語学』二〇一六年八月）とするような、飼い慣らされた《動物》という側面を重視した。

(9) 石原慎太郎「鴨」『石原愼太郎の文学』第一〇巻、文藝春秋、二〇〇七年、六九―七〇頁。

(10) このような近代主権国家の体制に加えて、日本には、宗教や歴史に基づく《動物》差別の問題も存在する。原田信男が詳細に論じるように、日本では、宗教的な理由――仏教による殺生の禁止と神道による穢れの忌避――と、政治的な理由――米の租税を定期的に収め、定住する農耕民の価値化――によって、動物の殺害に関わる非農業民が、《動物》同然のものとして被差別的な対象に貶められてきた（『歴史のなかの米と肉――食物と天皇・差別』平凡社ライブラリー、二〇〇五年）。本書で取り上げた作家では、大江健三郎の作品にこのような文脈を読み取ることができる。例えば、「奇妙な仕事」で、専門の犬殺しに学生たちが向ける差別的な視線や、「飼育」で、狩猟を主とする「僕」たちの村が町の人間から《動物》のように忌み嫌われていることである。この論点について、本書では十分に展開できなかったため、注として記しておく。

(11) 現在、このような戦略の最前線にあるのは、リベラリズムの暴力に対抗するためのケアの倫理だろう。これに関しては、岡野八代『フェミニズムの政治学――ケアの倫理をグローバル社会へ』（みすず書房、二〇一二年）を参照。

(12) 絓秀実『1968年』（ちくま新書、二〇〇六年）の記述を参照した。

(13) 詳細については、デヴィッド・ドゥグラツィア『1冊でわかる　動物の権利』(戸田清訳、岩波書店、二〇〇三年)を参照。
(14) 鈴木直子「リブ前夜の倉橋由美子――女性身体をめぐる政治」(北田暁大・野上元編『カルチュラル・ポリティックス　1960/70』せりか書房、二〇〇五年)四二頁。
(15) 武内佳代は、兎の屠殺が「近親相姦における父親による娘すなわち〈処女〉への性暴力という危うい気配を透視させる」とした上で、少女の兎への変身をジュディス・バトラーの言う「〈女〉の過剰なる模倣・反復」だと読み解いている(「金井美恵子「兎」をめぐるクィア――〈少女〉の物語から〈私〉の物語へ」『昭和文学研究』二〇〇八年三月、一六八頁)。
(16) 樋口陽一『近代立憲主義と現代国家』勁草書房、一九七三年、一六九頁。
(17) 樋口陽一『憲法と国家――同時代を問う』岩波新書、一九九九年、一〇三頁。

あとがき

この動物たちはどこからやって来たのだろう。

本書の初出一覧を眺めていて、「動物」という単語の氾濫に自分でも笑ってしまう。本書での「動物」は、具体的な種や個体としての動物というよりは、「人間」の対概念としての「動物」なのだが、このような主題に関心を持ったのはいつからだったか。

初めに思いつくのは、まだ慶應義塾大学哲学科の学部生だった頃に受けた、故・西村義人先生の倫理学の概説だ。授業は、ヴィクトール・フランクルの『夜と霧』を一章ずつ読むかたちで進んだ。先生の補足で、ナチスの強制収容所には、ユダヤ人のみならず、精神・身体障害者、同性愛者、シンティ・ロマ（いわゆるジプシー）なども収監されていたことを知り、大きな衝撃を受けた。それは、社会的に「生きるに値しない命」とされたものは、誰でも強制収容所に送られる可能性があるということを意味していた。反ユダヤの特殊なイデオロギーに基づいた出来事だと考えていた強制収容所が、一気に身近なものに感じられた瞬間だった。

その後、哲学科の修士課程を修了するまで研究対象としたのは、ユダヤ人哲学者のエマニュエル・レヴィナスだった。レヴィナスは、ナチスの強制収容所で親族や友人を亡くし、自らも捕虜収容所に囚われていた体験を持つ。そのことから、かつて畏敬していたマルティン・ハイデガーの存在論を乗り越え、第一哲学としての倫理学を提唱した。そこでは、《同》にすべてを回収する西洋哲学の歴史が批判され、主体の成立にあたって、共通の地平を持たない《他者》との根源的な関係が強調される。それは、いわばレヴィナスの「戦後思想」だったと言ってよい。

ただ、強制収容所やイスラエル－パレスチナ問題を背景に持つレヴィナスの言葉の重みに比べ、私が論文で「他者への倫理」と言うときの空疎さには、耐え難いものがあった。いま・ここに生きている私にとって、「他者」とは誰なのか？　それを問うためにはもっと具体的な地平で思考する必要がある。そのための導き手として私が選んだのが、日本の戦後文学だった。

東京大学に移り、修士課程に入り直し、とりあえず大江健三郎の研究から始めることは決めていたものの、具体的なプランがあるわけではなかった。そのような折に、やはり授業で出会ったのが、J・M・クッツェーの『エリザベス・コステロ』だった。特に序章でも引用した、強制収容所のユダヤ人と家畜の立場とをあえて重ね合わせる視点には、目を開かされる思いだった。人間と動物の境界線から生じる暴力が存在する。このような地平で、レヴィナスの倫理を考え直してみたらどうなるのか。それと同時に、大江のデビュー作である「奇妙な仕事」とは、まさにこのような問題を扱った作品ではなかったか、とも考え始めていた。

こうして、まず、本書の第四章の原型が生まれた。次いで、そのほかの大江の作品の研究に着手するとともに、同じく「動物」の主題を表現している作家として、武田泰淳や小島信夫を見出していった。そのように研究対象を広げていくことで、日本戦後文学における「動物」の問題の広がりを示せれば、と考えた。ジャック・デリダの晩年の動物論が紹介され始めたことは、十分にデリダの思想を理解する能力がないとはいえ、私にとっては大変に心強いことだった。

もちろん実際には、このように単線的でも、明快でもない道筋だったが、あちこち踏みまどったり、行けると思った道が行き止まりで引き返したりなどを繰り返した末に、これまでの研究を本書のようなかたちにまとめることができた。

これでようやく動物から離れ、別の主題を追うことができると考えていたが、つい先日、人類学者のエドゥアルド・ヴィヴェイロス・デ・カストロの次のような文章に出会ってしまった。ヴィヴェイロス・デ・カストロは、デリダの動物論を参照しつつ、重要なのは「人間」と「非人間」の境界線を破棄することではないとして、こう論じる。

むしろ、あらゆる分割線をかぎりなく複雑な曲線にねじ曲げ、それらを「還元しない」(〔ブルーノ・〕ラトゥール)こと、規定しないことが重要である。輪郭を消してしまうのではなく、それらを折りたたんで稠密化し、虹色にして輝かせ、回折させせなければならない。(『食人の形而上学――ポスト構造主義的人類学への道』檜垣立哉・山崎吾郎訳、洛北出版、二〇一五年)

ここでヴィヴェイロス・デ・カストロが示唆するのは、「人間」と「動物」の境界線を無化するのではなく、多様な種や個体に着目し、境界線を複数化し、それらのあいだで交わされる対話や交渉に耳を傾けるという戦略である。本書では「人間」と「動物」の境界線が単純に廃棄できるとも、廃棄すべきだとも主張はしなかったつもりだが（問い直しの必要性は主張したが）、それでも「人間」と「動物」の政治的な対立にこだわったために、議論のなかで、動物たちの具体性を捨象してしまう側面があったのは否めない。

動物たちの種や個体の固有性を還元せず、またそれらと人間たちが結んできた歴史性を踏まえつつ、文学作品に表現された動物たちの声から学ぼうと試みること。そこで得られた知見をもとに、本書とは別の仕方で「人間」の脱構築を図ること。そのような課題を見出した以上、取り組んでみたくないと言えば嘘になる。

動物たちとの付き合いはまだまだ続きそうである。

本書は、二〇一六年一月に東京大学大学院総合文化研究科に提出した博士論文「日本戦後文学における動物の表象について――武田泰淳・大江健三郎・小島信夫を対象に」に、加筆・修正を施したものである。

審査にあたっては、主査の小森陽一先生、副査の鵜飼哲先生、エリス俊子先生、田尻芳樹先生、山田広昭先生から、貴重なご助言を惜しみなく与えていただいた。最終審査では、先生方のテクストに関する独創的な読みが次々と飛び交い、私は必死で応答に追われつつも、文学を心から愛する先生方に審査していただいている幸福を噛みしめていた。

指導教授の小森先生は、哲学科の修士課程を出たもののやはり文学研究をしたいと言い張る、まったく面識のない私を、快く受け入れてくださった。ともすれば文学作品を抽象的・図式的に論じてしまう――この悪癖はいまだに治っていない――私に対して、テクストの細部まで精緻に読むことと、同時代の具体的な文脈のなかにテクストを置き直してみることの大切さを、倦まずに教えてくださった。扱いづらい学生だったに違いないが、根気強くご指導くださったことに心から感謝を申し上げたい。

博士論文執筆にあたっては、ゼミの友人たちからも大きなご助力をいただいた。とりわけ、村上陽子さん、堀井一摩さん、藤田護さん、岩川ありささん、郭東坤さん、金ヨンロンさん、逆井聡人さん、北山敏秀さんとは、博士論文の相互検討会をともにし、各章に対して貴重なアドバイスをいただいた。皆さんの存在なしでは、本書の成立はあり得なかった。

ほかには、叙述態研究会でも、何度も未熟な発表を聴いていただいた。時代や専門がまったく異なる方たちと忌憚なく議論ができるのは、本当に得難い体験だった。藤井貞和先生、木村朗子さん、高木信さん、野網摩利子さん、内藤まりこさん、田口麻奈さんをはじめ、メンバーの皆さまに感謝申し上げる。また、日本社会文学会の運営委員を二期務め、さまざまな企画に携われたことも、自分の見識を広げるうえで大いに役立った。竹内栄美子先生、深津謙一郎先生をはじめ、学会の皆さまにも感謝申し上げる。

青山学院大学の佐藤泉先生には、博士課程を修了した後、日本学術振興会特別研究員としての受け入れをお引き受けいただいた。戦後文学研究を志したときから、佐藤先生のご研究は私の指針として位置し続けている。

感謝を申し上げたくても叶わない方もいる。慶應義塾大学の哲学科でご指導くださった故・石井敏夫先生。進路に悩んでいた学部時代の私に、大学院に進むという選択肢を示してくださった。文学研究に転身したいと申し出たとき、力強く背中を押してくださったことを、今でも深く感謝している。

本書の刊行にあたっては、新曜社の渦岡謙一さんに大変お世話になった。常に読者のことを第一に考える姿勢に、多くを学ばせていただいた。尊敬する先輩や友人の本を多く出版している新曜社から、自分の本を出せることは望外の喜びである。また、日本学術振興会特別研究員の木村政樹さんには、本書の校正にご協力いただいた。心からお礼を申し上げる。

最後に、これまで育て、支えてくれた故・山田文雄と山田きぬに。家族同様に長く励ましてくださった故・内藤恵子先生に。そして、同じ研究者としても、一人の人間としても、心から尊敬している、伴侶の武内佳代に最大級の感謝を捧げたい。いつも傍にいてくれて、本当にありがとう。

二〇一七年七月

村上克尚

初出一覧（本書をまとめるにあたり、加筆修正を行なった）

序　章　書き下ろし

第一章　「「自覚」の特権性を問う――武田泰淳「審判」における小説の可能性」『日本近代文学』二〇一二年十一月

第二章　「抵抗の複数性を求めて――武田泰淳『風媒花』における国民文学論批判の契機」『日本文学』二〇一〇年十一月

第三章　「「限界状況」の仮構性――武田泰淳「ひかりごけ」における『野火』への批判点」『社会文学』二〇一一年三月

第四章　「動物とファシズム――大江健三郎「奇妙な仕事」論」『日本近代文学』二〇〇八年十一月

第五章　「言葉を奪われた動物――大江健三郎「飼育」をめぐる江藤・三島の批評の問題点」『日本文学』二〇一〇年六月

第六章　「ファシズムに抵抗する語り――大江健三郎「セヴンティーン」における動物的他者の声」『昭和文学研究』二〇一三年九月

第七章　「戦後家庭の失調――小島信夫「馬」の政治性について」『国語と国文学』二〇一四年六月

第八章　「軍事化の道程――小島信夫『墓碑銘』に見る軍隊小説と家庭小説の結節点」『言語情報科学』二〇一五年三月

第九章　「クィア・ファミリーの誘惑――小島信夫『抱擁家族』における歓待の法」『Juncture　超域的日本文化研究』二〇一五年三月

第十章　「狂気と動物――武田泰淳『富士』における国家批判」『言語情報科学』二〇一六年三月

第十一章　「傍らに寄り添う動物――大江健三郎『万延元年のフットボール』論」『日本近代文学』二〇一六年五月

第十二章　「馬になる小説――小島信夫『別れる理由』における男性性からの逃走」『昭和文学研究』二〇一六年三月

終　章　書き下ろし

な　行

は　行

た 行

さ　行

事項索引

ら　行

わ　行

ま　行

や　行

な　行

は　行

さ 行

た 行

か 行

人名・作品索引

著者紹介

村上克尚（むらかみ・かつなお）

1978年、神奈川県生まれ。

東京大学大学院総合文化研究科言語情報科学専攻博士課程修了。博士（学術）。

現在、日本学術振興会特別研究員（PD）。青山学院大学、共立女子大学非常勤講師。

論文に、「「沖縄」とともに生きるために――岡本恵徳「『沖縄ノート』論」を読む」（『アジア太平洋研究』2016年11月）、「対話のネットワークとしての「私」――大江健三郎『さようなら、私の本よ！』における諸概念の分析を通じて」（『言語情報科学』2013年3月）などがある。

新曜社

動物の声、他者の声
日本戦後文学の倫理

初版第1刷発行　2017年9月25日

著　者　村上克尚
発行者　塩浦　暲
発行所　株式会社　新曜社
〒101-0051
東京都千代田区神田神保町3-9
電話（03）3264-4973（代）・FAX（03）3239-2958
e-mail　info@shin-yo-sha.co.jp
URL　http://www.shin-yo-sha.co.jp/

印刷所　星野精版印刷
製本所　イマヰ製本所

ISBN978-4-7885-1537-6 C1090

好評関連書

内藤千珠子 著
愛国的無関心 「見えない他者」と物語の暴力
熱狂的な愛国は他者への無関心から生まれる！ この「愛国的無関心」とも呼べる風潮を、様々な物語から炙り出し、現代の出口のない閉塞感に風穴を穿つ力作。
四六判258頁
本体2700円

内藤千珠子 著 **女性史学賞受賞**
帝国と暗殺 ジェンダーから見る近代日本のメディア編成
「帝国」化する時代の人々の欲望と近代の背理を、当時繁茂した物語のなかにさぐる。
四六判414頁
本体3800円

小平麻衣子 著
女が女を演じる 文学・欲望・消費
文学と演劇・ファッション・広告などの領域を超えて、ジェンダー規範の成立過程を描出。
A5判332頁
本体3600円

紅野謙介・高榮蘭ほか編
検閲の帝国 文化の統制と再生産
帝国期から占領期までの検閲の実態を、文化の〈再〉生産をめぐる統制の力学として描出。
A5判482頁
本体5100円

中根隆行 著 **日本比較文学会賞受賞**
〈朝鮮〉表象の文化誌 近代日本と他者をめぐる知の植民地化
差別的〈朝鮮〉像の形成が、近代日本人の自己成型の問題であったことを明らかにする。
四六判398頁
本体3700円

浜崎洋介 著
福田恆存 思想の〈かたち〉 イロニー・演戯・言葉
「保守反動」とされた彼の思想の一貫性と現代性を生き方・歩き方の問題として甦らせる。
四六判428頁
本体3900円

（表示価格は税を含みません）

新曜社

好評関連書